走出军营还是兵

■ 飞 天/著

朱向阳 题

济南出版社

图书在版编目（CIP）数据

走出军营还是兵 ／ 飞天著. —济南：济南出版社，
2015.5（2024.2 重印）

ISBN 978 - 7 - 5488 - 1608 - 9

Ⅰ. ①走…　　Ⅱ. ①飞…　　Ⅲ. ①长篇小说—中国—当代
Ⅳ. ①I247. 5

中国版本图书馆 CIP 数据核字（2015）第 107211 号

走出军营还是兵　　飞　　天／著

责任编辑／朱　琦		**经　　销**	各地新华书店	
装帧设计／侯文英　张　倩		**印　　刷**	山东百润本色印刷有限公司	
		开　　本	170mm×240mm　16 开	
出版发行　济南出版社		**印　　张**	20.25	
地　　址　济南市二环南路 1 号		**字　　数**	420 千	
邮　　编　250002		**版　　次**	2015 年 6 月第 1 版	
网　　址　www.jnpub.com		**印　　次**	2024 年 2 月第 3 次印刷	
电　　话　0531 - 86131726		**定　　价**	69.80	
传　　真　0531 - 86131709		**发行电话**	0531 - 86131730	
			86131731	
			86116641	
		传　　真	0531 - 86922073	

目　录

——谨以此书献给现役及转退的军人们！

主要人物

齐海东 天海集团公司总裁,曾参加边境自卫反击战,时任尖刀连副指导员。转业后任省长秘书,后为照顾阵亡战友遗孤主动辞职下海,他从施工队干起,最后成为上市天海集团总裁。他是幸存五兄弟中的老大,性格仁厚,心胸开阔,能容常人难容之事,忍常人难忍之痛,他半生遭人误解,只为兑现战场上的那份生死承诺和众多烈士托孤,并为此默默恪守一生。几经商海沉浮,他却痴心不改,最终创造了红星公益基金会,解决了无数军人的后顾之忧。

赵大海 龙腾集团公司总裁,曾参加边境自卫反击战,时任尖刀连一排长。转业后到海天市城市银行,从普通职员奋斗到银行副行长,因贷款给战友古丽华导致逾期,被处罚后下海进入天海公司。他跟齐海东反目后离开,成为商业对手,他挑唆唐晓龙,损害天海集团,最后却被骗入狱。他是幸存五兄弟中的老二,性格怪癖,作战凶狠,为达到目的不择手段,他嘴上常常挂着一句口头禅:商场就是战场,只有消灭别人才能保全自己。他与齐海东始终处于一种"敌对"状态,起初是因古丽华而成为"情敌",后来在天海集团中始终认为自己的智商高于齐海东却屈居副总而不甘心,离开天海集团后竭尽全力要在商战中击败齐海东。最终,他锒铛入狱,为自己的狭隘心胸付出了沉重的代价。

李福临 海天市副市长,曾参加边境自卫反击战,时任尖刀连二排长。转业后曾任国土资源局干部、副局长、局长,海天市分管经济的副市长。他是幸存五兄弟中的老三,性格沉稳、低调,但处事智慧,仕途顺风顺水。当兵时,他就和赵大海相互不服气,两人爱顶牛。后来,兄弟反目后,只有他理解齐海东。他是齐海东的减压阀。

孙立山 曾参加边境自卫反击战,时任尖刀连二班副。复员后卖过菜,打过工,后跟随齐海东,负责后勤材料工作,兄弟反目后回乡办厂。他是五兄弟中的老四,为人谨小慎微,多疑抠门,但与人为善,在兄弟中立场不够坚定,喜欢和稀泥。

吴大宝 天海集团保安部长,曾参加边境自卫反击战,时任尖刀连一班战士,受伤残疾,失去了一条腿,复原回农村。后来在齐海东再三请求下才来到天海集团担任保安,后任天海集团保安部部长。他是幸存五兄弟中的老五,性格孤傲,不愿意接受别人的恩惠,但内心却很有责任感,愿意竭尽所能去帮助别人。

周海霞　齐海东的妻子，医术精湛，是海天市人民医院外科主任，后升任副院长。曾参加边境自卫反击战，时任某野战医院军医。温婉如玉，像一池静水，贤淑柔美，低调倔强，端庄贤淑。

古丽华　某投资公司总经理，敢爱敢恨，有火一样的热情。曾参加边境自卫反击战，时任野战医院护士。曾经同齐海东和赵大海在战后医院有一段情感纠葛，转业后，曾任医院护士长，后下海经商，最终成为某港资龙腾公司的总经理。她性格开朗，善于交际，但为人自私。她一生有英雄情结，她深爱着心中真正的英雄齐海东，可每一次表白都被齐海东拒绝，爱恨交加的她重返海天市，成为齐海东的商业对手，制造了一次又一次的兄弟矛盾。当她明白齐海东的大爱胸怀后，羞愧不已，反戈一击，揭发越江龙，获得法律轻判。

唐晓龙　天海集团总裁助理，连长唐光的遗腹子，他在父亲几个战友尤其是齐海东的资助下成长，衣食无忧，但他从小失去父爱，母亲改嫁受继父歧视，性格扭曲，争强好斗，初中毕业时，被齐海东强行带走收养。长大后，心胸狭隘，虚荣心强，他一次次做出过格的行为，甚至为了取而代之，不择手段，但齐海东一次次宽容了他，最后，他在海边别墅发现了齐海东的秘密之后，被义父的生死承诺所打动，从此走上正道。

齐天南　齐海东的儿子，常常因为唐晓龙惹祸而被齐海东惩罚，导致齐天南认为父亲偏爱战友的儿子，后因和古丽华的女儿古倩儿的爱情和唐晓龙发生矛盾。大学毕业后，他毅然投身军旅，后任尖刀连连长，成为新一代军人的代表。

古倩儿　古丽华和赵大海的女儿，天海集团公司总裁助理，15岁－25岁左右，漂亮活泼。她喜欢唐晓龙，但齐天南喜欢她。后来，当她了解到唐晓龙生活放荡，爱慕虚荣，为追逐名利和一名高官的女儿关系不清不白时，唐晓龙英雄男儿的形象轰然倒塌。一度大家都认为她是古丽华和齐海东的女儿，并为此深深伤害了齐海东，真相大白之后，在她心中，齐海东才是真正的英雄。后来，古倩儿担任了齐海东红星公益基金会的掌舵人。

越江龙　化名蔡洋，龙腾公司总裁，越南籍，港商。他是个神龙见首不见尾的商业巨头，最早因自己的地下走私网被消灭、儿子越青逃跑溺亡事件跟齐海东结仇，一直寻机报复，当他清楚古丽华和齐海东之间的爱恨情仇后，帮助古丽华一次次把天海集团公司逼上了险境，最终败在齐海东手下，并被古丽华揭发命案老底，被判处死刑。

齐　山　齐海东的父亲，离休省委副书记。

鲁　娟　齐海东的母亲。

齐美琳　齐海东的妹妹，后来嫁给罗红旗。

江　萍　连长唐光的妻子，某企业职工。

陆　宽　唐晓龙的继父，某企业干部。

顾小芹　尖刀连烈士顾保华的妹妹，始终守护齐海东战友遗物，后来嫁给吴大宝。

江　涛　为部队要求提前退役士兵，后成为半黑半白的江湖人物，但却不失侠义之心，绰号"涛哥"。

走出军营还是兵　民族复兴中国梦

（代自序）

对于军人，有几个珍贵片段让我永志不忘：

1986 年，刚上初二的我被任命为全校"欢迎南疆战士归来"的仪仗队队长，我们穿着整齐的校服，站在小城的南门下，挥舞着自制的花环，欢迎军车入城。当时全场回荡着"欢迎欢迎、热烈欢迎"的欢呼声，我平生第一次拍疼了巴掌、喊哑了喉咙。我们拿着作业本和铅笔冲到军车边，请那些年轻的解放军叔叔签名留念。

1991 年，我们几十个同学送一个同学入伍，火车站上，到处都是身着绿军装的战士。那位其貌不扬的同学一穿上军装，顿时就换了个人似的，精神抖擞，斗志昂扬。就是那一次，我深深认识到，绿军装对于一个男孩来说，有着非同凡响的意义。

1997 年，我负责一个工程项目的实验室工作，一个刚刚转业的军人做我的副手。他把每天的实验资料都装订得板板正正，不到一周时间，就把实验规程背得滚瓜烂熟，任何一个实验项目都严格按照规程来做，没有一丝马虎。

2001 年，我那位在部队工作十年的同学转业回地方派出所，在一次出警任务中，为了保护一个外地来的打工妹，从两个丧失理性的醉汉手中夺刀。最后，打工妹安然无恙，我的同学却身中三刀，被送进了重症监护室，差点送命……

在我心目中，军人是坚守信念的一群人，在绿色军营中，他们学会了纪律与服从，培养了一不怕苦、二不怕死的勇士精神，像寒冬里屹立山巅的雪松，不因北风凛冽而折腰，不因冰雪压顶而动摇。

宝剑锋从磨砺出，梅花香自苦寒来。

军队是轰轰烈烈的大熔炉，每一名军人都应该是久经考验的百炼精钢。

军队是保卫国家安全的长城，每一名军人都应该是组成这长城的青砖。

他们才是最值得钦佩、最值得讴歌的一群人。

我国企业家的队伍中军人出身的占 30% 以上，珠三角和长三角经济发达地区则高达 60% 以上；中国 500 强企业中，有军人背景的董事长、总裁、副总裁计有 200 多人；全国工商界叱咤风云的领导人物中，多数是穿过军装的人，如联想的柳传志、海尔的张瑞敏、华为的任正非、华润的宁高宁、华远的任志强、万科的王石、科隆的潘宁等，可谓独领风骚，军星灿烂，为八一军旗增添了时代光彩。

军人是铁汉，但也不乏柔情。所以，我一直都想为军人写一本书，把绿军装背后那些可歌可泣、荡气回肠的故事一点一滴表达出来。在一千多个日夜里，我翻遍了自己的日记簿、相册和报纸，把那些生命中或偶遇、或同行、或友伴、或师长的军人形象全都重新勾勒描画，力求公平公正地还原他们。

对我而言，一生中拼尽全力去打造这样一本书，值了。对我们全社会的人而言，仅仅一本书是不够的，因为在我们身边有大量走出军营的转退军人，要让他们身上军人的优点全都发扬光大，带动一批人，感化一批人，让我们的生活变得更和谐。

走出军营还是兵，民族复兴中国梦——这就是军人的最大价值所在。

引 子

1979 年 11 月 8 日，海天市火车站。

齐海东没想到爸妈会一起来送他，毕竟齐山作为省委副书记，公务繁忙，平时两人见面的时间都很少。

车站的广播喇叭里一直在放他耳熟能详的歌曲，《学习雷锋好榜样》《三大纪律八项注意》《我是一个兵》……

在他四周，全都是刚刚穿上绿军装的同伴和来送行的亲属，挤满了狭窄的站台。

"你小子到部队里好好干，别给老齐家丢人，反正你部队里的几个首长我都熟，隔几天我就会打电话问他们，要是不好好干，看我怎么收拾你。"齐山是参加过抗日战争、解放战争、抗美援朝战争的老党员，脾气火爆，平时恨不得把自己化身为铁锤和砧铁，有事没事把齐海东拉过来敲打几下。

他的教育方式秉承了"棍棒底下出孝子"的古老传统，从前是以严治军，如今是以严治家。

"知道了爸。"齐海东点着头答应。

他们都有着威武的虎眼、浓黑的剑眉，同样是高个子、宽肩膀，外人一看就知道是亲爷俩。所不同的是，齐海东虽然刚满十八岁，性格却刚中有柔，善于学习思考，平时对于古代兵法、战争历史非常感兴趣，齐家的书橱里摆的全都是这一类的书。他从小就觉得自己笃定是天生的军人，高中一毕业，就迫不及待地报名参军，要在战火中冶炼青春，在战场上磨砺人生。

齐山对齐海东这一点很满意，他不但要把齐海东送去当兵，就连不到上学年龄的女儿齐美琳，他也准备将来把她送到部队去。

"我齐家的人活着，就要为国家和部队出力。如果一个人这辈子连兵都没当过，连枪都没摸过，连仗都没打过，就白活了。"齐山常常这样说。

齐海东的妈妈鲁娟也是军人，转业到地方之前，是文工团的台柱子，团里这唱歌、跳舞、编、导等十八般武艺，样样拿得起来放得下。

如果将来再把齐美琳送去部队，那一家四口都是兵，就是一个实实在在的"解放军之家"了。

"小子，去吧，好男儿志在四方——"齐山拍着齐海东的肩膀，豪气万丈地说。

"去什么去？你先到一边去，净听着你叨叨了，我还没跟儿子说句话呢！"鲁娟把齐山推到一边去。

"说什么说，马上就集合了！"齐山开始瞪眼珠子。

果然，广播喇叭里已经开始提醒新兵归队、家属止步了。

鲁娟加快语速："海东，到部队自己照顾自己，病了就赶紧吃药，训练累了就请假，谁也不可能总拿第一，别给自己太多压力，要适度地放松自己……"

当妈的了解儿子不服输的性格，生怕他过于逞强，把身体熬坏了。

"放心吧妈，我记住了。爸、妈，您二老回去吧，我走了。"齐海东立正，向齐山、鲁娟敬军礼。

作为一名在部队里锻炼了半辈子的老兵，齐山习惯性地举手还以军礼。

"走吧小子，记得我说的，要当兵，就当一个好兵，一定要对得起帽子上这颗五角星。自古忠孝不能两全，穿上这身军装，你就是部队上的人了，永远都得把国看得高于家！"齐山忍不住，还要抓紧最后几秒钟给儿子上上课，"你老子我这一辈子最大的遗憾，就是转业太早了，这身军装我没穿够啊，多少次梦回军营，我发现自己还是一个新兵，那份高兴劲儿，乐坏了……"

鲁娟及时地一推齐海东："走吧海东，你爸又要开始做报告了。"

齐海东跨前一步，伸开双臂，揽着齐山、鲁娟的肩膀。

他们是一个干部家庭，平时很少用拥抱来表达内心的情感。

"爸、妈，照顾好妹妹，照顾好自己，等我在部队的喜报吧！"齐海东说。

鲁娟鼻子一酸，眼圈立刻红了："好儿子，你也照顾好自己。"

齐山在齐海东胸口一推："去吧小子，别婆婆妈妈的，让人笑话！"

齐海东松开手，转过身，跑着加入伙伴的队伍，融入那一大片葱茏的绿色中。

齐山喃喃自语："好小子，从今天起，你就是一名军人了。我齐山的儿子，一定要当一个好兵，一定要成为身经百战的好兵……"不知不觉中，他的眼底也有热流涌动起来。

卷一　大浪淘沙

❶ 血　战

1984 年 6 月 7 日，中国南疆战场 0931 高地。

"隐蔽，隐蔽——"齐海东连叫了两声，但也没能拯救顾保华的性命。那颗致命的子弹由他前额射入、后脑穿出，血肉横飞之际，顾保华缓缓向后倒下。

"狙击手，有狙击手，隐蔽，全体隐蔽！"齐海东又叫，同时翻滚着进入掩体的阴影之下。

他听见赵大海骂了一声，三秒钟内，他已经稳稳地握着狙击步枪，由射击孔递出去，再从瞄准镜里搜索越南狙击手的位置。几乎同时，唐光、赵大海、李福临、孙立山、吴大宝也迅速进入战斗位置。

一枪过后，敌人的狙击手仿佛随着空气一起消失了。满山苍翠，灌木丛生，瞄准镜内只剩一片绿色的海洋。不过，所有人都知道，就在那片绿色后面，藏着致命的危险，如同眼镜蛇的毒牙一般。

"七百米，十点钟方向，交叉火力，双狙击点。"齐海东报出了敌人方位。

当他用眼角余光瞥见倒地的顾保华时，也看到了那颗嵌入弹药箱侧面的弹头。

"注意，敌人使用的是最新美式狙击步枪，有效射程八百米，刚刚射中顾保华时，是两人同时开枪，交叉角约为三十度。我分析，敌人已经占据了最有利的制高点，能够俯视我们的掩体。从现在起，大家任何行动都要采取猫腰姿势。"齐海东再次开口。

"顾保华怎么样了？"赵大海在远端问。

"一枪毙命。"齐海东回答。

越南军人曾经凭借着天时、地利、人和打败了号称为"天下第一"的美军海豹突击队，所以并未将中国解放军放在眼里。由这一枪的枪法、时机和精准，可见对面阵地上埋伏着的并非全都是酒囊饭袋、无能之辈。

赵大海又骂了一句，但也无可奈何。

高手对决，胜负只在百分之一秒时间。对方一击得手，随即隐身，六个人毫无办法。

"这就是现代化战争，千米内一击杀人，轻松得就像小孩子吹泡泡糖一样。"齐海东在心底默默叹息。

谁都不知道下一秒钟子弹会从何处飞来，也不知道自己能不能看到明天的太阳。

"吴大宝，孙立山，把尸体抬到后面去，其他人警戒。"唐光下令。

作为尖刀连的连长，他已经习惯了鲜血和死亡，即使死亡者是自己最亲密的战友、是几分钟前还一起喝酒吃饭、嬉笑打闹的兄弟，他也能冷静对待。

"海东，你怎么看？"唐光匍匐移动到齐海东身边。

"忍耐。"齐海东只回答了两个字。

他把狙击步枪收回来，闭目养神。他的表情冷静而执着，如同老僧入定一般，完全忘掉了满天啸叫的枪弹炮弹，也忘记了掩体内外弥漫着的呛鼻子硝烟。

赵大海又开口："连长，我带李福临摸出去干了对面的狙击手。"

齐海东没睁眼，但眼皮猛地跳了一下。他知道，赵大海有那样的作战能力，毕竟在全军侦察兵大比武上，赵大海是仅有的两名射击项目全满分士兵之一。至于李福临，也是尖刀连里排在前几名的好手。

当然，他也想到了孙立山和吴大宝。

目前掩体内的六个人，是尖刀连里精英中的精英，个个都能以一当百。

"我们先向一点钟方向迂回，使敌人的两名狙击手处于一条直线，降低他们的作战优势。只要进入射程内，我保证能一枪解决问题。"赵大海说。

齐海东仍旧没睁眼，纠正赵大海的话："这种天气和能见度、再扣除山地地形的视觉误差和风力纠偏系数，你只能做到五百米必杀。我们不是越南军人，天时、地利、人和三点全不占优，现在出去，弊大于利。"

赵大海不服气："就算因为恶劣天气条件打了折扣，我觉得八百米内一定没问题。唉，管那么多干什么？这几天对面的狙击手已经杀了尖刀连四个人，我们就这么干靠着，我赵大海丢不起人！"

唐光借助望远镜向十点钟方向搜索了一阵，低声回应赵大海："我同意海东的观点，现在我们唯一的屏障就是掩体，越南军人肯定比我们更擅长丛林作战。我们出去，等于是丢掉了自己的优势，以己之短，攻敌之长，占不到任何便宜。"

李福临也出声了："的确是这样。"

齐海东再次开口："最可怕的是，我们不知道敌人的狙击点到底有多少。假如对面山脊上布置八组或者十组狙击点，单兵加上观察员共十六至二十名敌人，我们一离开掩体，基本就无法活着回来。大海，战略上轻视敌人，但战术上一定要重视敌人。"

唐光拍打齐海东的肩膀:"好小子,我以前经常说的话,被你也学去了。"

赵大海气哼哼地嘟囔了几句,缩进阴影里,没再开口。

唐光用脚尖踢起了沙土,把顾保华留下的血遮盖住。

"连长,这样下去不是办法,必须得打起精神来跟小鬼子好好玩。他跟咱捉迷藏,算准了咱们不敢出掩体,咱就反其道而行之,这样——"齐海东用手指在地面上画了一个长方形,在每一个角上画出一个箭头,指向图形中心。

赵大海、李福临、孙立山、吴大宝都靠拢过来,看着那图形。

"这不就是连长讲过的四角包抄嘛!"赵大海忍不住多嘴,有点不屑。

吴大宝用手里的军刺指点着图形中央:"这里是敌人,我们迂回进攻,在同一时间内发动四个点或者六个点的突袭,使敌人无法应付。这种战术思路是不是太简单了?"

唐光摇头:"海东绝对不会想得这么简单,快说,看看有什么巧妙变化?"

齐海东回答:"思路就是连长说过的那套思路,但你们想想,我们为什么一定要去攻击狙击手?历史上有'围魏救赵''声东击西'的诸多例子,拿过来就能用,而且非常适用于眼前的情况。"

唐光突然明白过来:"高啊!海东,你是想把敌人的前线指挥部一起打掉,让敌人失去大脑。"

齐海东点头:"没错。"

掩体一侧,有团部通讯员猫着腰跑过来,通知唐光:"唐连长,崔团长让您到临时指挥部去。"

唐光点头:"好了,我马上去。"

他随即吩咐齐海东:"海东,跟我一起去。"

死亡者躺在担架上,额头上留着一个血洞,后脑被掀掉了一大块骨肉,血淋淋的,惨不忍睹。其余三名,脑后的血已经凝固,变成触目惊心的一大片紫褐色,只有顾保华的血还没干透,泛着殷红的光泽。

"三天来,第四个。"虽仅有四十岁但鬓角已经斑白的崔团长长叹息。

外面,枪炮声暂歇,看来越南鬼子的扰袭战又告一段落了。

中越边境地区三号、四号、五号、六号高地的争夺战相当残酷,扰袭战已经是敌人最轻的"问候"方式了。

"团长,鬼子的狙击手隐藏很深,应该是大小连环套的地堡,咱们的炮兵几轮轰炸过去,总是无法彻底清除。再这样下去,只怕伤亡更重。"站在一边的徐参谋忧心忡忡地说。

崔团长点点头，每一个年轻的士兵失去生命，都让他的心紧紧地揪起来。

"叫唐光进来。"他只说了五个字。

徐参谋马上命令门口的传令兵："叫唐光。"

唐光大步走入，向着崔团长敬礼。作为尖刀连的连长，他浑身都充满了豹子一般的彪悍气质。

顾保华的死并没有让他的斗志受到挫伤，反而让他越来越沉着。

崔团长把伤亡报告递给唐光，唐光看完报告，脸色阴沉下来。

"唐光，我需要敌人的狙击手位置图。另外，翻过这道山梁，还有两块面积约十二公里的雷区，我也要布雷示意图。"崔团长说。

崔团长拿起指挥棒，在两道山脊之间划了一个圈，沉痛地继续说下去："这里，已经成了我们的死亡围城，我们必须跳出来，把对面山脊上的敌人全都打掉，才能肃清大部队前进的道路。"

唐光对着墙上挂的地图看了看，毫不犹豫地点头："没问题。"

"带你最得力的手下去，别让我失望。"崔团长嘱咐。

唐光又点点头："团长，放心吧，后天日出之前，两张图都会拿回来摆在您桌子上。"

徐参谋问："唐光，听说你部下有个叫齐海东的，是全军侦察兵大比武的冠军？"

唐光点头："嗯，他就在外面。"

"叫他进来，我早就听到过他的名字了。"崔团长说。

唐光敬礼，随即转身出去。

没过半分钟，齐海东就走进来。他的神情有些疲惫，但双眼炯炯有神。

齐海东向着崔团长举手敬礼："团长好！"

崔团长抬手招呼："海东，过来过来，咱们聊聊。"

齐海东向前走了几步，眼神敏锐，看到了墙上挂的地图。

"海东，你是全军侦察兵大比武的冠军，又是军校毕业的高材生，这样的资历在部队里干个排长是有点大材小用了。这次战斗结束后，我会向上级反映这个情况。"崔团长说。

齐海东点点头："谢谢团长，但现在我只想打好这场仗。"

崔团长一愣："你有什么想法？"

"从前美国海豹突击队在越南折戟沉沙，是因为他们太高傲、太大意，没有做好充足的准备。忍字头上一把刀，我们一定要克服急躁情绪，稳扎稳打。刚刚连长也透露过了，这次您命令尖刀连精锐出动，迅速消灭山脊一带的鬼子战场指挥中枢系统。只要做到这一点，我们就能一举扭转颓势，重新控制局面。"齐海东信心满满地说。

崔团长拍桌子赞叹："说得好，海东，下一步就看你的了。"

李福临坐在掩体的阴影中，正在检查枪械，仔细地将手枪上套着的消声器拧下来，用手帕擦干净，然后慢慢装上。他不厌其烦地第三次把弹夹取下来，把子弹全都卸掉，然后一颗一颗压进去。

赵大海把头盔盖在脸上，斜倚在工事沙袋上休息，双脚交叠，不时地轻轻抖动。

"喀、喀、喀"，一种异响从工事深处传来。

赵大海一把掀掉头盔，向着声响传来处吼叫："吴大宝，把你那把破刀放下，整天在头盔上刻来刻去，想吵死我啊？我警告你，想当雕刻家就走远点，耳朵都快被你折磨聋了。"

"嗯，知道了。"吴大宝憨厚老实的声音从一边传来。

靠在一角睡觉的孙立山慢慢睁开眼，揉了揉满是血丝的眼睛："不知道崔团长叫连长过去有什么事？我怎么总觉得胸膛发闷，气氛怪怪的。"

李福临回答："想知道吗？等他回来就知道了。现在，大家好好休息，随时都会顶到最前线去。"

赵大海接话："你小子，说话越来越像齐海东了，蔫蔫乎乎的，没点军人的杀气。"

孙立山叹气："顾保华死得太惨了，他只是想站起来伸个懒腰，就再也没站起来。看起来，现在敌人的狙击手在前方千米范围内，居高临下，视野相当开阔，能够监控我们全部阵地。"

赵大海补充："如果敌我双方位置互换，我们肯定也能把小鬼子摁得死死的。刚刚连长没同意，否则的话，这时候我早就在鬼子狙击手头上穿窟窿眼了。"

大概在半小时后，唐光和齐海东一起回到掩体。

"有任务了。"唐光叫了一声。

吴大宝就从掩体深处猫着腰跑出来，一边跑，右手里一边熟练地玩弄着军刺。

"崔团长要敌人的狙击手分布图和布雷示意图，我答应他，后天早晨日出之前，把两张图摆在他桌上。"唐光说。

赵大海立刻接话："连长，你没告诉老崔，用火箭炮把前面的山脊两边犁一遍就行了？一批批火箭弹砸下来，鬼子的狙击点再多，也都变成了烧熟的鸭子。"

唐光没搭理赵大海，表情严肃地说："大家休息，半小时后出发。"

赵大海吹了声口哨，拿出一包口香糖，分给大家。

唐光拉了拉齐海东的袖子："走！"

两人一起向掩体深处走，赵大海在背后嘀咕："又要咬耳朵说悄悄话吗？"

两人走到暗影里，拐了个弯，确定远离了其他四人，唐光才停步。

"连长，有话就说吧。"齐海东的眼睛在黑暗中闪动着精光。

"海东，敌人的狙击手很厉害，几乎是枪枪爆头。我们是人，不是神，一个不小心也会跟顾保华一样。所以，这次执行任务的过程中，如果我有事，尖刀连的指挥权就交给你，别让兄弟们被打散了。"唐光说。

远处，中方火箭炮的攻击又开始了，敌人阵地上则一片肃静，毫无声息。

齐海东看着唐光，两个男人目光相接，各自眼中都蕴含着复杂的意思。

"好。"齐海东点头答应，"刚刚看到顾保华的尸体，我也在想，生命真是脆弱，一颗子弹只有小手指的一半长，射死人也只是一眨眼的空儿。如果我出事，回去告诉我爸，他儿子没给齐家丢脸。"

唐光捶了齐海东胸膛一拳："说什么呢？如果大比武的冠军那么轻易就被敌人射杀的话，我们这一批人就真的给中国人民解放军头上的五星抹黑了。"

齐海东正色地说："连长，咱们六个人出去，就要六个人完完整整地回来，少一根汗毛都不成。"

唐光低头沉思，忽然不好意思地一笑，看着齐海东："海东，知道我为什么要跟你谈这个吗？我媳妇江萍就快生了，咱那边有句老俗话，说生孩子是大命换小命。我媳妇没事，她身体好着呢，所以我担心自己——大命换小命，也挺好。"

齐海东也擂了唐光胸口一拳："别瞎想了，有我们呢。"

他握住唐光的手："连长，我们说好了，六个人去就六个人回，少一个都不成。"

黄昏时候，丛林里升腾起灰白色的雾气，六个人由掩体中闪出来，编为两个三人战斗小组，迅速融入雾气中。

唐光走在最前面，胸前挂着冲锋枪。他右手食指扣在冲锋枪扳机上，左手握着拧上消声器的手枪。他的身后是赵大海和孙立山，赵大海是狙杀高手，神情永远都是阴沉沉的，狙击步枪虽然是横握在手中的，但他的右手食指永远都扣在扳机上，并且有把握在三秒钟内卧倒瞄准，然后送敌人去见阎王。

论射击技术，在尖刀连甚至全团，他只认齐海东是唯一对手，连长唐光也不入他的法眼。

至于孙立山，则永远都是赵大海的跟班，仿佛月亮旁边的小星星一样，一手冲锋枪，一手短枪，保护着赵大海。

齐海东带着李福临和吴大宝走在另一边，脚步轻快但表情极度冷静，仿佛这只是一场军事训练。他的背后携带着长枪和战术背包，有了这些装备，在茂密的丛林中无论远攻还是近战，都能从容应付。没有远距离射击需要时，他右手中只有无声手枪，左手腕后面的绑带中间，则永远贴肉藏着军刺，确保在近距离遭遇战中，一击必杀。

他从不拘泥于军事教科书上的教条，永远都是胸怀大局，目光长远。

在尖刀连中，唐光最器重他，任何事都看重他的意见。

李福临和吴大宝是齐海东的跟班，一个性情平和、心思缜密，一个喜欢耍宝、心无城府。这两个人，可以说是齐海东的左膀右臂，自进入尖刀连之后，时时刻刻唯齐海东马首是瞻。

急行军五百米后，他们抵达了前方的山脊。

唐光带着望远镜爬到高处，躲在树林的阴影中，向南面观察。东南方一公里的地方，有一个大型的水泥混凝土掩体。他非常谨慎地转换视野，将左、前、右三方向的情况都观察个遍。可惜的是，丛林里视线太差，能够隐蔽狙击手的地方太多，数都数不过来。

唐光举手示意，齐海东迅速赶了过来。

"海东，没有情况，太安静了。"唐光说，并且将望远镜递给齐海东。

齐海东借助于望远镜观察山脊左半边，因为他之前判断敌人的狙击手就藏在那里。

"什么都看不见，一点痕迹都没有，看来这批越军的狙击手全都是高手。"齐海东倒吸了一口凉气。

"幸亏我没同意赵大海摸出来杀敌，否则的话，谁死谁活还不一定呢。"唐光叹气。

两人观察的时间太久了，右翼的赵大海开始低声吹口哨，模仿小鸟的叽叽喳喳声。

"先清理掩体，掩体后面一定有坑道，一路摸过去，尽量不引起狙击手的注意。告诉大家，尽量用军刺和擒拿搞定敌人，万不得已需要开枪，也只能用无声手枪，不能使用冲锋枪。"唐光吩咐。

齐海东向后退，把唐光的命令传达下去。

吴大宝兴奋起来，因为他最擅长使用军刺，而且有一手飞刀绝技。

"这下子，可以好好干一场了，他奶奶的，可以好好干一场了！"吴大宝攥着拳头猛捶地面，一副"有劲没处用"的样子。

齐海东马上严肃地重申："任何时候，大家都不要忘了任务，我们是来拿图的，不是来杀人的。所以，没有连长的命令，就都不能恋战，边打边走，明白吗？"

齐海东当先带路，三人小组迅速接近水泥掩体，耳中听到越军士兵哇哩哇啦的说话声。

"你们两个，在掩体正面埋伏，我先进去，等里面乱起来，你们就射杀逃窜者。记住，不可恋战，脑子里绷根弦，记住我们的主要任务。"齐海东说。

他向前爬行，到了掩体后面的开口之处，突然弹跳起来，马步深蹲，连续扣下无声手枪的扳机，掩体内的五名士兵立刻倒地。掩体内除了武器弹药，就是大包大包的大米，那是昔日中国对越南当局的资助粮，现在被敌人当成了沙土包来用。

齐海东闪进掩体，俯身察看，确保敌人全部断气，没一个活口。

掩体后面，果然是一条一人深、一米宽的战术坑道，幽暗狭窄，弯弯曲曲地通向东南方。

"安全，安全。"齐海东低声发出通知。

李福临、吴大宝翻过掩体，轻轻落地，一左一右布置临时防线。

齐海东指着坑道边缘架设的电话线路，低声解释："电话线一定通向指挥部，沿着它走，就不会错。记住，少开枪，多动手。"

越南军队的战术体系在很多地方借鉴了中国方面的先进经验，所以三个人一进入坑道，齐海东便找到了熟悉的感觉，快速前进，毫无阻碍。推进一公里的过程中，他们又先后悄无声息地拔除了两个地堡和四名岗哨，深入越军阵营的腹地，渐渐与唐光率领的另一小组拉开了距离。

现代化战争中，强有力的三人战斗小组在关键时刻能起到扭转乾坤、一锤定音的巨大作用。当然，在这种"掏心窝战术"中，要求指挥员必须拥有最智慧的头脑、最强的战斗力和最冷静的判断力，三者之外，就是"百万军中取上将人头如探囊取物"的勇气。

狭路相逢勇者胜，齐海东永远都不缺乏勇气，凭着自身的高水平战斗素质，他甚至能把越军的山地战主场变为自己的主场，游刃有余地穿行于敌人阵地的核心位置。

唐光率领赵大海、孙立山越过山脊后，折转向左，绕出一个大弧线，最终目的还是去跟齐海东等人会合。

赵大海眼尖，行进中突然停步。孙立山在他身后，也被迫停下。

"正前方一百米，大树后面，穿褐色迷彩；还有一个，右前方一百米，同样褐色迷彩。看他们手中的长枪，正是射杀顾保华的那种。立山，你向右走，我射杀第一个人的时候，剩下的那个一定跑向你，不一定要用枪，军刺就能解决问题。"赵大海说。

唐光并没有意识到赵大海已经停步，脚下越来越快，一直向前。

孙立山点头："嗯，听你的。"

赵大海身体紧贴着地面，蛇一样蠕动了几下，从头到脚完全隐藏进黑影中。很快，他就绕到越军士兵附近，用无声手枪对准了他。

"这条命，是还顾保华的。"赵大海自言自语。

越南士兵歪了一下头，把嘴里嚼着的东西吐出来。就在那一瞬间，赵大海扣下扳机，一枪爆头。

果不出他所料，另一名狙击手受惊，从树上滑下来，向右逃窜。

孙立山从树后闪出来，军刺藏在袖子底下，与那横拖着狙击步枪的矮小越南士兵错身而过。

只一刀，越南士兵喉咙中的血嘶的一声飚射出来，踉跄跪倒，断喉而亡。

"顾保华，还你的。"孙立山咬着牙说。

赵大海与孙立山会合，各自松了口气，紧握右拳一碰，把顾保华被狙杀的那口闷气吐出来。

唐光折回来，低声叫着："你们怎么停下来了？快走，快走。"

赵大海有些得意："连长，刚刚我跟孙立山交叉伏击，把左翼这两个狙击手干了。"

他把狙击手被杀的位置指给唐光看，唐光脸上本来已经出现了笑容，但一下子想到了什么，脸色顿时晴转多云："大海，你们打草惊蛇了。有同伴被杀，敌人就会意识到有人突破了他们的防线，向纵深穿刺。我们六个人孤军深入，追求的是短平快，不是杀人数量。"

赵大海不服气："不干掉他们，说不定什么时候咱们的兄弟部队也会遭殃。"

唐光观察四周局势，虽然知道情况不妙，但事已至此，只能继续向前。

赵大海收拾好长枪，刚刚开口："连长，我……"

唐光打断他，挥手下令："走，向前，急行军。"

坑道尽头，连接着一排低矮的混凝土房屋，屋顶上还布置着重型机关枪。

齐海东停步，李福临和吴大宝蹲在他身后，等待他发出指令。

"大宝，你负责占领屋顶，布置第一道防线；福临，你负责战斗打响后做二梯队冲刺，占据屋子的右侧拐角处，布设第二道防线。"齐海东向前指了指。

屋顶上有五名越南士兵在游弋晃荡，警惕性挺高。从此地到房屋必须经过超过八十米的开阔地，人如果在那个区域内奔跑，只怕立刻就会成为机枪的活靶子。要想平安抵达那里，齐海东的狙击支援是必不可少的。

吴大宝点头："嗯，明白了。"

齐海东接着补充："大宝，等你接近那里，准备动手之时，给我个信号，我就连续开枪，射杀那五名哨兵。"

吴大宝检查身上的装备，弯下腰，重新系了系鞋带，做好了长途奔袭的准备。

齐海东又命令李福临："一会战斗开始，一定要注意位置移动，不要脑子一热就不管不顾地硬拼。我们是带着任务来的，不是刺客和杀手，杀再多敌人却没有完成任务，也是失败。"

李福临点点头："明白。"

吴大宝咧嘴一笑："放心吧排长，我们都不是赵大海，连里的战友都叫他'赵疯子'，一旦交火，他就把自己当成打不死的齐天大圣，杀红了眼，谁的命令也不听。"

齐海东最后一遍检查自己的枪械，低声告诫两个部下："我们是士兵，士兵以服从命令为天职，如果只是一窝蜂地冲锋或者逞能各干各的，那就失去了协同作战的意义。现代化战争中，单打独斗者必死。任何时候，都要相信你的战友，最大可能地在局部形成战斗力优势。"

吴大宝连连点头："知道了排长。"

齐海东伸出右手，吴大宝、李福临把自己的右手放在齐海东手上。

"记住，大家有缘分一起穿上这身绿军装，就是同生死、共命运的生死兄弟，一起活着出来，一起活着回去。"齐海东低声说。

三个人的手掌紧紧地握在一起，李福临、吴大宝齐声重复："同生死、共命运，一起活着出来，一起活着回去。"

吴大宝又咧咧嘴，看着齐海东的脸："排长，我没有亲哥，每次看到你，都觉得你就像我的哥，以后我能不能叫你海东哥？"

齐海东拍拍吴大宝的肩："大宝，好兄弟，我认你这个弟弟。我家里还有个妹妹，她知道多了一个小哥哥一定很开心。好了，原地放松休息，十分钟后开始行动。"

❷ 闪　击

　　齐海东并不喜欢杀人，这一点跟赵大海有本质的不同。

　　他的性格中，没有主动挑衅和攻击的基因，总是与人为善。即使在两军对垒的0931高地上，他也总是能及时发现"不战而屈人之兵"的战机，巧妙地打开战斗中的"死结"，花最小的代价取得最大的胜利。

　　"孙子曰：夫用兵之法，全国为上，破国次之；全军为上，破军次之；全旅为上，破旅次之；全卒为上，破卒次之；全伍为上，破伍次之。是故百战百胜，非善之善也；不战而屈人之兵，善之善者也。"《孙子兵法》中的名篇，他自五岁起就耳熟能详。

　　他的父亲齐山是一位受人尊敬的老干部，自小对他的要求就非常严格，小时候为了背诵《孙子兵法》，没少挨过父亲的鸡毛掸子。

　　"不战而屈人之兵，善之善者也。"他稳稳地握枪瞄准远处屋顶上的越军士兵时，低声背诵这句战争格言。

　　顾保华的死也曾让他怒火中烧过，但现在，他让自己变得冷静，如黑夜里的一块石头。

　　"海东哥，你说什么？"近在咫尺的吴大宝问。

　　"排长在背诵《孙子兵法》。"李福临代齐海东回答。

　　李福临是高中生，文化水平跟齐海东差不多，来自于一个普通的工人家庭。平时，他很沉默，不显山不露水的，但齐海东知道，李福临是几个人中最值得信任的，也最懂自己的心思。

　　"《孙子兵法》呀，我知道我知道，是古代人的兵书。以前我听村里的太爷爷讲故事，很多大将军从小就学兵法，姜太公、戚继光、李自成、陈毅都学过。"吴大宝嘟囔。

　　李福临被吴大宝逗笑了，因为吴大宝举出的四位大将军的名字涵盖古今，跨度极大，普通人根本不可能将这四位放在一起说。

　　"笑啥啊？李福临，我就知道你看不起人。在我们乡下，能讲故事的人最受人尊重，太爷爷讲的故事，村里人都爱听，比过年唱戏还好玩。"吴大宝不依不饶。

　　李福临叹了口气："吴大宝，有些话明明一点都不好笑，怎么一到你嘴里就变得很可笑？排长在背《孙子兵法》，怎么硬被你拉扯到过年唱戏上去了？这得多大的瞎扯能力才能办到呢？你这人，最大的特长就是瞎扯。"

吴大宝得意起来："是啊，太爷爷也说过，村里那么多孩子，将来只有我能得到他的真传。"

李福临憋不住笑："好好好，打完仗，你就赶紧回村接替你太爷爷的位子，继续给大家讲故事。"

吴大宝顺竿爬："当然了，我不但要回去接替太爷爷，还要娶个媳妇，生一大堆娃，养一大堆猪。"

这次，连齐海东都被逗笑了："别瞎扯了大宝，我们是军人，军人的使命是保家卫国。任何时候，只要国家需要我们，我们就不能离开部队。你赶紧把那种'老婆孩子热炕头'的想法扔了，扔得越远越好。从穿上这身绿军装开始，我们身上就打上了'共和国军人'的烙印，一辈子也改变不了。"

吴大宝不服气，继续嘟囔："军人也是人啊，军人也得娶媳妇生孩子吧？我们村里有个姑娘长得可好看了，就像画上的王昭君一样。我最喜欢她了，老是偷偷想，将来长大了，就请媒人去她家提亲。有一年腊月里，我寻思逮一头野猪送给她，就一个人上山……"

李福临笑得快抽筋了，捂住嘴，后背紧紧抵住山石："又瞎扯了，你这人……逮野猪，你瘦成这样，还不给野猪吃了？"

"你别笑话我瘦，我跑得可快了。我们那里穷，逮只野猪的话，弄成腊肉，能吃好几个月。我寻思着，逮就逮个大的，后来，你们别说，我还真看到一头大野猪，差不多有三百斤，长度嘛，李福临，你趴下有多长？大概跟你差不多长。"吴大宝说。

齐海东没办法，记起以前赵大海曾说过，要想不让吴大宝说话，除非是拿绷带把他的嘴缠起来。任何时候，只要吴大宝在，哪怕他不开口，别人一看他就想笑。

"去，别拿我比野猪，比你自己就行了。"李福临一脚蹬过来。

吴大宝一闪，没踢着，继续说："那野猪就像李福临一样，我逮它，它就蹬我，把我蹬了个仰八叉。然后它撒腿就跑，我就拼命追。我们那里的山路不好走，除了上沟就是爬崖，那头野猪连滚带爬地跑，最后你们猜怎么着？"

李福临别过头去观察敌情，不理吴大宝。

吴大宝凑过来，推推齐海东的胳膊："海东哥，你猜最后怎么着了？"

齐海东摇摇头："我猜不着。"

吴大宝笑嘻嘻地又推齐海东："海东哥，你猜一个，求求你猜一个。"

齐海东看着吴大宝稚气未脱的脸，如果不参军打仗的话，他应该还在田野里劳动。再过几年娶个媳妇，生个孩子，踏踏实实地过日子，像中国所有的农村青年一样。由此，齐海东又想到了顾保华，他记得顾保华喜欢拉二胡，他最大的心愿就是将来到村里的戏班子里去当乐师。

吴大宝还不放弃："海东哥，你猜一个，我保证你猜不着。"

李福临忍不住了，又开口："吴大宝，我猜一个吧，最后你把野猪逮住了，三拳打死，背着给那姑娘送去。那姑娘的爹一看，这小子不错啊，喝了酒还三拳打死老虎，是个英雄，把我闺女送给你，再送你两头猪，回去过日子吧。"

吴大宝笑起来："嘿嘿，李福临，你真会猜，结果差不多，不过打死老虎的是武松，我们那地方只有野猪，没有老虎。"

李福临吃惊："你还真把野猪逮住了啊？"

吴大宝摇摇头，有点羞涩地回答："没有，不过也差不多。野猪死命跑，我拼命追，眼看就抓住它的猪尾巴了，结果前面有道山崖，它收不住脚就掉下去了。幸好我手快，抓住一棵歪脖子树，捡了一条命。"

李福临笑得一只拳头捶地，另一只拳头塞进嘴里，免得笑太大声，暴露目标。

笑够了，李福临指着吴大宝："你……你……你硬生生地就把一头野猪给逼得跳崖自尽了……"

齐海东也忍不住笑："大宝，你将来不用回家种地打野猪了，就留在部队的文工团里，那里才是最能发挥你才能的地方。放心，等你将来去提亲的时候，我送你一头真猪。"

内心深处，他其实很感谢吴大宝，正是因为有了这个"活宝"的存在，战友牺牲的阴霾才被冲淡了不少，不至于让尖刀连的士气跌落至冰点。

吴大宝一直不笑，表情真诚，仿佛他说的都是真事一样："海东哥，我不要真猪，到时候你送我一个收音机就行。就是团部里最大的那种，一打开，全村都能听得见。我们村穷，要是以后有了钱，我每家都送他们一台收音机——好，不说了，我该去打野猪了，打头野猪，送给顾保华。"

说到最后一句话的时候，吴大宝眼中突然涌出泪来，双手各抓着一把草根，死命地揪着，喉咙里发出哽咽的哭声。

"打野猪，送给顾保华。"李福临低声叫着，从石头缝里递出长枪，瞄准了远处的敌人。

"好兄弟，听你的，打野猪，送给顾保华。"齐海东感觉到自己的眼睛热辣辣的。

所有人都以为吴大宝是个没心没肺的人，他实际上却是在强忍着内心的悲痛，用自己的笑鼓舞战友。这种巨大的冰火反差，就连一个真正的好演员都做不到。

吴大宝摘下头盔，转了半圈，给齐海东看。

头盔的一角，被他用军刺刻下了歪歪扭扭的"顾保华"这个名字。

"顾保华以前说，他家里有个妹妹，最喜欢听别人讲故事。他说，以后打完仗，就带我回家，给他妹妹讲三天三夜故事。他死了，我得完成他的心愿，把他的名字刻在这里，省得以后忘了。海东哥，你猜他妹妹会喜欢我刚刚讲的野猪的故事吗？"吴大宝问。他的眼泪落下来，吧嗒吧嗒地打在头盔上。

齐海东的眼泪倒灌进喉咙里，像酒，又像血。

"他妹妹一定喜欢，到时候我开车送你去，把你肚子里的故事全都讲给他妹妹听。"齐海东回答。

李福临已经无法开口，愤怒和悲痛让他浑身颤抖。

"好，好，我其实还真是很担心呢，三天三夜得讲多少故事啊，我怕自己肚子里没那么多故事，被他妹妹笑话。我总觉得，好像顾保华就在这里，冷不丁就能跳出来，敲着我的头，说我的故事一点都不好听……"吴大宝重新戴好头盔，再次系鞋带，并且在鞋帮两侧慢慢蹭自己的军刺，"顾保华，对不起啊，其实我也知道自己讲的故事一点都不好听。现在，你在天上看着，我去杀十头野猪，给你赔罪。"

三个人同时看天，满天夜雾，不见星月，天空就像他们此刻被眼泪打湿的沉甸甸的心情。

残酷的战斗一触即发，当吴大宝跃出隐身的丛林、猫着腰向前高速奔跑时，齐海东早就用瞄准镜对准了屋顶上游弋的越方哨兵。

"福临准备，我叫你跑，你就冲出去。"齐海东低声吩咐。

李福临回应："明白。"

"好了，我们按次序来，先打第一个，再打反应最强烈的第二个，接着是第三个，采取'炒豆子'战术，谁蹦得最高就先吃谁。"齐海东低语，并且再次叮嘱："福临，忘了顾保华，忘了刚才我们所说的一切，在战斗中，我们只是沉在水底的石头，除了冷静，应该把一切全都放弃。"

他知道，李福临安静沉默的外表之下，也藏着一颗火热的心。所以，他很担心，李福临会受情绪影响，无法充分发挥技战术水平。

战友之间彼此精准的火力掩护，是吴大宝活着到达屋顶的保障，所以这时候，他们是为吴大宝而战，容不得半点马虎。否则，吴大宝必死于中途。

"明白。"李福临答应。

两个人不再交谈，慢慢地与黑夜中的山石、丛林融为一体。

正如齐海东所料，他射杀第一个哨兵后，右侧最外面的哨兵反应最快，要跳下屋顶去向上级报告。所以，这个反应最快的立刻就成了他"筷子尖上的菜"。

接下来，他连续开火，五名哨兵全都被爆头，而吴大宝也猴子一样上了屋顶，蹲姿持枪，建立第一道防线。

李福临火速前进，到达那些房子的墙根下。

确认周围的敌人并未发现这场局部哑剧战斗之后，齐海东迅速赶到，与李福临会合。

从敌人的说话声音判断，房子里至少有十几个人，而且有人在气势凌人地打电话，他至少应该是个中层军官。

齐海东从房子拐角探头观察，房子后面停着四辆敞篷吉普车，后座上架着高射机枪。

他的心顿时一沉，因为从这种架势上，可以确定此地是敌人的一处重要指挥所。以三人之力，要想强攻，绝对是鸡蛋碰石头。从战场的通报资料得知，有资格乘坐前面那种吉普车的人，身边肯定有不少于三人的特工队保镖小组，一对一硬拼的话，其战斗力不输于尖刀连的战士们。

"怎么办？"齐海东缩回身子，强迫自己静下心来，构思一个完善的作战方案。

"你，向西迂回，在十五米范围内，跟我形成四十五度夹角，视野要覆盖屋后的三分之二面积，但是不要急于开枪。记住，你起支援全局的作用，不要急于开枪，近距离内能用军刺和无声手枪解决的，一定不要动用冲锋枪。注意隐蔽，让敌人死都不知道是怎么死的。我们一起来'炒豆子'，先射杀重点人物，震慑那些反应慢的敌人。福临，头脑千万要清醒，要知道自己弹匣的使用情况。在这里，没有人给我们时间换子弹，任何一次换子弹所带来的，不是你死，就是我们死。"齐海东吩咐李福临。

他指定的那个位置有一大片凸起的山岩，高出房子三米，水平距离十五米，是天然的伏击点。李福临据守那里，在保证自己安全的同时，又对战局起到"一子定乾坤"的巨大作用。在某种意义上来讲，虽然李福临的战斗力不如赵大海，但他性情沉稳，不急不躁，更值得信任。

"明白。"李福临马上行动，借丛林的掩护，抵达埋伏地点。

齐海东拔出军刺，防眩光涂层将利刃的反光全都遮盖住，令它散发出一种灰色的异样光辉，但它的刃口却是削铁如泥。

"故用兵之法，十则围之，五则攻之，倍则分之，敌则能战之，少则能逃之，不若则能避之。故小敌之坚，大敌之擒也。"齐海东在心里默诵着《孙子兵法》里的另一段。

他感谢自己的父亲齐山，正是有了小时候的死记硬背，才让那些经典战术格言深深地印在脑子里。

"爸，我不会丢齐家人的脸，放心吧。"他的嘴角浮起一丝淡淡的微笑，仿佛父亲齐山就背着手站在自己面前。

"军人，要有担当，有责任感，有不畏强敌的勇气。穿上这身绿军装，你就不再是一个普普通通的年轻人，而是一块城砖，几千万块城砖垒在一起，就砌筑成了我们中国南疆的万里长城。"齐山说过的话，又一次回响在齐海东耳边。

齐海东深吸一口气，然后贴着墙闪出去，绕到房子正面以后，他先切入了最右侧的那间。

房间仅有四米宽、三米长，中央摆着折叠桌，桌子两侧是折叠凳，应该是士兵临时开会的地方。

齐海东进入时，里面正有两名越南士兵在擦枪，两支长枪被拆卸成零件，全都摆在折叠桌上。

其中一人抬头看到齐海东，立刻跳了起来，从旁边抓起手枪。

此人的反应真是够快，正是齐海东说的"炒豆子"战术中的爆豆。既是爆豆，那么必定先死。

齐海东滑步向前，隔着桌子出刀，军刺的锋刃划了个弧形，敌人的脖子被削断了一半，头颅向后翻折过去。

齐海东根本不看战况，反手一划，没来得及站起来的敌人也遭割喉。

随即，齐海东灭了室内的灯，贴着门边站立。

灯一灭，旁边的房间里就有人走出来，到这边察看。

齐海东毫不犹豫，准确地出刀，先割喉，再抓住敌人的手臂，将对方拖进来。

"三头野猪。"齐海东默数着。

"扑通"，他听到左侧房间里传来一个人沉闷倒地的声音。

他闪出去，进入那个房间，看见吴大宝已经手刃三名敌人，正在敌人裤腿上擦拭军刺。

"三头野猪。"吴大宝低声报告。

"房子共七间，我们先清理两翼，留中央最大的那间。那是会议室，我们要的东西，应该就在里面。"齐海东说。

两人又进隔壁，杀了一人后肃清现场。

之后，齐海东带头出门，翻身上了房顶，蹑手蹑脚地横穿中央会议室，到达左翼。在这里，他看到了一个熟悉的身影，如豹子一样进入左翼第三间，几秒钟后又闪出来，贴着墙根无声站立。

那是唐光，身后跟着孙立山。

齐海东落地，站在唐光身边。

"赵大海负责远端警戒。"唐光简短地说。

齐海东点头："嗯，李福临负责警戒。"

四个人会合，唐光随即下令："大会议室内每个人都有用，不要轻易杀人，全都活擒。"

齐海东冷静地横跨了一步，挡住唐光，站在队伍的最前面，低声说："我打头阵。"

在这个团队中，他最敬佩唐光，也始终把唐光放在第一位。蛇无头不走，鸟无头不飞。每个人都必须捍卫领袖，整个团队才能有凝聚力和战斗力。而且，所有战争史表明，唯有捍卫领袖的人，最终才能成为领袖。

他进了中央会议室，这里是敌人一个重要的指挥所，各种地图随处可见，一名越军军官正在桌前站着，低头研究沙盘。旁边的会议桌上，堆放着大量地图、报表，同时还有两部通讯电台和四部电话机。房间的一角，则堆放着火箭筒、弹药箱等物品。

会议室里还有五个人，应该都是作战参谋之类，都在翻看地图，并没有意识到有中国军人摸进来。

齐海东蹑手蹑脚地靠近，枪口抵住那军官的太阳穴，然后做了个"噤声"的动作。

那军官吓了一跳，慢慢地举起双手。

唐光、孙立山、吴大宝迅疾闯入，双手持枪，对准其余的五人。

"我需要狙击手位置图、雷区分布图。"齐海东对那敌人说，"我只给你十五秒时间。"

那军官起初还表现得很凶悍，挺直腰板，瞪着齐海东。

"不怕死？"齐海东目光沉静，食指扣在扳机上，"没有你，我们也能找到。"

这是他第一次面对越军军官，从前只是在望远镜中远距离看过。那军官个子不高，但身材很健硕，隔着军装，也能看到他胸前高高凸起的胸肌。

唐光此刻站在会议桌前，那里的地图太多，要想从中找到想要的，并不容易。

"你们怎么能摸到这里来？"齐海东并不回答，只是用枪戳戳那军官的太阳穴，那军官慢慢地低头，回身走向背后的文件橱，"你要的资料，就在里面，我给你拿。"

齐海东随即跟上，枪口不离对方太阳穴，谨防对方要花招。

"嗒嗒嗒"，冲锋枪射击声划破了夜空的宁静，一名越军士兵出现在会议室门外，但他刚刚站定，就被远端破空射来的子弹狙杀，盲目地扣下扳机，子弹射向夜空。

就在这一瞬间，那看似听话合作的军官突然反手扣住了齐海东的手腕，向后一拖，由外向内，包住了齐海东握枪的右手。

齐海东松手，放弃短枪，在那军官刚刚掉转枪口，食指插入扳机孔的瞬间，齐海东的军刺就已经到了，左右两闪，军官两只手腕上的手筋全都被削断，短枪随即落地。

"自作自受。"齐海东推开那军官，拉开文件橱。橱柜的最上层，放着一个绿色的文件夹，里面放的正是他想要的布防图。

"连长，东西到手了。"齐海东把文件夹抛给唐光。

唐光先打开看了一眼，随即合拢，放进背包的防水隔离层中。

"撤离。"唐光下令。

"杀光他们，杀光他们——"赵大海从门口闪进来，平举长枪，对准那被废了手筋的越南军官。

这种情况下，他们六个要杀死会议室内的六名越南军人很容易，况且在尖刀连的兄弟们接连被狙杀的气头上，杀敌泄愤也是可以理解的。当然了，在突袭战中杀敌，不用承担任何责任，如果上级追查起来，只汇报说是敌人抢枪顽抗，迫不得已开枪。

那名军官想躲，赵大海向前起身，长枪枪口捅进对方嘴里去。

一个人的姓名也许会起错，但外号却绝对不会叫错。一投入战斗，赵大海就实实在在地变成大家说的"赵疯子"，杀红了眼，根本停不了手。

"住手！"齐海东一把抬起了赵大海的枪口。

赵大海听不进去，恶狠狠地大叫："闪开，杀了他给死了的兄弟们报仇！"

齐海东横跨一步，挡在那军官前面。

他当然也想过为顾保华报仇，他也是热血男人，但他任何时候都能保持理智。根据《日内瓦公约》，失去抵抗能力的投降者就是战俘，虐杀战俘是违背人道主义的。在上战场之前，师团领导早就讲过这个问题。

这是战争，不是屠杀。他们是中国人民解放军，是保家卫国、打击强盗的正义之师，而不是杀人不眨眼的刽子手。

吴大宝也叫了起来："海东哥，宰了这六头野猪，给顾保华报仇！"

唐光拖着赵大海后退，先下了他的长枪，随即大叫："所有人听命令，后退，不能开枪！"

齐海东提气大叫："大家冷静，他们不是野猪，是战俘，中国人民解放军不能虐杀战俘，那是犯罪！"

李福临也赶到，与孙立山、吴大宝一起举枪对着那六名越南军人。

赵大海嘶吼："齐海东，你他妈的忘了顾保华脑袋上的枪眼了吗？那一枪要是射你头上，你也得死！老子不管什么《日内瓦公约》，那是外国人的条条框框，老子就知道中国老祖宗说的，杀人偿命，欠债还钱。老子今天就要干了他，识相的就赶紧滚开，惹恼了我连你一起干了！"

齐海东一动不动，对赵大海的叫骂毫不动气，因为他理解赵大海此刻的心情。

在战场上，杀一个敌人很容易，但要保全一个敌人的命却很难。

他既然能站出来阻止赵大海开枪，就一定会做到底。

"大海，冷静！"唐光又叫，他下了赵大海的长枪，却无法阻止赵大海反手拔出无声手枪，斜刺里向齐海东身后的军官扣下扳机。

关键时刻，齐海东一个反手肘锤，击在那军官胸口上，打倒他的同时，也避开了赵大海的致命一枪。

赵大海又往前扑，齐海东无奈，只能使用擒拿将对方擒住。

"大海，冷静，听连长说话。"齐海东贴着赵大海的耳朵低叫，随即向后一推，顺手下了赵大海手中的短枪。

赵大海失枪，如笼子里的困兽，红着眼，死死瞪着齐海东。

唐光下令："这些军人失去了反抗能力，已经是中国人民解放军的俘虏。根据《日内瓦公约》里的战俘条例，虐待和屠杀战俘来泄愤都是违背人道主义的。这条红线，任何军队都不能触犯，否则必遭严重处分。听我命令，打晕敌人，撤退！"

吴大宝眼里带着泪低吼："我不服，我不服，他们杀了顾保华，我不服——"

李福临走过去，拖着吴大宝向外走："快走，一切行动听连长的。"

　　吴大宝心有不甘，向唐光吼着："连长，杀光他们，给顾保华报仇！"

　　李福临使劲一推，把吴大宝推出了会议室。

　　唐光、齐海东、孙立山一起动手，用短枪的枪柄敲俘虏的颈后，将六个人全都打晕过去，随即撤离会议室。

　　按照原定计划，取得地图后，唐光就会率领五人循着原路线返回中方阵地，这本来就是顺理成章的事。但是，很快齐海东就发现，前方出现了非同寻常的讯号。大概在三百米之外，一大群本来已经入睡的禽鸟突然飞起来，呼呼啦啦地在半空盘旋，发出凄厉的鸣声。

　　"隐蔽！"唐光立刻做出反应。

　　"连长，不对头。"齐海东说。

　　唐光看清了，那个位置正是赵大海射杀敌人狙击手的地方。他的预感变成了现实，敌人发现了狙击手被杀，马上就会发出警告，将原先被尖刀连偷偷撕破的防线快速弥补起来。那样的话，原路已经无法通行。

　　齐海东从背包里取出 0931 军事地形图，借着手电的微光，迅速找到了他们所在的位置。

　　"连长，我们可以向西面去，那里有一条山涧，地势低，不易被敌人发现。山涧向北，能一直通到二号、三号高地之间我们的火箭炮阵地。虽然绕远，但只要急行军两个小时，就能平安返回。"齐海东向唐光汇报。

　　唐光扫了一眼地图，立刻做出决定："海东说得对，那条山涧内掩蔽物极多，就算跟敌人发生近距离接触，也能迅速扫清障碍。走，改变路线向西去，海东带路，李福临、吴大宝负责左右侧翼，赵大海、孙立山断后。行动！"

　　六个人在丛林的阴影中改变方向，由向北变为直奔正西。

　　很快，他们发现北方、西北、东北都有夜鸟被惊起，这证明密林之中藏有大量的越军狙击点和巡逻队。

　　齐海东不禁暗暗想到："好运气总是能用完的，我们虽然快速杀入，闪击了越军的指挥所，但接下来，幸运之神还会继续垂青我们吗?"

❸ 撤　退

那段儿公里的山涧貌似平静，但是当齐海东蹚过一段浅溪时，前方三百米处突然有人影晃动。

"隐蔽——"齐海东低喝。

随即，弹雨扑面而来，如果他没有在出声警告战友的同时翻身扑到一块大石头后面的话，早就被打成了筛子。

从枪弹数量看，前方至少有十五名越军设伏，十五支冲锋枪交叉射击，死死地封住了去路。

"海东、大海，先把他们的头儿办了。"唐光下令。

齐海东已经在瞄准镜里寻找带队的敌人，但山涧内乱石太多，他想找到一条射击线路都很困难，更何况是要狙杀隐藏在最后面的敌军头目了。

"我去右边，大家隐蔽。"齐海东发现了右侧的一条斜着向上的横向水沟。他想将自己的位置向上移动几米，抬高视线，就能以俯视之姿射杀敌人。

"李福临、孙立山、吴大宝，准备随我冲锋，赵大海拖后掩护。"唐光再次下令。

很快，齐海东就发现一名黑瘦矮小的越南人，他躲在大石头后面，手里握着短枪，正连连挥手，看样子是督促自己的士兵们向前冲锋。

"好了，就是你！"齐海东移动枪口，瞄准镜落在那矮子的额头上。

"连长，左方、后方都有敌人过来。"赵大海发出了警告。

齐海东不由得一惊，马上向左看，灌木丛不停地抖动着，可见有人正快步穿过丛林过来。几方相加，尖刀连队员已经被敌人合围在正中。

第一次射击，齐海东就将敌人爆头。

唐光不敢有丝毫大意，立刻命令队员向齐海东靠近，改变行进方向，以快速离开低洼地带。

"海东，你和赵大海沿着山涧右侧边缘前进，沿途射杀敌人，吸引敌人注意力，掩护我们前进，在那里——"唐光向前一指，前方一百五十米处，有一道凸起的山嘴，"我们构建第一道防线，反过来掩护你们。"

齐海东点头，而此刻赵大海也迅速隐蔽在一块石头旁边，枪口向后，准备狙杀后面跟踪而来的敌人。

唐光带头，领着李福临、孙立山、吴大宝向前突进。

"对不起，大海。"齐海东说。

在敌军会议室中，他在无奈之下出手控制赵大海，令赵大海大为恼火，他到现在才有机会道歉。他是排长，但桀骜不驯、枪法超群的赵大海并不买他的账。

"有什么好对不起的？我早忘了。"赵大海说。

话虽如此，却言不由衷。

"我只是不想让大家后悔——战场杀俘，军人之大忌。我理解你的心情，才更不愿看到你因一时冲动而犯罪。"齐海东说。

赵大海陷入沉默，显然齐海东那样做，令他在同伴面前颜面尽失。

"大海，我希望你知道，战争很残酷，不冷静的代价，谁都承担不起。"齐海东说。

他虽然只比赵大海大一岁，但军校的磨砺、父亲的教育以及个人对于现代化战争的理解，都使他比年轻的同伴们更成熟，更能一眼洞察事件本质，一手抓住问题的实质。

赵大海长叹一声，所有不满、内疚和自责都包含在其中。

其实，陷入现在的困境，也缘于他贸然射杀了越军的狙击手，惊扰了敌人的大部队，给"闪击战"带来了巨大的隐患。

"是我太冲动了，但我想起顾保华被敌方狙击手爆头，实在是咽不下这口气。"隔了一阵，赵大海才喃喃自语。

"换了我，也一样。"齐海东屏住呼吸，射杀一人后，才低声回答。

后面的敌人一露头，就立刻遭到赵大海的连续狙杀，顷刻间连死三人。

右侧丛林中有几棵小树晃动起来，齐海东立即拔出手枪，向赵大海发出警示："在我的三点钟方向有敌人，注意，消灭他们后立即移动位置跟我走。"

在他话音落地后的十秒钟内，至少有四张黑瘦的越南军人的脸同时从茅草后面闪出来。齐海东毫不犹豫地扣下扳机，无声手枪轻灵而急促的"啪啪"声响过，敌人应声而倒。

"撤。"他下令，然后当先离开隐蔽地点，向前三十步，进入了早就观察好的另一处被树根、巨石和半人高茅草包围着的弧形掩体后面。

赵大海跟过来，嘴角衔着一根草棍，满脸都是杀机。

"敌人越来越多，弄不好今天要跟这些孙子同归于尽了。"他说。

齐海东并没有浪费时间去发牢骚，而是迅速检查枪械情况。欲善其事，先利其器。任何时候，他都是沉着冷静的，眼观六路、耳听八方，永远能做出最明智的选择。

"没想到，我赵大海会死在这里！"赵大海又说。

"不到最后，不要轻易言败。"齐海东低声说。

"嘿，我判断后面三个方向追过来的敌人至少有五六十名，他们熟悉这里的地形，一定会分兵去前面拦截。丛林战是越南人的强项，个顶个精得像山猴子一样……"

齐海东打断赵大海的话："大海，作为战斗小组中的狙击手，只要还有一线生机，就必须战斗到最后。我说的战斗，不是杀敌，更不是动不动就跟敌人同归于尽，因为一名狙击手的任务，是替战友扫清前进路上的障碍。既然你选择成为一名狙击手，就要扛起掩护全局的责任来，个人生死，根本微不足道。"

赵大海被齐海东的话呛住，靠着大石头喘粗气。

齐海东小心地由石头侧面向外观察，悄无声息地向外递出长枪，有效地控制了前方的扇形区域。

唐光等人仍然在山涧乱石中穿行，从目前看，敌人的合围之势还没形成，运气好的话，天亮前就能安全撤离。

"侥幸，侥幸。"他在心底松了口气。

两军交手，一个好的指挥员能弥补地形、人员、武器上的不足与劣势，以少胜多、以弱胜强的例子数不胜数。

"海东，在大比武中败给你，我不太服气，但现在我服气了，你很多方面都比我强。"赵大海衷心地说。

他们两个，是上届大比武的冠亚军。

赵大海是个好面子的人，两人同在尖刀连中，他始终认为战友们会在背后笑话自己，所以不自觉地偷偷将齐海东视为自己的敌人。

现在，他应该明白，技战术可以通过磨砺不断提高，但一个人的心胸、大局观却是与生俱来的，后天学习并不见效。

"别这样说，全连上下，对你的狙击技术人人服气，没有不挑大拇指的。"齐海东回答。

在他眼中，赵大海是一个关键时刻能拼命的角色，骨子里那股狠劲，全连没人能比得上。如此残酷的阵地战中，只有够狠、够猛、够拼命的人，才能好好活下去。

连续三次移动位置、狙杀二十六人后，齐海东、赵大海赶上了唐光等人。

"再走两公里就到我们的地盘了。"唐光说。

"有惊无险，平安归来。"赵大海回应。

吴大宝插嘴："可惜没多杀几个鬼子，顾保华的在天之灵一定不满意。"

李福临、孙立山一起拍打吴大宝的肩膀："胡说什么呢？我们是光荣的中国人民解放军，不迷信，不拜鬼神，当心连长批你。"

吴大宝吐吐舌头："我的嘴比脑子快，话没经过大脑就冒出来了。"

齐海东在前面带路，耳中听着战友们激战之后的闲聊，心情不知不觉轻松起来。

赵大海跟上来，低声问："海东，你不觉得我们刚刚杀鬼子跟在那个会议室里杀鬼子没有什么不同吗？虽然我认不出敌人的模样，但我们离开后，那些被打昏的人当然会醒过来，难道你能保证他们不混杂在追击队伍中继续战斗？"

齐海东摇头："这问题很简单，《日内瓦公约》颁布后，每一个年代、每一个战场上都有战俘营存在。判断他们是战俘还是敌人的标准，就是看他们有没有反抗能力。持枪负隅顽抗，那就是敌人，为了战友们的安全，必须迅速予以射杀；反之，他们已经缴械投降，手无寸铁，对我们的战友没有伤害能力，这就是战俘。"

唐光在他们身后补充："海东说得没错，杀俘会损害我军的声威和荣誉，更严重一点说，国际战争观察员会据此做出对国家荣誉有损害的调查报告。大海，那样一来，你就是国家罪人了。"

赵大海嘿嘿地笑："连长，我这不是没杀战俘吗？我赵大海自小就爱国，就算死也绝不给国家抹黑。"

"咻——"火箭弹划破空气的怪啸声传来。

"卧倒！"齐海东最先发出警告，但敌人的袭击来得太突然，他听到那声音的时候已经太晚了。

火箭弹落地爆炸后尘土飞扬，把三个人一起掀翻过去。

齐海东反应极快，就地连续三次翻滚之后，躲到石头后面，来不及吐出嘴里的沙粒，就立即瞄准开枪，射杀了左前方一块山崖上蹲着的越方火箭弹两人小组。

"怎么样？"他来不及回头，大声问。

"没事，就是被灌了一嘴土。"唐光回应。

齐海东转动枪口，但再也没有捕捉到什么。

"打起精神来，回家的路就在我们脚下！"唐光发出鼓舞人心的口号。

突然之间，齐海东打了个寒战，因为唐光这句口号曾经在很多场景中出现过，那往往是一个不详的预兆。这里是战场，仿佛是上天的故意捉弄，想回家的人往往第一个被送往鬼门关。

"走。"唐光下令。

从那一刻起，齐海东就没有离开过唐光，时刻警醒，要替对方扫清一切危险。

从小到大，齐海东就相信自己的第六感，在某些危险或者重大转折点到来的时候，他总是能提前预判，不让自己坠入前路上的陷阱。

幸好，接下来的一公里路程中并没有出现意外，有齐海东、赵大海的双枪呼应，再有唐光、李福临、孙立山、吴大宝四人的近距离突击，在击溃了敌人三次冲锋围剿之后。这队人马已经接近中越两军的分界线——三号、四号高地之间的一道蛇形山梁，继续向北一公里半，就能进入友军的保护圈了。

"真是累死我了！"孙立山一屁股坐下，倒在石头后面，丢下冲锋枪，摸出水壶喝水。

在这种"闪击战"中，生理和心理承受着双重压力，所以他的表现很容易理解。

吴大宝也放松下来，拿出军刺，在石头侧面刻字。

"原地休息五分钟，注意警戒。"唐光吩咐。

不待唐光下令，齐海东已经自觉地进入哨位，观察后方情况，随时准备与敌人交火。

与唐光的彪悍、赵大海的勇猛相比，齐海东身上存在更多的睿智、包容、沉着，他从不爆发，永远都是沉稳如磐石，坚毅如松柏。并且他的体力似乎无穷无尽，在所有人都疲惫不堪之时，他还能按照自己的步调，有条不紊地做好一切事情。

唐光拎着水壶走过来，递给齐海东："喝水。"

齐海东摇摇头："连长，我不渴。"

同时，他看看自己的腕表，时间已经过去了两分钟："连长，还有三分钟。"

唐光点头："是啊，这次"闪击战"很成功，回去以后，我会向上级给大家请功。"

一提到请功，赵大海、孙立山的眼睛立刻亮了。

孙立山一骨碌爬起来："连长，就等你这句话呢！"

赵大海没说话，一手拎枪，一手从怀中取出了一张小照片，歪着头看，满是尘土的脸上露出开心的笑容。

齐海东也笑了："连长，要请功，也是尖刀连的荣誉功勋，那才是最重要的。个人生死荣辱，跟团队的荣誉相比，微不足道。"

唐光拍了拍齐海东的肩，感慨万千地说："海东，好兄弟，你说的话真是对我的心思。我一直都在想，尖刀连这么多人，只有你是真正的帅才，前途不可限量。"

齐海东轻轻抚摸着长枪上的瞄准镜，低声回答："连长，我算不上帅才，真正的帅才必须要肩负起太多责任，一生会过得很累。如果我能自由选择，宁愿只做一名心无旁骛的狙击手，为国家荣誉、民族和平而战。"

唐光笑了："海东，其实这个世界上每个人都差不多，都想清闲一生、逍遥一生。你嫂子说过，等我转业以后，平平安安地生孩子、养孩子、上班、吃饭……做个与世无争、与世无求的平凡人。"

齐海东点头："人各有志，做个平凡人最好了。我们有所不同，我父亲从小就教育我，要做一名优秀的共和国军人，为国家和民族奉献一腔热血。所以，我注定了要在军营里干一辈子，我的后代，也要献身军营。"

唐光钦佩地点头："你父亲说得对，老一辈革命家是新中国的中流砥柱，等回到海天，我要去你家里探望两位老人。"

齐海东点头："好，到时候我请你吃饭，我家里最欢迎的就是军人，我妹妹还没长到桌子那么高的时候就告诉我她将来要嫁给解放军呢！"

提到家人，齐海东的眼神也变得温柔起来。

"古丽华？这不是战地医院那个古丽华吗？"吴大宝叫起来。

他从赵大海肩膀后面偷瞄，看到了那照片上的人。

"什么？古丽华？"李福临、孙立山也来了兴趣，凑过来看。

赵大海刚想把照片收起来，吴大宝手快，一把抢过照片，跟李福临、孙立山凑在一起，瞪大了眼睛看。

"喂喂，你们，你们——吴大宝，你别把照片弄脏了，我好不容易才跟人家要来的。"赵大海有些不好意思，稍稍脸红，但很快就嘚瑟起来，脸上露出得意洋洋的笑容。毕竟古丽华是战地医院最漂亮的护士，能要来她的照片，是件很让人羡慕的事。

"真的是古丽华，真的是她，啧啧，你看这小脸、这小鼻子、这小嘴、这小下巴、这小头发、这小眼睛……"孙立山啧啧赞叹，收不住嘴。

赵大海起初还听得顺耳，等听到"小眼睛"三个字，马上呵斥："去去去，什么小眼睛不小眼睛的，你眼瞎啊孙立山？古丽华漂亮就漂亮在她那双眼睛上了，又大、又黑、又亮，就像吐鲁番的葡萄一样。"

吴大宝也说："去你的孙立山，你连夸女孩子都不会。就古丽华那双眼睛吧，我有一次去她那里要止疼药，她那双眼睛都能当镜子使，把我照得清清楚楚的。我老家后山上有一对泉子，几百年了从来都是清澈见底，水甜得像糖水，我看古丽华的眼睛就像那对泉子一样，能甜死人。"

齐海东知道那个古丽华，其实整个团甚至整个师没有不知道那个漂亮女孩子的。

"呵呵，他们聊古丽华呢，自古美人爱英雄，海东，你也得抓紧机会啊！"唐光跟齐海东开玩笑。

齐海东个子很高，至少有一米七八，人也长得帅，是野战医院里小护士们公认的帅哥，很多个子矮、身材差的女孩子没有自知之明，都偷偷打听过齐海东，并隔三差五地往尖刀连跑，就为了跟他套近乎。

"我还从没考虑过这事呢！"齐海东摇头。

漂亮女孩子人人喜欢，但在他心里，没有什么比战争胜利更重要。就像现在，所有人都放松休息的时候，他脑子里那根弦一直都绷着，不断地用眼角余光瞥着腕表，计算着大家的休息时间。

"古丽华是我的。"赵大海的声音飘过来，"她为什么给我这张照片？就是因为她喜欢我赵大海，以后要嫁给我。"

吴大宝嘴贱，把照片翻过来，指着背后的糨糊痕迹坏笑："赵大海，赵大海，算你狠，我说怎么刚刚就看着这照片熟悉呢，这不是团部大红光荣榜上的照片吗？你看，你撕下来以后，照片背后还粘着一小块红纸呢！"

赵大海被吴大宝当面戳穿，脸上挂不住，扑过来抢照片。

吴大宝不给，两人争抢中，照片脱手，被风吹下山涧，顺着小溪向南漂去。

"哎，你小子……"赵大海没有丝毫犹豫，大步向前追，哗啦哗啦地蹚进山涧里，追了十几米，终于追上，弯腰捞起照片。

齐海东又有了不祥的预感，立刻伏在瞄准镜后面，向赵大海站立的方向观察。瞄准镜中，野草、树杈纵横，很难发现身着迷彩服的越南士兵。

"回来，快回来，赵大海，注意隐蔽！"唐光探出身去，挥臂提醒赵大海。

赵大海、李福临、孙立山、吴大宝四人都太年轻了，一提到那个花一样的女护士古丽华，四个人都几乎忘记了这是在弹雨横飞的战场。

赵大海用袖口擦了擦照片，一边向回跑，一边小心地把照片塞回口袋里。

枝叶晃动的刹那，齐海东右手食指一扣，刚刚由树丛里闪出的那名敌人脸部中弹，仰面摔倒。

"准备战斗！"唐光下令。

只有几秒钟时间，刚刚的嬉笑打闹都不存在了，无论是齐海东这一方还是越军那一方，全都陷入了剑拔弩张的沉寂。

"嗒嗒嗒"，一串子弹射入溪中，但并未射中赵大海，开枪的敌人反而暴露了自己的目标，死于齐海东枪下。

赵大海回到山梁凹进处的天然掩体中，气喘吁吁的，脸上并无惊慌之色，反而带着笑容。

"赵大海，你想死啊？"吴大宝还没忘了斗嘴，"为一张照片就那样，要是见了古丽华，你还不得疯了？"

赵大海拍拍胸口放照片的地方："疯？为古丽华去死我都愿意。"

唐光急叱："别说不吉利的话，什么死不死的，大家都得好好活着回去。齐海东、赵大海断后，其他人贴着山梁转移，注意，尽量不要跟敌人接火暴露目标。大家听清楚，我们唯一的任务就是带地图回去。"

赵大海提着长枪进入狙击位，低声嘟囔："吴大宝这小子，回去再跟他算账。"

齐海东低声提醒："不要分心，这是在战场上。"

子弹无情，作为一名狙击手，掩护战友的同时，也会将所有敌人的火力吸引过来，成为众矢之的。于是，这就要求狙击手每次开枪，都必须有效地削减敌人的有生力量，以杀止杀，容不得半点马虎。

赵大海又嘟囔："知道了，知道了。"

李福临、孙立山、吴大宝撤离后，唐光猫着腰过来，先拍拍齐海东，又拍拍赵大海，低声通知他们："撤吧，差不多了。"

就在这时候，火箭弹破空之声响了起来。

唐光想都没想，纵身一扑，把赵大海压在自己的身下。

火箭弹在齐海东与赵大海之间爆炸，汹涌的气浪推得齐海东侧翻了两次，半边头发也被纷飞的火星子烧焦了。

他第一时间起身，捡起唐光抛下的冲锋枪，向着侧翼的敌人扫出一梭子子弹。

赵大海拱了拱腰，把唐光掀到一边，大口向地下吐着："呸呸，全都是沙子！"

齐海东觉得不对劲，因为唐光被推开时，身子软绵绵的。

"连长，连长！"他推了推唐光的肩，陡然发现，唐光的后背已经被鲜血染红，迷彩服被弹片撕裂了一个大洞。

齐海东急了："赵大海，顶住，我背连长下去。"

那样严重的伤势，急救包不管用，只能先向下撤再说。

当齐海东赶上李福临等三人，进入暂时的安全环境后，他才敢把唐光放下来。那时，唐光流的血已经将两人的半边身子染红了。

"连长，连长……"齐海东一边轻声呼唤，一边小心地撕开唐光后背的衣服，一条半尺的伤口横亘在唐光背上，最深处，已经见到白森森的骨茬。血已经不再激涌，但那是一个更要命的信号，血流干，人也就完了。

"连长怎么样？"担任就地警戒的李福临在十几步外焦急地低吼。

"伤得很重，我们赶紧撤，谁都不准恋战。"齐海东冷静地下令。作为排长，他并没有埋怨赵大海的松懈大意，毕竟一个战斗小组出了状况，责任是在领导人身上。现在，唐光已经为掩护赵大海重伤，剩下的事责无旁贷，必须由他承担起来。

"现在，大家听我命令，李福临前面探路，孙立山掩护右翼，吴大宝掩护左翼，急行军撤离。"齐海东急促地下令。

他最担心的，是敌人迂回到侧前方去，形成迎头阻击之势。

后面，敌人的枪声响得很急，应该已经追到近处。他相信赵大海的能力，一定能在痛击敌人的同时全身而退。

他在唐光的伤口部位塞了三个急救包，然后用绷带连肩带将背部死死缠住，又重重地打了个死结。

"撤。"他发出了只有一个字的命令。

此时此刻，说再多话已经没有意义，他的心已经沉到了冰点。

"海东……海东……"急速奔跑中，唐光突然发出了呻吟，本来无力地耷拉在齐海东胸前的双臂骤然有了力气，死死抓住齐海东的衣服。

"连长，你醒了！"齐海东没有停步，仍然奔跑。

他必须要在敌人包围圈合拢前，将大家安全地带出去。

"大海呢，大海……有没有受伤？"唐光问。

"他没事，他一个人断后，放心吧。"齐海东回答。

唐光的手一下子松开，似乎悬着的心已经放下，但正是如此，才让齐海东骤然止步，一颗心猛地提到了嗓子眼。

"连长，连长——"他叫了两声，唐光没有回应。

齐海东小心地在一棵大树旁放下唐光，他发现对方已经再次昏迷。火箭弹爆炸后的弹片有成百上千块，除了后背那条巨大的伤口，唐光的肩头、脖颈、腰肋也都被射中，全身上下的血迹已经连成片，把他变成了一个血人。

"唉。"齐海东长叹了一声。

他并不想埋怨任何一名战友，但在一个团队中，任何一个人的疏忽大意都会给同伴带来毁灭性的灾难。

"如果没有赵大海跃下小溪去捞照片那样的轻率举动……"他抬起手臂，擦去唐光额头的冷汗。

"排长，连长怎么样了？"警戒左翼的吴大宝带着哭腔问。

"没事。"齐海东沉声回答，"不用慌，注意敌人动向。"

实际上，他从四面树枝晃动的趋势来看，敌人阵中不乏眼明心亮的高手，他们也能看清局势，正在奔向前面双方必争之地。

李福临从前面折回来，身后枪声大作，高处的树梢被敌人的子弹扫断，乱纷纷地坠落。

"排长，前面情况不太好。"李福临的声音并不慌张，但他的唇紧咬着、脸紧绷着，这印证了齐海东的判断。

"没事，等赵大海赶上来，凭我们几个的实力，在敌阵中任意撕条口子就能出去。"齐海东淡淡地说。

"连长怎么样？"李福临俯身看着唐光的脸。

"昏迷，不过还撑得住。"齐海东深知，此刻自己是这个团队的主心骨，每一句话都必须字斟句酌，不能把内心的焦虑带出来。

"赵大海太……"

李福临刚说了四个字，齐海东便猛地眉头一皱，打断对方的话："大敌当前，不能自乱军心。"

很多时候，一句话就让大家的心散了。心一散，整个团队的战斗力就会骤降为零，任敌人宰割。

"可是，可是如果不是他跳下山涧去暴露了我们的位置……唉，算了，你是排长，你说了算！"李福临垂下头，紧紧握住冲锋枪。

后面的枪声也停了，很快，赵大海便倒提着长枪赶上来。唐光替他挡住了所有弹片，眼下看，他浑身上下完好无损。

"连长，连长。"赵大海叫了两声，昏迷中的唐光毫无反应。

李福临从侧面狠狠地瞪了赵大海两眼，随即在齐海东的目光示意下走开，免得自己忍不住开口说出什么抱怨的话。

"连长没事，撑得住。"齐海东说："现在，全体听我指挥，我们先停下来，收紧拳头，十分钟后，改变方向，直接向南出击，跳出敌人的包围圈。"

"避实击虚"是兵法中的妙招，在局部形成战斗优势，干净利索地避开敌人的重兵布防。

齐海东无数次看过本地的地形图，确信向南半公里、向西一公里再向北，通过一道地势复杂险峻的山坳，就能平安回家。

这条行动路线，要比跟敌人硬碰硬地进行"绞肉战"要好很多。再说，五个人五条枪不可能打赢对面整连、整团的敌人。

"好。"李福临首先举手表示赞同。

赵大海没有开口，虽然脸上有了愧疚之色，但却始终没说什么。

齐海东发出信号，孙立山、吴大宝立刻回收，五个人重新兵合一处。

丛林之中呈现出死一般的寂静，刚刚的枪战将所有宿鸟都惊飞得无影无踪，连讨厌的蚊虫、苍蝇、虫子也都消失了，仿佛死神已经带着它的夺命钩镰君临，肆意挥舞，带走一切无辜的生命。

④ 自 戕

后来，他们五个人都听到了唐光微弱的心跳声。

怦怦、怦、怦怦……时强时弱，时断时续。

"有心跳，连长死不了。"吴大宝轻轻叫起来，声音里满怀喜悦和希望。

齐海东背靠着树，让唐光半躺在自己怀中。他是最先听到那心跳声的，嘴角禁不住浮出笑容。

"连长没事，我终于放心了。"赵大海长出了一口气，抹了把脸，嘿嘿笑起来。

终于，唐光勉强睁开了眼睛。

"连长，三分钟后，我带他们向南迁回突围。"齐海东立刻报告。

"大海呢？大海呢？"唐光虚弱地嚅动着嘴唇。

赵大海立刻凑过去，让自己的脸出现在唐光视野里："连长，我在这里呢，我没事。"

唐光的右手无力地挪动，抓住赵大海的手，脸上慢慢浮起微笑："好了，兄弟们都……没事就好，我就放心了。"

除了齐海东，其余四人的眼睛都湿润了。

"连长，大家都不会有事，放心吧。"齐海东说。

唐光转头，望着齐海东："海东，指挥权现在交给你……带大家安全回去，我累了，我得睡一会儿……"

吴大宝忍不住抽噎起来，背过脸去，抬起袖子擦眼泪。

齐海东低头看着唐光，他已经闭上了眼睛，脸如白纸一样。

他明白，唐光需要及时得到手术治疗，只有后方的战地医院才能救唐光的命。

"同志们，"他低沉地开口，"连长需要得到及时的治疗，我们没有太多时间可以浪费了。从现在起，每一个人都听我命令，大家拧成一股绳协同作战。违抗命令的……"

他望向赵大海，赵大海的目光刚与他接触便羞愧地低下头去。

"违抗命令的，不用等到返回部队后接受军法处置，这茫茫的热带丛林就会留下他的命。同志们，一个人死不要紧，重要的是别拖累其他同志送命。

一分钟后，我们就上路，带连长回家。"齐海东没说出"违令者斩"这样的话，可实际上，在任何战争中，只有军纪严明的队伍才能打胜仗。

李福临低声提醒："排长，如果我们向南迂回，路不好走，恐怕……"

齐海东也早就考虑到这个问题，先点头，而后沉声回应："这是我们目前最好的选择，也是唯一的选择。"

李福临想了想，苦笑一声："好吧，我和吴大宝开路，必要时，我们可以拴绳子供大家攀援。"

赵大海说："那好，让孙立山跟我一起断后。"

孙立山一直保持沉默，但既然赵大海提出来了，他也只好点头。

那条路走得很艰难，很多地方根本没有路，只有一人高的杂草和树丛，李福临和吴大宝必须挥动砍刀开路，由丛林中开辟出一条道路来。

四周依然寂静，肆虐疯狂的越军似乎突然间消失了。

齐海东的心始终悬着，每走一阵，他都要扭过头去，轻轻地叫几声："连长，连长？你醒醒，你醒醒？"

唐光始终昏昏沉沉的，有时答应，有时沉默，但齐海东明显感觉到，唐光的身子越来越沉了，那是一个极不好的预兆。

"海东，放我下来。"唐光在齐海东耳边说。

齐海东心里一阵悸动，因为唐光的声音稳定而平静，与没受伤前一模一样。按照军校里学过的护理常识，重伤的人一旦出现这种状况，只怕不是好事。

"好。"齐海东答应一声，紧走两步，把唐光放在一块光滑的石头上。两株巨大的野芭蕉撑着肥大的叶子向前倾斜下来，恰好在他们头顶形成一个隐蔽的"屋檐"。

唐光脸色沉静，眼中又恢复了光彩。

"海东，我昏迷了多久？"唐光问。

"大概四十分钟。"齐海东回答。

唐光微笑起来："我好像睡着了，这一路上过来实在太累，真的支撑不住了。"

后面，赵大海、孙立山蹑手蹑脚地赶上来，小心谨慎，如误入犬阵的灵猫。

"连长，你醒了？"赵大海看见唐光，顿时精神一振。

唐光点头："注意警戒，四周太静了，不是好兆头。"

赵大海点头："嗯，我注意到了，大概一公里范围内不断有追踪者晃动。

不过，只要我们不暴露行踪，双方就不会接火开战。再走一阵，他们就鞭长莫及了。"

血的教训让他懂得了潜藏隐忍的重要性，闪击战之中，如果他没有为泄愤而射杀了敌人的狙击手，就不会引发接下来的一系列战事，更不会让大家陷入困境。

"你们到五十米外布置警戒线，我有任务给海东。"唐光说。

赵大海、孙立山立刻行动起来，轻轻地隐入丛林之中。

"海东，我有件东西要交给你。"唐光探手入怀，取出一个黑皮笔记本。那巴掌大的本子是他的工作日记本，常年随身携带，边角已经磨得起毛。

齐海东冷静地看着唐光，没有急于开口。

他佩服唐光，够胆识、讲义气、敢担当、有责任心，是尖刀连里不多见的文武双全的高手。在这样一个连长手下任排长，他很服气，也很荣幸，毕竟有这样的榜样带领着，自己才能更快地成长。

"海东，这本子上记着阵亡战友的名字和家庭情况，大部分人都是家里的顶梁柱。他们死了，好多家庭也许就垮了。我发过誓，战争结束后，我回到海天，会倾尽毕生之力照顾他们留下的每一个残破的家庭，让他们的父母安度晚年，让他们的孩子健康长大。现在，这个给你……"唐光把本子递向齐海东。

齐海东没有多说一句话，把本子接了过来。

那本子的半边已经被唐光的血染红了，齐海东能够感觉到，那本子上带着唐光的体温。笔记本的第一页上是唐光亲笔书写的"生死承诺"四个大字，下面则是朴实而感人的一句话——"活着的人要肩负起阵亡战友的一切责任"。这一页的最下面，是唐光的亲笔签名。

"收好它，海东。"唐光说。

齐海东默默地解开衣领，珍重地把本子放进贴身的衣袋里，然后再系上扣子。

"海东，作为一个连长，我对不起你们，没能打好这场闪击战。其实每一次出发执行任务之前，我都会对着我的手枪发誓，一起出来，就要一起回去，不能让任何一个兄弟掉队，活着带你们出来，就要活着带你们回去，但现在，恐怕是做不到了——"唐光的手抚摸着腰间的短枪，突然拔出，对着自己的太阳穴。

齐海东沉浸在唐光略带伤感的叙述中，思想有点开小差，被唐光的举动吓了一跳："连长，你干什么？快放下枪！"

上过战场的人都知道，刀枪无眼，唐光举枪指着自己，说不定什么时候就会走火，自戕而亡。

"海东，别怕，我知道自己在做什么。"唐光嘴角还带着笑，"好兄弟，尖刀连有你在，我就轻松多了，可以偷个懒，先走一步。"

齐海东咬着唇，强迫自己冷静下来，轻轻摇着双手："连长，不要冲动，先放下枪，有话好好说。"

只要给他一秒钟的突进机会，他就会扑上去施展擒拿术，抢下那把手枪。

"好兄弟，别想过来抢枪，那样只会伤到你，让我就算死了也良心不安。"唐光说。

"没必要这样。"齐海东感觉自己眼窝发热，"你叫我兄弟，我就叫你大哥，其实尖刀连的兄弟每一个人都当你是大哥。大哥，你刚刚说过，一起出来，就要一起回去，不能让一个兄弟掉队。我知道，你是怕拖累我们，但我们是兄弟，是兄弟就该活在一起，死在一块！"

平生第一次，齐海东提到了"死"字。

他从未想到自己会死，即使是目睹身边的战友一个个倒下，他也始终没有感受到"死"字的威胁。

"把枪给我，我背你，继续走！"

齐海东的话还没说完，一枚火箭弹在他们右前方十步远的地方轰然炸开，石块与弹片四面飞溅。

唐光没有躲，因为他全身的力气都贯注在右臂上，稳稳地握着枪，指着自己的太阳穴。

齐海东也没有躲，因为他的思想已经麻木。

后面，越军追击者的枪声爆豆一样响起来，子弹横飞之际，镰刀一般收割着大树的枝叶和树皮，雪片似的落下。

同一时间，李福临、吴大宝也跟前面的敌人交火。

"海东，我没有选择，要想兄弟活命，自己就得先死。我是连长，一连之长，肩上担着全连兄弟的命——我不死，大家就都得死，或者当越军的俘虏。兄弟，你愿意吗？"唐光嘴角浮着淡淡的笑。

一听到"俘虏"二字，齐海东胸膛里的血突然上涌，全都倒灌进脑子里来，眼中看到的所有景物都变成了血红一片。

"不愿意。"他说，"如果战斗到最后不得不死，我宁愿像当年的狼牙山五壮士一样。"

从小，他最喜欢缠着父亲讲《狼牙山五壮士》的故事，并且每一次都为那五位顶天立地的抗日英雄而拍掌叫好。

齐山曾经说过："当兵，就要有当兵的样子，有'为国捐躯'的决心和勇气。国家兴亡，匹夫有责，遇到外敌入侵的时候，有血性的男人就得像'狼牙山五壮士'那样。"

耳濡目染，齐海东的人生字典中早就没有"俘虏"这两个字。

"海东，我跟你一样，绝不当俘虏，相信尖刀连的所有兄弟都一样。现在，只有我死，才能给兄弟们一条活路。这里的地形你很清楚，再向前走，至少要经过十几道断崖，就算平时大家都没受伤，爬上去也很费劲。现在，前有堵截，后有追兵，我又受了重伤……兄弟，如果你是我，怎么选？"

唐光的声音越来越平静，仿佛是在讲述别人的故事，也仿佛勾勾手指，带走的是别人的性命。

齐海东沉重地摇头："我不知道。"

不当俘虏、无法逃脱，就只有与敌人同归于尽。在南疆战场上，几乎每一次战斗中，都有无私无畏的年轻人像抗日战争、抗美援朝战争中的前辈烈士们那样，为了大部队的胜利，将一腔青春热血洒在南疆的土地上。

一个人死，一群人死，两害相权，齐海东也知道要选择最轻的那一方。

"海东，你是聪明人，我知道你会怎么选。"唐光微笑着，但眼神越来越困倦。

"大哥，我们还有机会，还没到最后不得不选的时刻……"齐海东说。

仿佛为了回应他这句话，枪声越来越急促，流弹从他们头顶掠过时发出尖锐的"啾啾"啸声。

"海东，我有一条做人的原则，你知道的，对不对？"唐光又问。

"宁叫天下人负我，我不负天下人。"齐海东回答。

他记得，那句话被唐光工工整整地抄录下来，贴在连部的书桌上方。

"没错，我唐光一生，宁叫天下人负我，我不负天下人。不过现在看来，那是大话，我太高看自己了。"唐光苦笑起来，艰难地转过头，看着前方的丛林和山地。

如果没有那些陡崖，他们应该很容易突围。

如果他没受伤，翻越陡崖，如履平地。

如果赵大海没有提前惊动敌人，使敌人在来路上密集布防，也许他们此刻早就回到团部了……

这个世界上，没有"如果"，只有"如今"。

如今，他不得不做出最终的、最冷酷的抉择。

　　齐海东找不到更合适的话来劝阻唐光，他甚至想到，如果自己是唐光，或许也会选择同样的道路。

　　唐光的座右铭是"宁叫天下人负我、我不负天下人"。一个真正的男人，的确应该有那样宽广博大的胸怀，原谅所有人的不对，宽恕所有伤害过自己的人，尽自己所能，为别人、为这个世界做出更大的贡献。

　　"大哥，还记得我的座右铭吗？"齐海东问。

　　唐光笑了："肯定记得，肯定记得——你第一次在连里的政治思想课上发言，用英语说，又用汉语翻译，把所有人都震住了，也包括我。好兄弟，我一直希望你能把尖刀连的文化水平带上去，让吴大宝他们好好跟你学，不做武夫，做文武双全的军中尖刀，成为全军战士的榜样……"

　　齐海东咧了咧嘴，不敢笑，怕一笑自己的眼泪就要流出来。

　　"我可以穿越风雨，也可以东山再起。"唐光把齐海东的座右铭轻轻地背出来，"I can through the wind and rain, but also can stage a come back。好兄弟，你名字中有个'东'字，我相信任何困难都难不倒你，任何打击你都能扛得住，任何时候都能东山再起……"

　　齐海东点头："大哥，既然你也知道穿越风雨之后就能东山再起，那就放下枪，我们一起闯出去。"

　　"好兄弟，可惜我不是你，再拖下去，咱们六条命都得扔在这儿。海东，在你们五个当中，我最欣赏你。我坚信，只有你能担得起这个责任；担得起这个承诺。好了，我要说的只有两件事，你听好——带兄弟们平安回去；照顾好阵亡兄弟的家属。兄弟，死很容易，承担起那两份责任却很困难，所以，原谅哥哥选那容易的去做，来生再见了……"

　　齐海东没听到枪声，因为唐光扣动无声手枪扳机的时候，四周枪声一浪盖过一浪，完全淹没了唐光自戕的那一枪。

　　他只看到，子弹穿透唐光的太阳穴，从头部另一侧穿出，溅起一束血花。

　　之后，唐光软绵绵地垂下了头，保持坐姿，沉沉离去。

　　齐海东的思想一片空白，只是机械地望着唐光，眼泪如泉水般激涌。

　　"大哥，你放心，我齐海东承诺过的事一定会做到。我们五兄弟的命是你救的，九泉之下你好好看着，我就算拼上这条命，也要带兄弟们平安回家。"齐海东在心底默默地起誓。

　　唐光慢慢地斜着倒下去，紧握枪柄的手指也无力地松开，仿佛有了齐海东那句话，他就能放心地去了。

　　最先折回的是李福临，他肩头也挂了彩，衣服上流着斑斑血迹。

"排长，前面的敌人太硬，我们得另外想办法——咦，连长怎么了？连长中弹了？"李福临瞥见唐光头部的血，急促地叫起来。

吴大宝也折回来，看见唐光倒地，立刻愣住，尔后放声大哭："连长，连长，你怎么了连长？你怎么中弹了，快起来啊连长……"

赵大海和孙立山也退回来，看见唐光的身体，连连倒吸凉气。

"连长阵亡了。现在队伍由我指挥，大家马上挖坑，先埋葬连长。"齐海东咬牙忍着胸口的剧痛，有条不紊地安排其余四人。

他不能慌，不能露出一点慌张的情绪，免得传染给大家。

李福临和吴大宝马上摘下工兵锹，埋头在野芭蕉树下挖坑。

"连长怎么死的？真是奇怪，子弹从哪边射来的？"孙立山嘟嘟囔囔，坐在石头上检查枪支子弹。

齐海东摇头："我不知道，不要多问，现在我们唯一的目的就是活着回去。"

赵大海的实战经验足够丰富，从地上捡起唐光遗落的手枪，眼神复杂地看了齐海东一眼。

齐海东的心疼得一阵阵紧缩，仿佛那一颗子弹射中的不是唐光的太阳穴，而是自己的心口。

"海东，连长怎么受的伤？按照子弹的射入方式看，我怀疑是——"赵大海不甘心被蒙在鼓里。

齐海东摇头："战死就是战死，你在怀疑什么？"

"阵前战死是死于敌人的枪下，临阵自戕却是逃兵可耻行为之一。排长，现在你应该告诉我，连长手中的枪是怎么回事？"赵大海追问。

他不像孙立山，他只要遇到问题，就会查个一清二楚。正因如此，他才是团队中最不服从齐海东领导的。

齐海东走过去，赵大海立刻像一只好战的猛兽一般，手指灵巧地一拨，枪口调转，向着斜前方，对齐海东有着明显的敌意。

战斗仍在继续，齐海东知道越军不会给大家太多喘息的时间，很快就要逼上来了。

"大海。"他说，"要听实话吗？"

赵大海点头，孙立山抬起头，李福临、吴大宝也停止了手里的动作。

"连长重伤，为了不拖累我们，自己送自己上路了。"齐海东一字一句地说。

赵大海愣住，孙立山跳起来，而李福临、吴大宝则经过短暂的震撼、惊愕、悲痛之后，继续快速挖坑。

"这是……唉，我……"在血淋淋的现实面前，赵大海终于意识到自己之前随意行动带来的严重后果。

齐海东按住赵大海的肩膀："什么都不要说，这件事只有我们五个人知道就行。从现在起，连长是阵亡的，没有第二个版本。"

孙立山拿起工兵锹，也加入了挖坑的队伍。

赵大海慢慢走过去，跪在唐光面前，深深地垂下了头。

战争很残酷，任何一次不冷静的出击，都会引发一系列不可预估的连锁反应。他射杀越军狙击手为战友报仇是无可厚非的，错就错在他目光短浅，只看眼前。

"对不起，连长，对不起！"他跪拜下去，额头触地，久久地保持那个姿势，任由眼泪倒流着，洒在唐光身前的地面上。

世界上没有卖后悔药的，人死不可复生，所以他犯下的错今生已经无法挽回。

"连长，如果能重来一次，我情愿替你死，替你吃这一枪……"赵大海哽咽着说。

坑挖好了，齐海东、赵大海把唐光抬起来，慢慢地放进去。

"连长！"赵大海单膝跪地，随即李福临、孙立山、吴大宝也像他一样，单膝跪下，四双眼睛都含泪看着唐光的脸。

咫尺即是天涯，这一跪，就是生离死别，等到黄土覆盖住唐光之后，大家今生的缘分就结束了，只有留待来生再续兄弟之情。

齐海东默立着，眼中不再有泪，只是怔怔地看着唐光。

他想起刚刚进入尖刀连时见到的那个冷酷无情的唐光，想到任何一次训练中，唐光毫不留情地大声呵斥每一名新兵，那声音在空荡荡的练兵场上盘旋回响着——"快，加快速度，别磨蹭……再跑十五圈，最后一名，一百个伏地挺身，一百个引体向上……快，我们是共和国军人，不是街上的混混闲人，跑起来，跑起来……敌人的炮弹就在屁股后面，跑起来……"

他甚至想到，有一次孙立山被训急了眼，当众要跟唐光单挑。那一次，一分钟内孙立山就被唐光抱摔了三次，最终服服帖帖，再也不敢挑事了。

他还想到，吴大宝曾经被训得哇哇大哭，一边哭一边做伏地挺身，把身子下面的海绵垫都浸湿了一大片。

"嘎嘎嘎嘎"，一阵高射机枪的长啸声切碎了齐海东的回忆。

果然如唐光所料，敌人并不急于围剿这支小分队，而是想步步进逼，等他们弹药耗光后生擒活捉。

齐海东脱下外套，俯身下去，想要盖住唐光的脸。

他曾在一本书上读到过，死在异乡的游子只要不被黄土盖住眼睛，灵魂在踏上望乡台的时候，就能看到家乡的方向，不至于迷失在黑暗的无间炼狱中，最终带着前世的记忆进入六道轮回。

那件带着鲜血和尘土的衣服将会遮断所有人的视线，齐海东没有立即盖上去，而是再次凝视唐光的脸，低声呼唤："连长，好大哥，好好记着我们，记着我齐海东，记着赵大海、李福临、孙立山、吴大宝。我们，来世还做兄弟，生生世世都是好兄弟。"

唐光仰面朝上，微闭着眼睛，脸上的表情很平静，但鼻梁两侧的法令纹却深深地凹陷下去，似乎带着某种遗憾与惆怅，又带着一丝丝隐约的担心。

吴大宝又要哭出来，但被赵大海一巴掌拍在后脑勺上，差点向前扑倒。

"连长，我不哭，连长，我再也不哭了，我要给你报仇……我吴大宝发誓，一定要给你报仇，杀光越南鬼子……"他的眼泪从眼里流下来，落在嘴里，又咽了下去。

"杀光越南鬼子，给连长报仇。"一向冷静而内敛的李福临也咬着牙叫起来。

齐海东摇头，没有否定也没有肯定自己兄弟说的话，只是低声告诉唐光："大哥，你放心，我会带他们好好地回去，你在天上看着我，好好地看着我们，跟我们一起回去。"

他把那件衣服盖下去，然后用双手推着旁边的泥土，覆盖在唐光身上。

大家一起动手，土越来越多，但始终没有人向那件衣服上盖土，仿佛唐光仍然活着，无论谁推一把土下去，就等于是亲手葬送了唐光的性命。

"大哥，还是我来送你上路吧。"齐海东低声说。

在谁都不敢承担责任的时候，只有他能站出来，完成那些不可能完成的任务。

齐海东捧起土，缓缓地撒向那件衣服。土落在衣服上发出的"沙沙"声，就像一把钝锯，在他心上一下又一下地拉着，每一声、每一下都让他的心疼得抽搐一次。

"送连长上路。"他看着其余四人。

"送连长上路。"四个人低声重复，不敢用工兵锹铲土，全都用手掌捧土，慢慢地盖住了那件衣服。

掩埋唐光的土坑只填到与地面平齐，不敢筑坟，那样只会招致越军的辱尸行为。

"记住这地方，等我们胜利了，就把大哥的遗体请回去，安放在烈士陵园里。"齐海东擦了把脸，血泪相和，分不清是唐光的血还是自己眼角迸出的泪。

"杀光鬼子，给连长报仇！"吴大宝咬着牙，再次拎起冲锋枪。

敌人越来越近，也许只要冲出这片树林，就是一场你死我活的"遭遇战"。在战场上，一个人的生命不比一棵茅草更高贵，一排子弹过来，就会全部拦腰斩断。

"放你妈的屁！"齐海东在吴大宝后脑勺上狠狠地拍了一巴掌，打得他向前一趴，险些跪倒。

"连长有令，大家听着，咱们唯一的目标就是活着回去，每一个人一根毛都不少地回去！"齐海东没有再提及"任务"这个词，但只有平安回去，才能把地图送回去，在预定时间内完成任务。

吴大宝被打愣了，抱着冲锋枪，死死盯着齐海东。

齐海东一字一句地重复："连长有令，每一个人一根毛都不少地回去！"

每个人都被震住了，四双眼睛盯着齐海东。

"连长走了，全体听我命令，不准正面接敌，不准恋战，交替掩护阵型，撤退——"他再次下令。

⑤ 天　使

只用了十五分钟，五个人就沿着山崖的阴影冲出了危险地带，连续消灭了敌人两个小搜索队之后，他们已经离开了山涧，再过前面的山嘴，就能正式进入友军势力范围。而这一切，都是唐光的自戕换来的。

最后一次交替掩护时，齐海东和赵大海相互卡位，齐海东先撤，赵大海跟在后面三十米外。

意外再次发生了——一队越军从斜刺里冲出来，虽然被射杀了十几个人，但剩余的仍然横向构筑阵地，把赵大海与齐海东等人隔开，并且向着两方密集开火，把五个人全都压住。

眼下的形势，只要丢下赵大海，四人就可以安全撤离。更为可怕的是，越军的另一队人马已经占据了侧方的次高地，后续大部队也在沿着山涧直追上来。

子弹从齐海东头顶"咻咻"地飞过，形势万分危急。

隔几尺远，孙立山后背死死地抵住一块大石头，在流弹逼迫下，根本抬不起头来。李福临、吴大宝的情况稍好一点，寻找到了一处石壁凹处作为掩体，暂时安全。

"是保留这四条命，还是四个人一起杀回去救赵大海？"齐海东的心变成了一架天平，一头是他、李福临、孙立山和吴大宝，另一头是赵大海。

也许唐光在举枪自戕之前，也曾用心上的天平反复称量过。

"连长，大哥，告诉我该怎么选择？"齐海东的左手中抓着一把茅草，心灵挣扎之际，竟然将一把草攥出了水来。

"如果我处在赵大海那里，肯定也会像你一样，跟敌人同归于尽，绝不拖累兄弟们。但现在，偏偏是兄弟失陷——我身边这三个好兄弟又已经疲惫到极限了，我怎么舍得命令他们再次杀入鬼门关……"

"排长，怎么办？"孙立山大声叫，"鬼子就要上来了！"

齐海东突然做出了决定："李福临，你带孙立山、吴大宝撤，我掩护。"

在最后一轮称量中，他在天平的一头放上赵大海，而另一头只放自己。就像唐光那样，他有权决定自己的生命走向。

头可断，血可流，在这样一场生死之战中，他绝不苟且偷生，置兄弟于不顾。

这一次，他宁愿为兄弟战死沙场，也绝不会带着遗憾屈辱地活下去。

李福临翻滚几次，到了齐海东身边。

"李福临，你比他们俩大，带两个兄弟撤回去。"齐海东从口袋里取出地图，递向李福临。

"你说了，每一个人一根毛都不少地回去。我知道你要回去救赵大海，像连长那样。"都到了这个时候，李福临说话还是慢条斯理的，仿佛永远都不会像别的军人一样热血沸腾，但是接下来，他说的却是，"我也是男人，宁愿站着生，绝不趴着活。要死就死在一起，要活——就像你说的，所有人一根毛都不少地回去。"

这是一个跟平日里的"秀才"形象完全不同的李福临，齐海东感受到对方平静的表情下同样奔涌着滚滚热血。

吴大宝也跟在李福临后面过来，满脸都是土，只剩两颗乌溜溜的眼珠子闪闪发亮。

"对，海东哥，要活一起活，要死一起死，我听你的，每一个人一根毛都不少地回去。他奶奶的，这句话说得好，我吴大宝这次要是死不了，就永远跟着你齐海东，你走到哪儿我跟到哪儿，你叫我干什么我就干什么，牵马坠镫，两肋插刀，赴汤蹈火，在所不辞！"任何话，到了吴大宝嘴里，全都变了味儿，仿佛一瓶开了盖子就向外狂喷泡沫的香槟酒。

"兄弟，不是一根毛都不剩，是一根毛都不少。"李福临替吴大宝纠正。

吴大宝嘿嘿笑起来："对不起对不起，我最早没听清，听成'一根毛都不剩'了。"

他脸上本来全是土，一笑就笑出了眼泪，在土上冲出了两条水沟子。

齐海东知道吴大宝的眼泪从何而来，如果不是在战场上，以吴大宝的年龄计算，正好是在家里干农活、找对象、谈恋爱、憧憬美好未来的好时候。更进一步说，吴大宝还是青春懵懂的大孩子，还没进入到"男人"的年龄段。

男人流血不流泪，即使是面对生死离别。

"一起活，一起死？"他问。

"一起活，一起死。"李福临、吴大宝一起回答，吴大宝又补充，"我日他小舅子的，灭了对面这些鬼子，给连长报仇，连长在天上看着咱们呢，尖刀连的人，谁也别当孬种！"

齐海东把地图卷起来，匍匐向前，塞进孙立山的背包里，然后抓过了他手里的冲锋枪。

孙立山一直没再开口，只是疲惫地看着齐海东。

"立山，把地图送回去，我相信你能做到。这地图是兄弟们拿命换来的，珍贵无比，你的任务最重要，去吧。"齐海东说。

孙立山沉默了十几秒钟，点点头："好，你们撑住，我赶回去求援，友军很快就到。"

他俯低身子，借着石头的掩护，转过拐角，消失在草丛中。

"进攻。"齐海东下令。

"日他小舅子的，给连长报仇！"吴大宝的嘴永远闲不下来。

只有李福临，冷静得像一块冰，即使是扣动扳机近距离地放倒敌人时，也紧抿着嘴，一声都不出。

一轮扫射后，齐海东等三人快速跃进，与赵大海会合在一起。当然，这也是敌人的阴谋，先两侧散开，接着二次合拢，将四人一起困住。

"排长，你们——你们怎么又回来了？"绝望中的赵大海又惊又喜。

"海东哥说，咱们大家一起活，一起死。"吴大宝的嘴快得像刚学会说话的八哥儿，"每一个人都要一根毛都不少地回去。"

齐海东笑了："大宝说得对。"

赵大海激动地搂住吴大宝的脖子："谢谢，谢谢兄弟们。"

李福临平静地替齐海东说出了心里话："不用说谢谢，在这里的每一个人都会这样做，再危险，也绝对不会丢下一个兄弟。"

赵大海看着齐海东，低声发誓："齐海东，从今天起，我赵大海真的真的服你了，以后就算是不听团长、师长、军长的命令，也绝对听你的。从今天起，你就是我的大哥！"

他向前伸手，齐海东也伸手，两只手死死握住。接着，李福临、吴大宝也伸过手来，四个人、八只手全都握在一起。

"你们都是我的好兄弟，我齐海东发誓，只要大家都能活着回去，今后有福同享，有难同当，贫富不离，生死不弃！"齐海东说，热血在他胸膛里沸腾燃烧着，"有你们这样的好兄弟、好战友，今天我齐海东就算战死沙场，也了无遗憾。"

"有福同享，有难同当，贫富不离，生死不弃！"赵大海、李福临、吴大宝同声重复这段铮铮誓言。

接下来的战斗异常惨烈，越军至少有数百人杀到，子弹如暴雨一般倾泻过来，四人几度转移，几乎每一道能遮蔽身体的掩体都被敌人的火箭弹炸毁，最后只能躲进弹坑里勉强支撑。

每次转移阵地，齐海东都要叫一遍三个人的名字："赵大海——"

赵大海总是回答："还活着。"

"李福临——"

李福临回答："在呢。"

"吴大宝——"

吴大宝的回答最搞笑，有时候是"还活着呢"，有时候是"呸呸呸"，有时候是"他小舅子的"。

最后一次，齐海东刚刚叫到吴大宝的名字，十几枚火箭弹就连续破空而至。

那时候，吴大宝就在他侧面三米远的地方，第一枚火箭弹爆炸的地方与吴大宝近在咫尺。

"吴大宝——"齐海东叫着，飞扑过去，把吴大宝压在身下。

他是排长，是大哥，大难临头的时候，必须使出浑身解数，替兄弟们抵挡死神的钩镰。

如果不能如愿，必须要死的话，那他就甘愿把自己的身体化为掩体沙袋，不管是谁想要杀他的兄弟，就都得先踏着自己的尸体走过去。

连续的爆炸，震聋了他的耳朵，又将他和身下的吴大宝一起抛飞出去。

"别动，手放好，在输液。"

"别动，在输液。"

"小心，别动。"

昏迷中，一个年轻而柔和的女声一直响在齐海东的耳边。

"大宝，吴大宝——"他叫起来，但却没有听到吴大宝永远搞笑的回应。

"吴大宝，你还活着吗？回答我，回答我……"他声嘶力竭地叫，但耳朵里似乎塞着两团纸，自己的声音听起来模模糊糊、断断续续的。

"别动，刚刚动过手术，你在输液。"只有那女声，清晰而柔美地传入他耳朵里。而且，两只光滑的、微凉的手坚决地摁住他的右手腕，一直摁着，从他的一次清醒开始，到下一次昏迷为止。

他的记忆终止于火箭弹爆炸之时，只记着吴大宝最后发出的一声大叫。

那女孩子的声音和手掌让他想起小时候吃过的薄荷糖，清凉凉、甜丝丝的。紧接着，他真的感到唇边有了清凉凉、甜丝丝的东西。

"喝一点，是冰糖雪梨汁，喝一点吧。"那女声温柔地响着。

齐海东想喝，心里充满了焦渴，但嘴唇、舌头都麻木了，一动都不能动，死死闭着。

"我死了吗？我是不是死了？"他狂躁地叫，挥舞双手，胡乱踢腿，但那只是思想里的动作，身体像被人抽了筋一样，连动动指尖都做不到。

后来，他感觉有人的嘴唇贴过来，贴在他嘴上，然后那种清凉凉、甜丝丝的感觉从对方唇上滴落，慢慢地渗入，一丝一丝地突破自己的嘴唇和牙缝，像春夜里的甘霖一样，从他的舌尖一直滋润遍了全身。

那是他从未体验过的美好感受，刀刻斧凿一样，深深镌刻在他的记忆里。

死神是夺命的，而天使是救命的。他刚刚从死神的鬼门关里闯出来，接着就遇到了天使的拯救，这种云泥之别的转换，让他陷入了又一次漫长的昏迷。

齐海东醒了，一睁眼，便看到了绿色的帐篷顶，再转头看看，行军床、药柜、点滴架、印着红十字的床单……"这里是战地医院，我还活着——我的兄弟们呢？"他清醒了几秒钟后，立刻想起了吴大宝，当然还有赵大海、孙立山和李福临。

他一把掀开被子，挺身坐起来，但随即而来的全身剧痛，让他忍不住"啊"地大叫一声。

帐篷的帘子一掀，一个梳着两条小辫子的白衣小护士飞奔进来，到了床边，一把按住他的肩膀，连声叫着："快躺下快躺下，你的伤口还没拆线呢，快躺下！"

齐海东支撑不住，只好在小护士的搀扶下再次躺下，他已经疼得手心里全是冷汗。

"你这人，逞什么能呢？身上还有弹片没取出来呢。躺着躺着，我去找医生。"小护士替齐海东盖好被子，一甩辫子，转身要走。

"喂，喂……喂，我兄弟们呢？他们还好吗？"齐海东疼地龇牙咧嘴，但还是勉强撑住，迫不及待地问。

"你兄弟们？我不知道，尖刀连那么多人呢，你问的是谁呀？"小护士嘴快腿更快，一边说话，一边已经到了帐篷门口。

"我问的是——"齐海东还没说完，小护士已经跑出了门。

齐海东懊恼地唉了一声，只好闭嘴。

很快，一名军装外套着白大褂的年轻女医生步履匆匆地走进来，一只大口罩遮住了她鼻梁以下的部分，只露出一双闪着睿智光芒的大眼睛。

"别激动，情绪好坏直接影响伤口恢复情况。伤口痛能不能撑住？要不要打一次止痛针？"女医生口齿清晰、有条不紊地说，随即挂好听诊器，把探头按在齐海东胸口上。

那不锈钢探头有些凉，让齐海东想起昏迷前摁着自己手臂的那一双微凉的手。

伤口的确很疼，但齐海东顾不上，深吸了一口气，忍着疼问："医生，我兄弟们怎么样了？他们是吴大宝、赵大海……李福临，还有一个是孙立山。"

女医生慢慢移动探头，温和地回答："你说的这几个人我有印象，孙立山没事，赵大海和李福临皮肉轻伤，伤口缝合，拆线后就没事了。吴大宝受的伤稍微严重点，但不致命，已经抢救完毕，正在休养。"

齐海东松了口气："那就好，那就好。"

女医生听了一会儿，收回探头，摘下口罩，微笑着说："一切正常，好好静养，千万不要动气、激动，免得扯坏已经缝合的伤口。我是你的主治医生周海霞，除了每天例行的四遍巡视病房外，任何时候只要有事就叫护士找我。"

她有白皙的皮肤、挺秀的鼻梁、小巧红润的嘴唇和一条柔顺黑亮的马尾辫，那双眼睛更是动人，仿佛两汪秋水，目光流转之间，极是动人心弦。

齐海东咧了咧嘴强笑："谢谢周医生。"

听到赵大海他们没事，齐海东心里悬着的一块大石头才悄然落地。

"几个月，又是一群好汉。"他对着帐篷顶，无声地笑起来，"连长，我齐海东对你承诺过的事已经做到了，你在天之灵安息吧。"

战争异常残酷，唐光的死万分悲壮，这一切，都像一把把尖刀，狠狠地插在齐海东心上。他活着，兄弟们也活着，但唐光却永远地留在了那片土地上。从现在起，齐海东心里永远地挂上了一个秤砣，沉甸甸的，一碰就会鲜血淋漓，永远不能痊愈。

大概在三天之后，齐海东能够下地走动了，那个梳着两条麻花辫的小护士像春天的燕子一样围着他转。

"我是古丽华。"她的嗓音俏生生、脆生生的，她的眼睛亮晶晶、光闪闪的。

她在哪里，哪里就被照亮了。

"我是齐海东。"齐海东也做了自我介绍。

当他看着古丽华那张漂亮的脸的时候，总想起赵大海跳下山涧去追那张照片的情景。如果没有那次小小的意外，也许敌人没有那么快发现他们，也许不会爆发激烈的"遭遇战"，也许……

潜意识中，齐海东不愿意看见古丽华，因为一看见她，唐光自戕时的惨状就会浮现在他眼前。

"我知道你是齐海东，也知道赵大海、李福临、孙立山、吴大宝是你的好兄弟。你昏迷的时候，总是挨个叫他们的名字，一边叫，一边乱动，可吓人了。"古丽华说。

"谢谢你照顾我，费心了。"齐海东表示感谢。

"我是护士嘛，那都是我分内的工作，不用谢。"古丽华娇俏地笑起来。

她不愧是男兵们心目中的公主，一颦一笑，都让齐海东的心一颤一颤的。

"你还叫过唐光的名字，那个人已经阵亡了对吧？"古丽华问。

齐海东的心又像被捅了一刀，咬着牙点头："对。"

"我扶你出去晒晒太阳吧？"古丽华建议。

齐海东点头："好，我想去见吴大宝，周医生说过，他就在附近的病房里。"

古丽华的大眼睛眨了眨，轻轻摇头："不行，周医生说过，吴大宝的伤口怕感染，所以不能探视。"

齐海东没想太多，点头同意，然后在古丽华的搀扶下走出帐篷。

外面，天蓝云淡，草绿风轻。

前面的一片空地上，几名吊着胳臂的轻伤员正在阳光下散步。

齐海东眼尖，一下子认出了赵大海，扬手叫："大海，大海，这边……"

赵大海循声望去，见是齐海东，大步向这边走。他的左臂虽然吊着，但很明显伤得极轻。

"排长，不，大哥，你能起来了？"赵大海走到近前，跟齐海东说话，但眼睛却偷瞟着古丽华。

齐海东暗笑："重色轻友的家伙。"

"大海，你伤得不重吧？"齐海东问。

赵大海摇头："我跟李福临都没事，就是可惜了吴大宝，他的一条腿废了，你说火箭弹的落点怎么那么巧？"

一句话出口，齐海东、古丽华两人脸色大变。

"什么？你说什么？吴大宝的腿怎么了？怎么了？"齐海东向前探身，双手抓住赵大海的衣领，一颗心突然提到了嗓子眼。

"你这人真是……周医生说了，齐海东的身体没复原，不能让他激动。你倒好，嘴巴真大，一下子全说出来了。"古丽华埋怨。

齐海东一扬胳膊，古丽华被推出了五步远，趔趄跌倒。

"大海，快说，吴大宝怎么啦？"齐海东问。

赵大海嗫嚅着回答："我也不知道，医生不让说就不说呗，我不知道嘛！

别生气！别生气！"他蹲下去扶古丽华，却被古丽华挥手推开。

"吴大宝，吴大宝——"齐海东没再追问赵大海，而是提气大叫，声音惊飞了四周树上的小鸟。

他叫了七八声，终于在右侧二十步以外的帐篷里有人回应："在这里呢。"

齐海东一怔，因为那似乎并非吴大宝的声音。从前吴大宝的声音是跳跃式的，声调会越来越高，但是现在，齐海东听到的却是一个绵软无力、死气沉沉的声音。

他向前走，后背有两处伤口似乎挣裂了，生生作痛。

"吴大宝，是你吗？"走到那帐篷门口，齐海东又不放心地问了一声。

隔了一阵，里面的人才沉沉地回应："是我。"

齐海东挑开门帘进去，帐篷里很暗，三面的小窗全都关着，他必须要停下来喘口气、定定神才能看清里面的一切。

与齐海东居住的帐篷一样，正对门口的是一张桌子，右侧靠边是一张行军床，上面堆着一条被子。一个人半躺在床上，后背垫着枕头，腰部以下全都藏在被子里。

那个人分明就是吴大宝，五官相貌还是那个张口就要让人笑得肚子疼的吴大宝，但现在他脸上只有僵硬的苦笑。

"大宝，你怎么样？"齐海东愣在那里，眼睛盯着那条薄被。

吴大宝摇摇头，垂下头不说话。

齐海东觉得脚底发虚，像是踩在棉花垛上，忽高忽低的。

他到了床前，伸出手要揭被子。

"别……别揭，很难看。"吴大宝低声阻止，身子一缩，把被角压住。

"大宝……大宝，我看看到底是怎么了？"齐海东不知道该说什么，一只手抓住被子，他已经没有勇气将它揭开，就像是一个赌徒，不敢承受最后孤注一掷的失败，"我记得咱们是一起倒下的，我没事，你……你也应该没事，不是吗？"

齐海东想笑，嘴角牵动了一下，却有两行泪倒灌进喉咙里，又咸又涩。

吴大宝垂着头不回答，突然间喉咙里发出"咯"的一声，两行泪扑簌簌地落下，跌落在胸口的病号服上。

病号服上早就留着斑斑点点的暗红色痕迹，像是泪，又像是血。

"大宝，我对不起你。"齐海东说。

吴大宝不抬头，只是摇摇头："是我命不好，赶上了，是我命不好……"

随着他摇头的动作，更多眼泪啪嗒啪嗒落下。

时间仿佛凝固了一样，齐海东又想起了唐光，耳边响起了唐光最后的嘱托："带兄弟们平安回去，照顾好阵亡兄弟的家属。兄弟，死很容易，承担起那两份责任却很困难，所以，原谅哥哥，我选那容易的去做，来生再见了……"

吴大宝失去了一条腿，比齐海东自己失去一条腿更令他感到羞辱。

他手中没有枪，但如果有的话，这一刻他一定会拔枪对准自己的太阳穴，因为他没有做到唐光临死前嘱咐的那两件事。受人之托，忠人之事，这是代代相传的古训，尤其是若不能完成对于一个死人的承诺，他还有什么脸活在世上？

呼的一声，帐篷帘子又被挑开，这次进来的是周海霞、赵大海和古丽华。

"齐海东，不要太激动，你的身体也很虚弱，后背还有弹片没取出来……"周海霞低声劝慰。

齐海东的耳朵在轰轰鸣响，视线模糊，渐渐看不清吴大宝的脸。

"你们走吧。"吴大宝抬起头，含着泪，冷冷地说。

"大宝，你说什么？"齐海东不习惯吴大宝的这种说话口吻。

"你们走，我困了。"吴大宝的身子向下滑，缩到薄被下面，身子蜷起来，像一只煮过的大虾。

薄被的轮廓暴露了他的伤情，右腿的一半被截掉，只剩一条完整的左腿。

"回去休息吧！"周海霞又劝。

齐海东强抑着喉咙里的哽咽，低声嘱咐："兄弟，好好养伤，我明天再来看你。"

他转过身，眼中的景物胡乱飞舞起来，头也嗡的一声，像是被一个巨大的闷罐子猛地罩住了。

"齐海东，你怎么了？齐海东，支撑住……"

他听见周海霞和古丽华一起在叫，然后便昏迷过去。

吴大宝失去了一条腿，复员之后能做什么？这一辈子的幸福全都毁了，还能结婚、娶媳妇生孩子吗？他以后该怎么办？这些问题变成了一堆问号，又像是一堆钩子，把齐海东从深渊里拉了回来。

他感到，有个人一直坐在旁边，用微凉的手摁着他的手腕。

"又要输液？我不想输液，让我死吧，像连长一样……"他迷迷糊糊地说。

"一定要输液，不输液怎么行？从前线撤回来的士兵都是国家的功臣，只要有一线希望，我们都要治好你们。别说话，好好躺着。"那是古丽华的声音。

"功臣？我们是功臣？"齐海东闭着眼，眼皮上像拴了个秤砣，想睁都睁不开。

"是啊，军区首长说了，你们是中国人民解放军的骄傲，中国人民感谢你们，是你们捍卫了我们伟大祖国的疆土不受外敌侵犯。你们是真正的英雄，是国家的栋梁，后方群众正在期待着你们传回的捷报，等待着你们凯旋的消息呢！"

古丽华的声音很动听，但齐海东想到的却是："吴大宝一定很爱听古丽华说话，这时候，古丽华应该去照顾吴大宝，他比我更需要这个漂亮的小护士。"

齐海东深吸了一口气，勉强睁开眼，正看见古丽华那双水灵灵、会说话的大眼睛。

"醒了？愿意睁眼啦？"古丽华笑起来，脸如香花，声如银铃。

"帮我个忙好吗？"齐海东问。

古丽华转过脸看了看输液架子上的药瓶，药水已经滴到了尽头，马上就该换下一瓶了。

"帮我个忙，好吗？"齐海东重复。

"嗯，帮什么忙？你该不会是又想喝冰糖雪梨汁了吧？"古丽华又笑。

齐海东忍不住想："她那么爱笑，吴大宝从前那么爱搞笑，他们在一起，一定会制造出更多笑声来。"

"帮帮忙，去看看我兄弟吴大宝。"齐海东说。

"什么？"古丽华皱眉，她并没有听懂这句话的意思。

"他比我更需要你的照顾，去看看他好吗？"齐海东解释。

古丽华盯着齐海东，两颊突然泛红，眼神也变得非常冷淡："对不起，周医生说过，我的任务是好好照顾你。别以为你的伤比别人轻，后背上的弹片没取出来，少不了要动第二次手术，有你受的呢！瞎关心别人，瞎操心，好心当成驴肝肺！"

她是冰雪聪明的女孩子，齐海东的意思只表达到一半，她已经明白全部。

两个人僵在那里，谁也不说话。

"我的兄弟是个好人……"齐海东说了半截话，一声长叹，再也说不下去。

他明白，古丽华根本没有义务去看吴大宝，护士是护士，战士是战士，现在大家之间只是同志关系，就算是医院的领导、医生也没有权力勉强古丽华做任何事。

"对不起，我只是个护士，看那个吴大宝的样子应该找心理医生才对。"古丽华毫不客气地说。

帐篷里的光线渐渐暗了，两人都不说话，空气中只剩下"嗒、嗒"的盐水滴落声。

外面传来脚步声，周海霞挑帘子进来，她"咦"了一声："怎么不开灯？"

她回手开灯，然后看着古丽华："怎么回事小古？病人在输液，不开灯怎么行？"

古丽华站起来，没回答周海霞的话，拿起换掉的药瓶，快步走了出去。

周海霞有些纳闷，但没有多问，只是走到床边，检查输液情况。

"我们刚刚在谈……"齐海东不好意思，急着解释。

周海霞摇摇头："不要说话，你的身体没有复原，必须静养。从现在起，三天不能出帐篷，听到了吗？"

齐海东急了："我兄弟吴大宝就在那里躺着，我得每天去看他，要软禁我，没门，没门！"

他恨不得把自己的床搬到吴大宝的帐篷里，守着自己的兄弟伤势好转起来。

"要不要我打个报告，把你们两个挪到一个帐篷里？"周海霞问。

齐海东连连点头："那可太好了，能安排吗？"

周海霞一笑："我试试看，不过我不做承诺，免得到时候做不到，遭人埋怨。现在，你好好躺着，争取提前拆线，帮我们战地医院照顾病人。"

齐海东看得出，周海霞是个没有绝对把握就不会开口的人。她没有古丽华那么漂亮、抢眼，但五官周正，态度温和，无论说什么话都从容不迫，显示出良好的教养，绝对算得上是一名淑女。

⑥ 心　结

几小时后，有医护人员过来帮忙，把齐海东的床搬到了吴大宝住的那个帐篷。

失去一条腿的吴大宝像变了个人似的，除了抱着膝盖发呆，就是蜷缩在被子下面，一动不动，如同行尸走肉。

齐海东想安慰吴大宝，但语言的力量实在是太贫乏了，他只能看着吴大宝不断地变换姿势，不停地唉声叹气。

"大宝，振作点。"他只能这么说。

吴大宝瘦得很厉害，每天除了喝一点稀饭，别的东西几乎不吃。

周海霞一天三遍进来巡视，到了吴大宝这里，总要特意多停留一阵，把一天的情况仔仔细细问个遍。至于古丽华，则同时负责齐海东和吴大宝的输液。

面对吴大宝的沉默与颓废，齐海东无计可施，只得向周海霞求助。

"他必须自救，别人才能救他。再这样下去，他会因为营养不良而患上不治之症。从战场上下来时，他失血过多，清醒之后，又因情绪极度激动而撕扯绷带，造成了伤口的二次感染。药物的力量毕竟有限，目前最重要的，是让他的生命之火再度燃烧起来。"周海霞坦诚相告。

齐海东一直都处于强烈的自责之中，唐光自戕，是为了让他们五人生还。作为幸存者中年龄最大、职务最高的，没能照顾好自己的兄弟，他愧对唐光。这种痛苦折磨得齐海东每天晚上失眠，辗转反侧，不能入睡。

这已经成了他的心结，从某种意义上说，他的心理压力一点都不比吴大宝小。

两周后的一个黄昏，齐海东正陪着吴大宝闷坐，有个身材矫健、脸膛黝黑的年轻人走了进来，手中还拎着一兜苹果。

那是罗红旗，齐海东的军校同学，也是此次救援齐海东等五人的搜索队分队长。

两人一见面，罗红旗就给了齐海东一个热烈的拥抱。大家都是战场上的幸存者，见识过战争的残酷之后，变得格外珍惜眼下的和平时光。

"兄弟，还记得我吗？"罗红旗向吴大宝伸出手。

吴大宝沉默，把脸扭向一边。

"丢了一条腿，肯定很难过，我理解你现在的心情。当天，是我跟我搜索队的兄弟们从鬼门关里捞你们回来的，有两个兄弟用担架抬着你向后撤，但敌人的火力太凶猛，有一枚火箭弹距离担架两步爆炸，其中一个兄弟扑在你身上掩护你，结果头部中弹，太阳穴里扎进去六块弹片，最大的一片，差不多有半个烧饼大。兄弟，你丢了一条腿，跟轻伤的战士比，肯定心理不平衡，但跟死了的兄弟比，你是不是很幸运？如果他知道自己拼命救下来的人在这里像个娘们儿一样半死不活地赌气不吃饭，他会怎么想？兄弟，他有一天会从地底下钻出来，指着你的鼻子骂你孬种，尖刀连有你这样的孬种，真给尖刀连丢人！尖刀连是什么样的集体？从抗日战争、解放战争起，尖刀连就没出过一个孬种，都是站着顶天立地、躺着气壮山河的英雄好汉，拿得起，放得下，头掉了碗大个疤……兄弟，是个男人的话就挺起腰杆子来，面对人生，笑对人生，没了条腿算什么啊？爹娘生咱们养咱们送咱们来当兵，是让咱们来报效国家的，不是计较自己受没受伤、得没得奖……"

罗红旗一口气说了这么多，刚毅的脸上不知不觉热泪纵横。

那些情况齐海东也了解，其实同样的故事在南疆战场上每天都在发生，但没有人因为怕死而当逃兵。

所有的年轻人，满腔热血，一颗红心，甘愿为了国家疆土而战死沙场。

吴大宝转过脸来，眼眶里也有了泪光。

罗红旗抓住了吴大宝的肩膀，哽咽着怒吼："我的兄弟为救你死了，你要还觉得自己算个人、算个男人，就他妈的好好养伤，将来不能上战场了，也得好好活着，为国家和人民好好活着，别让救你的人后悔！"

瘦削的吴大宝被摇得来回乱晃，被子落地，仅剩半尺多的大腿突兀地展现在齐海东面前。

齐海东的心一热、喉头一痛，一口血当场喷了出来。

"别让救你的人后悔"——罗红旗的话像锥子，一下又一下地刺进他的心里。

"唐光在天之灵会后悔吗？他会不会后悔将其他四个兄弟的性命托付给了我？我齐海东愧对天地良心，还有什么脸面苟活于世呢？"齐海东惨笑，一时间忘记了罗红旗和吴大宝的存在，站起来，跌跌撞撞向外走。

"你去哪里？你刚刚吐血了？"迎面有人进来，跟齐海东撞了个满怀，依稀是古丽华的声音。

"我去找连长说清楚。"其实齐海东也不知道自己在说什么，他只是想回到唐光自戕之地，对着那座坟茔说清楚。

"你不能走，快回去躺下……周医生，周医生快来……"古丽华死死地抱着齐海东的腰，一只脚勾住帐篷的门框。

齐海东魔怔了一般，径直向门外走去，把阻拦他的古丽华拖倒在地。

周海霞飞奔而来，毫不犹豫地举起针管，刺进齐海东的胳膊，推进一管镇静剂。

齐海东站住了，胸膛空落落的，像是被人把心掏去了一样。

"回去吧，一切都会好的。"周海霞贴着齐海东的耳朵说。

这边的喧闹惊动了很多人，赵大海也闻声赶来，把拖在地上的古丽华搀扶起来。

"我想去见连长，告诉他，我辜负了他的嘱托，承诺的事没做到，请他惩罚我。"齐海东的脸上没有泪，只有一种茫然的惨笑。

"大哥，连长已经自杀了，当着我们的面自杀了。我们五个亲手挖坑埋了他，你忘了吗？"赵大海吼叫。

此刻，古丽华光着一只脚，鞋子已经找不到了，这让赵大海既心疼又抓狂。私底下，他早就把古丽华当成了自己的女朋友，女朋友受了委屈，他必须得吼两下，替古丽华出头。

"连长没死……他没死！"齐海东茫然失措，记忆发生混乱，一会儿听见唐光在他耳边低语，一会儿又看见唐光正站在不远处谈笑风生。

"连长死了，连长已经死了！"赵大海对着齐海东的耳朵吼。

这一吼，把齐海东震醒了，他转头看着赵大海。

"大海，吴大宝的一条腿没了，他以后该怎么办啊？"只说了这一句，齐海东就感觉眼前天旋地转，肩上仿佛压着千斤重的担子，压得自己胸闷、腰疼、膝盖哆嗦，他勉强支撑着，不敢倒下来。

他记得，唐光要他承诺一定做到两件事，第一件他已经做错，那第二件无论如何不能再错了。否则，他甘愿饮弹自戕，向唐光、吴大宝以及所有为救他们五个人而战死的兄弟们。

"大宝，大宝，哥哥对不起你啊——"他仰头长啸，声音凄厉惶恐，令旁观者无不动容。

"海东哥——"吴大宝出现在帐篷门口，单腿站着，裤子卷到膝盖，露出伤痕累累、血迹斑斑的小腿。

所有人的目光都落在吴大宝身上，四周鸦雀无声，能隐约听见帐篷里罗红旗低低的抽噎声。

"海东哥，我错了，丢了一条腿算什么？丢了一条腿，我吴大宝还是一条响当当的好汉，还是一个兵，还是一个好兵……为了救我们，连长的命都扔在战场上了，他待我亲如兄弟，我吴大宝能活下来，这条命就是连长给的，今后绝对不给他丢人！今天在场的所有人为我作证，只要我吴大宝还活着一天，就一定会对得起自己穿过的军装，对得起中国人民解放军这个光荣的名字……"

没有人嘲笑吴大宝的模样，更没有人笑他不标准的普通话。

所有人都记住了唐光的名字，他已经不在人世，而战友们会永远永远把他记在心里。

吴大宝的心结彻底解开了，被罗红旗痛骂一场后，他又变回了原先那个爱说爱笑的调皮鬼。伤势稍好，就在帐篷里单脚跳着给齐海东拿这个拿那个，一会儿都不闲着。

"海东哥，我们村里原先有个隔宗的老叔，是抗美援朝时候的战斗英雄，他也是丢了一条腿，给美国鬼子的炮弹炸断的。但他娶了邻村最漂亮的女人，自古都说美女配英雄嘛，嘿嘿，我将来回村里去，也一定娶个漂亮姑娘，生三四个娃，喂上鸡、鸭、牛、羊、猪、兔子、鸽子，再种上葡萄、南瓜、丝瓜，再找一间屋，专门养蚕缫丝，再弄个池塘，养鲤鱼和王八……海东哥，到时候你带着嫂子来我家吃饭，我给你做满汉全席、佛跳墙！我知道你没对象，战地医院里这么多漂亮护士呢，个个都不比古丽华差……"

从前，齐海东总嫌吴大宝聒噪烦人，但现在，他恨不得吴大宝一直说下去，忘掉一切烦恼悲伤。

毫无疑问，古丽华是战地医院里的一朵花，即便所有的女孩子都穿着同样的护士服，古丽华也能脱颖而出，只笑一笑，就能把所有男兵的目光全都吸引过去。

好几次，齐海东看见古丽华一走过，所有男兵就都看直了眼，目光全都朝着同一个方向，像一大群被扼住脖子的鸭子。

于是，他总想到《长恨歌》里"回眸一笑百媚生，六宫粉黛无颜色"那两句。

上天真是不公平，把古丽华塑造得那么出众，把其他女孩子都比了下去，整个战地医院都变成了她一个人的表演舞台。

周海霞是唯一的例外，如果说古丽华是玫瑰或者月季，窈窕枝头，艳光四射，那么周海霞就是清晨迎着朝霞开放的荷花，婷婷玉立，香远益清。也唯有她，才能镇得住古丽华，让战地医院里充满了温情。

"海东哥，大家都在传，古丽华很喜欢你。赵大海三天两头往古丽华宿舍跑，又是送水果又是递情书的，可都被古丽华退回来了。别的护士出来说，古丽华发过誓，这一辈子只嫁给英雄。"吴大宝乐颠颠地继续发表长篇大论。

"嗯，大宝，你也是英雄，你很有希望。"齐海东说。

吴大宝嘿嘿笑："我是一条腿的英雄，人家爱的是两条腿的英雄。海东哥，你才是英雄，古丽华喜欢你就对了，美女配英雄，玉米配狗熊……不过我总觉得，她太漂亮，好像缺一点什么东西呢！我有时候想，要是把周医生跟古丽华捏成一个人就好了，那种女的，才真正配得上你。"

齐海东心头一动，其实他也隐约觉得，周海霞已经常驻在自己心里了。

"大宝，你觉得周医生人好对吗？她好在哪里？"他问。

吴大宝皱着眉，认真地考虑了一阵才回答："我觉得周医生像个大家闺秀，讨回来做正房最合适，因为她人很和气，又有本事，最刺头的男兵到她面前也得服服帖帖的。你娶她做压寨夫人最合适，她肯定不会给你丢面子。"

齐海东又气又笑："大宝，你这用的都是什么词啊？正房、压寨夫人……我们是解放军战士，又不是占山为王的土匪草寇，哪来的什么压寨夫人？"

吴大宝摇摇头："海东哥你别打岔，古丽华吧，太漂亮了，娶回来做姨太太，带出去很有面子，让所有男人都羡慕你……"

"说得这么热闹，什么压寨夫人、姨太太的？"周海霞一步走进来，听了个尾音，笑着问。

吴大宝"呀"的一声大叫，瘸着腿咚咚咚地跳着走掉了。

"他怎么了？刚刚还说得眉飞色舞的。"周海霞纳闷。

齐海东摇摇头，也是满脸笑。

男人们拥有三妻四妾的年代早就过去了，虽然明知道不可能又娶周海霞又娶古丽华，齐海东还是觉得心里痒痒的。

周海霞把手里的一份医疗报告递过来："这是你背部的伤口情况总结，还有三块弹片嵌得比较深，战地医院的医疗条件比较简陋，必须得到北京的大医院才能完全取出来。不过，暂时看，它们并不影响你的身体活动——"

不等她说完，齐海东便摇头："我不需要手术了，伤好一点，我就回前线。"

唐光的遗体还在敌人的阵地上，他一定要亲手把大哥带回来，安葬在南疆烈士陵园之中。他虽然没有向唐光承诺过这一点，但内心早就起誓，要让英雄忠骨还乡。

周海霞叹气："我就知道你是这个打算，所以把资料给你，你带在身边，以后有机会动手术的话，做个参考。"

她背对着光，夕阳由门外照进来，把她的身体边缘镀了一层金。

"能娶这样的女孩子为妻，真的是一件很幸福的事。"齐海东忍不住想。

周海霞向前走，坐在吴大宝床上，面对齐海东，叹了口气："跟我说说唐光吧，以前你断断续续讲过一些，我知道你心里一定藏着一个很感人的故事。一直想问，但又担心你的身体和情绪不允许。现在，我们这样坐着，你不是病人，我也不是医生，只是两个朋友在聊天。说说他吧，我很想听。"

齐海东很是意外，他敏锐地察觉到了周海霞的情绪变化。

"怎么了？你好像有心事？"他问。

周海霞清了清嗓子，低声说："对，我是有一些事，必须得告诉你。今天上级派人来调查赵大海、李福临、孙立山、吴大宝的身体恢复情况，把所有的伤情报告带走了。下一步，他们肯定也要调查你，因为现在有传言说，唐光是自杀的。按照规定，自杀的战士是不能……"

齐海东的眉头紧皱起来，因为他容不得别人对唐光不敬。

周海霞及时发现了这一点，随即解释："海东，别激动，我只是在向你说明情况。我们心平气和地谈一谈，其实我跟你一样，绝对不容许别人污蔑自己的战友，也绝对不容许英雄的军功章蒙尘。你告诉我当时的实际情况，也许我能帮你分析分析下一步应该怎么办。"

齐海东定了定神，起身给周海霞倒了杯水，递到她手中。

刚刚，她没叫他"齐海东"，而是叫"海东"，这让他很感动。既然是朋友，再连名带姓一起叫就太生疏了。

"我能不能叫你'海霞'？"他问。

周海霞点头："嗯，当然可以，这样更亲切，我很愿意。"

于是，在这个黄昏，齐海东向周海霞敞开了心扉，把他心头那个系得死死的心结彻底解放开来——

"海霞，尖刀连无数次出任务，都能战无不胜，一切都归功于唐光连长的领导。在我心里，他是一个好大哥，更是一个好老师，是我一直寻找的亦师亦友的人，是我学习的榜样。不怕你笑话，刚从军校毕业时，我总觉得自己满身本身，当一个小排长太委屈，根本发挥不了自己的才能。是他，一步步引导我，从战术理论阶段进入实战阶段，从兵力调度、敌情分析到武器运用、搏击格斗，全方位、手把手地教我。我刚入伍时，任何人都是直呼我的全名'齐海东'，只有他，第一次见面就拍着我的肩膀叫'海东'。这虽然只是一个简单的称呼，但却奠定了他在我心目中的地位。我在家里是老大，底下还有一个小妹妹，我一直渴望有一位能够成为我的好榜样的大哥。唐光，无疑就是我生命中最光辉的榜样。我曾经希望，我们永远可以做好兄弟。他当连长，我给他当排长；他当团长，我给他当连长，就这样一直并肩战斗下去。你是女孩子，不懂得男人之间的感情。我们不怕流血，不怕死，为了兄弟肯拼命，肯用自己的胸膛替兄弟挡子弹。兄弟如手足，我和唐光虽然没磕头拜过把子，但我心里，已经认定他是我大哥。形式不重要，因为我齐海东这条命随时可以为唐光舍出去。每次尖刀连出任务，我都在心里暗暗起誓，越南鬼子想杀我大哥，就得踩着先踩着我齐海东是尸体过去……"

这些话，齐海东从没对唐光说过，他一直埋在心底。

英雄的一生，极少当众立誓，英雄在心里决定了的事，就算没有别人监督，也会坚定不移地执行，至死不渝。

"没想到大哥会自戕，那种情况下，他重伤，前面是断崖阻路，后面是追兵紧跟。说实话，如果那时候受伤的是我，我根本不知道怎样才能打破困境，军校的教科书里并没有讲过这样的例子。大哥用那一枪，给我上了最后一课，也是最震撼的一课。我曾最崇敬三国五虎将、岳武穆、戚继光、关天培、邓世昌等战场上的大英雄，我大哥唐光丝毫不输给他们。如果时光倒流，我希望我是他，那颗子弹射进我自己的太阳穴里。我宁愿他活，我死，由他带兄弟们全身而退……"

忽然之间，齐海东察觉到眼泪正喷涌而出。

自从唐光自戕，他就忘记了怎样流泪，泪腺仿佛被肩上的担子压坏了，胸中有泪，眼中无泪。

现在，对着周海霞说出了心事，他的泪也自然而然地奔涌而出。

"我大哥唐光，年仅二十五岁，有七十老父无人赡养，还有一个怀孕的妻子在家里待产，他是家里的顶梁柱，这一枪，射杀的不仅仅是他自己一个人，还有全家人的希望。从前，我只知道在战场上浴血奋战，快意杀敌，却从未想到战争给人类带来了巨大的灾难，任何一个阵亡的士兵，他们背后都留下一个残破的家庭……"

齐海东想到了太多太多，在战场上扣动扳机杀一个人很容易，但要修补因此而给某一个家庭带来的创伤，却是一辈子时间都不够的。这，正是唐光说的——"死很容易，承担起那两份责任却很困难……"

不知什么时候，两个人的手已经紧紧握在了一起，周海霞空着的另一只手握着手绢，不断地替齐海东擦去泪水。

门帘一挑，古丽华一步踏进来，随即愣住。

齐海东根本意识不到古丽华的存在，他只是向着周海霞喃喃诉说着心里话，那些话再不说出来，他都快要憋死了。

"你们……你们……我是来叫你们吃晚饭的……"古丽华试着解释，但他们两个人保持原来的姿势，根本没有任何回应，只当她是空气。

"你们……"古丽华负气，一甩门帘退出来，但她又不愿离开，就停在帐篷外偷听。

她发现，自己好像已经喜欢上了齐海东，并且不自觉地把周海霞当成了想象中的情敌。

夕阳落下，暮霭围拢过来，把战地医院全都罩住。

餐厅的方向，很多男兵大声笑闹着，嘻嘻哈哈的，声音一阵高一阵低。平时，只要古丽华出现，那些男兵们就闹得格外起劲，全都是为了引起她的注意，也包括那个赵大海在内。可是，古丽华的心却已经系在齐海东身上，再多、再火热的追求者，都赶不上齐海东一根手指重要。

"周海霞在里面，他们在聊什么？他们已经聊了那么久，周海霞明知道我喜欢齐海东，还偏偏来跟我抢！"古丽华懊恼地揉搓着辫梢，不知该如何是好。

最终，她还是选择了悄然离去，把自己的失意深藏起来。

伤口拆线后，齐海东去见崔团长。

崔团长介绍，在齐海东养伤的日子里，中越两方又经过了几次大范围交火，越军防线后撤，双方阵地中间出现了大范围的过渡区。

齐海东请求："团长，我要去前线，把连长的遗体带回来。"

崔团长的表情很复杂，但他没有多说什么，马上打电话给了搜索队。很快，罗红旗就带着一支二十人的小分队赶到团部来。

"去吧，不管发生了什么，把唐光的遗体带回来。叶落归根，我们活着的人必须做让死人安心的事。"崔团长皱着眉说。

齐海东看出崔团长有心事，但他没多问。现在，没有什么事比接回唐光遗体更重要的。

在路上，所有人的心情都很沉重，因为此行不是为了战斗，而是为了迎接英雄回家。

"我听到一些传闻……"罗红旗试着提起话题。

齐海东知道他想说什么，马上阻止："红旗，我不想聊别的，只想完成这一件事，然后……"

他突然想到，自己未来的目标似乎发生了改变。

本来，父亲齐山送他来部队，是要他一辈子不脱军装，为国家军队奉献毕生精力。

"部队有严格的军纪，作为一名军人，我必须得遵守部队所有的规定，哪还有精力照顾别人？唐光有七十岁的老父、妻子、遗腹子，其他战友也有父母……我该怎么做，才能完成向唐光承诺的那些事？"他知道，自己必须要做出选择。

很快，他们就到了埋葬唐光的位置，令齐海东担心的事情发生了，他们亲手挖的土坑还在，但坑里的土都被刨了出来，唐光的遗体却不见了。

他反复地观察四周地形，并且在三棵山毛竹的粗大根部都发现了吴大宝刻下的清晰记号。

"就是这里，不会错。"他欲哭无泪。

"怎么会这样？"罗红旗喃喃自问。

他们都不敢设想这里曾经发生过什么，只感到满心悲凉，无法释怀。

齐海东亲手把土坑填起来，堆成一个小坟，然后把自己带来的三瓶白酒摆好，再点燃三把檀香，仔细地插进坟前的小土堆里。

"连长，海东来看你了。"只说了这一句，齐海东就扑通一声双膝跪倒，热泪横流。

时间真是可怕的东西，假如从此时此刻倒退回去半个月，唐光、顾保华就都活生生的，跟他们在一起有说有笑；倒退回十天，他只要稍加预防，就能避开唐光自戕那件事。也许，赵大海就不该拿出古丽华的照片看，那样大家就会提前上路，悄悄撤离最危险区域，也许中途赵大海没有擅自行动消灭对方的狙击手，敌人就不会察觉到尖刀连的行动，那么六个人就有机会原路返回，不与敌人展开近距离"遭遇战"……

可是，时间回不去了，唐光也回不来了，包括那具珍贵的遗体。

齐海东做了最后决定：转业回海天市。

这个决定，是他在战地医院里苦苦思索、反复衡量了一个多月后的最终决定，期间没有跟任何人聊起过。所以，最初听到他宣布这个决定，周海霞、赵大海、李福临、孙立山、吴大宝等人都惊呆了。

齐海东是军校高材生，目前暂居排长职务，以他的理论水平和实战成绩，可以预见，很快就能得到升迁。况且尖刀连目前连长空缺，齐海东非常有希望被提拔为代理连长。

"转业？那不就浪费了你那张军校毕业证啦？一个排长转业回地方，肯定分配不了什么好工作，那这一辈子不就全完了？"赵大海的反应相当强烈。

按照他的思维，战争中最容易出现"超级英雄"，如果由齐海东来带领尖刀连，今后一定能打漂亮仗，人人都能获得一等功，捞到晋升资本。他不愿意齐海东走，就是想做到强强联合，让尖刀连成为南疆战场上的一流连队，最终名垂青史。

在这里，齐海东是他唯一服气、唯一看得上眼的人。

"转业恐怕不是最好的选择，战争还没结束，作为军人，我们谁都没有权当逃兵。"李福临慢条斯理地说。

孙立山没有主见，但他支持赵大海的意见。

吴大宝当即表示："齐海东将来一定能当大将军，中途转业，太可惜了。"

只有周海霞，听到这一消息时，只意味深长地重复了齐海东曾经说过的一句话："宁叫天下人负我，我不负天下人。"

齐海东心里一热，知道周海霞看懂了自己的心事。

"大好前途说放手就放手了？我佩服你的勇气，但却并不赞同你的做法。要帮助别人，可以走的路有千万条，而且条条大路通罗马，绝不仅仅只有转业这一条。海东，我们都是成年人了，必须为自己做的每一个决定负责。"周海霞严肃地说。

齐海东默默地打开背包，从里面取出一个相框、一封电报，摆在桌子上。

相框中，穿着军装的唐光脸上带着略显拘谨的笑，旁边是一个穿着碎花衬衫的年轻女孩子，两个人的头向中间微微靠拢，眼中充满了对未来生活的希冀。

电报的内容非常简单，只有"父病，盼归"四个字。

"唐光和他妻子？"周海霞问。

齐海东点头："她叫江萍，比连长小一岁，在海天市的一个街道工厂上班。你看电报日期，是一个月前，正是尖刀连奉命换防进入前线的时候。连长谁也没告诉，偷偷把电报藏了起来。"

周海霞沉吟，若有所思地问："海东，你想回去照顾唐光的父亲和妻子？你代他尽孝，我能理解，但我想不出，你是个男人，怎么去照顾他的妻子和遗腹子？"

齐海东苦笑："我也没想好，但最起码我转业回海天去，可以腾出大量时间帮他们。"

周海霞长叹："你……我从没见过像你这么傻却又这么好的男人！不过，我非常佩服你，至少你比其他人都有勇气，既能看清楚自己该干什么，又敢于朝着定好的方向前进。海东，如果有朝一日我转业，也去海天，一定做你的坚强后盾。”

　　"坚强后盾"这四个字似乎暴露了周海霞的心事，刚一说完，她的两颊就飞起了两团羞涩的红晕，美得像池水中刚刚绽放的睡莲。

7 禁　闭

　　九月份，齐海东提交了申请转业的报告。孙立山、吴大宝也提出复员申请，分别回山东河南交界的冠县乡下老家和海天市农村去。赵大海、李福临则继续留在军中，并分别担任了尖刀连代理连长、副连长的职务。

　　随即，赵大海展开了对古丽华的"秋季攻势"，只要有时间，他就开着连部的吉普车赶到战地医院来，像只不辞辛劳的蜜蜂，绕着古丽华这朵鲜花盘旋飞舞。

　　那时候，齐海东还留在医院里养伤，那嵌在骨头里的三块弹片成了周海霞的心病，她每隔几天就要催齐海东一次，问他有没有联络北京的专家商量实施手术。

　　齐海东对自己的身体不太在意，而是把所有津贴费都取出来，给吴大宝加营养。正是由于他的照料，吴大宝的断肢创面恢复得很好。

　　一天晚上，齐海东睡觉前，发现枕头下面多了一本书，是奥斯特洛夫斯基的《钢铁是怎样炼成的》。翻开书的扉页，里面落下一张带着香水味的明信片，并且写着一段漂亮的小字："保尔的生命中曾经出现了三个女孩子，冬妮娅、丽达、达雅，如果你是他，会爱上谁？我在等你的答案，今晚十点，医院礼堂后门，不见不散。"

　　他认识，那是古丽华的字。字如其名，一样漂亮，并且充满诱惑力。

　　他想了想，把书丢给吴大宝看，一个人出了帐篷，穿过小树林，直奔医院礼堂后门。

　　古丽华提前到了，已经脱掉护士服，穿着绿色的军装。

　　"你迟到了，我刚刚还在想，你是不是不来了？"路灯下的古丽华笑起来美丽如花。

　　齐海东很镇定，大概能对古丽华的笑容免疫的，全团上下，仅仅有他跟崔团长二人而已。

　　"我来是想告诉你，我不是保尔·柯察金，你的提问选错了对象。从前我就说过，吴大宝比我更需要别人的关心。"他淡淡地说。

　　古丽华又笑："齐海东，你为什么总是表面装着对我不冷不热的？上次我听赵大海说，你在背后一直称赞我漂亮，还说如果赵大海不抓紧行动，你就要横刀夺爱，是不是有这回事？"

齐海东回想，的确有一次说过这样的玩笑话，但仅仅是玩笑，绝对没往心里拾。更何况，谁说要追古丽华，赵大海肯定跟对方急，脸红脖子粗的，是真的着急上火加拼命。

齐海东摇头："那是开玩笑的，别当真。"

古丽华走过来，近在咫尺地看着齐海东："那好，你现在正式告诉我，你不喜欢我。"

齐海东是有修养的人，即使真的不喜欢古丽华，也不会直说，那样会重创伤害这个年轻女孩子的挚爱与自尊。

"嗯，你那么漂亮，谁会不喜欢你呢？"他说。

古丽华开心地笑了，向前半步，咄咄逼人地盯住齐海东的眼睛，灯光下笑得如同遂了心愿的小狐狸："那么，你的意思是你很喜欢我喽？"

齐海东勉强点头，含混答应："嗯，基本上……差不多应该是这样。"

古丽华更进一步："那，你能不能大声说一遍，齐海东喜欢古丽华？"

齐海东内心有点嘀咕："这就有点强人所难了——如果赵大海听到，还不跟我拼命？"更重要的是，他心里还有另外一个人。

"说，你喜欢我，齐海东喜欢古丽华！"古丽华用命令式的口吻居高临下地吩咐。她分明感觉到，齐海东已经在瞬间被征服，跟其他男兵没有什么两样。这种胜利的快感来得太容易，使她意犹未尽。

齐海东后退了一大步，躲开古丽华身上的香味，深深地吸了一口气，低声回答："对不起，我不能说那句话。第一，赵大海说你是他的女朋友，朋友妻不可欺；第二，我心里有别人了，真的很对不起。"

古丽华大感意外，料不到已经进入自己掌控的猎物突然逃逸出去，立刻有点乱了阵脚。

"古丽华，你是咱们部队最漂亮的女孩子，这毫无疑问，但我真的早就喜欢上别人了，对不起。"齐海东重复，又退一步，免得古丽华在盛怒之下做出不可理喻的举动来。

"你喜欢的……是谁？"古丽华颤声问。

齐海东脱口而出："周海霞。"

其实，他从未向周海霞挑明，也没向她递过情书，一切都在朦朦胧胧之中。他也是担心，一旦像赵大海那样贸然行动，一下子弄巧成拙，那就连好朋友也做不成了。

"果然是她，果然是她！"古丽华使劲跺脚，气急败坏地叫起来。

女孩子的心思很难猜，本来齐海东估计古丽华还会大大地发一顿火，但接下来古丽华却双手捂脸，飞奔而去，把他晾在那里。

齐海东无奈，自我解嘲地溜达了一圈，在礼堂的台阶上做了几个俯卧撑，然后回去睡觉。

他不是保尔·柯察金，生活中既没有冬妮娅，也没有丽达，更不会有达雅。

非要牵强附会来说的话，漂亮迷人的古丽华是冬妮娅，温和优雅的周海霞是丽达。如果他有选择的权利，当然是选择丽达。

这不过是离开部队前的一个插曲，后来周海霞在齐海东面前有意无意地提及："前一阵，有天晚上急诊回来太晚了，经过礼堂，看到你在那里锻炼身体。别太操之过急了，身体需要相当长的一段时间才能恢复，急于求成，只会坏事。"

齐海东有些心虚，他看周海霞的表情淡淡的，似笑非笑，似有意似无意。

于是，他就支支吾吾了几句，把话题岔开了。

没过几天，赵大海开着吉普车来找齐海东："刚才团部有份烈士名单传达下来，里面没有咱们连长。我打电话到负责这事的团部人事股去问，结果那边的王干事说，唐光是自杀，不能评烈士。"

齐海东一听，心底的火腾地一下就起来了："不能评烈士？他要不当烈士，咱们五个就全都成烈士了！"

赵大海附和："是啊，我跟王干事解释了，可这小子就他妈的不听，说是组织上的决定。"

齐海东立刻跃上吉普车："走，去团部，我跟他们解释。"

在路上，赵大海的表情始终有些尴尬，因为就在上次罗红旗来开导吴大宝的时候，他当着很多人的面喊出"连长自杀"这句话，才导致了团部对此事的连番调查。再往前推算，他也知道是自己擅自行动导致了"闪击战"的失败，更连累唐光自戕。

到了团部，两人直接去人事股。

王干事是一名戴着近视眼镜的文弱书生，一看就是那种特别固执、任何事都丁是丁卯是卯的主儿。

齐海东跟对方交谈还没有三分钟，王干事一口一个"按规定来"就把赵大海惹恼了："老子在前线跟鬼子血拼，你们在后方就知道规定规定，光凭着规定能打败敌人吗？光死啃规定能保卫国家吗？"

王干事也恼了，摘下眼镜，使劲擦擦，然后戴上，冲着赵大海叫："这里是办公场所，要耍本事出去耍。"

赵大海一抬手，还没怎么使劲，王干事的眼镜就飞到屋顶上去了，而他的人则后退五步，仰跌倒地，后脑勺磕在保险柜上，顿时血流如注。

"大海，你赶紧走——"齐海东低声吩咐，然后跳过去搀扶王干事，没想到对方已经晕厥。

"大海，赶紧走，这里没你的事！"齐海东再次沉着脸吩咐。

他要转业，背一两个处分没事，而赵大海刚刚提拔，一个处分就会一撸到底。

赵大海犹豫了几秒钟，马上拔腿就跑。人事股没别人，所以没有目击者，齐海东能把这件事扛下来。

这件事的最终结局，就是齐海东被关进团部禁闭室，面壁思过。

幸好，他只被关了八小时，崔团长就回来了。于是，他从禁闭室被叫出来，请到崔团长的办公室去。

办公室的茶几上摆着一盘烧鸡、一盘洗干净的小黄瓜，旁边还搁着一瓶北京二锅头。

"坐吧。"崔团长吩咐，"伤口怎么样？能不能喝酒？"

齐海东毫不客气地坐下，咬掉瓶盖，在两个大玻璃杯里倒满酒。

崔团长笑了："海东啊，我知道你有伤在身，不应该喝酒，但是，有些话我不喝酒的时候根本说不出来。"

齐海东也笑了："什么话？醉话？"

崔团长摇头："绝对不是醉话，而是一些饱含着热血和激情的话。"

两人举杯，一口气干了，然后再斟满。

"海东，我知道你为什么来的，不就是为唐光的烈士认定证书嘛？为这事，我一直在向上级反映。唐光以前在我手底下干排长，那时候我是连长，我们是好战友，也是好兄弟，所以这次他战死沙场，最痛心的人应该是我。你说，我能不尽心尽力去办吗？只要有一线机会，我一定要把这件事办好，让死者的亡灵安息。"

齐海东有些悲哀，"战场自戕"是一个敏感的话题，即使唐光是因为一个崇高的理由而自戕，也是件很难解释清楚的事。

他把当时的情况如实地讲了一遍，当讲到唐光拿枪指着自己的太阳穴嘱咐他的时候，崔团长的眼眶也湿润了。

"为我的好兄弟干一杯！"崔团长说。

两个人又干了一杯，瓶子里没酒了，崔团长开门出去拿酒。

办公桌上放着一本《全国优秀中篇小说奖合刊》，书翻开，正好是《高山下的花环》那一篇。

齐海东最近刚刚看过那篇小说，其中靳开来这个悲情人物给他留下了极深的印象。

崔团长拎着两瓶酒回来，齐海东正在翻那本书。

在书里，靳开来原先是排长，上前线前刚刚被提升为副连长，战斗中冲锋在前，吃苦在前，最后为了给战友们砍甘蔗解渴离开阵地，意外踩上地雷，壮烈牺牲。那是一个喜欢发牢骚、讲怪话的军中"刺头"，又爱给领导提意见，是门乱鸣乱放、口无遮拦的"大炮"。这样一个人是不符合当时的"英雄准则"的，而且他不是在战斗中牺牲，因此他牺牲后被条例、规章、制度卡住，不能被列入英雄花名册，失去了军功章。

这样一个真正的英雄、烈士，跟今日的唐光的遭遇何其相像？很显然，如果齐海东坐在团部领导的职位上，绝对不会卡住唐光。

"看书？李存葆老师写的《高山下的花环》真是太好了，我看过很多遍。"崔团长非常感慨。

"人都有畏死之心，但也有不怕死的血性基因。"齐海东点头回应。

崔团长盯着齐海东，脸色渐渐沉下去："我以前有个战友，死在南疆战场上，跟靳开来遇到的事差不多。不同的是，那时候别人都叫我'崔大炮'，只要是不合理的事，我都能冒着蹲禁闭、被开除的危险去帮人奔走呼吁。后来，那个战友没有被湮没，他的家人和妻儿都拿到了应该得到的荣誉。海东，你想做'齐大炮'，我绝对支持你。"

这次，齐海东摇头："团长，我不想做大炮，如果部队领导站在公平、公正的立场上看问题，不让那些不公平、不公正的事发生，我们的部队又何需"靳大炮""崔大炮""齐大炮"？让烈士的血白流，让亲者痛仇者快，那是最大的犯罪。"

他带赵大海来团部，只想替唐光找回公道，绝对不想迁怒于任何人。

"我知道了，这些事我会写成特别的报告，派专人送达上级部门，一定能圆满解决。"崔团长说，"现在，咱聊聊你转业申请书的事。你已经最后决定了？"

齐海东如实回答："嗯，决定了。"

"为什么？"崔团长深感诧异，"你未来一定大有前途，远远超过同龄人。尖刀连是全军的精华，你正好处在一个最好的位置上。好好干下去，一定前途无量。可回到地方上，离开了部队这一方水土，就一切由不得你了。"

齐海东没法解释，只能低头回答："我想换一种生活方式。"

这种极度肤浅的回答令崔团长大为不满，一拍桌子："你这算什么话？什么叫'换一种生活方式'？你想换哪种生活方式？军队大熔炉里这种热火朝天、积极奋斗的生活方式不好吗？你是不是看见身边的战友一个个倒下，自己想当逃兵、当孬种？"

"逃兵"这个词刺得齐海东的心猛地一痛，因为父亲齐山送他到部队来之前，也提到过——"永远不要想着当逃兵，那就把齐家八辈祖宗的脸都丢光了，我齐家不出这样的孬种。你敢当逃兵，老子亲手崩了你！"

转业的事他还没跟父亲齐山、母亲鲁娟说，反正能瞒一时就瞒一时吧，等到转业文件批复下来，生米煮成熟饭，到时候他们也没办法。

"咚咚"，勤务员敲门，在门外报告："团长，尖刀连有人来递请愿书。"

崔团长一愣："什么？进来说。"

勤务员推开门，门外面并排站着赵大海、李福临、孙立山、吴大宝。吴大宝一条腿站不稳，腋下架着拐杖，在秋夜晚风中益发显得伶仃而悲壮。他们看到本该蹲禁闭室的齐海东正在跟崔团长面对面喝酒时，都吃了一惊。

崔团长的目光从四人脸上扫过，立刻沉下脸来："你们四个搞什么鬼？"

赵大海走进来，双手捧着一张信笺，放在崔团长面前。

崔团长在信笺上扫了一眼，冷笑一声："放了齐海东、给唐光评烈士，就这两个小要求也值得写请愿书？"

齐海东拿过信笺来看，上面是李福临的笔迹，的确是提了那两个要求。

崔团长起身，盯着赵大海："说实话，这两个要求我能答应，毕竟我还是一团之长嘛，一定不会让我的兵受委屈。可是，另一边，王干事的头怎么破的？他要是有个三长两短谁担责任？手背手心都是肉，他也是我的兵，对不对？"

赵大海不说话，但崔团长早就去医院看过王干事，知道打人的是赵大海。

"那是我干的，要处分就处分我。我曾经是他们的排长，就算他们真的做了什么，责任也全在我领导无方。"齐海东起身，把所有事揽下来。

在他看来，赵大海动手推了王干事，也是因唐光而起。如果只是自己来团部，就不会牵连赵大海了。

"宁叫天下人负我，我不负天下人""严于律己，宽以待人"始终都是他的做人原则，不可能在一朝一夕之间改变。

崔团长倒背着手在办公室里来回转了几圈，猛地停在齐海东面前，粗壮的手臂斩钉截铁地向下一挥："齐海东，你听着，打人这件事到此为止，唐光的事我会去汇报，你们任何人都不要再擅自行动，否则，严惩不贷。"

身为团长，他会对自己的下属犯的错负责，职权越大，肩上的担子越重。如果他不能担责、不能为下属出头，那他就是一个不合格的团长。唐光的事是一个个例，但如果他处理不当，人心就散了，整个团的战斗力就会下降。

几个人一起乘赵大海的吉普车回战地医院去，夜深了，路上空无一人。

"唱个歌吧！"吴大宝挤在李福临和齐海东之间，还像从前一样，一刻都安定不下来。

"唱什么？"孙立山问。

"就唱《我是一个兵》。"齐海东也来了兴致，"连长最爱唱的那首歌。"

"我是一个兵，来自老百姓，打倒了日本侵略者，消灭了蒋匪军。我是一个兵，爱国爱人民，革命战争考验了我，立场更坚定。嘿嘿枪杆握得紧，眼睛看得清，谁敢发动战争，坚决打他不留情，我是一个兵，我是一个兵……"

车子行过长街，一路撒落歌声无数。

在歌声里，他们又仿佛回到了跟随唐光一起训练、一同战斗的时光。

路上，齐海东看到了一个还没打烊的小饭店。

"停车，下车。"齐海东下令。

在那个食客已经走光的小饭店里，五个人站在简陋的餐桌边，桌上摆着四个简单的小菜和六个玻璃杯。

齐海东亲自动手，把每一个杯子斟满。

"今天第一杯酒，敬我们的好连长、好大哥唐光。"齐海东端起杯子，慢慢地倾倒在身前的泥土中。

四个人也像他一样，以酒洒土，遥祭唐光。

李福临斟酒，然后四个人一起看着齐海东。

"兄弟们，今天我只想说，咱们五个人能一起从战场上活着下来，就是最大的缘分。我比你们大，连长嘱咐过我，要带你们平安回家。现在我感到很惭愧，因为大宝失去了一条腿，我没有完成对连长的承诺。不过，我齐海东今天在这里发誓，从今往后，我们就是生死兄弟，我将尽我最大的努力照顾你们、维护你们。从前我只有一个妹妹，今天往后，你们就是我的亲弟弟。来，干了这杯酒，一朝是兄弟，一生是兄弟！"齐海东端起酒杯，他胸膛里的热血正在沸腾，似乎唐光就在旁边微笑着看着自己。

"一朝是兄弟，一生是兄弟，干了！"四个人一起端起酒杯，一饮而尽。

之后，齐海东端起原属于唐光的那杯酒，喝了一大口，递给赵大海。赵大海也喝了一大口，递给李福临，一个一个传下去，直到吴大宝那里，一口喝干了。

"兄弟们，很快大家就要分开了，咱们是南疆战场枪林弹雨里一起杀出来的生死兄弟，今后有福同享，有难同当。我先回海天市，努力工作，站稳脚跟，给兄弟们打个好基础。干了这第三杯，大家就是生死不离的亲兄弟了！"

"那以后您就是我大哥——"吴大宝端起酒杯，向着赵大海、李福临、孙立山，依次叫，"二哥、三哥、四哥。"

四个人同时向齐海东叫："大哥。"

齐海东微笑："老二、老三、老四、老五，好兄弟，干杯！"

其余四人一起叫："干杯！"

五个人一口气喝完，赵大海回身吆喝："老板，再拿一瓶酒来。"

老板拿酒来，赵大海用牙咬开瓶盖，给大家倒酒。喝到最后，五个人都喝醉了，抱在一起反复地唱《我是一个兵》。

尚存一丝清醒的齐海东看着四兄弟，在心底默念："连长，我记住您说的话，好好照顾兄弟们，回去孝敬老父、照顾嫂子、照顾您笔记本里记着的那些阵亡兄弟们的家属。"

齐海东的转业申请批下来了，他打电话告诉父亲齐山时，老爷子在电话里顿时暴跳如雷，最后摔了电话。幸好，母亲鲁娟疼儿子，又打回电话来，询问齐海东这边到底发生了什么状况。

"没出什么事，我只是想换一种活法。"翻来覆去，这就是齐海东唯一的解释。

他听见齐山气势汹汹地在电话边大吼："逃兵！逃兵！可耻，可耻！我齐家的耻辱，让我齐山没有脸去见老战友们，九泉之下也没脸见列祖列宗！"

"儿子，回来也好，好好工作，重新开始。你爸在气头上，说得再难听你也别在意，路上注意安全，到了海天我就让司机去火车站接你……"

鲁娟是个老好人，疼女儿，更疼儿子，但是齐海东还是从这些安慰的话里听到了鲁娟的担心。

"妈，我会好好工作的，您别担心。"齐海东的鼻子有些发酸。

他不怪齐山发火骂人，可怜天下父母心，所有父母都希望自己的子女能够成龙成凤、光宗耀祖。很可惜，他曾经肩负着齐山和鲁娟的满腔期待走进军营，却辜负了他们的期望默默地离开军营。世界上的成功之路有千万条，但他选择了一条充满荆棘的小路。未来，不管遇到多少困难，他都会永远无悔，一路向前，因为那条路是自己选的，怨不得别人。

终于到了离别的时刻，齐海东跟许多退伍兵一起，坐上了北上的火车。

周海霞来送他，当着那么多战友的面，两人都不好意思说什么。

"回去好好干，很快我也转业，到时候也会回海天。多攒下点钱，请我吃饭。"周海霞开玩笑，不过她的眼睛里布满阴翳，齐海东看得一阵阵心疼。

"绝对没问题，请多少顿都行。"齐海东满口答应。

在送行的人群中，他也看到了古丽华，但却隔得很远，站在一根水泥柱子后面，并不确定是不是来送他的。

"海东，记得你背后的弹片，凡事量力而行，不能太劳累，也不能太逞强。"周海霞这已经不知道是多少次叮嘱了。

"唉，海霞，你都唠叨多少遍了，我听得耳朵都快起茧子了。我身体怎么样自己清楚，放心吧！"

吴大宝从另一节车厢里挤过来，靠着车窗，艰难地向外伸手，去跟周海霞握手告别。

"嫂子，到时候来我家吃满汉全席，一定来啊，不见不散……"

周海霞愕然，因为"嫂子"和"满汉全席"这两个词令她猝不及防，下意识地抽回手，看看齐海东。

"嫂子，我是真心邀请，到时候你跟大哥一起来。"吴大宝一本正经地继续叫。

周海霞的脸顿时红了："吴大宝，你……瞎说什么呢？"

吴大宝脸上一丝笑纹都没有："齐海东是我大哥，你是我大嫂，这没错啊？这难道有什么错吗？我大哥文武双全，一表人才，回到地方上去肯定是几百个姑娘一起来追，乌泱乌泱的。嫂子要是不早下手，那就别怪兄弟没提醒过你了！"

周海霞的脸更红了，轻轻啐了一口："你这张嘴，真该带胶布来把你的嘴封上。齐海东，也不管管你兄弟，哪有这样说话的？"

赵大海、李福临从人堆里钻过来，一左一右，站在周海霞旁边起哄："嫂子，我们先提前叫着点，你也加把劲，争取早一点转正，把喜糖、喜烟、喜酒都补上。如果实在时间赶不及的话，喜酒跟满月酒一起请，我们也不会在意。"

周海霞招架不住，索性闭嘴，脸红彤彤的，只是看着齐海东微笑。

"喂，你们大家别继续瞎掰扯了，等会儿周医生真生气了啊！"齐海东说。其实他心里美滋滋的，能娶周海霞是好事，但却任重而道远。

赵大海本来还想说什么，一转眼看见了古丽华，立刻一溜烟地向那边跑去。

李福临很懂事，向吴大宝挥手："咱们到旁边窗口聊去。"

很快，窗边又只剩下齐海东和周海霞。

"我看到古丽华在那边，要不要招呼她过来，你们道个别？"周海霞嘴角抿着，满脸都是揶揄的笑。

"我们道别？我们没什么可说的，又不是太熟。"齐海东辩解。

"不太熟？真的吗？我可是听说，有人给你送书，书里夹着明信片，问你喜欢冬妮娅、丽达还是达雅。你倒好，人家女孩子主动表白，你却一点都不给面子，生生地拒绝，把人家气得大病一场。"周海霞说。

齐海东明白了，上次礼堂后门古丽华表白的事，周海霞全都知道，只不过假装不知情而已。

"海霞，那跟我没关系，都是别人，我只不过是晚上吃撑了出去遛食而已……"齐海东急忙解释。

周海霞笑起来："算了算了，别解释了，你已经通过了革命考验。"

齐海东似懂非懂，但既然周海霞不打算追究，他也就把那一页翻过去了。

汽笛一响，火车开动了，周海霞追着车跑，动情地向齐海东挥着手。

"我在海天等你——"齐海东大声喊。这一刻，两个人的心已经完全地重叠在一起，心心相印，此生姻缘已定。

在车里，齐海东打开了唐光交给他的那个血染的笔记本，一页页慢慢翻看，看那些曾经很熟悉、很亲切的名字。战争很残酷，死神很无情，轻易地就将那些热血沸腾的、活生生的战士变成了冷冰冰的名单。

"大哥，你在天之灵跟着我，咱们回家……"他向着窗外渐远的南疆群山喃喃低语。

⑧ 难　关

回到了熟悉的海天市，齐海东并没有回家，而是按照地址找到了唐光家。

那是一个破旧的大杂院，唐光的家在最靠里的角落里，只有两间狭仄的平房。最刺眼的是，房门两边贴着白纸，角落里还有没打扫干净的纸钱。

齐海东敲门，门还没开，先有婴儿的哭声隔着木板门传出来。

开门的就是江萍，但已经不是照片里那个年轻的、对未来充满希冀的女孩子，而是一个头发蓬乱、衣服皱巴、系着围裙的女人，满脸憔悴，眼中全是红血丝，年纪轻轻，鬓边的头发却已经斑白，至少比照片上老了十岁。

"你是?"江萍问。

"嫂子，我叫齐海东，唐光是我连长，我刚转业回来，先过来看看孩子。"齐海东说。

江萍捋了捋头发，疲惫不堪地回答："请进吧，不好意思，家里乱七八糟的。"

齐海东进屋，两间屋里乱得下不去脚，一个包裹在襁褓里的婴儿拼命地挥手蹬脚，哭得上气不接下气。

旁边桌上，放着没吃完的半碗面条。

江萍一个劲地在围裙上擦手，羞愧地苦笑："让你见笑了，我一个人弄孩子，饭都顾不上吃。"

齐海东的鼻子酸酸的，赶紧到床边看孩子。

说来也怪，婴儿一看到齐海东就不哭了，睁大了炯炯有神的眼睛，好奇地盯着他看。

齐海东从前没照看过孩子，不会抱也不敢抱，只好揪着襁褓的一角，一拉一放逗孩子玩。

趁这个机会，江萍赶紧端起碗吃面条。

"嫂子，孩子起名字了吗?"齐海东问。

"叫晓龙，拂晓的晓，飞龙的龙。刚怀上的时候，唐光就说了，是个男孩，就起名叫唐晓龙，拂晓的飞龙，一飞冲天。"提到唐光，江萍连连叹气，说出的每一个字都像被眼泪浸湿一样。

"唐晓龙，唐晓龙，真是个好名字。"齐海东一逗引婴儿，婴儿就咯咯地笑，一边用小脚丫蹬齐海东的肚子。

"嫂子，唐大爷什么时候走的？"齐海东问。

江萍别过脸去，眼泪扑簌簌地掉进碗里："是四个月前，之前我发电报到部队去，唐光打电话回来，说你们刚刚换防上了前线，回不来。我大着肚子……送老人走的，本来指望是走一个来一个的，没想到连唐光也……"

齐海东无话可说，心里酸酸的，但却哭不出来。他从口袋里取出三十块钱，塞在旁边的枕头下面，然后起身告辞。

面对这个残破的家庭，他就算说一万个"对不起"，也不可能让江萍的生活和精神好起来，只能慢慢来，一步一步扶持着江萍走出困境，渡过难关。

其实，齐海东自己也面临着难关，刚进家门，就遭到了齐山狂风暴雨般的咆哮痛骂。不过，齐海东的神经到现在都是麻木的，脑子里装着的，全都是唐光家那两间破旧的平房、江萍的愁眉苦脸、婴儿天真无邪的大眼睛。

"如果唐光不死，一切绝不会是这样子。这样的烂摊子，该从哪里开始收拾？"回到海天的第一步他就遭到了迎头一击，心情跌至最深的低谷。

"你这个浑小子，我是让你去部队锻炼，不是让你去旅游戏耍的。今天有老部下问我，说你马上就要回来了，要不要帮忙安排工作……我齐山戎马半生，为党和国家流血流汗，兢兢业业，不敢有丝毫懈怠。我对得起党对得起国家，可你呢？你这个逆子，根本就是'扶不起来的阿斗'，是我老齐家的耻辱，是孬种！本来指着你给妹妹当个好榜样，现在看来，你就是'死狗扶不到南墙上'……你给我滚，这个家里不养逃兵，丢不起这个人，滚吧，拎着你那两个大包赶紧滚，别让邻居看见笑话……"齐山劈头盖脸地大骂，吓得齐海东的小妹妹躲到后面厨房里大哭。

齐海东默默地听着，没心情还嘴。

"我该怎么帮江萍呢？谁能教教我，怎么做才能帮她把那个家撑起来？"他绞尽脑汁地想。

齐山骂累了，开门到院子里喘口气。

齐山是从省委副书记的职位离休下来的，在这个小院已经住了十年，四周邻居都是他的老同事、老朋友或者老部下。世上没有不透风的墙，儿子的突然转业，让他措手不及，更让他一直都没脸见人，就怕别人打听。

鲁娟从书房出来，拉着齐海东到后面去吃饭。

"先吃饭，你妹妹从中午就盼着你回来，下午连学都不去上了。"鲁娟一边盛饭一边唠叨。

齐美琳刚刚十五岁，已经出落得婷婷玉立，很有鲁娟当年的影子。鲁娟曾经是部队文工团的舞蹈队的台柱子，她很希望齐美琳能走自己当年的文艺兵之路。

"哥，你以后不回去了是吧？那可太好了，以后就有人帮我写作业了。"毕竟是小女孩，一开心就把齐山刚刚制造的狂风暴雨给忘得一干二净。

鲁娟指了指墙上的挂钟，沉着脸吩咐："美琳，你赶紧吃饭，吃完饭赶紧去上学。现在才下午一点半，不上学的话你爸等会儿又要发脾气。你们这两个孩子，都不让我们省心。"

齐美琳一边连连做鬼脸，一边帮齐海东夹菜。

他们兄妹的感情极好，齐海东大齐美琳八岁，是从小看着她、哄着她长大的。所以，齐海东一直都是齐美琳的榜样跟偶像。

吃完饭，齐海东拎着两个大旅行包回到自己的房间。打开包，里面一袋一袋装的都是阵亡战友的遗物，有钢盔、日记簿、茶缸、帽子、毛巾、钢笔、照片、钱包、打火机、烟灰缸等等，总共十六个袋子，代表着十六个人。

这个房间里放着一张床、一张写字台、一个大衣橱、一个单人沙发，再没有多余的地方可以摆放这些遗物了。

齐海东把东西摊在床上，对着那个笔记本挨个清点了一遍，确保每个名字都对应着遗物，才轻轻松了口气。

鲁娟敲门进来，看见满床乱七八糟的东西，吓了一大跳。尤其是当她看见齐海东手里那个血迹斑斑的日记本时，紧皱着眉，她已经在怀疑齐海东是不是在战场上受了什么刺激，才做出这么古怪的事来。

她是军人，一看就知道齐海东在干什么。

"这是你战友的遗物吧？你要挨个送回他们家去？"鲁娟问。

齐海东摇摇头，慢慢地收拾，把东西装进袋子，再放回到旅行包里。

"海东，跟妈说说，你心里到底在想什么？别怪你爸发火，他以为你能在部队里锻炼摔打，从士兵一直做到将军。他一直在邻居们面前拍着胸脯承诺，他齐山的儿子将来绝对是中国人民解放军的大将。"鲁娟小心翼翼地充当着和事佬的角色。

齐山脾气太暴躁，而齐海东的脾气太深沉固执，爷俩一旦弄顶了，能劝和他们的就只有鲁娟了。

齐海东慢慢地讲述了"唐光自戕"的前因后果，再讲到自己一回海天市就去看望江萍跟婴儿。

听到动情处，鲁娟也流泪了："你们连长是个真英雄，抛弃小家，顾全大家，这样的人物也就只能出在军队那样的环境中，不过这样一来，就苦了那个江萍和孩子了。你改天再去看孩子的时候，把家里的油啊米啊面啊多带上点给他们，再买几袋好奶粉。告诉他们，别怕吃不上饭，有我们全家帮着呢！"

鲁娟的话让齐海东很感动，其实他也知道，齐山、鲁娟都是通情达理的人，而且出身于部队，对士兵有天生的感情。

"我替连长谢谢妈。"齐海东嘴角一动，终于露出了一丝笑容。

接着，鲁娟又提出了新问题："海东啊，你现在也老大不小了，原先你在部队，没人逼你结婚，现在你回来了，下一步就抓紧时间找对象、结婚、生孩子。我跟你爸啊，就等着抱孙子呢！"

那件事齐海东没想过，因为分别时周海霞明确表示，至少还要在部队服役一年，才考虑转业回地方。就算要结婚，他也只想跟周海霞结。

"关于你的工作呢，我也早想好了，省府刘副省长是你爸的老部下，现在他那边缺秘书，你的学历和资历都够格，所以我让你爸提前给刘副省长打了电话，安排你过去试试，你觉得怎么样？"鲁娟问。

齐海东平时最讨厌拉关系走后门，不管是上学时还是进了部队，都是凭实力说话，绝不会为了任何人改变自己的人生准则。

"不用，我等民政局分配就行了。"齐海东说。

鲁娟没办法，她知道齐海东的脾气，就点点头退了出去，继续去劝齐山。现在，齐海东已经从部队回来，再发脾气也没用，只能走一步看一步。不过，当她一想到很快儿子就能成家立业、娶妻生子，心情马上就好起来了。

只隔了三天，齐海东又去看江萍，刚到门口，正巧江萍急急忙忙地抱着孩子往外走。

"孩子发烧，我得带他去医院。"江萍急得满脸都是汗。

齐海东马上蹬起自行车，带着江萍去医院，挂号、付钱、拿药、输液……一路忙下来，累得上气不接下气。在部队，他只是训练、吃饭、学习、休息，从来没做过这么琐碎的事，很不习惯。

"谢谢你。"江萍衷心地表示感谢。

唐晓龙已经熟睡了，缩在褯褓里一动不动。

"是我应该干的，我在连长坟前发过誓，要好好照顾你们。"齐海东说。

江萍凄然一笑："你没必要这么做，你又不欠我们的。唐光虽然命不好，但交了你这样的好朋友，也是他的荣幸。我们都是孤儿，在本地无依无靠的，连个帮忙的都找不到。"

"不是有我吗？有我，什么事你都别发愁。"齐海东说。

　　江萍摇头，"寡妇门前是非多"这句话在喉咙里滚了滚，忍着没说出来。她看得出，齐海东是个很优秀、很有修养的年轻人，她不想说出太粗俗的话，让人家瞧不起，也丢了唐光的人。

　　打完针，送江萍和孩子回家后，齐海东才把自行车筐里的一袋大米、两包奶粉拿出来，放在屋里的桌上。

　　孩子又睡了，两个大人隔着桌子坐着，气氛稍微有些尴尬。

　　"一个人照顾孩子挺辛苦的，你得多注意身体。"齐海东说。他并不擅长跟女人打交道，在部队的时候，大家谈论的都是战术理论、搏击技术或者枪械研究，很少接触家长里短的话题。

　　"是啊，原本我跟唐光商量过，要他尽快转业回来，两个人一起照顾老人和孩子。他在部队那么远，每年的探亲假那么少，什么忙都帮不上。唉，我本来也认了，谁叫我当初选择嫁给他呢，自己选的路，认了。可没想到老天爷这么狠心，好好的一个大活人，只换来一封阵亡通知书……"江萍的声音虽然悲伤，但眼泪已经哭干了。

　　"连长是个好人。"齐海东说。

　　"好人没有好报，老天爷不开眼……好人没有好报，我和唐光从来没做过坏事，他没当兵的时候，每年春节以前，都帮街道上的军烈属家里打扫卫生，从早忙到晚，别人家里的活儿比自家的还急。他从部队上写信回来，每次都叮嘱我，只要有时间，就多帮那些五保户老人做点事，洗衣服、送饭、打扫卫生……"江萍抬起头，环顾一贫如洗的室内，脸上的笑容越发惨淡，"现在轮到我们家天塌了，不知道谁会来帮我们？"

　　齐海东立刻说："嫂子，有我呢。"

　　江萍轻轻摇头："谢谢你海东，但你也有自己的工作，以后还要组织自己的家庭，我不能老是耽误你。"

　　齐海东说："嫂子，你放心，我就是不工作、不上班，也得把你跟晓龙照顾好。"

　　江萍苦笑："谢谢你，有你这句话，我和唐光已经很满足了。"

　　连续一星期，齐海东总是早上七点钟带着早饭到江萍那里，等母子俩吃完饭，带着他们去医院，给唐晓龙打针。

　　他是个善于学习的人，很快就学会了怎么抱孩子、给孩子喂水、换尿布、哄孩子睡觉等所有工作。医院里的人不知情，都把他和江萍当成了两口子，总用"孩子爸爸"来称呼他。有几个小护士看到一表人才的齐海东这么年轻就有了孩子，时常惋惜不已，恨自己没早点认识这么帅的男人，被江萍捷足先登了。

有了齐海东的照料，江萍的气色也好了很多，渐渐变得爱收拾打扮，有了重新生活的勇气。

一周后的一个下午，齐海东要走，江萍送他出门。

"孩子身体好了，我以后就每隔两天来看孩子一次，生活用品和奶粉都包在我身上。"齐海东边走边说。

两人向外走，大杂院里站着的人都扭头看着他俩，目光中充满了猜疑、质询和嘲笑。

江萍硬着头皮送齐海东到门口，红着脸说："海东，孩子没事，我就没事了，以后你忙你的，不用老是耽误时间来看我们。这里人多嘴杂，说什么的都有。我们虽然穷，可毕竟也是要脸的人，不想让别人朝你身上泼脏水。"

齐海东向窃窃私语的邻居们看了看，慢慢明白了江萍的意思，轻轻点头，骑着自行车离开。

走在街上，他突然想起了周海霞。看起来，周海霞早就预见到了今天的情况，并且做了善意的提醒。有时候竭尽全力去做一件好事，未必就能收到最好的结果。

经过邮电局的时候，他放下自行车进去，拨了个电话去部队战地医院的办公室找周海霞。正巧，周海霞就在办公室里。

"回去一切都挺好的吧？也不写信给我！"周海霞在电话里温和地低声笑着。

"是，一回来就去看江萍嫂子，孩子又病了，跑了一星期医院，今天刚刚好了。"齐海东挺郁闷，却又说不出什么来，毕竟那些邻居只是发表议论，又没有人直接说到他脸上来。

"孩子好吗？像爸爸还是像妈妈？"周海霞关心地问。

"像爸爸。"齐海东笑了。

唐晓龙的五官相貌活脱脱是唐光的翻版，一样有挺直的鼻梁、黑白分明的丹凤眼。每次齐海东凝视孩子的脸，脑海中都会浮现出唐光昔日的动作表情来。

"怎么了？你好像情绪不高？"周海霞很敏感，察觉到了齐海东的情绪变化。

齐海东回答："海霞，转业之前，你跟我说过一些话，本来觉得无所谓，是你多虑了。可是，回到地方上之后，真的一切如你所料。"

周海霞又笑："我又不是诸葛亮——"

两人这是第一次通电话，齐海东耳中听着周海霞的声音，不知何时才能相见。早知如此，离开部队前，齐海东早就应该向周海霞挑明关系了，而不是像现在这样只能说些不痛不痒的话。在这一点上，他挺佩服赵大海的，脸皮太厚，百折不挠，被古丽华拒绝一百次之后还能鼓起勇气发动第一百零一次冲锋。

"后悔了吗？"周海霞问。

"后悔？"齐海东摇头，"肯定不后悔，就是遇到一些事挺头疼，自己又解决不了，有劲使不出来。"

仿佛心有灵犀一般，周海霞也提到了赵大海："海东，在某些方面，你应该学学赵大海，不管别人说什么，自己做自己的，只要认定方向，就要不顾一切地向前冲——"

说到这里，周海霞忍不住笑起来。

她的笑影响到了齐海东，齐海东也开始笑，觉得心情轻松了不少。

"嗯，我告诉你一件挺可笑的事，昨天赵大海为了古丽华跟别人打了一架。一家好女百家求，赵大海追古丽华，别人也追，毕竟古丽华被称为'战地医院之花'嘛！"周海霞说。

齐海东立刻说："在我眼里，你才是'战地医院之花'。"

他本来不擅长甜言蜜语，但两地分隔，相思疯长，这些动听的话自动就从嘴里冒出来了。

周海霞停了停，很认真地回应："海东，我知道你是言不由衷的，但我听了这些话，还是很受用。其实每个女孩子都希望别人夸自己漂亮，即使明知是假话。"

说完，周海霞怅然叹了口气。

实际上，如果战地医院没有古丽华那种令人惊艳的女孩子存在，周海霞一定会受到很多人的关注。古丽华风头太盛，把周海霞的那种古典美、沉静美给盖住了。

周海霞看三国，很感慨周瑜临死前说的"既生瑜，何生亮"那句话，有时候她也想，自己跟古丽华也是这样一种既合作又对立的关系，单独拿出来看，都漂亮；放在一起看，男兵们总是把自己的一票投给古丽华。

齐海东鼓起勇气，大声说："海霞，在我心里，你是最美的、最好的，比古丽华强很多倍。我不管别人怎么看，对你的感情始终不会改变。"

他的声音太大，柜台里的几个工作人员被吓了一跳，全都抬起头来盯着他看。

齐海东赶紧道歉："对不起，对不起，我小声，我小声。"

电话中，周海霞沉默了很长时间，才继续出声："海东，这些话如果你早说就好了。"

齐海东心一沉："怎么了？现在说晚了吗？"

周海霞回答："现在南疆战斗进入了尾声，战地医院的医生正在撤退并分流，参与到一个'军地医生合作'的项目中。简单说，很多大中城市的医院都需要有技术有水平的军医，所以我填了一个回北京的申请表，那里的一家中型医院求贤若渴，而我的家又在那里，以后很可能就留在那家医院里了。"

齐海东知道，两地分居是最让人痛苦的，他们一个在海天市，一个在北京，今后走到一起的可能性就更小了。

"怎么会这样？"这是齐海东今天遭受的第二次严重打击。

周海霞沉默，久久无语。

"海霞，咱不是约好了，你转业以后来海天支持我照顾江萍嫂子吗？"齐海东问。

周海霞长叹："海东，那只是兴之所至的一句玩笑话，别当真。我家在北京，爸爸妈妈需要人照顾。虽然我是女儿，照顾父母的责任理应由两个弟弟分担，可是毕竟为人子女，总要回家尽孝的。那医院开出的条件又好，任何方面都可以为技术型人才大开'绿灯'。"

齐海东无可奈何，只能说："那……那……那我祝福你海霞，希望你回北京后一切顺利，而不是像我一样，处处掣肘。"

他的心如同沉入无底的冰窖一样，冻得生疼，又像是一只巨大的丰满的苹果，偏偏被一只小虫蛀透了内核，小虫每咬一口，苹果就疼得肝肠寸断。

"海东，你没事吧？"周海霞紧张地问。

"没事，没事……"齐海东的回答像沉疴者的呻吟。

"海东，有些事很无奈，不是我有意选择，而是上天注定了结果如此……"周海霞的声音像在天上飘，越飘越远，越过云翳，直至消失在无尽的空濛之中。

齐海东此刻的情形，跟重伤昏迷的时候差不多，耳朵像被塞住，眼睛像被黏住，身体像被缚住，浑身痛，但又说不出是哪里痛。

唯一的不同，这次他的心也在痛，像被切割成了十几块，每一块都在受煎熬、受穿刺、受切割、受研磨。

受伤，只是外伤，皮肉之痛，总会好的，总有痊愈复原的时候。

心伤，却是今生都无法弥合的巨大内伤。

受伤会死，一了百了；心伤却不会，只会饱受折磨，求生不能，求死不得。

挂了电话，付了电话费，齐海东慢慢地走出邮电局，坐在旁边的水泥台阶上。

他觉得自己病了，浑身害冷。外面风大，那些风像钢针或者刀片，一吹过来就穿透了他的衣服、他的皮肉，直接砍杀在他心上。

他裹紧了衣服，但却无济于事。他向后靠，坐在墙壁和台阶围成的三角里，不停地向后靠，就像要把自己缩进砖缝里一样。但这一切都不奏效，在他脑中始终轰响着一个声音——"周海霞要回北京了！"

那么，他们的缘分还没开始就断了，永远不可能在一起了。

再之后，他就什么也不知道了，只觉得自己的身子轻如羽毛，一直向上飘、飘、飘……

呼地一下，齐海东坐起来，前后左右一片白色，他竟然是在医院里。

"海东，你醒啦！"鲁娟惊喜的声音从角落里传来。

齐海东回头，迎接着鲁娟关切的目光。

"妈，我怎么了？我怎么在医院里？"齐海东掀开被子跳下床。

"慢点慢点慢点，你病刚好，别又闪着汗再感冒了。"鲁娟连声叮嘱。

"妈，我到底是怎么了？"齐海东脑子还有些混沌，依稀记得自己到邮电局打电话的事。

"你感冒发烧四十度，是邮电局的人把你送医院的，又打了家里的电话，我才知道。你足足躺了一星期，谢天谢地，你终于醒了，谢天谢地，谢天谢地……"鲁娟唠叨着，赶紧提起暖水瓶倒水，然后把水杯放在齐海东手中。

"一星期？"齐海东吓了一跳。

他慢慢地喝完那杯水，脑子里的情节全都连缀起来，最后归纳为两个字：失恋。

周海霞回北京已成定局，而他自己则必须留在海天市，无论是为父母还是为江萍母子，都不可能随便迁徙到别的城市里去。听周海霞的说法，她是家里的长女，两个弟弟还在上学，必定肩上也有照顾父母的重要责任。

"这样也好，没开始就结束。"他偷偷安慰自己，"集中精力，好好照顾江萍母子。"

在齐海东生病期间，鲁娟最起码跟齐山大吵过三次，几乎是天天一小吵，两天一大吵。她把儿子压力大、积劳成疾的事全都安在齐山头上，埋怨他不该对儿子总是这种暴怒态度，逼得儿子倒下了。

同时，鲁娟也透过朋友关系去了解了江萍的情况，大杂院里的邻居对江萍、齐海东的风言风语也都如实地反映到了她的耳朵里。

再有，当天邮电局的人并不知道齐家的电话，在齐海东昏迷后，又拨了周海霞的电话才找到齐家的号码，并且柜台里的人把齐海东的通话内容也告诉了鲁娟。鲁娟也是从年轻时候过来的，综合多种情况，明白了齐海东的心结在哪里。在跟周海霞的交谈中，她对电话彼端那个温和、委婉的声音很满意，但是不知模样长相，所以先在心里给对方打了八十分。

盘算定了之后，她郑重其事地跟齐山谈："儿子上过南疆前线，受过战争创伤，心理和精神都跟参军前大不一样，你绝对不能像从前一样想训就训，想骂就骂。他已经成年了，需要我们的理解和支持。他是咱俩的儿子，我是他妈，所以我必须要站出来维护他。我正式警告你，如果再像以前那样动不动就发脾气，我们娘仨就搬出去，把你自己扔家里。现在家里一共四个人，三对一，我们娘仨一条心，你自己看着办！"

齐山拿鲁娟没办法，再说他是走南闯北、扛枪打仗的人，又在省委副书记的位置上坐了多年，考虑问题全面，早就不是炮仗脾气、直筒性情的莽夫了。

"好，我跟海东谈谈，好好谈谈。"他向鲁娟做出承诺。

半生之中，齐山最遗憾的就是子女太少，只生了齐海东、齐美琳两个孩子。按照他的构想，最理想的是生五个儿子，全送到部队里去，扛枪打仗，叱咤疆场。男人嘛，如果没穿过军装、上过前线，算什么男人？只能算是"娘娘腔""软脚蟹""皮皮虾"。

他喜欢军人，当年如果不是鲁娟的强烈要求，他才不会脱下军装，转业回地方。军营，他没待够；军装，他没穿够；钢枪，他没握够。

齐美琳刚上初中那年，他就计划好了，高中毕业满十八岁，马上送去参军，而且绝对不当文艺兵，要当就当能救死扶伤、给前线部队解决困难的军医或是护士。军人嘛，就是到国家最需要的前线去，为国家出力，像螺丝钉一样，一个萝卜一个坑，把自己肩上那份责任承担起来。

"你跟他谈？"鲁娟不放心。

齐山拍胸脯保证："齐海东是我儿子，小事你做主，大事，当然是他老子我做主！"

鲁娟叹气："女大不由娘，儿大不由爷，你忘了吗？"

齐山点头："他是我儿子，身上流着我齐山的血，我知道该怎么办。"

既然齐山下了保证，鲁娟悬着的心总算落了地，腾出手做下一步的打算。下一步，她就要套套齐海东的心思，为儿子的人生大事考虑了。

❾ 男 人

因为鲁娟的坚持，齐海东一直住在医院里调养，除了打针、吃药，还在医院附近的健身馆里做恢复性的锻炼。

在部队时，天天有体能方面的训练，一年三百六十五天不间断，而回到海天这段时间，那种固定的作息规律被打破，这也是齐海东大病一场的原因之一。

"你好好休息，江萍母子那边，我隔两天去一次。你放心，只要咱家有一口吃的，就饿不着那娘俩。"鲁娟如此承诺。

齐海东没想到，第一个来海天看他的战友竟然是古丽华。

那天下午，他刚刚进健身馆，有个小护士就领着古丽华进来了。

"齐海东，齐海东——"穿着便装的古丽华向齐海东跑过来，完全忘了领路的小护士，连道谢的话都没有一句。

古丽华穿着红色的防寒服、海蓝色的牛仔裤，两条麻花辫在肩上上下跳跃着，满脸都是喜悦的笑容。

齐海东愕然，因为他根本想不到远在战地医院的古丽华会神兵天降，一下子出现在眼前。

古丽华张开双手，向齐海东扑过去。下意识的，齐海东也张开双臂接住她。恍惚之间，他甚至把古丽华当成了周海霞，一下子抱住。

"齐海东，你这个坏家伙，你这个坏家伙……"古丽华突然哭起来，双手绕过齐海东的脖子，在他背后使劲掐了好几下。

齐海东有点不知所措，因为他心里从未设想过跟古丽华拥抱的场景。相反，他倒是觉得，如果这一次迎面扑来的是周海霞，那一切就都圆满了。

"齐海东，你真狠心，从部队走的时候也不来跟我告别！我准备了一大包东西要送给你，后来都让赵大海偷去吃了。"古丽华哽咽着，嘟嘟囔囔地诉说，双臂死死缠住齐海东的脖子，就是不松手。

那个小护士实在看不下去了，在门口大声喊："齐海东——你女朋友真漂亮——你身体还没复原，别抱太久，把别人眼馋死了。"喊完，嘻嘻哈哈地一路跑了。

齐海东想放手，但古丽华抱得太紧了，他根本脱不了身。

这个拥抱足足延续了五分钟，古丽华自己累了，才慢慢松手，掏出手绢擦眼泪。

"古丽华，真想不到你会来看我，你怎么能请下假来？"齐海东很困惑，但看到古丽华为自己哭得稀里哗啦，心里又很歉疚。

"我请了探亲假。"古丽华说，"一离开军营，接着就奔海天市来了。"

刚说到这儿，两个人都听到了"咕咕"的声音。

齐海东问："你肚子叫，你没吃饭吧？"

古丽华不好意思地回答："我连坐了两天火车，有点晕车，从昨天晚上到现在都没吃东西呢。"

齐海东一拍脑门，愧疚得满脸通红："我真是……我带你出去吃饭，吃顿好的，好好补偿你。"

他不是那种没人情味、心肠死硬的男人，就算没对古丽华动情，看在一个女孩子千里迢迢跑来探望自己的份上，也得真心实意地做点什么。

海天是个靠海的城市，最不缺的就是海鲜。

齐海东领着古丽华到了医院外面，到了小有名气的海鲜馆子天鲜楼雅座里，点了清蒸海蟹、酥炸沙丁、油焖黄花、辣炒章鱼须，还点了两份海肠捞饭。

古丽华小鸟依人一样偎着他，满脸都是笑，话也说得少了，只是望着他笑，间或满足地叹气。

有那么一两个瞬间，齐海东甚至想："周海霞已经决定回北京了，大丈夫当断则断，我不该再想她了。如果古丽华……"

等着服务员上菜的空当，古丽华说："我累了，想先眯一会儿。"

然后，她就趴在桌子上，枕着胳膊睡着了。

齐海东把自己的外套脱下来，披在古丽华肩膀上，坐在一边发愣。

"如果坐在这里的是周海霞，该多好啊！"他想。

菜上来了，古丽华还没醒，齐海东也没叫她，只在旁边静静地陪着。

到了下午五点钟的饭点，天鲜楼里的食客渐渐多了，临街的霓虹灯也五颜六色地闪烁起来。齐海东没开灯，雅座里暗暗的，到处飘荡着古丽华身上的香水味。偶尔，霓虹灯光由窗子斜射进来，映亮了古丽华的辫子。

战地医院好几个小护士都留着麻花辫，但古丽华手巧心细，编出来的辫子全都是五股细麻花辫，扭的花也是前后左右交叉的"斜插花式"，比起普通的三股辫来，既繁复又秀气。

齐海东从前没注意到古丽华生活中处处都流露出的这些小心思，譬如现在海天市的大街上很多女孩子穿牛仔裤，全都是商店里卖的成品大路货，而古丽华穿的这条，腰、臀、裤脚都改过，按照体型稍稍收紧，恰到好处地把她的细腰、长腿凸显出来。

一个人的名字可以起错，但外号绝对不会叫错的，古丽华被男兵们公认为"战地医院之花"，自然有他们的道理，那绝对是众望所归。

赵大海也是眼界极高的人，如果古丽华不是出类拔萃的女孩子，是入不了他的法眼的。

周海霞跟古丽华是两种人，完全没有可比性。

"如果这里坐着的是周海霞，又能怎么样呢？"齐海东突然感到一阵莫名的感伤。

他爱的人不爱他，爱他的人他不爱，现在就是这样一种尴尬的、不上不下的情况。有那么一阵，他很想抬起手触摸古丽华的麻花辫，因为她伏案沉睡的样子，像极了森林小木屋里休憩的小狐狸，带着十足的诱人气息。

齐海东是战场上身经百战的英雄，但他首先是个人，一个血气方刚的男人。

英雄和美女永远应该搭配在一起，之前齐海东听很多战友讲过，在很多人眼中，只有他才配得上古丽华。

他的手抬在半空，隔着古丽华的头顶三寸，停在那里，再也没向下落。

三寸的距离，也许就代表了他和赵大海的不同。赵大海是为达目的不择手段的人，追求古丽华的时候，敢于排除万难，一路向前，抱着"人挡杀人、佛挡杀佛、不达目的、决不罢休"的决心。

齐海东则不同，他有自己的底线，心灵、精神、身体、行动的底线。

最后，那只手没有落在古丽华的头发上，而是轻轻滑过，并顺手摘掉了古丽华肩头上的一小片落叶。

这时候，也许他可以做任何事，或者远道而来、风尘仆仆的古丽华也是默许他可以做任何事的，否则就不会在这外面嘈杂、内面静寂的雅座中安然睡去。她对他，是一座不设防的阵地，等待他攻城拔寨，最终占领。

做与不做，都在他，而作为一个女孩子的她，已经做了自己能够做的全部事。

古丽华的肩头动了动，忽然醒了，抬起头来，眼中带着盈盈的泪光。

"你醒了？饿不饿？"齐海东关切地问。

古丽华点点头，又摇摇头，轻声问："几点了？"

齐海东看看腕表："七点十分。"

古丽华怅然地叹气："时间不多了，我已经买了晚上十一点离开海天市的火车票，还有不到四个小时。"

桌上的菜已经凉了，两个人都没了动筷子的心思，隔着桌子静坐。

外面，欢笑声、斗酒声传来，似乎所有人都是快乐无比的，只有他们俩僵硬地对峙着。

"齐海东，我想问你一件事。"古丽华打破了沉默。

"什么事？"齐海东回应。

古丽华眼中的泪光让他心疼，但隔着桌子，他又不能伸手替她拭泪。

"你喜欢我吗？"古丽华问。她心里明镜似的，知道齐海东爱的不是自己，而是周海霞。从小到大，她不甘心败给任何女孩子，当然也包括周海霞在内。

齐海东没想到古丽华竟然会"单刀直入"，一时间无法回答。

"齐海东，我不漂亮吗？"古丽华又问。

齐海东点头："你很漂亮，战友们公认的，你是战地医院最漂亮的女孩子。"

"那你喜欢我吗？"古丽华追问。

齐海东想了想，坚决地摇了摇头。

"什么理由？你不喜欢我，得给我个理由。"古丽华叹了口气。

齐海东也叹气，理由很多，但都拿不到桌面上来。比如，他喜欢周海霞；再比如，赵大海说过自己要追古丽华，而且不止一次为古丽华跟其他男兵打架，私底下一直把古丽华称为"我媳妇"。朋友妻，不可欺——这是男人的道德底线，不可能越过，否则的话，将会被所有人唾弃。

"那你以后会喜欢我吗？"古丽华含着泪，问了最后一个问题。

齐海东不忍心，轻轻点了点头。

古丽华破涕为笑，但眼中有更多眼泪唰地落下来，像被暴雨打湿了的鲜花。

"只要你肯点头，我这一趟就没白来了。"古丽华边笑、边哭、边说。

在战地医院，她是被宠坏了的公主，几乎所有领导都给她面子，那些男兵们在她面前更是服服帖帖的，话都不敢大声说。赵大海那样强悍的人，只要她发脾气，立刻弯腰服软。普天之下，从小到大见过的男人中，只有齐海东不在意她，可以在她面前从容不迫，不卑不亢。所以，她跟自己赌了口气，一定要征服齐海东，不达目的，决不罢休。

其实，她很清楚，从这种意义上说，她跟赵大海才是一路人。

"齐海东，有时候我真的很恨你，但想来想去，又恨不起来。我只能说，你跟别人完全不同——你们尖刀连从最前沿回来，受到领导嘉奖后，个个都很开心，就连丢了一条腿的吴大宝都很开心，可是你，一直眉头紧锁，像是别人欠你一百块钱似的。你在我心里是个谜，总有一天，我会找到打开你心里那扇门的金钥匙，到那时候，你就是属于我的。"这是古丽华上火车前说的最后一段话。

站台上的水银灯很白，很刺眼，把她的脸也照得一片苍白。

齐海东有些惭愧，明知道让古丽华如此伤心不是自己的错，但始终觉得，这件事因自己而起。

"下次来，多住一阵，我带你去海钓。"他说，尽量想减轻自己的不安。

古丽华点头："那是一定的，我不会轻饶了你。齐海东，我是不会放弃的，从小到大，我古丽华想得到的，永远都逃不出我的手掌心。"

齐海东分明觉得那灯光太刺眼了，映在古丽华眼中再反射出来，刺得自己睁不开眼。

"我得不到的，就会……"火车汽笛拉响，震耳欲聋，把古丽华后面的话完全淹没了。

其实，她要说的那句话是这样："我得不到的，就会毁掉、砸碎，让别人也得不到。"

"再见，欢迎下次再来！"车开了，齐海东跟着火车跑了几步，挥着手大声说。

古丽华趴在窗口上，盯着齐海东，直到齐海东在她的视界里变成了一个遥不可及的小黑点。

"我发誓，如果我得不到你，其他人也别想得到。"她在心底发誓。

古丽华离开的第二天下午，齐山出现在齐海东的病房里。

爷俩见面，略微有些尴尬，因为之前为齐海东先斩后奏转业的事，齐山骂过不是一次两次了。

"爸，您坐。"齐海东把病房里唯一一把椅子搬到齐山旁边。

齐海东对他永远都是无比尊敬的。像他们这样的家庭，自小培养的就是尊师重道、孝敬父母的家风，齐山和鲁娟正好符合中国传统家庭里的"严父慈母"模式。

齐山看着齐海东，长期少见阳光，齐海东的脸色略显苍白。

"海东，咱们出去走走吧。"齐山拍了拍儿子的肩膀。令他感到欣慰的是，齐海东的肩膀宽厚而坚实，已经有个男人样了。

两人走到病房楼西面的小树林里，小径被落叶覆盖着，踏上去发出好听的沙沙声。

齐山说话一向开门见山，不愿拐弯抹角："海东，昨天下午我就想找你谈，结果护士告诉我，你跟女朋友出去吃饭了。你大了，我不反对你交女朋友，但是找什么样的女朋友，必须让我跟你妈当参谋，我们通过了的，你才能继续交往下去。你是军人，在任何时候都要给年轻人起到模范带头作用，不能给军人抹黑，知道吗？"

齐海东熟悉这种口气，从小到大，自己就是被齐山这么"训诫"着过来的。

"我知道，爸，可我现在已经转业了，不再是军人了。"他试着纠正齐山的话。

"胡说！你给老子记住，你齐海东走出军营还是兵！"齐山的声音一瞬间提高，把枝头上歇息着的小鸟们惊得乱飞起来，穿林打叶而去。

"齐海东，我告诉你，从穿上军装的那天起，你一辈子都是兵，就算走出军营，转业回到地方，你也给我记住，你脑门上已经被打上了'中国人民解放军'的烙印，一辈子揭不去了。你得永远记住，自己永远是个兵，必须永远在年轻人中起模范带头作用，不能放松对自己的要求，积极靠近党组织，时刻要求进步……"齐山的嗓子是在战场、训练场上练出来的，一谈到"忠于革命忠于党、走出军营还是兵"的话题，声音马上高八度，而且情绪饱满，声调激扬。

事实上，齐山从部队转到地方后，也是按照"走出军营还是兵"的标准来严格要求自己，对地方上任何看不惯的现象都会开口"炮轰"，处处维护党和国家的利益，吃苦在前，享乐在后，无愧于一个"老兵"的称号。

正是基于这种原因，他始终觉得自己的儿子脱下军装还是一个兵，那是儿子的光荣，也是老齐家的光荣。

齐海东受到了震撼，也突然间觉醒。

他发现回到海天市之后，自己浑身不自在，处处纠结，思想混乱，这一切的根本原因就在于，他忘记了父亲齐山"走出军营还是兵"的这句话。这句话像一道闪电，瞬间劈开了他心头的迷雾。

他习惯了军队的生活，也习惯了自己身上"一个兵"的标签，所以在地方上才会无所适从，像无根之木、无源之水那样处处掣肘。如果再将"一个兵"的感觉重新找回来，他立刻就变得生龙活虎一样了。

"爸，我懂了！"他立正站好，郑重其事地告诉齐山。

"小子，真懂了？"齐山问。

"爸，从现在起，我会永远记住您'走出军营还是兵'这句话。"齐海东回答。

从小，齐山对他说过很多大道理、小规则、新箴言、旧格言，但从来没有哪些话比此刻这句"走出军营还是兵"更振聋发聩。他心头蒙着的迷雾一下子被拨开，那些灰色的、消极的、负面的情绪被大好阳光瞬间扫去。

齐山大笑，使劲拍着齐海东的肩膀："好小子，我就知道嘛，我齐山的儿子怎么可能是没见过世面的"小家雀"，被区区一点小事就困住了？'好男儿志在四方，大丈夫何患无妻'？"

他是真的为齐海东突然焕发斗志而高兴，而后两句，则是针对齐海东因失恋而晕倒、古丽华上门寻访这两件事。

古丽华并没有告诉齐海东，到医院之前她曾先到过齐家，她是从小保姆那里知道医院地址的。

有了齐山的开导，齐海东顿时觉得，自己为周海霞转业的方向而烦恼真的是目光短浅。他是个男人，如果周海霞回北京去孝敬父母、照顾弟弟，那是件好事，他应该表示祝福才对。

"爸，我知道该怎么做了。"齐海东回答。

树林中间摆放着几张连椅，齐山坐下，望着齐海东："跟我说说部队的事吧，你妈转述你的话，啰啰唆唆，我听烦了。"

齐海东点头："好。"

他跟鲁娟聊部队的事，大多数时候是一种工作汇报，其实他更想跟齐山聊那些专属于男人的、士兵的话题。"母子连心，父子天性"，他们是爷俩，天生就应该息息相通才对。

齐海东刚想继续讲下去，齐山指着旁边的连椅："坐下说。"

齐海东有点犹豫，因为在齐山的教育方式中，父母坐下的时候，孩子只能在旁边站着，等父母开口允许坐下，孩子才能坐。这无关乎"怕、畏惧"之类，而是一个家庭中必须存在的尊和敬。

齐山一直认为，百善孝为先，如果没有了这种形式、精神两重意义上的"孝"，那么中国人最大的美德就会有遗忘的危险了。

"坐吧，我们随便聊聊，又不是在家里，不用拘泥礼节了。"齐山说。

齐海东答应一声，在齐山侧面坐下。

阳光透过林梢射下，落在齐山的身上。齐海东发现，齐山鬓角的头发已经斑白，眼角的皱纹也越来越多了。

他的记忆中，父亲一直都是精神抖擞、充满斗志的，腰杆永远挺得笔直，像战场上指挥若定的大将军那样。从小到大，父亲是他的骄傲，他一直为有齐山这样的父亲而自豪。

现在，他知道，父亲已经老了，年轻一代到应该把父辈肩上的重担接过来的时候了。

齐海东先介绍了尖刀连的情况，又详细叙述在0931高地的战斗情况。其中，他重点讲述了唐光带领他们深入敌后的最后一战。

那些事过去数月了，但唐光自戕的最后一幕却像是昨天刚刚发生的，每一个细节都历历在目。

听到动情处，齐山的大巴掌重重地拍在椅背上："好，好一个唐光，是个英雄！"

稍停，齐山又补充："在那种情况下，能迅速做出正确的判断，并且能割舍自身，成全自己的兄弟们，可见唐光是个有勇有谋、有情有义的真汉子。可惜啊可惜，他在南疆英年早逝，否则的话，真应该把他叫到家里来，大家好好地喝一杯。我齐山平生最佩服的就是那种关键时刻敢于向自己'开刀'的真英雄，如果换了我，也不一定有那种勇气。"

的确，听过这个故事的人都在思考同一个问题，如果把唐光换成自己，到底有没有举枪自戕的勇气呢？

齐海东苦笑："是啊，我情愿跟他交换，自戕的是我，反正无牵无挂一个人。他留下那条命，照顾江萍嫂子和唐晓龙。"

齐山皱眉，但他没有打断齐海东。

他只有这一个儿子，如果齐海东战死，那他们老两口就只能守着齐美琳一个了。

战争是不讲"如果"的，在他看来，堵枪眼的黄继光、炸碉堡的董存瑞、为国捐躯的战友都是真英雄，但活着回来的士兵呢？不也是真英雄吗？关键在于，活着的人有没有珍惜生命？有没有为社会多做贡献？

活着的人必须珍惜生命、热爱生活、为国家和人民多做贡献，才对得起死去的战友们。

"爸，对不起，我失言了。"齐海东意识到齐山的沉默。

齐山摇头："不，你说得很对。唐光的自戕不亚于堵枪眼、炸碉堡的英雄们，他应该受到我们所有人的尊重。活着的人必须牢记他，以此来唤醒更多人的爱国主义思想。"

齐海东心里暖暖的，这是齐山生平第一次对他和颜悦色，认真倾听。

"我和你妈已经去看过江萍和孩子，你放心，只要咱家能吃上饭，她们娘俩就能吃上饭。"齐山又说，"你妈还给江萍放下了五十块钱，给孩子买奶粉。"

同样的话，鲁娟已经跟齐海东说过，这让齐海东深为感动。在此之前，他一度认为照顾江萍和孩子是自己的事，因为对唐光做出生死承诺的是自己，而不是其他人。他答应了唐光，就会排除万难坚决完成。

"不过，我想告诉你一件事，作为一个男人，眼光一定要放长远，千万不能拘泥于照顾一个人、做好一件事、完成对一个人的承诺。你齐海东受党和部队的教育多年，除了行军打仗之外，还学到了什么？从部队到地方，不需要上前线堵枪眼、炸碉堡了，而是需要你换一个战场、换一种思路，继续为国家、为人民做贡献。小子，好好想想，今后的路应该怎么走？你还年轻，把自己困在小小的蜗牛壳里，眼睛只盯着江萍母子，那就错了。"齐山接着说。

齐海东沉默了，齐山和颜悦色地说这些话，比雷霆霹雳一样训斥他更令他惭愧，因为齐山的每一句话都戳到了他的痛点上。

"爸，我心里对唐光一直有种歉疚感，虽然嘴上不说，但总是认为他当着我的面自戕，而我没有及时阻止他。他又把所有事情交代给我，这副担子太重了，压得我直不起腰来。那次战斗结束后，我甚至一次都没认认真真地大笑过。"齐海东终于说出了深藏在心底的真话。

他无法卸下这副重担，唐光的嘱托像块大石头，始终压在他心上，不敢笑，不能哭，无处逃避，更无法推脱。

在军校，他学会了战略战术，却没学会如何处理这样复杂的心理问题。

"小子，把腰板挺起来。"齐山伸出拳头，在齐海东胸口杵了一下，"军人就得有个军人的样子，打不垮，压不塌，苦不流泪，痛不出声。"

齐海东深吸一口气，像齐山那样挺直腰杆，双掌按住膝头。

这一刻，齐山已经不仅仅是他的父亲，更是他人生路上的老师和指引者。

"小子，还记得你金阿姨、梁阿姨吗？小时候每到春节，我们全家都一起去给她们拜年、送钱、送东西，还记得吗？"齐山问。

齐海东点头，他记得那两位阿姨的生活都很困窘，家里两三个孩子的过年衣服都是鲁娟亲手做好了给送去的。

"她们两个，就是我的连长、指导员的遗孀。他们俩都死在朝鲜战场上美国人的飞机轰炸之下，每一次大战之前，全连战士都共同承诺过，活下来的人要好好照顾那些阵亡战友的家人，他们的父母就是我们的父母，他们的妻子就是我们的嫂子，他们的儿女就是我们的侄子侄女，如果只剩最后一份口粮，也要分出一半给她们。这份承诺一出口，就要遵守到生命结束的那一刻，永志不忘，凭良心去做。"想到昔日的战友，齐山眼底也有泪光闪动，"将来到了阎王爷那里见到老金和老梁，你老子我可以拍着胸脯说，我齐山对得起战友，承诺的事不折不扣地做到了！"

在齐海东眼中，齐山的形象变得从未有过的那么高大。

从抗美援朝到南疆自卫反击战，战场变了，但中华人民共和国军人之间的那份淳朴情感没变。他对唐光的承诺，也就是父亲当年对战友做出的承诺。齐山从前做的事，他也照样去做，绝不食言。

古人有"季布一诺、重逾千金"的例子，他齐海东也会效法古人，完成在南疆战场留下的生死承诺。

齐山用自己的一言一行，深深地教育了齐海东，使他明白，并不是仅仅在南疆战场上才有这种承诺。从古到今，从抗日战争、解放战争、抗美援朝战争一直到今天的对越自卫反击战，每个年代都有阵亡者，都有幸存者去照料、守护战友遗孀后代的承诺执行者。

只不过，有些人的事迹被记者报道出来，成为全国知名的模范榜样，被不断放大、宣扬、流传，成为人们眼中的正义英雄。但是更多的人，是像齐山这样，默默无闻地信守承诺，不图名不图利，只是遵照自己良心的指引去做，一做就是数十年，生命不息，行动不止。

他们是真正的无名英雄，比阵亡的战斗英雄更值得后人尊崇敬仰。

齐山站起来，无言地拍拍齐海东的肩头。

齐海东心情激动地叫了一声："爸——"

齐山停步，但并未转身，只是再次挺直腰板，扬起头来，克制住即将夺眶而出的泪水。

"爸，我的身体已经复原了，明天就回家，去做自己应该做的事。"齐海东说。

"好，我齐山的儿子不会给军人丢脸，是不是？"齐山问。

齐海东坚决地点头："没错，我不会给军人丢脸，也不会丢您老人家的脸。"

齐山没回头，只是举起手一挥，然后穿过小树林离去。

"应该做的事"，这话的含义很宽泛，但齐海东已经找到了自己的榜样，那就是父亲齐山。

⑩ 重 逢

第二天一早，齐海东自己办了出院手续，拎着洗漱用品离开医院。

他没回家，先去了江萍那里。

让他意外的是，另外一个戴眼镜的男人正在江萍屋里，而且是在帮江萍洗衣服。

江萍介绍："这是我同事陆宽。"

那个身材单薄的男人赶紧站起来，甩甩手上的肥皂泡，热情地跟齐海东握手："我是陆宽，听江萍说起你好多次了，幸会幸会。"

齐海东有些发愣，但从江萍的忸怩态度上，很快就明白了陆宽的身份。

他心底有些不悦，脸上却带着微笑："幸会了陆哥，我来看看晓龙。"

陆宽赶紧让开，指着床上："晓龙刚喝了奶，还没睡着，自己玩呢！"

齐海东走到床边，唐晓龙正抱着自己的脚丫玩，黑眼珠子亮晶晶的瞪着他。

"晓龙，齐叔叔来看你啦！"江萍跟过来，逗引唐晓龙。

唐晓龙放开脚丫，小手向着齐海东抓。

齐海东俯身看着孩子，心里有一股热流在无声地滚动。

"抱抱孩子吧，他可愿找你了。"江萍略微有点尴尬，没话找话。

齐海东小心地抱起唐晓龙，唐晓龙立刻把头拱到齐海东的脖子下面，又是钻又是蹭，亲昵极了。

稍远一点的陆宽开玩笑："看这孩子，见着你真亲。"

齐海东的心像是被针扎了一样，疼得一缩一缩的。之前他能想到，江萍孤儿寡母没法生活下去，她肯定得向前走一步，找个人再嫁，给孩子一个完整的家。他完全能理解江萍的难处，但不管怎么样，一想到唐晓龙即将有一个"后爹、后爸"，心里就很不舒服。

他心里有事，抱孩子的两只手就不由自主地重了，把唐晓龙弄得"哇"的一声大哭起来。

齐海东吓了一跳，赶紧松开手，把孩子交到江萍手里。

江萍也不好受，一边哄孩子，一边满脸通红。

齐海东不想再待下去，屋里的空气太闷，再多留一分钟就要被憋死了。

齐海东告辞，江萍放下孩子送他出来。

"兄弟，我知道你是怎么想的，我心里也不好受，可孩子太小了，街坊邻居都劝我往前走一步，毕竟将来的日子还长，大人受点罪不要紧，孩子没有错，不应该……"江萍想解释，可越解释越羞愧。

齐海东在大院门口止步，转身看着江萍。

"对不起啊兄弟，让你一趟趟过来，还让叔叔和阿姨亲自到我这小破屋来，让他们两位见笑了。"江萍的脸又红了。

"回去吧嫂子，一会儿晓龙看不见你又该哭了。"齐海东闷闷地说。

江萍苦笑："是啊是啊，那你慢走，你慢走……"

齐海东大步离开，胸膛里满是气，但又弄不清楚到底是生谁的气。江萍没错、孩子没错、陆宽没错、唐光没错，大家都没错，难不成错的是自己？

不知不觉中，他到了海边。大海无风三尺浪，到了十二月份，风寒浪高，从防波堤外面直扑上来，浪头有七八米高，落下来的时候，把海边公路全都罩住，水花四溅，哗哗直响。

有几对情侣不怕水也不怕冷，在浪头退下去的间隙，跑到湿漉漉的公路上拍照。

齐海东看着他们，内心忽然一片悲凉，为了唐光，也为了江萍。

有个年轻人跑过来，把手里的照相机往齐海东手里递："哥们儿，帮忙拍个照可以吗？"

有个女孩子跟在年轻人后面，打扮得花枝招展的，嘴上还抹着滴血一样的口红。

齐海东摇摇头，大步走开。他没心情搭理任何人，只觉得心口淌血，好像有人用刺刀连捅了几十个洞，透心凉，从头发梢一直冷到脚后跟。

回到家，齐海东先回自己房间，一头扎到床上，手垫在脑后，看着天花板。

唐光的脸在他眼前晃动着，好像在笑，又好像在哭。

"对不起。"齐海东说。

他感觉自己又失败了一次，像堂吉诃德那样，一次次发起冲锋，一次次失败，直至输光一切。

陆宽出现在江萍家里，尤其让他有了重大的挫败感。

"咚咚"，鲁娟出现在门口，轻轻敲门。

齐海东坐起来，双眼无神，看着鲁娟："妈。"

"回来也不事先跟我说，害得我又跑了趟医院。怎么样，你爸昨天回来说你们爷俩聊得很畅快，他说你经过部队这几年的锤炼，变得懂事多了，回来把他高兴的，一晚上都在哼小曲。"鲁娟察言观色，看出了齐海东的心情很差。

齐海东一开口，先长叹："妈，您坐，我想跟您聊个事。"

鲁娟坐下，继续观察齐海东。

在齐海东住院期间，她跟齐山不知争辩过多少次，才终于把齐山推到医院去跟儿子谈。庆幸的是，齐山跟儿子的交谈很顺利，爷俩都交了心，拉近了感情距离。

"妈，告诉您个事，江萍已经找到了中意的人，下一步也许会结婚。"齐海东语调低沉地说。

"这个事，是好事啊！你有什么不高兴的？"鲁娟问。

齐海东艰难地回答："她是……唐光的媳妇，唐光已经在战场上自戕，只留下那么小的孩子，难道她不应该坚守那个小家，一个人把唐晓龙养大吗？她是英雄的妻子，是我们小兄弟的大嫂，不应该跟外面社会上的人一样，随便什么人扒拉过来就当唐晓龙的后爹，这像话吗？"

在他心里，唐光像一颗金光闪闪的军功章，容不得半点玷污，而他之所以执意要转业回海天市，就是要把唐光的担子挑起来，照顾江萍母子一生。现在凭空多了一个陆宽，他真的感觉如鲠在喉，不吐不快。

"海东，你应该替江萍想想，她一个人带孩子多不容易啊？平时还好，一旦孩子头疼脑热、发烧打针，她根本顾不过来，别再把孩子给耽搁了……"

齐海东截断鲁娟的话："我跟她说过，每隔一天、两天必定去一趟，任何事都能帮忙，出钱出力出时间，一定能把唐晓龙养大。唐晓龙姓唐，唐光在九泉之下，肯定不愿意看着自己的儿子改成姓陆！"

鲁娟看得出，齐海东正在气头上，很难劝服他，只好站起来，笑着说："你自己考虑考虑，家家都有一本难念的经，对不对？"

然后，她就走了出去。

她是过来人，知道一个女人自己带孩子的苦，也知道齐海东为什么愤怒。她了解自己的儿子，知道他一腔热血、一团热情地回来替战友照顾遗孀，却遭遇了这种纠缠不清的灰色事件，那份不满很难掰扯清楚，索性就什么也不说，让齐海东自己去悟这个道理。

一周时间，齐海东没有去唐光家，一个人闷在屋里，泡了一大盆洗衣粉水，把战友的遗物拿出来挨个擦洗干净。

他的卧室不大，桌子也小，根本摆不开这些东西。

"如果能有个部队那样的烈士遗物陈列室就好了！"他不止一次地这么想。

大概一周后的上午，他自己在家，忽然外面门铃响。

当他打开门的时候，简直不敢相信自己的眼睛，站在外面的竟然是绿军装、绿挎包的周海霞。

"你——怎么可能是你？周海霞，周海霞！"齐海东惊诧地倒退着，使劲擦擦眼睛，确认门外站着的就是他刚刚从心里删除的周海霞。

"是我呀，怎么不认识了？"周海霞开玩笑，嘴角一翘，雪白的牙齿在大好的阳光里闪闪发亮。

齐海东使劲搓了搓手，激动得不知说什么好。

"不请我进去坐吗？"周海霞问。

"请请请，快请进快请进！"齐海东回过神来，马上把周海霞请进来，并且帮她摘下挎包。

他到厨房去沏茶，感觉脚底下轻飘飘的，像是喝得半醉了一样，喉咙痒痒的，老是想放开嗓子唱两句。

"周海霞，你怎么会到海天市来？你不是说，要回北京的医院去吗？"齐海东沏茶回来，喜滋滋地问。

"嗯，我是要去北京，不过正好有点时间，拐到海天市来看看你，接着就去北京。"周海霞回答。

几周没见，周海霞似乎瘦了些，头发也剪短了，但显得更干练，更有淑女味道，把齐海东看得发痴，心底刚刚拔掉的野草马上"春风吹又生"了。

"喝茶喝茶，这是我家最好的茶。"齐海东殷勤地帮周海霞捧起茶杯。

周海霞叹了口气："真的是很好的茶，一闻见茶香就醉了。"

直觉中，齐海东听出周海霞话里有话，但他被意中人的突降乐昏了头，无暇多想。

"你身体全好了吧？"周海霞问。

齐海东点头："在医院打了几天针，全好了，可能是缺乏锻炼的缘故。以前在部队，一年到头我连感冒咳嗽都很少，没想到回地方后，先大病一场。"

女孩子都非常的敏感，她知道齐海东的病全是因为自己。

周海霞笑着低头喝茶，她从不像古丽华那样外向，说话做事毫不顾忌，冲口而出。尤其是在男女之间的恋爱问题上，她总是很克制，很低调。

两人聊了一阵，鲁娟中午下班回来，看到周海霞，立刻一眼就相中了，再听她说话，更是心花怒放，一定要让周海霞在家吃饭。

周海霞拗不过，只好答应。

鲁娟洗了一盘水果端上来，顺口问："小周，上次好像听海东说，你将来的转业方向是北京的医院？其实我们海天市也有很好的医院，这里同样需要部队上高水平的军医过来支持工作。说句实话，阿姨是过来人，考虑问题比较全面。北京是大城市，群英荟萃，人才济济，你到那里去，遇到晋升的时候竞争压力就特别大。我们这里正好相反，以你的资历，很快就能晋升为人民医院的副院长甚至分管院长。人民需要技术精湛的好医生，留在海天市才是你最好的选择，你说呢？"

齐海东频频点头，向鲁娟暗挑大拇指。

周海霞点头："谢谢阿姨指点，我也很喜欢大海，做梦都想住在一个推开窗就能看到大海的城市里。"

刹那间，齐海东福至心灵，顺着周海霞的话题说下去："那太简单了，转业到我们海天来，人民医院的职工宿舍就在海边呢！"

鲁娟一唱一和："是啊，小周，只要你来，阿姨绝对帮你找院长安排靠海的宿舍，保证你每天枕着浪花的声音入睡，听着浪花的声音醒来。"

周海霞微笑起来："那我先谢谢阿姨了，其实我的个人资料已经转到医院了，军地两方合作期是三个月，三个月之后，如果没有特别大的工作纰漏，我就会留在海天市人民医院。"

齐海东简直不相信自己的耳朵，因为一直以来，他脑子里只有"周海霞回北京"这六个字，绝对想不到她能来海天市。

"你说什么？"齐海东跳起来，差点带翻了果盘。

他这种惊喜过度的态度落在鲁娟眼里，越发坐实了"把周海霞当未来儿媳妇"的想法。

"你耳朵不听使唤吗？小周说，她马上就要到海天的医院上班了。"鲁娟替周海霞回答。

周海霞轻轻点头，微笑着看着齐海东的脸。

齐海东紧攥着拳头，脸涨得通红，一个字都说不出来，突然向外跑去。

他绕着这片生活区足足跑了三圈，才把胸膛里那股狂喜之火释放干净。

他现在满脑子就两个字——"兴奋！"

这顿饭齐海东都不知道是怎么吃的，他眼中只有周海霞，耳中只有周海霞的笑声，只顾着给周海霞夹菜，自己连一个米饭粒都没吃。

鲁娟偷偷感叹："儿子真的恋爱了！"

如果将来周海霞做他们的儿媳妇，鲁娟就放心了。自古以来，娶妻求淑女，周海霞无疑就是万里挑一的淑女。有了周海霞，以后老两口就不用操心儿子的事了。

齐山没回来吃中饭，之前鲁娟几次电话去催，催他回来看看未来的儿媳妇。结果，中饭后，齐山回来了，果然对周海霞一眼相中，没有半点异议，百分之百通过。最有意思的是，他回家的时候顺道从学校把齐美琳也接回来，小姑娘居然也对周海霞相当满意，拖着周海霞的手姐姐长、姐姐短地叽叽呱呱说个不停。

如果说对一个女孩子的评分标准是一百分的话，齐山全家人给周海霞打的分数就是一百二十分，满意得不能再满意了。

下午，上班的上班、上学的上学，家里又只剩下齐海东和周海霞两人。

他们聊起分开以来各自的生活，不可避免的，齐海东提起了江萍和陆宽那件事，仍然觉得心口堵得慌："江萍那样做，实际是对英雄的一种玷污。我们在南疆前线流血牺牲，为保护国家和人民的和平安定生活而战，很多人以身殉国，英魂永远留在南疆的丛林里。他们在九泉之下最想看到的是家人过上好日子，而不是给自己的儿子找个后爹什么的……"

周海霞表情凝重，轻轻摇头。

"怎么？你不同意我的观点？"齐海东有点奇怪。

他们两个都是军人，在这个问题上，应该站在统一战线才对。

周海霞回答："海东，我的观点不一定正确，但我想说的是，什么样的生活才算是好日子？如果江萍嫂子带着唐晓龙吃不上、喝不上，整天生病打针吃药，举目无亲，凄惨度日……那算好日子吗？我知道你会努力照顾她们，但天长地久过日子，一年三百六十五天，十年、二十年会有多少天？你能做到时时刻刻陪着他们娘俩吗？"

"我当然能。"齐海东毫不迟疑地回答。

这样的问题就算问一百遍，他也会如此回答。

"你不需要工作吗？"周海霞问。

"民政局当然会给我安排工作单位，但我一定会把照顾江萍母子这件事放在第一位，绝对不让他们受委屈。"齐海东回答。

周海霞点点头："海东，我很佩服你。我相信你对唐光的承诺，也会像黄金一样，一百年都不褪色——"

她低头喝茶，打住话头，没继续往下说。

齐海东忽然觉得，周海霞好像话里有话。

"屋里闷，到院子里走走吧？"他说。

两人走到院子里，海天市是著名的旅游度假胜地，空气新鲜，阳光灿烂。

其实，他们彼此都发现对方瘦了。

"你瘦了。"齐海东凝视着周海霞的脸。

周海霞摸摸自己的脸，浅浅一笑："别说我了，你不也是一样？据战地医院的小护士们说，你一离开部队，至少有三个人瘦了。"

"三个人？"齐海东纳闷。

"一个是古丽华，一个是赵大海。"周海霞回答。

齐海东笑起来，赵大海是为古丽华瘦的，这很容易理解。如果古丽华是为自己消瘦，那样的话，他自己也很无辜，并且爱莫能助。

"有漂亮女孩子为你瘦了，你是不是很得意？"周海霞翘着嘴角，笑着问。

她的模样像一幅隽永的彩色照片，永远留在齐海东的记忆里。他真想把这一刻定格，让时间停住，让两人不再老去。

"你在想什么？"周海霞又问。

"我在想，我从来没见过一个比你更漂亮的女孩子。"这种甜蜜话是齐海东从来都不屑说也不愿说的，但那是针对别的女孩子的时候。现在，他看着周海霞，更多甜言蜜语在胸膛里酝酿着，肥皂泡一样争先恐后往上冒。

周海霞笑弯了腰："喂，你不要这么说好不好？这是赵大海写给古丽华的情书上常用的句子！"

在战地医院的时候，古丽华经常把赵大海写来的情书读给小护士们听，这已经成了大家的笑柄。

齐海东摇头："海霞，我从来没觉得古丽华有多漂亮，男兵们给她起'战地医院之花'的外号，我可从来没在意过。"

周海霞站直，叹了口气说："你这样说，我总算得到心理安慰了。要知道，任何一个女孩子跟古丽华共事，都会有很大的心理压力。"

齐海东摇头："你这么好，怎么会有心理压力？没看到吗？你一到我们家，就把我爸、我妈还有我小妹妹都征服了。"

提到齐美琳，周海霞由衷地说："有这么个小妹妹真好，我从小就想有个小妹妹，又乖巧又好看，每天扎着羊角辫蹦蹦跳跳的，多可爱啊！可惜啊可惜，我妈只给我生了两个小弟弟，从小到大，除了顽皮淘气，别的什么都不干。"

齐美琳的确是个可爱的小女孩，遗传了鲁娟的漂亮和齐山的英气，两好并一好，无论在省委宿舍区还是在学校，都是备受瞩目、备受夸奖的焦点人物。

"你常到我家来，她就是你的妹妹。"齐海东试探着说。

"那可太好了。"周海霞佯作不知，不接招。

"不过，我爸我妈都是军人，将来肯定把她送到部队去，以后嫁给军人，把我家变成一个军人之家。"齐海东又说。

"哦？你呢？"周海霞够聪明，巧妙地窥见了齐海东究竟要说什么。

"我爸早就说了，我肯定以后也是娶个军人。军人之家嘛，就是两个老军人加两个中军人加两个小军人，一共凑齐六个军人就万事大吉了。"齐海东回答。

齐山的确是说过这样的话，那是他作为一个老军人的最崇高梦想，一回到家来，满眼都是军装绿，他就开心了。

"哈哈，那你可要抓紧了，地方上的女军人可不好找。"周海霞像条聪明的鱼，瞬间从齐海东的话题边游走。

齐海东看着周海霞的眼睛，连续鼓了三次勇气，始终没有说出捅破窗户纸的那句话。

当然，周海霞也是在强装镇定，心也在怦怦直跳，几乎要从嗓子眼里蹦出来。

幸好，他们谁都没继续向下说，而是任由这种美好而隐秘的感情在各自心里慢慢发酵。迟熟的果子分外甜，年轻人的恋爱过程亦是如此，如果强行去催熟它的话，收获的只能是令人难以下咽的青涩。

过了一会儿，周海霞正色说："海东，你刚刚说的有些话我不同意。我们是年轻人，如果组织分配我们做一项工作，那就必须全力以赴地去完成，在任何岗位上都要做出巨大的成绩，才无愧于一个'转业军人'的身份。如果像你说的，把照顾江萍母子放在首位，工作放在第二，那就什么也干不成了。咱们在部队受过那么多的教育和磨炼，是战士、斗士、勇士，不能把自己变成一个保姆。你这是逃避，是逃兵……"

齐海东愕然，不禁轻轻皱眉。

"海东，我给你举个例子。之前在部队医院时，作为医疗骨干，我可以在后方照顾那些危重病号，发挥更大的作用，那里也的确需要我。很多人想出各种理由留在大后方，远离前线炮火和牺牲。但是，一旦上前线的动员令下来，我会果断地放下手里的工作，奔赴战地医院。我是一名军人，军人永远都要有勇气冲在第一线上，不怕危险，不怕困难，党和国家的号召永远都是我们冲锋的号角。我们是军人，冲锋号响了，我们应该干什么？不是找理由退缩闪躲，不是避开困难图清闲，不是掩耳盗铃另起炉灶，更不是自以为是另立山头……我们是军人，军人不是普通老百姓，我们的血管里流淌的是共和国军人的热血，怕死、怕苦就不要来当兵了……"

同样的话，齐海东感觉应该是出自于齐山口中才对，没想到竟然从周海霞这个沉静的女军人口中说出来。

"你回到地方，是从一个岗位转到另一个岗位，责任和使命是继续存在的，绝对不是脱下军装就完了，就跟过去的军旅生涯完全断开了。你的责任是做好工作，继续为国家做贡献，而不是做江萍的保姆，把国家和工作放在一边。海东，你太糊涂了啊，别说江萍是别人的妻子，就算她是你自己的妻子，你也应该时时处处把工作放在第一位，任何时候把小家、小我放在后面，把大家、大我放在首位，不是吗？如果你这么意志消沉下去，我真看不起你。"周海霞越说越激动，声音也越来越高。

齐海东一直认真听着，开始不服气，后来思想猛地扭转过来，把从前的错误认识一脚踢开。

"对不起，我太激动了，看到你变成现在这样子，我由衷地感到惋惜。"周海霞的长篇大论讲完之后，长长地吐出一口闷气。

现在的齐海东，不是部队里的战斗英雄，不是尖刀连的标杆人物，而是一个只关注于家长里短的懦夫。她喜欢从前的齐海东，才会下定决心，不回北京，转来海天市的。如果齐海东已经变成这样，她根本没必要千里迢迢赶过来。

"是我前一段时间的思想意识出了问题。"齐海东羞愧地说。

战争、流血、牺牲在潜移默化中改变了他的思想，让他钻进了牛角尖，把消极退缩当成了义气担当。

聊到这里，两人的谈话内容由单纯的青年男女聊天变成了同志之间的思想交流，周海霞的正气击碎了罩在齐海东头上的硬壳，把他从牛角尖里拉了回来。

"我清醒多了，谢谢。"齐海东不想说太多立志、宣誓的话，他一旦回归了自我，就会把人生的标靶重新摆到正确的位置上。

"真的？"周海霞仍然有些担心。

齐海东点点头："回到地方以后，始终觉得身上不得劲，但就是找不到原因。现在我明白了，真正的原因是因为没有把自己紧起来，像是松了弦的闹钟一样。我会抓紧时间去单位报道上班，把所有时间和热情投入到工作中。"

眼睛是不会骗人的，周海霞瞬间从齐海东眼中看到了迸发的热情。

"海东，加油，希望我们今后在工作中互相鼓励，为地方多做贡献，还像在部队那样，做战友，做朋友。"周海霞主动伸出手来。

齐海东也伸出手，两只手紧紧相握。

齐海东没有再耽搁下去，当着周海霞的面打电话给民政局，询问自己的工作安排情况。他绝不会走齐山的后门，借助老子的力量为自己谋利。

民政局的人告诉他，这次共有一百三十五名转业干部的档案转过来，同时省里的各个重要部门都需要高素质的人才补给。所以，民政局将在两周后召开一个公开竞争会，由各部门领导现场打分，决定工作安排。

既然是公开竞争，齐海东心里就坦然多了。当年他在全军大比武中的冠军头衔也是一枪一弹拼下来的，绝对没有半点水分。他是军人，唯一不能容忍的，就是比赛中的不公平现象，凭自己的真本事拿到第一，才是真正的英雄。

"两周后，我会展示尖刀连的真正水平。"他向周海霞保证。

周海霞甚感欣慰，她不擅长理论，刚刚那些话都是有感而发，说的都是心里对中国人民解放军的淳朴认识，绝无拔高自己之嫌。她是那样想，也是那样做的，即便是因齐海东的缘故转业来海天市，也是真正想用精湛医术报效国家、报效人民。

"改天带我去看看江萍嫂子吧，每一个活着的人都有责任帮助她们母子。"周海霞说。

齐海东点头，忽然想起古丽华临走时根本没有顾及到别人，只是单纯的为感情而来。两个女孩子相比，他更钦佩周海霞的大度、大气。

离开齐家之前，周海霞又说："海东，别去指责别人，因为你并不是一个高高在上的道德家，没有权对别人指手画脚，干涉别人的生活。你我都有各自的人生，江萍也有，唐晓龙也有，每个人都有权力向着自己的目标前进。我相信，江萍将来一定会生活得好好的，让唐光连长在九泉之下安心。那是你我的心愿，也是江萍母子的心愿。"

女孩子心细，能够体谅江萍孤儿寡母生活的不易，那是齐海东那样的斗士所不能理解的。

她已经下定决心，把照顾江萍母子的责任揽一部分到自己肩上，替齐海东分担。不管她承认不承认，既然选择了海天市，就等于是选择了齐海东作为终身伴侣。

既是伴侣，就该风雨同路，彼此扶持，同甘共苦，心心相印，所以齐海东的生死承诺，也一定是她的。为了完成这份承诺，她已经准备好承受压力和辛劳，无论多难多苦，都要坚强地陪着齐海东走下去。

卷二　千锤百炼

❶ 托 付

1987 年 12 月 1 日，海天市。

时间过得真快，齐海东已经转业回到海天市两年了。

现在，他是省府刘副省长身边最年轻的秘书。转业干部公开竞争会上，他获得了笔试、面试双项第一，令人信服地进了省府，根本没有动用齐山的任何关系。秘书工作相当繁琐，这里与尖刀连的环境截然不同，但他凭着过人的学习能力，迅速适应了这个岗位，圆满完成领导交付的每一项任务。

周海霞成了海天市人民医院的一名正式医生，他们两人的关系突飞猛进，谈婚论嫁是早晚的事。

江萍和陆宽也已经喜结连理，为了给唐晓龙营造一个舒适的生活环境，齐海东把鲁娟预备给他跟周海霞结婚的两千块钱提前预支出来，帮江萍买了电视机、洗衣机、缝纫机、沙发，把原来江萍住的小屋简单装修了一遍。

他是依着自己的良心去办事，周海霞也支持他这么做。至于以后两人结婚的费用，可以一点点慢慢攒，总之只要两人的心在一起，就算日子过得清贫一点，也没什么关系。

通常情况下，齐海东是下午五点钟下班，然后赶到人民医院去，跟周海霞一起吃晚饭，然后才回自己家。

今天也是如此，两人在医院食堂吃完饭之后，周海霞交给他一大瓶紫药水和一大包医用棉，再三叮嘱："海东，回去告诉江萍，得好好约束晓龙，磕破点皮什么的抹抹紫药水还行，真要是摔骨折了或者摔个脑震荡什么的，是个大麻烦。男孩子嘛，惹了祸打两巴掌也没关系，得从严管教。"

齐海东叹气："江萍管不了孩子，这孩子挺倔，打轻了不管用，打重了——陆宽？他敢打晓龙试试，我跟他没完！"

他每隔几天就到江萍那里去一趟，唐晓龙见了他比见谁都亲，每次他要走，都抱着他的大腿不让迈步，弄得陆宽很不自在。

周海霞也叹气："海东，照你这么说，晓龙谁管？"

齐海东回答："他是连长的儿子，除了连长，谁也没权动他一根汗毛。"

周海霞摇头："海东，你呀——"

后面的话她没好意思说出来，弄不好将来他俩有了儿子，恐怕在齐海东心里也不如唐晓龙重要。

齐海东沉默无语，其实他对晓龙的教育也很头疼，毕竟他不是孩子的亲生父亲，更没有带孩子的经验，只能走一步看一步，艰难前进。

在部队的时候，他训练、比武、实战各方面都是一把好手，到了现在，处处显得力不从心，一想起来就头大。

两人走到办公楼门口，周海霞说："好了，我先回办公室加班，晓龙的事以后再说。"

作为医院的骨干，她总是每周自动加班两次，承担了科室里的大部分工作，给别人代班是经常的事。

齐海东点头："好，明天见。"

周海霞离去，齐海东刚要走，看到大楼外面拐角处蹲着个十八九岁的乡下女孩子，正在低声啜泣。

女孩子手里捧着一张两寸黑白照片，哭一阵，对着照片喃喃低语一阵："哥，你一个人走了倒好了，把咱爹扔给我。他现在这病需要一大笔钱，就算把家里房子卖了，也根本不够医疗费。哥，你说我该怎么办？"

齐海东走过去，掏出手帕，刚要劝劝女孩子，但一看到对方手里的照片，顿时就愣住了，因为照片上的年轻人穿着一身军装，圆脸大眼，看上去很眼熟。

齐海东蹲下来，轻声问："小妹妹，你拿的这是谁的照片？"

女孩子抬头，怯生生地看着齐海东。

齐海东说："别怕，我不是坏人。"

女孩子回答："照片上是我哥。"

齐海东的头嗡的一声："小妹妹，你哥是……顾保华？你是保华的妹妹？"

女孩子点点头，惊讶地看着齐海东。

齐海东把那张年轻小伙子的照片拿过来，翻过来一看，背面果然写着顾保华的名字。顾保华已经在0931高地战斗中遭敌人狙击手爆头而亡，一缕英魂，长留南疆。那些惨痛的往事本来埋在齐海东的记忆最深处，却又因这小照片的出现而一一浮现。不仅仅是顾保华，还有唐光自戕那一幕、吴大宝的断腿……

齐海东声音颤抖："你是保华的妹妹顾小芹吧？"

女孩子连连点头："对，我是我是，你是谁？"

齐海东忍着泪回答："小芹，我是你哥哥的战友，我姓齐。"

顾小芹恍然大悟，一把拉住了齐海东的胳膊："齐……你是齐海东，海东哥！每个月给我爹寄生活费的人就是你。"

齐海东点头，顾小芹站起来，使劲拉住齐海东的手，哭得更厉害了。

齐海东拿起手帕给顾小芹擦眼泪："别哭别哭，小芹，有事慢慢说。"

外面风大，顾小芹穿得单薄寒酸，身体瑟瑟发抖。

齐海东立刻把自己的外套脱下来，给她穿在身上，然后把她带回大楼里。

顾小芹一边哭一边讲，费了好长时间以后，齐海东才听明白是怎么回事。

原来，顾保华阵亡后，家里只剩父亲顾世强和妹妹顾小芹，平时的家庭收入来源于种庄稼、喂猪。

顾世强很要强，坚持要供顾小芹上大学，一个人把家里的农活全揽下来，不让小芹分心。后来，顾世强得病，长期发低烧，咳嗽不断，有时候咳嗽狠了，吐出来的痰里还带血丝。就在三天前，顾小芹跪下求着顾世强来医院检查，结果片子一出来就确诊了，肺癌晚期。

齐海东不相信，抱着一丝希望问："医生确诊了吗？"

顾小芹回答："嗯，确诊了，医生说最好是先开刀再药物治疗，前后一共需要医疗费一万多。我跟爹从乡下来，只带了三百块钱。家里没钱，这三百块钱还是刚把一头猪卖了，又找邻居借了些凑的。"

一万多可不是个小数目，就算是城市里的殷实家庭都需要筹措好长一段时间，更何况是在农村里？对于顾世强来说，那根本就是个天文数字。

齐海东急得挠头，正式上班之后，他每个月领了工资都会按照那个日记本里的地址给阵亡战友的家属寄钱。工资不多，分散开来以后，更是杯水车薪，其实帮不上太大忙，只是让他良心上好过一点而已。

"我知道，癌症是绝症，可我总觉得，我爹一辈子没干过什么坏事，我哥死了，老天爷对他的打击已经太大了，不会总是不长眼，把坏事都降临在我家里吧？"顾小芹的眼睛已经哭肿了。

齐海东只好说："别着急，我来想想办法。"

顾小芹感激地回答："那太好了，海东哥，我在这里一个人都不认识，我哥在前线打仗死了，家里连个商量的人都没有。"

说着说着，顾小芹又哭了。

齐海东说："好了小芹，别哭，天大的事，有海东哥在呢。"

顾小芹扑到齐海东怀里，哽咽着叫："哥——"

齐海东搂着顾小芹的肩，轻轻拍打着低声安慰："好了好了，别哭别哭。"

实际上，他也很想哭，只是硬撑着不掉泪。

齐海东先让顾小芹回暂住的小旅馆去，然后直接去办公室找周海霞。

周海霞有些奇怪："海东？我还以为你已经回家了呢。"

齐海东不说话，端起周海霞的茶杯，咕嘟咕嘟灌了一阵，放下茶杯，长叹一声。刚刚为了宽慰顾小芹，他连叹气都不敢，就怕小女孩顶不住压力而彻底崩溃。在海天市人民医院里，肺癌等于是绝症，已经有很多人被病魔夺去了生命，谁都无计可施。

"怎么啦？"周海霞问。

齐海东闷声闷气地问："海霞，你还记得我们尖刀连的顾保华吗？"

周海霞："嗯，记得，是在 0931 高地阵亡的，头部贯通伤，遭敌人狙击手一枪毙命。"

齐海东伸出右手："那次我们连死了五个兄弟，顾保华是最年轻的。现在，他妹妹就在外面，他爹得了肺癌，连住院的钱都凑不够，还住在医院外的小旅馆里。"

周海霞愣住了，沉默无语。

齐海东继续说："刚刚我在取药处遇见顾保华的妹妹小芹，小姑娘哭得气都喘不过来，可是光哭有什么用？他家里就他兄妹俩，顾保华死了，地里的庄稼活、伺候老爹这些大事小事都落在小芹头上，她只是一个下个月才满十八岁的孩子。"

齐海东眼中含泪，一想到顾家即将只剩下顾小芹一人，心里就痛如刀割。

正如他从前考虑过的那样，每一名战士都是家里的顶梁柱，顶梁柱倒了，这个家也就破了。

周海霞说："海东，你别着急，我们来想想，看看能帮上什么忙？"

齐海东回答："刚才一路过来我就想过了，现在我就回去筹治疗费，你是医生，在医院里各科室都有熟人，看看各个环节能减免的、能关照的全都跑一遍。"

周海霞点头："医院这边没问题，各科室的主任和大夫都能给我点面子。可是，筹钱……海东，你怎么筹钱？一万元治疗费呢！"

他们各自的工资仅仅有几十元，离一万元的门槛有十万八千里远，不知道什么时候才能凑齐？

齐海东咬咬牙："那怎么办？也不能眼睁睁看着我战友的老爹就这样死啊？"

他说不下去，站起来，绕着办公室转圈，如同热锅上的蚂蚁。

周海霞："海东，这样，我们先去看看顾叔，把详细情况弄明白再说。"

顾世强住的小房间在旅馆四楼，家具简陋，只有两张单人床，中间夹着一个床头柜。

顾世强躺在床上，骨瘦如柴，不住地喘粗气。从他的五官相貌上，齐海东依稀能看到顾保华当年的影子。

顾小芹介绍："爹，这是哥哥的战友海东哥，这是海东哥的女朋友周医生。"

顾世强吃力地欠起身，顾小芹赶紧把一个枕头塞在顾世强的后背上，让他半躺着。即使是这样简单的动作，都引发了顾世强的一阵剧烈咳嗽。

齐海东走过去，俯身握住顾世强的手："顾叔，我是齐海东，保华的战友，也是他的好兄弟。"

顾世强说："我知道你，每次给我寄钱的都是你，谢谢你啊海东。我身体有病，不能起来招呼你们，真是太不礼貌了。"

周海霞也跟过去："顾叔，您躺着就行，我叫周海霞，以前是部队战地医院的，也是顾保华的战友。"

顾世强连连点头："好好，你们请坐。"

房间里只有一个方凳，顾小芹又出去到隔壁借了一个，请齐海东和周海霞坐。

周海霞说："顾叔，刚才小芹已经把您的病历交给我了，我拿给医院的权威领导看，他们说是小毛病，在医院住一阵，打打针、消消炎就好了。"

她有经验，有些重病患者根本听不得真实病情，一听"癌症"二字，当时就吓得精神崩溃了。

顾小芹感激地拉住了周海霞的胳膊，眼角涌出泪花。

顾世强点点头，苦笑着说："谢谢你们啊，以前保华在部队的时候，总是来信说，部队里的战友就像亲兄弟一样，有福同享，有难同当。保华和小芹，都是孝顺孩子，可就是他娘没福气，走得早，没让孩子孝敬过哪怕是一天。我呢，也老了，这把老骨头不知道什么时候就散架了……"

顾小芹忍不住哭出声："爹，您别这么说。刚刚周医生都说了，人家医院领导说是小病，打几天针出院就好了。"

顾世强自顾自说下去："我现在唯一担心的就是这个孩子，原来保华活着的时候，我总想着，哥哥照顾妹妹，我就放心地到黄泉路上去找他娘吧。我们老俩口没牵没挂的，走了也放心。现在，海东、小周，不怕你们笑话，我真想好好活着，不管有多艰难，不能留小芹一个人孤单单地在家，她还是个没长大的孩子啊！"

顾小芹泣不成声："爹，您别这么说，您一定会好的。"

齐海东说："顾叔，别担心，有我呢。"

周海霞附和着说："顾叔，您想太多了，先安心住在这里，等我明天把医院那边的病床协调好了，就带着护士过来接您。"

顾世强拿起枕巾擦眼睛，叹了口气："乡下人不太会说话，初次见面就说家丑，让你们二位见笑了。"

齐海东摇头，强笑着说："顾叔，那怎么能叫家丑呢？您放心，保华走了，我齐海东就是您的亲儿子，小芹就是我的亲妹妹。"

这句话像强心针，让顾世强又惊又喜："好啊好啊，海东，你这么说，我老头子真是感激不尽。你要是不嫌小芹蠢笨，就把她留在身边，这孩子也读过几天书，给你端茶倒水、做饭洗碗，总是没问题的。"

齐海东眼一热，鼻子一酸，差点掉下泪来。疾病和贫穷能把人的骨气和硬气消磨得一干二净，像顾世强那样的乡下人，如果身体能撑得住，怎么舍得让自己的女儿替别人端茶倒水？

周海霞站起来说："顾叔，您先养病，这些事咱们慢慢说。您先躺下吧，别多说话，要好好养神养气。"

齐海东扶着顾世强躺下，他察觉到对方已经轻得像一床棉被，凸起的脊骨、肋骨把自己的手硌得疼。

"顾叔，您先休息，我们去找医院的朋友帮忙。"他说。

顾世强拼命点头："好好，小芹，送你海东哥和嫂子。"

齐海东一转身，眼一热，眼圈立刻红了。

齐海东、周海霞、顾小芹走到楼梯口，旅馆老板走过来，很不好意思地告诉顾小芹："小妹妹，你们的房费该交了。"

齐海东问："该交多少钱？"

旅馆老板回答："每天十块钱，原先交了五十块钱押金，今天已经住到第七天了，要不再交上五十吧？等最后结账的时候，多退少补。"

齐海东掏出钱包，先给旅馆老板五十，又取出二十块钱给顾小芹："小芹，拿着这些钱买饭，让顾叔吃点好的。现在，我和你嫂子去医院找朋友想办法。好好看着顾叔，注意他的情绪。"

顾小芹点点头："谢谢海东哥。"

周海霞摸着顾小芹的头发，叹着气说："小芹，好妹妹。"

顾小芹眼圈发红，又要哭。

周海霞取出自己的手帕给顾小芹："别哭，哭肿了眼，顾叔心里也难受。反正病已经得了，干脆就稳住神，慢慢来，急也没有用。"

顾小芹擦了擦泪，感激地说："嫂子，谢谢你刚刚帮我瞒着我爹，我一直跟他说，医生诊断是气管炎。医生也说了，千万别把实情告诉病人，有的人不是病死的，而是吓死的。"

周海霞微笑着回答："不用谢，不过我是医生，从专业角度来看，老人都很敏感，自己的身体什么样自己都清楚，瞒不了多久。我去找专家会诊，看有没有好办法，你自己多保重。"

两人出了小旅馆，天已经黑了。

街对面，人民医院病房楼上的灯全都亮着，每一个亮灯的窗口就代表着有四个病人住在里面，有四家人为此而心焦煎熬着。

"海东，你想怎么筹钱？"周海霞问。

齐海东想了想，闷闷地回答："我爸家、我单位同事、以前的同学发小那里，反正谁有钱就找谁吧，多找几家凑凑，总能凑一万块钱吧？"

周海霞摇摇头："海东，你想得太简单了。我问你，你刚刚说的人里面有几个能借给你钱？就算人家借给你，你拿我们的工资来还，多久才能还清？再说，顾叔这病并不是一万元就能完全治好的，手术费、营养费、后续放疗化疗费、滞后五年的药物费……哪一项都得几千上万元。我们两个的力量，实在是蚂蚁搬山啊！"

这些都是实情，哪个环节都需要钱，缺任何一个环节都会让治疗前功尽弃。当然，这是在顾世强的病情一直稳定的情况下计算的，一旦发生紧急抢救、手术输血等等意外状况，费用肯定滚雪球一样倍增。

齐海东咬咬牙："那怎么办？不能眼睁睁看着顾叔死吧？我们要是不管，将来九泉之下我怎么去见顾保华啊？"

路灯下，他眼中闪着淡淡的泪光。

"是啊，不能眼睁睁看着顾叔——"周海霞随即泪如泉涌，刚刚在小旅馆里被压抑的情感一下子释放出来。

齐海东抱住周海霞，自己也是忍不住热泪横流。

街上来来往往的行人那么多，但没有一个人能停下来帮他们，每个人都有自己的困难。

齐海东低声说："以前听评书说，一分钱难倒英雄汉，连秦琼那么厉害的大英雄也有当锏卖马的时候。没想到我齐海东也遇到这个坎了，区区一万块钱就把人难为死了。"

周海霞的双手绕在齐海东脖子上，她突然抬起手，使劲掐齐海东胳膊。

齐海东一动不动，也不吭声，任由周海霞掐。

周海霞哭够了，也掐够了，慢慢地控制住情绪。

旁边经过的路人，都很好奇地看着他们俩。

"对不起。"周海霞说。

齐海东长叹："该说对不起的是我，你本来有大好的前程、顺心的工作，是我把你拉进这个泥潭里来的。"

"还说这样的话！"周海霞在齐海东的胳膊上又拧了两下，但还是不解气，"还说这样的话，还把我当外人——我不是一早就说过，天大的事都陪你一起扛下来。我不是气你，而是气老天爷不公平，非要把顾家弄得家破人亡不可。咱们是局外人，对着这个烂摊子都头大如斗，想想小芹，她心里该有多难受？"

齐海东想得更多更远，他当年不理解江萍为什么要再嫁陆宽，但现在慢慢明白，人生之路艰难漫长，如果没有一个可以互相陪伴、互相鼓励的人同行，很可能没有勇气走到终点。

"如果顾叔这次……我会好好照顾顾小芹，一直到她长大成人。"齐海东说。

周海霞含泪长叹："我理解你的心情，但是……但是一个人浑身是铁，又能打几根钉呢？有些事，单单是口头承诺，根本没法落到实处。"

她讲得已经很含蓄了，因为她不想打击齐海东。

在齐海东的小屋里，她曾看到过一沓子汇款单，都是寄给那些阵亡战友家属的。现在齐海东住在家里，吃的用的都是老两口提供，不用花一分钱，所以他可以不攒钱，不为吃饭发愁。如果以后两人结了婚分出去单过，每行动一步都要花钱，那时候怎么办？

她当初选择了齐海东，就已经预见到这样的结果，但她实在为以后的事发愁。如果齐海东真的能筹到一万块钱，将来两个人拿什么还呢？

两个人过了街走进医院，齐海东若有所思地说："我现在才明白，钱是好东西，有了钱就能帮助很多人。怪不得老人们说，钱不是万能的，但没有钱是万万不能的。"

周海霞苦笑："海东，我发现你好像一下子变成熟了。"

齐海东拍拍自己的左胸："看着顾叔和顾小芹，我这里真是很痛，好像一下子变清醒了。好了，不多说，你负责你的，我负责我的。"

周海霞问："先去找谁借钱，想好了没有？"

齐海东胸有成竹地回答："刚刚在路上我就想过了，我以前在大院住的时候有两个发小，哥哥叫王建军，弟弟叫王建伟。建军学习成绩好，高中毕业考了警校，现在分配到了派出所工作。建伟呢，从小就擦奸耍滑，不务正业，现在自己开了家贸易公司，手里挺有钱。我去找他借，应该没问题。"

周海霞点头："好，那你去吧。"

齐海东答应一声，转身就走，没走出几步，回头看看，周海霞还站在原地。

齐海东远远地问："怎么了？"

周海霞回答："我在看你的背影。"

齐海东走回来问："什么意思？"

周海霞回答"我喜欢看你的背影，肩膀宽厚，一看就知道是值得相信、可以倚靠的人。"

齐海东有点不好意思："怎么突然夸奖起我来了？"

周海霞摇摇头："不是夸奖，我刚刚想，在部队的时候，你是全师人人敬仰的尖刀连英雄齐海东；在地方，你是努力工作、积极上进的国家干部；在顾小芹这里，你是敢拍着胸脯说天塌下来由我齐海东顶着的男子汉。在每个人眼里，你都是光环加身的英雄。可他们不知道，英雄背后总是有些默默奉献的人，尤其是英雄的妻子。"

齐海东点头："海霞，我懂你的意思。"

周海霞再次摇头："不，你不懂。你说，刚刚我为什么要掐你？"

齐海东微笑起来："为什么？"

周海霞止色回答："那是因为我对你又爱又恨，爱你是因为你是英雄，恨你也是因为你是英雄。海东，难道你不觉得，有时候你太在意肩上的责任，而让自己活得很辛苦？"

齐海东思索了一阵，表情庄重地回答："我从没觉得自己辛苦，相比那些在南疆战场上阵亡的兄弟们，我觉得自己很幸运。所以，他们心里没了的事，我齐海东都得负责替他们完成。"

这是他的心里话，老天爷让他活着，是让他担责任的。换句话说，他齐海东这条命现在不是自己的，而是尖刀连那些阵亡兄弟共有的。活着，就得让死了的兄弟们安心，他们的灵魂全在九泉之下看着他齐海东的一举一动呢。

周海霞说："有些事，光发誓是没用的，现实很残酷，比如现在摊在顾叔头上这件事，我们实在是无能为力。"

以他们两个的经济实力，几年也攒不下一万元，就算这次老天开眼能治好顾世强，如果明天再来个张家、后天来个王家、大后天……就算把两人撕成薄片，也不一定能把所有家庭的窟窿给补起来。

齐海东坚定地回答："连长以前说过，男子汉大丈夫立誓，凡事必须竭尽全力，然后虽败无悔。不问收获，只管耕耘。"

唐光的确说过那样的话，并且这些话同样被吴大宝奉为座右铭，工工整整地抄录在日记本上，经常拿出来诵读。

周海霞叹气："齐海东，我真的没看错你。我现在正式告诉你，我愿意做英雄背后的无名英雄，不管你做什么，都会毫无怨言地全力支持你。"

齐海东张开手臂，给了周海霞一个大大的拥抱，轻声说："谢谢。"

天很冷，但他们给予彼此温暖，两颗心勃勃跳动着，越靠越近。

齐海东跟王建伟通电话的时候，对方的声音里充满了热情："哎哟我的哥哥啊，今天刮什么风，怎么想起弟弟我来了？"

齐海东开门见山："别来虚的了，建伟，我有事请你帮忙，能不能借我点钱？"

王建伟立刻回答："绝对没问题，哥哥的事就是我的事，借多少？"

齐海东报了个数字："一万。"

电话里沉默下去，过了一会儿，王建伟的声音才响起来："海东哥，不瞒你说，弟弟我这也就是个皮包公司，小打小闹小生意，一万块钱对哥哥你来说是个小数目，可我这边还真是嘿嘿……"

齐海东有些寒心，但仍存着一线希望："直说吧，能不能借？"

王建伟回答："要是别人借吧，肯定没有，但海东哥你不是外人，咱们从小光屁股一起长大，在我心里，看见你比看见我哥还亲。你开口，弟弟我就是拿着笸箩到街上要钱，也得把一万块给你凑齐了。"

齐海东松了口气："那太好了，谢谢兄弟。"

"哎哟哥哥，你说谢谢就折杀弟弟了，别的不敢说，哥哥你只要一句话，我王建伟上刀山、下油锅，两肋插刀，绝不皱眉头……"王建伟不愧是生意人，套话行话随口就来。

齐海东说："好了好了，别耍嘴皮子了，我什么时候可以过去拿钱？"

王建伟回答："明天下午吧，我在在公司等你。"

齐海东长出了一口气："好的，十分感谢啊兄弟。"

王建伟说："那我明天下午提前沏壶好茶，敬等哥哥大驾光临。"

齐海东挂了电话，阴沉了半天的脸上终于浮出了一丝笑容。

❷ 交　易

第二天中午，齐海东惦记着顾世强的病情，一下班就赶到医院来找周海霞。

周海霞汇总的情况很不乐观："请了几个老专家，拿着顾叔的胸透片子会诊，顾叔的病情太严重，也拖得太久了，癌细胞已经扩散至整个肺部，病灶很可能发生骨转移或是其他脏器转移。说句不好听的，任何一种脏器功能衰竭，都可能要了顾叔的命。不过，医院外科、肿瘤科几位主任都给我面子，要从北京请国家级的肺部肿瘤专家秦教授过来，亲自给顾叔动手术。"

齐海东松了口气："那太好了，没想到你还有这么大的能力？"

周海霞苦笑："我有什么能力？一下午求爷爷告奶奶的，见到任何一个领导，都跟人家说那是我亲叔。不管怎么说，我在医院已经工作了两年，这点面子领导们还是要给的。"

齐海东大受感动："辛苦辛苦，我得替顾叔谢谢你。"

周海霞摇头："先别谢我，现在八字还没一撇呢。借钱的事怎么样？"

齐海东回答："挺顺利，下午到王建伟那里去拿钱。"

周海霞也松了口气："好，开头总算顺利。刚才下班，我从食堂打了点饭给小芹送过去了。"

齐海东问："怎么样？"

周海霞摇头苦笑，刚刚有了笑模样的脸上重新罩上愁容："爷俩见了我，强颜欢笑，傻子也能看出来。一想起他们的表情，我鼻子就直发酸。你想想，顾叔年轻丧偶，本来指着顾保华能从军队转业，找个好工作，孝敬老人，也能照顾妹妹。没想到战争如此残酷，永远地把他留在了南疆战场上。"

齐海东一时无言，其实不止是顾保华，还有成千上万的别人家的儿子、哥哥、弟弟都留在了那里，英魂长存，誓保边疆，其中也包括唐光在内。

周海霞感叹："那就证明，还有成千上万像顾叔一样的家庭，一下子就塌了顶梁柱。"

齐海东点点头："没错，但那是没办法的事，保卫疆土，是军人的天职。既然穿上了军装，就不能在战场上当缩头乌龟。"

周海霞的眼圈红了："战争太残酷了，只有我们这些经历过那场战争的人，才知道和平的可贵。海东，你相信人死之后有灵魂吗？如果顾保华死后有灵，就保佑顾叔平平安安度过这一劫，手术一切顺利，跟小芹一起回家。"

齐海东是共产党员，绝对的无神论者，但他此刻宁愿相信冥冥中有老天爷执掌着善恶标准，瞬间迸发法力，让南疆阵亡的将士家属们不再流血又流泪。

下午两点，齐海东赶到了王建伟的贸易公司办公室，推门进去，王建伟正在办公桌前喝茶。

齐海东忍不住感叹："建伟，你小子挺悠闲啊！"

以前在大院的时候，王建伟整天跟在齐海东屁股后面，流着鼻涕满街跑。这小子是出了名的"三个不行"——学习不行、体育不行、胆子不行。如果不是看王建军的面子，大院里的孩子都不稀跟王建伟玩。

现在就不一样了，其他孩子都在机关上班，每个月都是固定的死工资，都没王建伟做生意来钱快。

王建伟赶紧站起来迎接："海东哥，别笑话我了，你是政府高层干部，根本没时间下来体察民情。来来，快坐，我特意沏了一壶上等毛尖。"

齐海东坐下，王建伟殷勤的倒茶，满脸堆着笑。

齐海东有点不好意思："建伟，这么长时间不联系，一打电话就借钱，别见笑啊！"

王建伟笑着说："海东哥你这就见外了，我是你弟弟嘛，哥哥有事，弟弟肯定得跑在前头！"

茶是好茶，一斟到杯子里，满屋飘香。

齐海东没心思品茶，开门见山地问："那这钱……"

王建伟连忙点头："海东哥，你先喝茶，一会儿咱聊够了，我让会计过来，把钱一拿，咱就完事。"

齐海东叹了口气："建伟，不瞒你说，这钱是拿到医院去救命的，早一点拿去，病人就早一点安心。方便的话，你这就叫会计过来，行不行？"

王建伟立刻说："没问题，可是海东哥，有句话弟弟我先说在前面，咱们先小人后君子，你得给我写个借条，毕竟我这边大小也算个公司，得走正式的财务流水账。"

一边说，王建伟一边拉开抽屉，拿出一本借据和一支圆珠笔，里面早就放好了复写纸。

齐海东把借据和圆珠笔拿过来，提笔要写。

王建伟按住齐海东的手，笑着提醒："海东哥，你稍等，这个借据你得这样写——今借到王建伟一万两千元，期限一年，按时归还。"

齐海东有点纳闷："建伟，我只借一万就够了。"

王建伟笑笑："海东哥，我知道你是借一万，另外的两千是利息。这公司是几个朋友一起开的，钱也不是我一个人的，是好几个朋友凑的，总得支付点利息，你说对吧？"

齐海东捏着圆珠笔，看着王建伟那张肥嘟嘟的圆脸。他忽然觉得面前这个人非常陌生，不再是大院里流鼻涕的小兄弟，而是一只披着羊皮的饿狼。

王建伟讪讪地笑着，端杯喝茶。

齐海东欲言又止，把"高利贷"三个字咽回去，勉强笑着说："建伟，是不是写了借条，就可以接着拿钱？"

王建伟点头："对，就这么简单。"

齐海东说："那好，我先把医院那一头定死了，确定手术可以做，然后马上过来写借条拿钱，行不行？"

王建伟重重地点头："怎么不行？太行了，海东哥，你随时来，我随时欢迎。"

齐海东放下圆珠笔，像放下了一副镣铐一样，然后站起身，跟王建伟握手告别："建伟，那我先回去，谢谢你。"

王建伟脸上的笑容依旧灿烂："谢什么啊海东哥，都是自家兄弟，你有事，我豁出命去也得办啊不是？"

齐海东离开王建伟的贸易公司，骑自行车赶往医院。

今天的日头太亮了，有点刺眼，令他总觉得头晕眼花的。一路上，王建伟那张肥脸一直在他眼前晃悠，慢慢的，他感到胃里发胀，一阵一阵地搅动着，像是要吐上来一样。

高利贷是沾不得的，但有时为了救命，不想沾也得沾。他并不恨王建伟，毕竟对方是生意人，生意人图利，嘴上说得再好听，也掩盖不了实质。他只是对王建伟反复提到"兄弟"二字感到恶心，因为那两千元利息完全玷污了"兄弟"这个词。

"什么是兄弟？"他拐进医院时，低声问自己。

在他心里，当唐光为了保证他们五人能迅速撤退而自戕，这才叫兄弟；他拼尽全力去照顾江萍，这才叫兄弟；他为了给顾保华的父亲治病到处借钱，这才叫兄弟……

"兄弟能当钱使吗？"他放下自行车时，又问自己。

进了周海霞的办公室，齐海东一屁股坐下，筋疲力尽，一句话都不想说。

周海霞关切地问："海东，你怎么了？脸色这么差，没生病吧？"

齐海东摇头："没有，只是有点累了。"

周海霞看着自己的工作备忘录说："秦教授最早今天下午、最迟明早就到，他看过片子后就能定手术方案。对了，你今天下午去拿钱，拿到了吗？"

齐海东回答："我去了，跟王建伟说好了，随时可以拿钱。"

周海霞立刻皱眉："看你，不如今天就拿过来，先给顾叔办住院手续，把手术押金什么的交上。"

齐海东本想把跟王建伟谈话的实情都告诉周海霞，转念又想，自己一个人郁闷就行了，没必要给她再添堵，就没详细解释，只是说："还是算了，等秦教授到了，确定可以做，咱们再办住院手续吧。"

周海霞看出了端倪："海东，是不是王建伟那边借钱给你是有条件的？"

齐海东叹气："是有条件，不过也是正常条件，人家得收一点利息。"

周海霞点头："那倒是应该的，要不你先去看看顾叔？"

齐海东答应一声，离开了周海霞的办公室。

医院的走廊里充满了消毒药水的味道，齐海东曾经很熟悉那味道，跟战地医院里一模一样。

一瞬间，他感到一丝迷茫："顾世强一家的问题一定会出现在千百个失去儿子的家庭里，那些家庭过得还好吗？是不是也像顾世强、顾小芹这样举目无亲，举步维艰？如果是，我又怎么才能帮到他们呢？"

他走过医院的花坛，不由自主地停步，坐下来思索这个问题。

远处的病房楼门口，人们进进出出，都是看护病人的家属。

齐海东不由自主地想到，那里面，也许就有失去儿子的军人家属，顶梁柱倒了，可那些家属还得一天天活下去，活在巨大的痛苦之中。

"身为南疆战场上的幸存者，我所担负的，不仅仅是对于阵亡战友的那份责任，我应该面向更多人，帮更多人解决困难。"要解决困难，最紧要的就是一个"钱"字，但他实在没有钱，单单是顾世强治疗所需要的这一万元，就让他急得像热锅上的蚂蚁。

"安得广厦千万间，大庇天下寒士俱欢颜。"他吟诵杜甫的名句，但同时也感到惭愧，自己的能力实在是太有限了，连给顾家遮风挡雨的力量都没有。

他虽然瞧不起王建伟的唯利是图，但又不得不承认，开贸易公司的王建伟比大多数人都有钱，并且懂得很多赚钱的门道，比如放高利贷这件事。

由此，齐海东也想到了自己的工作。有了齐山和鲁娟的教育，他绝对不会以权谋私，做那些不光彩的事，所以就算再干三年、五年、十年，也就只能拿固定工资而已。

前思后想，始终没有结果，他只能叹息着去小旅馆看顾世强。

刚上小旅馆四楼，他就听到了一阵收音机播放的歌声，是那首他非常喜欢的《血染的风采》。

那是一首纪念自卫反击战的歌，原唱者徐良是中国人民解放军一级战斗英雄。宣传资料中说，他所在班的全体战士都在南疆战场上壮烈牺牲，只有他幸存下来，但也是腿部重伤。

"也许我告别，将不再回来，你是否理解？你是否明白？也许我倒下，将不再起来，你是否还要永久的期待？如果是这样，你不要悲哀，共和国的旗帜上有我们血染的风采……"齐海东非常喜欢这段歌词，每一句都像是在描述着他和自己的战友，而失去一条腿的徐良，则让他想到了吴大宝。

他一个人站在楼梯口静静听着，心潮澎湃，思绪直飞到战火纷飞的南疆战场去。

顾小芹从他背后过来，没惊扰他，而是陪他一起听。

一首歌结束，齐海东已经湿润了眼眶。那首歌唱出了士兵的心声，也唱出了士兵家属的无奈。

如果唐光泉下有知，齐海东希望他能听到这首歌。时光不能倒转，他这种想法已经成了无法企及的奢望，而吴大宝失去的那条腿也不可能接回来。

"我能做些什么呢？为了死去的战友、活着的家属做点什么呢？"齐海东咬紧牙关，感觉自己已经被逼向了绝路。高利贷好借，可还钱就难了。最可怕的是，从周海霞那里得到的讯息表明，即使开刀、化疗，也不一定能留住顾世强的命。

"怎么办？怎么办？向前走还是向后退？"他觉得自己的两个太阳穴又紧绷起来，从皮肉一直疼到脑髓里去。

顾小芹轻轻地把手帕递过来，乖巧而懂事。

齐海东有些尴尬："小芹，你怎么在这里？"

顾小芹回答："我下去买刮胡刀片，我爹想刮刮胡子。海东哥，上午我爹吐痰，痰里有血丝，他自己也看见了，就说自己活不长了。"

齐海东摇摇头，宽慰顾小芹："没事，病人就好疑神疑鬼的。"

顾小芹追问："海东哥，到底这个病能不能治啊？"

齐海东大包大揽地回答："你嫂子说了，今明两天，医院领导就从北京请一位秦教授过来，那是国家级的肿瘤专家，一定手到病除。"

周海霞说得很明确，假如肺癌出现骨转移，就算华佗再世也救不了。

顾小芹喜出望外地叫起来："那可太好了！我回头就跟我爹说。"

齐海东本想跟小芹一起进房间，但周海霞从楼下急匆匆地跑过来，脸色苍白，满脸焦急。

"海东，我有急事，你马上下来跟我走。"周海霞只爬到三楼，仰面向上叫。

齐海东不敢怠慢，跟顾小芹说了一声，马上下楼。

两个人没敢当着顾小芹的面讨论，过街进了医院，周海霞才压低声音说："海东，我不绕弯子，秦教授说，病人的情况非常严重，癌细胞已经长满了肺部的三分之二，切除手术的成功率很小。如果病人家属坚持要做的话，他可以主刀，但却无法保证有一个圆满的结果。"

齐海东愣了："是这样？这么严重？"

周海霞继续说："秦教授说，如果病人在一年前发现癌症，手术成功率至少在80%以上；半年前发现，成功率超过50%；现在做，成功率已经很小了。他还说，要是病人能每年都按时查体的话，就一定能提早发现，尽早治疗。"

齐海东叹气，在医院查体很贵，农村的老人没有几个能做到这一点。

周海霞接着说："现在说什么都白搭，还是面对现实，尽可能地努力吧。海东，你现在就去拿钱，我连夜给顾叔办住院手续，明早再补交费用。"

齐海东点点头："行，我先给王建伟打个电话。"

即使明知前面是悬崖，他也不得不跳，为挽救顾世强的命做最后一搏。

回到办公室，他用值班室的电话打给王建伟："建伟，我是齐海东，现在到你公司拿钱可以吗？"

王建伟爽快地回答："没问题海东哥，现在有件好事，你听了肯定高兴。"

齐海东问："什么好事？"

他现在已经不奢望天上掉馅饼的好事了，尤其是从王建伟那里扔过来的。

周海霞倒了杯水过来，放在齐海东手边，也认真地倾听着听筒里传来的声音。

王建伟神神秘秘地说："海东哥，我有个朋友早就听说过你的大名，特别想结交你。他也是做生意的，最喜欢交朋友，一听说你有困难，马上答应借钱，而且一分钱利息都不收。如果以后大家能合作的话，这一万元本金也一笔勾销。"

齐海东跟周海霞对望了一眼，同时摇摇头，心照不宣，都知道事情没那么简单。

"真的?"齐海东问。

"当然是真的,弟弟能骗你吗?你现在过来对不对?我马上找那位朋友送钱过来。"王建伟信誓旦旦,就差跪地赌咒了。

"我马上过来,半小时后见。"齐海东挂了电话,慢慢地冷静下来。

周海霞首先开口:"根本是不可能的事。"

齐海东点头,但他同时又感到无奈,既然要从王建伟那里拿钱,就得见面接受对方的条件。人在屋檐下,不得不低头,这是老辈里就传下来的硬道理。

"我去看看。"齐海东喝了口水,语气坚定地说。

"当心。"周海霞已经意识到,借钱不是件简单的事。

"放心吧,南疆战场上出生入死都不怕,还在乎这点事吗?"齐海东强颜欢笑,快步离开了周海霞的办公室。

王建伟的确没撒谎,齐海东到达的时候,他正拿着计算器对着账本核对账目。

一见到齐海东,王建伟立刻站起来:"海东哥,你来了,我已经打电话给我那个朋友,他半小时后到。"

与满脸疲惫的齐海东相比,王建伟的气色好很多,但是眼珠子一直不停地乱转,不知又在心怀什么鬼胎。

齐海东问:"建伟,你那位朋友是做什么生意的?这么大方?"

王建伟回答:"是搞进出口的。"

齐海东很敏感,马上追问:"不会是海上走私吧?"

海天市是东部沿海重要的港口城市之一,南段海滩礁石林立,无法建设深水港,渐渐变成了天然的走私船穿行天堂。当然,海关对于这些走私犯的打击也从没停止过,但苦于人员少、设备旧诸多历史遗留问题,多次联合打击行动,总是功亏一篑。

王建伟笑嘻嘻地摇头:"那哪敢啊?肯定不是。不过海东哥你看,现在海天市的各行各业里,还就是走私最赚钱。"

这是走私犯们的共识,货船一响,黄金万两。从香港那边载一船货过来,顺利倒手的话,几乎是翻倍赚。

齐海东没心思讨论走私的话题,满脑子都是顾世强的病情,他直截了当地说:"建伟,君子爱财,取之有道。如果靠走私发财,钱没赚到,人就先进局子里去了。"

王建伟附和:"是啊是啊,我这朋友做的绝对是正当生意,不过最近有一船货物被海关扣了，急得他是上蹿下跳、着急上火的，就想找人把货物要回来，哪怕是交罚款也行。海东哥，我敢拿人头担保，这些绝对都不是走私货。"

齐海东回答："那好办啊，让你朋友直接找到海关办公室，拿出合法的进口证明和各种票据，海关肯定能放行。有理走遍天下，无理寸步难行。老祖宗这句话到任何时候都是行得通的。"

话虽这么说，但齐海东的心已经凉了。礼下于人，必有所求，如果不是走私货，王建伟和自己的朋友就没必要花钱跑关系了。

他是省府秘书，平时偶尔跟海关的工作人员一起开会，倒是认识几个人，但他绝对不会为了个人私利去给走私犯帮忙。

王建伟一边察言观色，一边小心翼翼地解释："我也是这么说，可我这朋友胆子小，不敢去海关，非托我找熟人不行。我没办法，就找到海东哥了。他说了，只要那批货能要回来，他就把总利润的三成拿出来做海东哥的公关费，至少有两万多。"

齐海东叹了口气："建伟，你朋友借我钱，是不是我就得帮他办事？办事就有钱，不办事就没钱，对不对？"

他的语气很不好，屋里的气氛顿时就僵住了。

王建伟打了个哈哈："不急不急，海东哥，任何事都不是绝对的，但既然一借一还，大家就成了朋友，朋友之间嘛，当然是要互相帮忙了对不对？你帮我，我帮你，你有权，我朋友有路子，这样合作不是挺好的吗？"

齐海东站起来，语带双关地回答："挺好，是挺好。建伟，咱们是从小光屁股一起长大的，你可千万别害我。"

王建伟连连摆手："海东哥你别急啊，我朋友马上到，你们见面谈谈再说。咱们一个大院里长起来的，弟弟能害你吗？"

齐海东摇头："算了建伟，就当是我没来找过你，借钱的事情就此打住，咱以后还是好兄弟。不过，你得好自为之，交友要慎重，别跟走私犯来往。"

王建伟想拦他，但被他轻轻挥手就推了个趔趄，然后出门，跨上自行车扬长而去。

这条借钱的路已经被彻底堵死了，当他重回医院站在周海霞面前时，满脸沮丧，浑身疲惫

"我现在就是秦叔宝，到了当锏卖马的地步了。王建伟这小子，昨天说借我钱，其实就是月息二分的高利贷。我本来想忍了，先借到钱给顾叔治病。可今天过去，他又想介绍我认识走私犯，帮走私犯疏通关系，把被海关扣住

的货要回来。走私犯嘛，只要能赚钱，什么招都会使。王建伟说，人家只要能拿回被扣的货物，马上就给我两万元好处费。我是共产党员，又是国家干部，灵魂就值两万元？海天市现在正是打击走私犯罪最严厉的时候，我拿他两万元钱，过不了几天自己就得蹲监狱。"他连连苦笑，感叹王建伟看错自己的同时，也感觉到穷人举债的艰难。

"想不到借钱这么难！"周海霞听了他的叙述后连连感叹，但随即皱眉，"那现在怎么办？"

"怎么办？嗯，不怕，我明天去找我爸借钱。"齐山、鲁娟永远都是齐海东最强大的后盾。

周海霞摇头："他们俩也没多少钱，两袖清风的两位老干部能攒下多少钱？"

齐山和鲁娟也是拿工资吃饭的人，平时非常节俭，积攒下来的钱是给齐海东、齐美琳结婚用的。上次齐海东预支他爸妈给的钱全都赞助了江萍，已经做得很出格了。这次回家借钱，不一定能借到多少。

齐海东无奈："那也没办法，救急嘛，我相信他们一定能通情达理，借钱给我。"

他相信他爸妈在大是大非面前是毫不含糊的，一定肯解囊相助。

周海霞把整本的病历拿给齐海东看，她下午已经把顾世强接到医院里了，找遍了医院领导，各种费用都获得了最大限度的减免。

"明天一早，我什么都不干，先拖着肿瘤科主任去给顾叔检查。"周海霞说。

两个人疲于奔命，上蹿下跳，只为让顾保华在九泉之下安心长眠。未来的一切都是未知数，谁都不敢保证能从死神手里把顾世强夺回来，唯有走一步看一步了。

齐海东看着周海霞，慢慢张开双臂。

周海霞羞涩地一闪身，低声嗔怪："有人，大白天的。"

齐海东毫不犹豫地跨近，轻轻揽住周海霞的细腰，把她搂在怀中，用下巴轻轻抵住周海霞的头发，低声说："对不起，我不该连累你，但你虽然不是我的好兄弟，却是我最爱的人。知道吗？你的支持，才是我前进的最大动力。我相信自己的选择是正确的，因为那关系着我齐海东一生的幸福。"

周海霞幸福地长叹一声，能听到齐海东这么说，再累再忙也都值了。

第二天一早，齐海东先打电话到单位请了假，然后跟着周海霞一起去看顾世强。

顾世强住进了一个单人病房，虽然小，但干净整洁。除了一张病床，旁边还有单人沙发和茶几。

他们进门时，顾世强正半躺在床上，顾小芹则在沙发上打瞌睡，一只手按在父亲的手肘上。

看到齐海东，顾世强撑起身体招呼："周医生，海东，你们来了！"

他的气色虽然好一些，但身体已经被癌症蛀空了，人如风中之烛，每次呼吸都像是破旧的风箱一般，喉咙里呼呼啦啦响。

齐海东赶紧上前搀扶："顾叔，别动别动。"

顾世强回答："还行，我觉得好多了。"

齐海东说："那就好，住几天打打消炎针，很快就好了。"

顾世强看了看顾小芹："孩子啊，你跟周医生出去聊一会儿，我跟海东单独说说话。"

周海霞机灵，马上点头，拉着顾小芹出去。

顾世强的脸上出现了难得的微笑："海东啊，我知道你是个值得托付的人，感谢你以前每个月都给我寄生活费。乡下实在是太穷了，我除了一声感谢，什么都拿不出来。我老了，人老了就变精了，虽然小芹从没给我看过病历，可我知道自己这病是怎么回事。海东，叔叔我能不能托付你一件事？"

齐海东已经明白对方的意思，庄重地点头："顾叔，您请说。"

顾世强依旧笑着，但声音哽咽："海东，我不怕死，老了嘛，不都得死？我就是担心小芹。没见到你之前，我一想到自己死了，把她一个人孤零零地扔在这个世界上，我就不敢死了。我死了，到了那边见到她娘没话说啊！海东啊，你能不能看在保华的面子上，替我照顾小芹？叔叔我被这个病缠的啊，实在是撑不下去了。"

一口气说这么多话，已经浪费了他太多体力，喉咙里响得更厉害了。

齐海东勉强笑着回答："顾叔，北京的专家已经到了，治病的钱我也筹来了，您千万别着急。"

顾世强摇头："海东啊，我一把年纪了，就算治好了病又能干什么呢？多活几年，还不是多拖累小芹几年？我刚刚说了，不敢死是放心不下她，找不到个好人把她托付下。现在，我看到你了，也就终于放心了。"

齐海东还想说什么，但被顾世强举起手制止："海东，咱爷俩就这样说定了，从今以后，小芹就是你亲妹妹，要打要骂、要疼要爱，那都是你的事。我老头子什么也不想，什么也不惦记，就一溜烟儿找她娘去了。"

齐海东想了想，语气坚定地说："顾叔，我答应您。从今往后，只要我能吃上饭，就绝对不会饿着小芹。治好了您的病，我就送她去上学，再考大学，将来找份好工作。"

事情到了这个份上，他除了咬牙把担子挑起来，实在是没有第二条路可走。如果他不答应，顾世强就真的死不瞑目了。他知道老人家的病是治不好了，只有应承下来，老人家才可以安心上路。

两行热泪从顾世强眼角滚出："好，好，我真的放心了。"

③ 走 私

周海霞、顾小芹走回来，两个人的眼圈都是红的，不知在外面聊了些什么，像是刚刚哭过。

顾世强又说："周医生，你去忙吧，我有点事想跟海东、小芹聊。"

周海霞先看看齐海东，齐海东点点头，使了个眼色，示意她先离开。

"好的顾叔，我先回办公室，有事随时叫我。"周海霞点头离去。

顾世强看着顾小芹，眼神复杂，沉默不语，病房里的气氛像是要冻僵了一样。

齐海东打破了沉默："顾叔，有话就直说吧。"

长痛不如短痛，既然生离死别是不可避免的，那就早早开口，把该说的话都说了，免得老人家猝然离世，连句话也不给孩子留下。

顾世强突然说："小芹，给你海东哥跪下。"

齐海东一下子站起来："顾叔，你这是干什么？"

小芹先看看顾世强，再看看齐海东，慢慢面向齐海东，扑通一声双膝跪地。

齐海东赶紧过来搀扶顾小芹，但顾小芹不起来，无论他怎么拽，都死死地跪在那里。

顾世强说："海东，你坐下，听我说。"

齐海东急了："顾叔，你先让小芹起来啊，她起来，我再坐下。"

顾世强表情严肃，慢慢摇头："海东，你听我的，你坐下。"

齐海东无奈，只好在沙发上坐下。

顾世强又说："小芹，给你海东哥磕三个头。"

齐海东想起身，随即被顾世强喝令制止："海东，你听我的，我就要死了，你听我的。"

顾小芹乖乖地给齐海东磕了三个头，每一次都前额触地，咚咚有声。

齐海东站起来，向着病床上的顾世强跪倒，也磕了三个头。他不欠别人的礼数，把顾小芹给他磕的头全都还给顾世强。

顾世强喊着："海东，快起来，小芹，快把你海东哥扶起来！"

齐海东恭恭敬敬地叫了一声："爹。"

顾世强受到了震撼，张着嘴，愣怔了十几秒钟，才答应："哎，好孩子，快起来。"

齐海东站起来，也把顾小芹扶起来，然后站在顾世强床前，一字一句地说："爹，您放心，别惦记小芹，一切有我呢。"

顾世强连连点头，满脸老泪纵横："小芹，磕完这三个头，你跟海东就是亲兄妹了。他是你哥，周医生是你嫂子。在咱们乡下，都知道长兄如父，长嫂如母。你娘早就不在了，我也快不行了，他们以后就是你的兄嫂，也是你的父母，知道吗？"

顾小芹垂着头答应："我知道了。"

顾世强叹了口气说："好孩子，坐到床边来。"

顾小芹乖乖坐下，垂着头，眼泪像断了线的珠子一样簌簌落下。

顾世强抬起手，摸着顾小芹的头发："孩子，这一辈子，爹最对不起的就是你。你娘走的时候，你才十个月。好多人劝我再娶个媳妇，我怕后妈虐待你，就没敢再娶。那时候你小啊，没有奶吃，没有娘抱，白天哭了晚上哭，哭得半个村的人都睡不着觉。现在想想，爹对不起你啊，应该给你找个后娘，最起码有人疼。爹真是没用啊，委屈了我闺女，要是还有下辈子，千万认准了再投胎，投到个富贵人家，从小就待在金窝银窝里，有亲娘抱着哄着……"

顾小芹一边哭一边说："爹，你别说了，下辈子，我还给你当闺女。"

顾世强含着泪笑："傻孩子。"

齐海东看着这一幕，咬紧牙，才不至于哭出来。

顾世强又说："傻孩子，我真想多活几年，看着你嫁出去、生了娃再走，可老天爷看我太累了，就想让我早点歇歇，让海东照顾你。孩子，好好听哥哥嫂子的话，好好……"

猛地，顾世强嘴里喷出来一口血，身体向后缓缓倒下去。

齐海东跳起来往外跑，一边跑一边嘶声大叫："医生，医生，快来！快来！"

顾小芹吓傻了，只是愣愣地坐着，看着顾世强蜡黄的脸。那口血喷出两米远，在白床单上飞溅着，像雪地上一长串灿烂的红梅花，美丽而凄凉。

医生和护士冲进来抢救，齐海东拉起顾小芹，把她揽在怀里。顾小芹浑身颤抖，哭都哭不出来。

齐海东早就预见到了这一幕，但他还是觉得，这一刻来得太早了。

抢救了半小时后，一个医生走过来，向齐海东和顾小芹说："请节哀顺变，老人已经去了。"

齐海东的语调出奇地平静："谢谢，辛苦了。"

在心里，他向顾世强发誓："爹，您安心去吧，小芹就交给我了。我一定好好照顾她，看着她上大学、嫁人，过上幸福平安的好日子。"

这是他对一个死者的承诺，虽无声，但重千钧。

两天后，齐海东和周海霞一起把顾小芹送上了回乡下的公共汽车。

顾小芹袖子上别着黑袖章，怀里抱着顾世强的骨灰盒。两天里，她流干了所有眼泪，变得坚强而沉静，像是突然长大了十岁。

齐海东拍着顾小芹的手背叮嘱："小芹，你回去见了族里的叔叔大爷们，千万要有礼貌，把这边的事情一五一十告诉他们。然后就把高中课本重新拾起来，我还会每个月给你寄生活费，好好学，争取考一个好大学。"

周海霞从口袋里取出二十元钱，塞在顾小芹口袋里，轻声嘱咐："小芹，路上当心，别坐过了站。"

车开了，顾小芹从车窗里向齐海东、周海霞挥手，渐行渐远。

齐海东牵着周海霞的手往回走，忽然停步，重重地叹气。

周海霞好奇地问："怎么了？还在为顾叔的事难受？"

齐海东心事重重地回答："通过这件事，我饱受打击。以前觉得口袋里的钱够生活就行，现在才知道，其实我们人类一天都离不开钱，钱永远都不够用，越多越好。"

周海霞一笑："你才明白？有钱走遍天下，无钱寸步难行，老话说的都是真理。"

齐海东若有所思地说："是啊，王建伟教会我一个道理，做生意很容易就能赚到钱。当时在大院里，所有孩子都不稀跟他玩，整天赖乎乎的。现在你看，我认识的人里就数他挣钱多。"

当然，他对王建伟的人品不敢恭维，所感叹的，只是好好上班的人反而不如无业混混挣钱快。

周海霞笑着摇头："想什么呢？这山看着那山高，到了那山没柴烧。你现在是国家干部，只能是好好工作，好好挣工资，别想其他乱七八糟的事了。走吧走吧，回单位去。"

两人走在路上，看到一个很小的小饭馆，只有一间铺面，里面连个客人都没有。

"我想那些兄弟们了。"齐海东停下来，想到离开战地医院前那一晚好多人一起喝酒的情景。

他想起了赵大海、李福临、孙立山、吴大宝，也想起了至今遗体不知何处的唐光、永远长眠于烈士陵园里的顾保华。他怀念战友们心往一处想、劲往一处使的日子，青春热血，流汗闪光，军队才是他应该在的地方。虽然齐山说"走出军营还是兵"，但他总觉得，地方上的生活总让人没法甩开膀子干活，还不能发挥自己的长处。

"是啊，部队那些日子总是叫人难忘。"周海霞说。

战友之间的情感真诚质朴，是同学情、老乡情所不能替代的。

当齐海东想起自己的兄弟们时，周海霞却想到了古丽华，那个一心看上齐海东的"情敌"。或许，周海霞在心底里并未将古丽华视为对手，毕竟齐海东是那么优秀的军人，任何女孩子喜欢他都是可以理解的。

"顾叔和顾小芹这件事，让我直想哭。"两人过了小饭馆，齐海东闷声闷气地说。

顾世强死了，他和周海霞不用借钱了，但心里却堵着好大一个疙瘩。国家对于烈士遗属的抚恤金每年都在增加，但像顾世强这种身患重病的情况，国家一时间也没有什么特殊照顾与补贴，如果硬等着政策出台的话，很多病人根本等不了，半年六个月甚至几个月、几周就与世长辞了。

"怎么才能让烈士在九泉之下真正安心？"这是齐海东苦苦思索的问题。如果顾世强这一类的事持续发生，将是对那些阵亡烈士最不负责的回应。他知道这是不公平的，但又没有办法改变，心里很不好受。

周海霞停下来，看着街对面的医院宿舍楼。如果结婚，她就可以向医院申请住房，组建自己的小家庭。只不过，她还在等齐海东一句话，因为那样的话不可能由女孩子首先提出来。

"海东——"她轻轻叫了一声。

齐海东抬头，顺着周海霞的目光望出去，看见了那栋宿舍楼。

"我们结婚吧。"他突然说。

太多生老病死让他感觉到了人生的无常，如果不能尽早表达出心底的爱，那将是一个人生命里最大的遗憾。

唐光之于江萍母子、顾保华之于顾世强和顾小芹都是这样的例子，死者已矣，生者悲凉，那是人生最大的惨剧。

"嗯。"周海霞满心喜悦，因为她又一次感到两个人的确是心心相印，不必过多的语言沟通，就能理解对方要什么。

如果不是受了顾家老少的影响，齐海东听到这个"嗯"字肯定能高兴得蹦起来。

现在，他笑着重重地点头："我们结婚，去过属于我们的生活。"

结束了顾家那件事之后，齐海东每次看报纸的时候都特别留意经济类新闻。他仍然每个月都给战友家属寄钱，每个月的工资都捉襟见肘，入不敷出。一夜暴富的新闻很多，但没有一个是跟他有关的；天上掉馅饼的事也不少，却一个都没砸到他头上。

时间过得很快，转眼间两年过去了。

1989 年秋天，齐海东通过努力工作成为省政府大楼里最年轻、最有工作能力的秘书。

周海霞也不再是他的女朋友，而是正式成为妻子，两人搬出了齐山的房子，住进了人民医院的医生宿舍东楼一单元 201 里，那是一座两室一厅的小房子。

婚后的生活甜蜜而和美，两个人身心健康，工作努力，除了"手头紧"这一点小小的遗憾外，总的来说小日子过得还算舒心。

立冬那天上午，齐海东正在办公室里整理文件，突然接到了省政府办公厅张主任的电话，通知他到二楼小会议室开会。

他走进会议室，会议桌边坐着张主任和两名穿着海关制服的中年人。

张主任举手招呼齐海东："海东，来这边坐。"

齐海东走到张主任旁边，张主任指着另外一边穿着海关制服的参会者介绍："这是海关缉私大队的林科长、秦副科长。"

齐海东与林科长、秦副科长紧紧握手，然后在张主任旁边坐下。

张主任继续介绍："这位是齐海东齐秘书。海东，林科长他们刚刚破获了一起走私案，想请求我们配合，把潜藏在海天市的地下走私网挖出来，一举消灭。今天的会，就是一个各部门的协调会，我已经请示刘副省长，准备安排你牵头，为海关的同志们做好后勤工作。林科长，齐秘书是从部队转业回来的，工作非常认真，你们接触一下，相信一定能够合作愉快。"

林科长介绍了那个案子的情况，大概在两周前，海关破获了一起海上走私案，走私货物为高价电子产品，主要包括电视机、录像机和手表。初步审讯后得知，这批货物的目的地就是海天市，收货人为四海公司一个姓金的老板。案犯供述，四海公司的走私行为已经持续了数年，海天市及附近沿海城市都有他们的集散仓库，走私物品到岸后，将会以翻倍的价格批发给周边的内陆城市。

海天市是走私品由海上进入内地的主渠道，只有掐住这里，才能遏止全省的走私风潮。所以，本次海关下了大力气，要深挖地下走私网，来一次斩草除根的行动。

林科长告诉齐海东："走私犯法，但走私却能带来暴利，所以很多不法之徒会铤而走险，期望能侥幸成功，然后一夜暴富。齐秘书，我知道你曾经是南疆部队尖刀连的高手，咱们海关上也有部队转业过来的，提起你，个个挑大拇指呢！"

齐海东有点惭愧，毕竟四年多来，他习惯了处理文书、开会记录、档案整理等琐碎工作，像是被闸在笼子里的猛虎、锁在柱子上的蛟龙一样，不得伸展，也不得施展。

"林科长太过奖了，缉私工作是今明两年省政府领导重点过问的项目，有哪些地方需要我们出面，请提前打招呼，我们一定做好联络和服务工作。"齐海东谦虚地说。

在齐海东看来，这是一次很普通的工作调度会，但傍晚回家之后，他就意识到了一丝异样，因为有人已经提前闻风而动，把礼物送到他家里来了。

那是一个很普通的红富士苹果箱子，沉甸甸的，外表跟普通水果箱没什么不同。齐海东撕掉胶带纸，打开箱子，里面除了苹果还有一个鼓鼓囊囊的信封。

齐海东拿起信封捏了捏，然后打开，里面是厚厚的一叠人民币。

信封背面还留着一行字，写的是："齐秘书，海关的事，请高抬贵手，多美言几句，事成之后，十倍重谢。"

齐海东把钱扔回箱子里，沉默不语。钱是好东西，但在他眼里，这根本不是钱，而是一箱子手榴弹。

据周海霞讲，水果是一个姓金的中年人送来的，穿戴时髦，笑容可掬，一直说自己是做生意的小商人，也是齐海东的老朋友。

第二天，齐海东把箱子交给林科长，根据周海霞的描述，在林科长提供的一叠照片中，认出了那位金老板。

林科长眉头紧皱："齐秘书，这是本地走私物品接货商，姓金。我必须得告诉你，现在我们面对的是一伙凶猛残暴的走私犯，任何阻碍他们的人，都会被冷酷无情地除掉。不过，金老板不是最重要的，我们的香港同行曾经发消息过来，有一个姓越的香港人，才是海天市走私市场的幕后黑手。他在中国的海岸线走私圈子里，也是数得着的人物。"

在另外两本厚厚的剪报册子里，齐海东读到了跟金老板、越老板有关的资料。为了钱，这群人已经丧心病狂，去年就曾有两名不肯收受贿赂给他们方便的海关缉私警遭到报复，一个被撞至重伤，一个则失去了双腿。

一看到那两名残疾警察的照片，齐海东多年沉寂的热血突然涌动起来，当即表示："如果我能假装受贿，与金老板接洽，取得他的信任，相信一定能因势利导，挖出海天市的地下走私网络，彻底扫清犯罪团伙。"

警察和士兵在某些地方是共通的，都是为了保卫国家和人民的安全奋不顾身地战斗在第一线上。

如果警察都不能保护自己，可见走私犯们的气焰都嚣张到了何等地步？

林科长非常赞赏齐海东的勇气，但他却没有权做决定。打击走私固然重要，但同志的生命安全却是必须要放在首位来考虑的。

最终，在齐海东的再三要求下，省政府、海关、公安局、边防武警支队等各方面领导反复考证，终于同意了这一请求。

近十年来，沿海走私犯罪活动越来越猖獗，给海天市的经济发展造成了重挫。走私犯们相当狡猾，通常以各种正常的职业作掩护，隐藏极深。如果不能施展出奇制胜的手段，走私犯一定是"野火烧不尽，春风吹又生"。

本着"除恶务尽"的原则，领导们联合批示："个人安全第一，工作第二，非万不得已的情况，不得冒险行动。"

大概在一周后，那位金老板就亲自造访了，在齐海东下班时，提前守候在宿舍楼前。

那是一个满嘴镶着金牙的南方人，刀条脸，八字眉，小圆眼睛，一看就知道是个拔根眉毛当哨吹的精明人物。

齐海东请金老板进家里坐，不卑不亢，吩咐周海霞沏茶待客。

金老板摸不清齐海东的底牌，只好先亮出底牌："齐秘书，我是做生意的，以后进出海天市，很多地方需要您出手多多协调关系。所以，上次送了一箱苹果，实在不成敬意，下一步只要有新鲜水果，连夜给您送来。"

齐海东微笑点头："金老板，苹果真是不错。我是个直性子，最不喜欢拐弯抹角谈事情。有什么事，就直接开门见山吧。"

周海霞沏好茶端上来，陪在齐海东旁边，拿起水果刀给客人削水果。

两个人配合默契，给金老板造成了"闷声大发财"的错觉。

金老板龇着牙笑起来："齐秘书，既然您这么爽快，那我就直说了。前一阵海关缉私大队扣了我一批货物，让我损失特别大。其实里面并没有什么违禁品，全国范围内的沿海城市都是这么做生意。所以我本来想请齐秘书出马，跟缉私大队打个招呼。"

金老板一边说一边观察齐海东的表情，齐海东认真倾听，频频点头。

等他说完，齐海东沉吟着回答："这周我跟海关接触过，那些走私货已经造册上交，不可能退还，只有等下次再给金老板帮忙了。"

这种态度使金老板放松了警惕，索性和盘托出自己的想法："齐秘书，这一次的损失其实我完全能承受得了，最多以后加倍工作，把损失补回来。我的想法是，公司现在的业务量比较大，但运输线路不是太通畅。如果齐秘书感兴趣，只要帮我们打通线路，我们愿意将每次出货总利润的两成拿出来，作为活动费用。"

做生意的最讲究"信息"二字，金老板选择齐海东做突破口，也是看准了他家庭不富裕、处于关键工作岗位、人温和好说话、工作能力强等等要素，认为齐海东是个可培养、可造就的对象，这才会不惜砸重金结交。

"没问题，我齐海东是最爱交朋友的人，朋友的事就是我的事。"齐海东爽快答应。

他知道，只要取信金老板，这一场走私与缉私的无声暗战，就已经"万事俱备，只欠东风"了。

还有一件事，根本是齐海东想不到的，那就是古丽华也来海天市了，并且被分配到人民医院来，成为了一名科室护士长，与周海霞成了同事关系。

对于这件事，周海霞真是感到了巨大的压力，她马上通知齐海东，没有特殊事千万别到医院来，免得见到古丽华后双方尴尬。

幸好，古丽华是来结婚的，结婚对象就是省委领导的儿子，一个在南疆战场上失去双腿的军人。

周海霞清楚古丽华的为人，深知以古丽华的个性，不会降尊纡贵去迎合一个残疾人，她的每一次行动，都是有明确目的的。在其他很多事、很多物质利益面前，周海霞都能让步，不过分追求胜败得失，但是这一次，她绝不会轻易放手。齐海东已经是她的男人，她没理由怯阵。

终于，古丽华一个人找上门来了。

一周后的下午，齐海东正在办公室里写材料，大门口保卫处打电话过来，说有一位姓古的找他。

齐海东有些吃惊，马上下楼，跑到大门口去。

古丽华一身靓装，戴着遮盖着半边脸的大墨镜，优雅地站在树荫里。无论从前还是现在，她总是人们目光的焦点，无法掩饰自身时刻散发出来的强大魅力。

齐海东走近去，微笑着打招呼："丽华，没想到你会来。"

从周海霞那里，齐海东间接听到一些古丽华的消息，知道她即将结婚，要嫁的对象家庭条件很好。这对他来说是好事，因为以后古丽华就不会来纠缠自己了。当然，对于赵大海来说，那绝对是一个噩耗。

古丽华笑着回答："我偶然经过，突然想起来你是在这里上班的，想跟你说几句话。"

她摘下墨镜，火辣辣的目光直射在齐海东脸上。

齐海东点头："好啊，有话直说就好了。"

现在，他是有妇之夫，并不担心古丽华会做出什么出格的事来破坏他的家庭。他坚信，身正不怕影子斜，只要自己对古丽华没有非分之想，就不会发生任何意外。

古丽华没料到齐海东会如此淡定，像是被兜头盖脸泼了一瓢凉水似的，一时间没了交谈的兴趣。

她时常把齐海东跟赵大海放在一起比较，前者深沉、稳健、大度、睿智，后者则激进、热烈、执着、自私，两者不可同日而语。赵大海明知她回海天市是嫁人，但仍旧紧追不舍，并扬言要追到这里来。反观齐海东，则永远都是谦逊低调、彬彬有礼，很少有热情高涨的表现。

不幸的是，月老牵错了红线，她只爱齐海东，不爱赵大海。

古丽华想了想，风情万种地一笑："齐海东，我饿了，能不能请我吃个饭？就去上次我从战地医院过来看你时的那个饭馆，还吃一模一样的东西好不好？哎呀上次我都没尝出那些菜的滋味来……"

很明显，她想用旧时旧地来勾住齐海东的心。

齐海东是聪明人，他一下子记起了《诗经》上"茕茕白兔、东走西顾、衣不如新、人不如旧"的句子。

正是这四句诗才提醒他，"旧"人是周海霞，而不是古丽华。早在古丽华示好之前，周海霞已经占据了他的内心。

"我……对不起啊，我一会儿还要参加会议，至少要开到六点钟，几位领导都要发表讲话，时间上不好控制，原定是六点，但也可能到七点、八点。改天吧，改天我再请你行不行？"齐海东找理由推脱。

古丽华大大方方地说："要不，我到你办公室等着，等你开完会一起去吃饭。人总要吃饭的对吧？不管多晚，我等你就是了。"

齐海东苦笑："办公室人多嘴杂，还是算了吧，改天我一定请。"

古丽华摇摇头，重新戴上墨镜："那我在这里等，反正今天就是吃定你了。"

她追齐海东的这一套，全都是从赵大海那里学来的。赵大海怎么软磨硬泡追她，她就怎么追齐海东。

殊不知，赵大海用这些办法追不到她，她当然也追不到齐海东。

齐海东没办法，但又不能撵古丽华走，只能搓着手，尴尬地站着，引得门岗室里的人不住地探头向外面看。

"丽华，我今天真是不方便。"齐海东急了。

古丽华稳稳地地站好，又剥了一块泡泡糖放在嘴里嚼着，只是翘着嘴角笑，再不回话，一副"海枯石烂跟定你"的架势。

就在这时候，一辆夏利汽车开过来，戴着着鸭舌帽和墨镜的金老板探出头来，大声招呼："齐秘书，要不要搭顺风车？"

齐海东喜出望外，马上拉开车门，一头钻进车里，摇下车窗告诉古丽华："我先去开会，等完事了咱们再联络。"

金老板一踩油门，把古丽华甩在后面。

齐海东从后视镜里看到，古丽华气得直跺脚。说老实话，古丽华年轻漂亮，时髦洋气，比周海霞要靓丽很多，面对古丽华咄咄逼人的目光，他也是要花很大力气才能克制住自己。从前，他曾经对古丽华有那么一点点喜欢，但现在大家都已经结婚，有了各自的家庭，他绝不会做对不起家庭和爱人的事。

"齐秘书，你没事吧？"金老板转过头来，笑嘻嘻地问。

老谋深算的他，早就调查了与齐海东有关的所有人，并搜集到大部分人的近照，当然也包括古丽华的。

他的老板越江龙不止一次教导过他："男人都是有弱点的，哪怕是拿破仑或者亚历山大，只要抓住弱点不放，从一个小切口钻进去，就能击败他。"

现在，金老板感觉到，自己也抓住了齐海东的弱点。

齐海东摇头："没事，没事，到前边拐弯处放下我就行了，我的包还在办公室里。"

凭着特种兵的警觉，他意识到金老板是有备而来，绝不是顺道路过。

果然，金老板并没有遵照他的吩咐停车，而是在下一个路口右拐，直奔十号码头。

"齐秘书，择日不如撞日，我有一批货今晚到，反正你也闲着没事，咱过去喝两杯，顺便等着货船过来，挑几块好表，给弟妹带回去。"金老板仍旧笑着，但脸上的肌肉完全是僵硬的，目光死死盯着齐海东。

只要齐海东找借口搪塞或者执意要回办公室打电话，那么金老板就会判定齐海东是海关的内线卧底。

干走私这一行，最怕的是不知天高地厚地张扬，那会引来很多竞争对手明里暗里的打压和举报。这么多年来，同行一个个翻船被抓进了监狱，而金老板却稳坐泰山，不得不说，他的智商、情商还是很高的。

④ 虎 胆

"唉——"齐海东长叹一声,身子向后一仰,一副焦头烂额的模样。

"怎么了?有心事?"金老板察言观色,但脚下油门不减。

齐海东摇摇头,闭目沉思。表面上,他是在为古丽华的出现而心烦意乱,实际上却是在急速地考虑接下来的行动。

如果直接去金老板的老巢,肯定没办法通知林科长,自己势必要一个人面对一群穷凶极恶的走私犯,情况极度危险。

如果不去,金老板警觉起来,刚刚放出去的线就断了。

大概沉默了一分多钟,他睁开眼,心中主意已定:"不入虎穴,焉得虎子?我齐海东这次倒是要看看走私犯有多厉害,难道比南疆战场上的越南鬼子还疯狂?"

他对自己的身手很有信心,"一个打一百个"太夸张了点,"一个打十个"还是很有把握的。

"喝酒是好事,真想喝个一醉方休,所有的烦恼就都忘掉了。"他疲倦地说。

"没问题,我那边有美国来的洋酒,纯正的金牌人头马,一定管够。"金老板从齐海东脸上得到了自己想要的信息,对他的信任又增加了几分。

车子停在十号码头旁边一个不起眼的货舱前,大门由里面打开,金老板开车进去,停在货仓正中。四周的打手们立刻凑拢过来,四外仍旧全都是盖着篷布的箱子,满满当当,堆积如山。里面已经聚集着十几个满脸横肉、体格健壮的小伙子,个个脸上都带着刀疤,脖子上纹龙画虎。

金老板下车,脸色阴沉,看着从另一边下车的齐海东。

齐海东的神色反而变得很轻松,他默数着敌人的人数,将现场状况毫无遗漏地纳入眼底。现场连金老板在内,共有走私犯十五名,手里全都拎着铁管和砍刀等武器。

齐海东问:"金老板,这就是你的货仓?真是不错。"

金老板阴森森地问:"齐秘书,你是不是有点害怕?别怕别怕,我的这个货仓很隐蔽,警察是找不到的。过了今晚,货物全都发散出去,他们就算摸上门来,抓不了我的现行,也没法告我。"

　　齐海东知道，自己此刻就像当年的杨子荣进了座山雕的威虎山，言行稍有不慎，就将引发一场生死大战。

　　他不怕死，但绝对不会毫无意义去死，那样就太对不起父母和部队对自己的一番培养了。再说，他是尖刀连里的顶尖人物，怎么可能把这群乌合之众放在眼里？

　　齐海东打了个哈哈："金老板，厉害厉害，能不能给我介绍一下这些小兄弟？"

　　金老板指着那些年轻人，哈哈大笑："齐秘书，这些都是海天市道上的高手，黑皮、棍子、肥龙、大军……"

　　齐海东不动声色，非常谦虚地跟打手们一一握手，借此掂量这些人的实力。如他所料，只要开打，不出十分钟，这十五个人都会趴下。

　　金老板松了口气："齐秘书，过了今晚，我们就是真正的朋友了。"

　　齐海东问："什么意思？"

　　金老板哈哈大笑："越老板说过，我们一起搞定这次的交易，上了同一条船，以后肯定得同舟共济，奔赴前程。今晚的货，就是齐秘书的投名状。不过齐秘书请放心，我们生意人最讲信誉，承诺过的事，一定办到。"

　　齐海东只是点了点头。

　　他能猜到，金老板一定会调查自己的社会关系，以为尖刀连的特种兵们都是四肢发达、头脑简单之辈，只配被上级安排去执行死亡任务，根本做不了细活。实际上，齐海东是属于粗中有细、捡芝麻也丢不了西瓜的性格，任何工作分配到他手里，都会干得滴水不漏。

　　谁如果把他当部队转业的大老粗干部，那可就大错特错了。

　　金老板吩咐："大军，去拿两瓶酒来，我跟齐秘书喝两杯，边喝边等。"

　　两人喝了大半瓶洋酒，都有了几分醉意，金老板明显话多起来。

　　金老板提到了自己最佩服的越老板："运筹帷幄之中，决胜千里之外。越老板简直就是走私界的诸葛亮，神机妙算，干什么都能成功。我这一辈子的愿望，就是像他一样，在走私界创出自己的名号来。到那时候，齐秘书，我赚的所有钱都分给你一半，你也别上班了，那么辛苦一个月才赚一两百元，何必呢？"

　　齐海东的资料中也提到了越老板，但那个香港人很低调，一直没露出庐山真面目来。可惜的是，这次不能把越老板一起抓起来，彻底摧毁这张走私网。

　　为了把戏演得逼真，齐海东也敞开了心扉，把上次顾世强那件事说了出来。当他说到为了一万元去找王建伟之时，金老板打开了保险柜，从里面取出两万元，扔在齐海东手边。

"拿去，齐秘书，这是两万。"金老板说。

齐海东看着这两捆人民币，发自内心地感叹："钱真的是好东西，关键时刻，能救人命。很多人一辈子都没见过这么多钱，这个世界真是太不公平了。"

如果早有这么一大笔钱，给顾世强请最好的医生、吃最好的药，也许就能保住他一条命了。在顾世强之后，假如他有这么多钱，也就能资助更多阵亡士兵家属，使他们过上舒心的生活。

"对不起，我不需要了。"齐海东感叹。

金老板笑着说："齐秘书，千万不能这样讲，人只要活着，就会源源不断地需要花钱，这就是社会前进的最大动力。"

齐海东和金老板喝到快十一点，金老板说："齐秘书，时间就要到了，我们出去看看吧？"

打手拉开了货仓另一边的大门，齐海东和金老板走了出去。

顿时，一股咸涩的海风扑面而来，原来这地方直通大海。货仓外面不远处是一个走私者私设的简易码头，齐海东和金老板等人一路走来，四周静悄悄的，没有人影。

齐海东放眼远望，海上黑漆漆的，什么都看不见。

金老板转脸吩咐："发信号。"

大军拿出手电筒，向海上打出三长信号，海上也有了回应。

很快，一艘小型汽艇靠近码头，上面载着两个人和满船货物。

船一靠岸，打手们就马上开始卸货。

金老板介绍："齐秘书，这些箱子里装的全都是小型摄像机和高档手表，体积小，利润高，很受内地人欢迎。"

齐海东点头："好极了，祝贺你啊，金老板。"

金老板哈哈大笑，挥手命令打手们加快速度。货物卸完，船上的两人也跳上岸，拿着一个账簿，请金老板签字。

"老板，越少爷和王老板过来了。"大军过来报告。

金老板兴致勃勃地告诉齐海东："说曹操曹操到，来的就是越老板的少爷和王建伟。"

齐海东早就预料到，王建伟已经跟走私集团搅在一起，但在这里见面，还是有些意外。

很快，王建伟陪着一个满脸横肉、目露凶光的年轻人走过来，两人全都西装革履，头发梳得一丝不苟，跟港台片里的黑帮人物是同样装束。

这一次，王建伟对齐海东的态度已经变了，不再是卑躬屈膝，满脸笑容，而是高高在上，不屑一顾。

"建伟，幸会啊！"齐海东主动过去跟王建伟打招呼。

王建伟爱搭不理地点头："海东哥，真是幸会。我来介绍，这位是香港越老板的少爷越青。"

齐海东向越青伸出手，但越青的手却插在口袋里。

"越少爷，幸会幸会！"齐海东的手停在半空中。

他计算过，现在走私集团一方共有二十人，自己主动发难的话，只怕是捉襟见肘。所以，他想擒贼擒王，先把越青拿下再说。

越青的手从口袋里抽出来，竟然握着一把黑沉沉的手枪。随即，越青把枪口顶在齐海东的前额上，右手食指虚扣了一下，嘴里发出"砰"的一声，做出开枪射击的动作，然后哈哈大笑。

旁边的人也全都跟着大笑，仿佛捉弄齐海东是件挺好玩的事。

金老板打圆场："齐秘书，越少爷很爱开玩笑，别介意啊？"

齐海东摇摇头："不会不会，我怎么会介意？反正枪里没子弹。"

听了这句话，越青不乐意了，唰的一声卸下弹夹，送到齐海东面前，冷冷地说："没子弹？你眼瞎啊，看看这里面，是不是装满了子弹？"

齐海东很自然地双手接过了弹夹，里面果然压满了黄澄澄的子弹。

"吓我一跳，真的有子弹——"他做出送还弹夹的动作，但右手一抓、一扭，就把空枪夺在手中，随即利落地插入弹夹，子弹上膛，死死地抵住了越青的太阳穴。

"都别动，蹲下，双手抱头！"齐海东大声吩咐。

他本来以为离开部队后再没有机会说这样的话了，没想到兜来转去，部队里学到的还是用上了。一枪在手，他似乎又变成了叱咤南疆战场的尖刀连勇士，无所不能，无所畏惧。

金老板急了："齐秘书，别开玩笑，会走火的。"

齐海东一脚踹在金老板腿弯上，金老板扑通一声跪倒。

王建伟的眼珠子来回转了几圈，腆着脸开口："海东哥，给我个面子，咱大小一起长起来的，齐叔叔、鲁娟阿姨就跟我爸、我妈一样。你高抬贵手，放过我，怎么样？"

齐海东冷笑："蹲下，有好听的去跟法官说吧。"

他懒得跟王建伟纠缠，因为这一次他不再有求于人，所以无欲则刚。

王建伟嘿嘿了两声，突然向着暗处撒腿飞奔。

齐海东立刻掉转枪口，指向王建伟后背。虽然好几年没摸枪，但他自信二十米内一定能指哪儿打哪儿，弹无虚发。只是，他并不想开枪射杀一个没有犯下大罪的小兄弟，两家父母很熟，既是邻居又是同事，他给王建伟一枪，两家的友情就全完蛋了。

在地方待了几年后，他不再是战场上的铁血战士，而是多了横向综合考虑的能力，从不同角度来看问题。

越青相当剽悍，齐海东转移枪口后，他也突然发力，向王建伟的反方向狂奔而去，根本不顾齐海东的大声喝止。

作为一名军人，齐海东深知，开枪很容易，但要找一个开枪的理由却很难。他不是法官，也不是警察，目前更是离开了部队，所以他没有权力决定罪犯的生死。

在"开枪与不开枪"之间，齐海东稍有犹豫，越青就跑到了货舱的大门口，拉开门冲出去。

刹那间，几只探照灯同时亮起来，几百名海关缉私警全都严阵以待。

"里面的人听着，举起手来，举起手来，我们是海天市缉私大队——"

越青冲出去，根本没理会喇叭里在叫什么，反而悍然拔出一把尖刀，一边挥舞，一边向着海边礁石飞奔。他的身手也很不错，看那样子，大概十几秒钟后就能跃进大海，逃之夭夭。

"砰，砰砰"，枪声连续响起，越青跟跄着向前扑，跃入波涛汹涌的大海。

齐海东大叫："建伟，王建伟，趴下，别乱闯，会出人命的！"

这是他唯一能帮到王建伟的，都是大院里长起来的，关键时刻，他还是愿意尽全力救小兄弟的命。

在数百缉私警察的包围下，亡命逃跑的几率很小，束手就擒、等待法律审判才是唯一的出路。

总算王建伟够聪明，听到叫声时，已经跑到货舱的另一扇小门附近，突然止步，趴在地上，双手抱头。几秒钟后，那扇小门开了，又有数十名缉私警冲进来。如果王建伟冒失出去，只怕瞬间就要步越青的后尘了。

金老板没想到齐海东会这样，忍不住出声质问："齐秘书，你什么意思？把我们一网打尽了，你想立个大功？"

齐海东稳稳地站着，目光罩定全场所有打手，嘴角带着淡淡的冷笑："金老板，我刚刚突然觉得，利润对半分不太合适。现在，货都在这里，只要动动手、动动嘴，大笔钱就能流进我自己的腰包。这种情况下，我要是甘心跟别人对半分，岂不是傻子吗？"

金老板惊疑不定，吃不透齐海东的意思："你想黑吃黑独吞？"

齐海东点头："没错。"

金老板大怒，挥手命令身边拎着长刀和铁棍的打手们向前冲："宰了他，重重有赏。"

打手们叫嚣着向前冲，但瞬间就被齐海东轻松地全部撂倒在地，骨断筋折，失去了战斗力。这群人外强中干，只不过是社会上的无业游民和小混混，遇到齐海东这样的高手，根本不堪一击。金老板抽身想逃，但被齐海东赶上重重地踢倒，然后一脚踩住。

金老板抬头哀求，活像个被人摁住脊梁的大乌龟，苦苦地叫着齐海东的名字："齐秘书，东西都归你，放我一马，好不好？"

齐海东摇头："太晚了金老板。"

他看着满地呻吟的打手们，终于松了口气。

很快，林科长带人赶到，将走私犯们铐住，依次押走，其他人则在清点货物。

齐海东抱着胳膊站在一边，表情严肃，毫无喜悦之情。

他在思考王建伟出身干部家庭却堕落为走私犯的原因，其实王家并不缺钱，只要王建伟找个单位认认真真地上班，就断然不会落到今天的下场。他只能寄希望于王建伟能够被法院轻判，好好改造，重新做人。

金老板被缉私警扭着走过齐海东身边，恶狠狠地瞪着他："齐秘书，你够狠，这次我认栽了，以后肯定会记得你。"

林科长走过来，哈哈大笑，屈着手指，在金老板头上结结实实地凿了个爆栗子："记得他也没用，告诉你吧，你们这些人全都加起来，也不是他对手。他是南疆战场上赫赫有名的战斗英雄、尖刀连特种兵里的精英——你惹得起吗？别说你手底下这十几个人了，就算再多十倍，也全都是乖乖挨揍的料。"

警察抬着越青走回来，他的伤势过重，已经停止了呼吸。

这种事谁也不愿意发生，但在那种紧急情况下，警察不得不开枪阻止走私犯逃窜。

金老板看见了这一幕，顿时如丧考妣，哭丧着脸说："齐秘书，我们都要大难临头了，如果越老板知道自己儿子死了，一定会展开疯狂报复，到时候大家都得吃不了兜着走。"

齐海东傲然微笑："是吗？那我好好等着，看你老板怎么报复我。"

他根本不害怕任何威胁，作为一名军人，他永远都牢记"狭路相逢勇者胜"的真理。担心被人报复的话，他就不会主动掺和海关的行动了。

金老板懊恼地低头，被押解着离去。

林科长说："齐秘书，这次你可是立了大功了！"

齐海东谦虚地摇头："哪里哪里，林科长，刚刚我粗略审问了金老板，他招认，走私源头是在香港，幕后指挥就是那名姓越的港商。据他说，那位越老板非常狡猾，只是遥控指挥，根本不到大陆来。"

林科长说："这次你深入虎穴，孤胆擒敌，已经将金老板为首的地下走私网全部起获，接下来至少有三五年的时间，海天市乃至全省的走私市场就要消停一阵了。"

两人并肩往回走，齐海东知道，抓了金老板，以后还会有银老板、铜老板……只要有高额利润，走私者就会前赴后继，铤而走险。看起来，海天市的反走私行动仍旧是任重道远呢。

没过几天，省政府刘副省长与海关的领导专为齐海东召开了一个小型的表彰会。

刘副省长在会上大张旗鼓地表扬了齐海东："本次，齐海东同志单枪匹马端了走私犯的老窝，充分表现出我们中国人民解放军战士胆大心细、勇猛顽强的工作作风，值得我们全体机关人员学习……下面，请齐海东同志接受上级嘉奖锦旗。"

齐海东站起来，从刘副省长手里接锦旗之前，习惯性地准备敬军礼，但发现自己已经不再身着军装，马上改为握手。

齐海东接过嘉奖锦旗，会议室里掌声雷动，各位领导脸上都带着满意的笑容。

通过这件事，齐海东觉得，自己并不喜欢秘书这个职位。外面的世界天大地大，那里才适合让他自由飞翔。所以，他心底已经有了辞职的念头。尤其是看到王建伟、越青、金老板之类社会人渣都能大赚特赚，他由衷地感到心理不平衡。

当时搜查货舱时，缴获了现金五十万、金条三公斤、高利润电子产品二百件，涉案总值超过百万。他想到之前为了给顾世强筹措一万元现金所受的窝囊气，心里越发不舒服了。那些阵亡烈士遗属们为了几块、几十块、几百块而辛勤劳动，走私犯们却利用一切机会疯狂捞钱，这种极度的不平衡真实存在着，让他陷入了久久的沉思之中。

现在，"辞职"还只是一粒种子，但只要有了种子，破土而出、发芽长大就不再是什么难事了。

表彰会刚结束，齐海东就接到了赵大海的长途电话。

电话里，赵大海风风火火地说："大哥，我的好大哥，拜托你件事，马上去找古丽华，阻止他嫁给那个残疾人。我，四十八小时内就到海天市向她求婚，她是我的女人，怎么可以嫁给别人？"

赵大海的声浪从听筒里一阵阵涌过来，险些震聋了齐海东的耳朵。

齐海东摸不清情况，但也明白，古丽华嫁给那个残疾人是绝对不会幸福的。

"我去找古丽华，但能不能阻止，我心里也没数。"齐海东只能这么说。

赵大海喉咙嘶哑地大叫："大哥，就算绑着她，你也得死死地阻止她，直到我抵达海天。行不行？能不能做到？"

齐海东叹气："我尽力，你别着急，强扭的瓜不甜。"

赵大海吼叫："我赵大海就不信邪，一定要把古丽华这个瓜扭成甜的。"

放下电话，齐海东苦笑，为赵大海这份执着而深受感动。可是，话又说回来，老祖宗谈及爱情时，用"强扭的瓜不甜"作为醒世恒言是非常有道理的。譬如现在，赵大海爱死了古丽华，但古丽华却无动于衷，宁肯嫁给一个残疾人，也不愿接受赵大海的爱。

齐海东先找周海霞，希望她能出面约古丽华聊聊，毕竟她们过去和现在都是同事，比较容易沟通。

"海东，别的事都好说，但唯独这件事上，我实在无能为力。赵大海是你的好兄弟，我劝你，真为他好的话，就别把他跟古丽华拧在一起，那样只会害了他。"周海霞正色地劝诫齐海东。

周海霞是医生，也是小护士们的贴心大姐，很多人有了心里话都愿意告诉她。

在很多小护士嘴里，古丽华自恋、自私、偏执、薄情，并且她很善于利用自己的美貌去达到某些目的，空长着一副好皮囊，却没有什么好心肠。

按照周海霞的想法，古丽华这样的能够成功出嫁，就等于是替社会减少了隐患，不如就这样算了，桥归桥，路归路，让赵大海再去找别的女孩子谈恋爱。

齐海东知道赵大海的性格，如果追不到古丽华，今生也许就要打光棍了。没办法，他只能硬着头皮约见古丽华。

两人通了电话，古丽华主动把见面地点安排在一家饭店的私密雅座里。

　　等到见了面，古丽华只字不提赵大海，更不提即将要嫁的人，只是不停地诉说对齐海东的思念，甚至不顾齐海东的推脱闪躲，硬生生地扑在齐海东怀里。

　　普通男人遇到大美女投怀送抱的时候，都恨不得把自己一生的温柔都释放出来，温情脉脉，怜香惜玉，任凭女孩子提什么要求，都会一口答应下来，心甘情愿地拜倒在美女的石榴裙下。

　　唯独齐海东做不到，因为他和古丽华之间还有周海霞、赵大海和那位残疾军人。他不能对不起妻子，不能对不起兄弟，更不能对不起战友。

　　"古丽华，我们永远不可能在一起，因为我齐海东是懂得'忠、孝、仁、义'的大丈夫，不是偷鸡摸狗、不顾礼义廉耻的小人。你嫁给谁我不管，但一定要给赵大海一点时间，等他来向你解释。人生大事，马虎不得。"齐海东义正辞严地告诉古丽华，并且把她推开。

　　他的家庭教育、部队经历都不允许自己在这种情况下占古丽华的便宜，真要越界的话，他会一辈子都瞧不起自己。

　　"齐海东，我求求你。"古丽华突然跪下来，放弃自己的尊严，"齐海东，我求求你可怜可怜我，我嫁给那个残疾人，不为别的，就是想转业到海天市，那样就能常常见到你。我嫁给他，就能为你保持干净身子，直到你回心转意的那一天，做你的女人，给你生孩子——"

　　水泥地冰冷，古丽华向前跪爬了几步，抱住齐海东的大腿。

　　她穿的那条崭新的牛仔裤沾上了土，新皮鞋也在地上磨花了，但她什么都顾不上，只求齐海东能弯下腰来垂怜她。

　　"我们不可能的。"齐海东的心在颤抖。

　　有那么一分钟，他的大脑一片空白，想把古丽华抱起来。

　　他承受不起古丽华这一跪，男儿膝下有黄金，女孩子也是。

　　"齐海东，求求你，爱我一次，哪怕是……我不求你跟我结婚，我给你生孩子，我要给你生孩子……"在齐海东面前，古丽华感觉自己没有任何尊严，卑贱地匍匐在尘土中，像是命比纸薄的民女仰望着高高在上的皇帝。

　　"快起来，不要这样。"齐海东咬紧牙关，如同遭受酷刑一样，狠心拒绝古丽华的最后一波攻击。

　　"嚓"的一声，古丽华撕开了自己的衣扣，抓着齐海东的手按在自己胸口上。她的胸饱满而坚挺，从来没让任何人碰过，一直都为齐海东留着。

　　齐海东想缩手，但古丽华的力气突然变得极大，死死扣住齐海东的手腕。

　　她的身体年轻而充满诱惑力，那一扇通往心底深邃世界的门，只为齐海东一个人敞开着。普天之下，除了齐海东，她不会爱上任何一个男人。

"只要你愿意，我们去外面任何一个小旅馆或者回我自己的宿舍，你想做什么都可以，我把一切都给你……齐海东，我要跟你生孩子，这一辈子我只爱你一个人，你可怜可怜我，跟我上一次床，我这辈子就满足了，以后再也不会纠缠你，再也不会麻烦你……我唯一的要求，就是给你生孩子……"

在爱里，古丽华抛开了一切自尊，甘愿臣服在齐海东脚下，只求他从云端中降落并临幸她。

齐海东使劲掰开了古丽华的手，后退一步："丽华，不要这样，我已经结婚了，不配接受你的爱。"

古丽华随即扑上来，再次抱住他的小腿。

万般无奈之下，齐海东打开了雅间的门，挣扎着退出去。他不想害了古丽华，只想结束这次会面，好让古丽华回头是岸。

他是人，不是神，即便是坐怀不乱的柳下惠，在古丽华这样的妙龄女郎痴缠之下，也可能做出错事。

门一开，外面的寒风就直灌进来，古丽华下意识地掩住衣襟。

虽然不是吃饭时间，但外面已经聚集了四五个女服务员，都用骇然的目光望着古丽华。

古丽华看见齐海东大步向外走，明白大势已去，心突然凉了。她放下自尊，将自己变成献祭的羔羊，放在银盘里奉献给齐海东，可后者却无情地打翻了盘子，弃她而去，并且将她那颗珍贵而纯粹的处子之心抛在地上，任由别人践踏。

女服务员们交头接耳，不停地向古丽华投以鄙夷、讥嘲的目光，她们肯定是把她当成了那种不干净的风尘女人。

她是"战地医院之花"，是男兵们心目中的女神，是赵大海疯了一样追逐着的太阳和月亮，也是——自动送上门却又被齐海东拒之门外的最无耻的女孩子。有那么一刻，古丽华觉得自己像个一分钱都不值的荡妇，这种感觉让她如遭天雷怒劈，浑身的血全都沸腾燃烧起来。

"你滚，你滚，你滚——"古丽华歇斯底里地吼起来。

她撵着齐海东滚，口气虽凶，但内心深处仍然渴望已经走到小饭馆门口的齐海东能停步、转身，像《魂断蓝桥》里的罗伯特·泰勒、《乱世佳人》里的白瑞德那样潇洒地回来，将她轻轻揽在怀中，再献上销魂迷人的一吻。那时候，她就是永远年轻漂亮的费雯·丽，在他怀中奉献出一个女孩子最珍贵的东西。

她才不管齐海东结婚没结婚，她想要，就疯狂地去追，像是追逐红蜻蜓的孩子。

最终，电影中的浪漫情节没有出现在现实中，古丽华的梦碎了。

齐海东毫不犹豫地走了出去，再没有回头。

❺ 下 海

　　齐海东没向任何人提起这次会面的事，他心里只容得下一个女人，就是周海霞。相反，他心里容得下很多男人，活着的兄弟、死了的战友，一个都不少。

　　赵大海依约而来，风尘仆仆，但是很快，他就被古丽华那边的冷水给泼醒了。

　　酩酊大醉整夜醒来之后，赵大海告诉齐海东："大哥，我真不知道上辈子欠了古丽华什么，自从在战地医院看到她，第一眼就爱上她了，爱得不能自拔。"

　　很简单，古丽华被男兵们称为"战地医院之花"，赵大海并非唯一为古丽华发狂的人。

　　"老二，冷静一点，大丈夫何患无妻？天涯何处无芳草？你要真喜欢古丽华，就该祝福她才对，她愿意嫁给谁，那都是她的自由，对不对？你追了她好几年都不成功，这就证明，你们并不适合在一起，月老的红线没拴在你们身上，放手吧。"齐海东只能这么劝。

　　痛定思痛，赵大海做了个决定："大哥，我回去就申请转业，上次老三也说要回来。反正古丽华已经不在部队了，我只有回地方上来，才能经常见到她。"

　　齐海东为赵大海的奇怪逻辑而苦笑："老二，古丽华要结婚了，要成为别人的媳妇了，忘了她吧。如果你是为这个而转业，真就是给军人抹黑了！"

　　不管齐海东怎么说，赵大海心意已决，不可更改。

　　接下来的几天，赵大海又求齐海东、周海霞约古丽华出来见面，两个人商量了半天，最终还是决定找了个理由搪塞过去。

　　"我真的是为赵大海好，他如果横刀夺爱，跟古丽华结了婚，不一定是什么好事。"周海霞郑重其事地告诉齐海东。

　　在她的注视下，齐海东有些心虚。

　　"古丽华喜欢你，这是战地医院上上下下都知道的事，赵大海也知道。"周海霞见齐海东不接招，只能开门见山，"海东，我相信你的为人，也欣赏你的光明磊落，所以我只有一个要求，尽量少接触古丽华。流水无情，落花却有意，这样不清不楚、不明不白下去，只会害了古丽华。再怎么说，她是我们的战友，战友之间亲如兄弟姐妹，应该彼此爱护，你说呢？"

齐海东为周海霞的大度而汗颜，原原本本地讲了上次约见古丽华的事。

"我齐海东发誓，今生只爱周海霞一个人，心里绝对不会放下第二个女人。如若违背誓言，必遭乱枪穿身而死。"他向着周海霞庄严起誓。

在他和周海霞的人生观里，爱情是严肃认真、自私独占的，如果已经是有夫之妇、有妇之夫的人再去跟别人乱搞男女关系，绝对应该遭到全社会的鄙弃。

他们因为相爱而结婚，就会彼此珍惜地过一辈子，绝不会好高骛远，心猿意马。

赵大海走了，带着满腔遗憾而去，但他绝不会放弃，即便古丽华已经嫁为人妇。

经过了这一次意外降临的情感考验，齐海东与周海霞的心越发贴近了。

现在他们住的房子还是很局促，但他坚持空出了家里的书房，把几张旧写字台拼起来，将战友的遗物分门别类地摆好。周海霞很细心，在每一份遗物前都放上一个装满沙土的茶盅，到了初一、十五，都提醒齐海东上香。

暂时来看，他们没法替这些战友做更多，很多好的想法都实现不了，但他们总是相互安慰，人生还长，总有机会让全社会的人都来怀念并关注那些阵亡的将士们。

南疆战事已经淡出了人们的视线，全国上下都在促生产，搞建设，只有每年建军节的时候，社会各界才会掀起一波地方与军营联欢的活动。每到此时，齐海东和周海霞都是各自单位里最积极投入活动的，有时甚至连自己的工作也耽误了，遭到单位同事的误解。

"总要有些人去做些事，好让那些九泉之下的战友们能安心睡着。"齐海东不止一次地告诉周海霞。

"我们，走出军营还是兵……"这就是支撑他们的唯一信念，信念在，"南疆精神"就永远不会被磨灭。

这段时间里还发生了一件奇怪的事，齐海东收到一张寄自深圳的明信片，上面没有寄件人没有地址，只画着一只黑色的长尾狐狸，下面注着日期，是1989年11月22日。

齐海东并没在意，以为是哪位战友跟自己开玩笑寄来的，随手插在文件袋里。

1992年2月份，齐海东心里念念不忘的"赚钱"想法终于迎来了一个崭新的契机，那就是中国改革总设计师邓小平同志的南方谈话。

那是中国改革中的一个标志性事件，进一步解放了人们的思想，大大加快了改革开放和经济建设的步伐。

1992年1月18日至2月21日，邓小平同志先后在武昌、深圳、珠海和上海等地视察并发表了重要讲话。该讲话共分六个部分，近万字，核心问题是"要坚持党的基本路线不动摇"。

在"全省学习邓小平同志南方谈话"的座谈会上，刘副省长做了非常精彩的发言，齐海东在主席台侧面做记录，内心深受触动。

在改革开放大潮中，齐海东认识的许多公职人员都离开工作岗位下海经商，发挥自己的才能，成为商场的佼佼者。他从很多报纸上看到，南方几大城市"全民经商"已经春潮滚动，海天市正处于整装待发的阶段。

他几度跃跃欲试，但在与齐山的交流中，被父亲全盘否定。

齐山的观点是这样："党和国家培养一个干部不容易，应该在重要的工作岗位上铺下身子踏踏实实干，发挥最大能力，创造出最好的工作成绩来，这才是对党和国家的最根本回报。岳母刺字、文天祥抗金那是忠；乌鸦反哺、羊羔跪乳，那是孝，如果一个男人连'忠、孝'二字都做不到，还算什么男子汉大丈夫？党和国家培养了你这么多年，你撂下挑子不干了，跑到南方去经商赚钱摆阔气，别说是大丈夫了，你想想，你齐海东还算是个人吗？"

现在，听到邓小平同志南方谈话的观点，齐海东眼前顿时豁然开朗，因为"经商、发展发展生产力"也是为国家做贡献，既不丢人，也不犯法，对国家和社会也有正面的推动作用。

在齐海东看来，"多办实事、多做少说"的讲话精神就是要深入到经济发展的第一线去，像当年尖刀连深入敌后的"闪击战"那样，找准目标，一击奏效。

转业到地方这几年，他积攒的汇款单已经有一尺厚，但数字累计起来，却是相当寒酸，甚至连外国阔佬的一顿饭钱都比不上。他不止一次地看到，身在农村的烈士家属们因为没钱看病，渐渐地积劳成疾，有的腰疼得成了严重的驼背，有的长期吃药死于肝肾劳损，有的没钱增加营养瘦弱不堪。

国家每个月都发放烈士家属抚恤金，但在农村，家庭里失去了壮劳力，就像瓦房没有大梁、楼房没有立柱一样，经不起风雨折腾。抚恤金发下来，买药就没钱吃饭，吃饭就没钱买药，任何时候都无法两全。

这些实际情况，件件都像尖刀，死死地扎在齐海东心上。

如果单纯是为了自己，他绝对不会那么渴望辞职下海。他唯一的想法，就是要对得起在唐光遗体前立下的生死承诺，说到就要做到，绝不推脱逃避。

他需要钱，需要很多很多钱去解决烈士家属的生活、治病、教育等等一系列问题，但是，这些钱一定得是干干净净的，只有干干净净的钱，才能让阵亡将士含笑九泉，让烈士家属活得堂堂正正。

要做到这两点太难了，他有时候甚至恨不得把自己切开，切成小块，一点一点补上那些家庭日益扩大的钱窟窿。

座谈会之后，齐海东第一时间打电话给周海霞。

如今，他和周海霞的儿子齐天南已经两岁多，平时一直让鲁娟照看着。另一边，唐晓龙也满了七岁，刚上了小学。

还有就是，赵大海、李福临都转业回了海天市，在齐山举荐、公平考核的基础上，赵大海进了城市信用社，李福临则进入国土局，他们在各自工作岗位上如鱼得水，接连晋升。如今，赵大海已经成了部门主任，而李福临也被提升为副局长。

至于古丽华，出嫁之后，远离了军人圈子，跟齐海东等人极少来往。

周海霞了解齐海东的心思，所以这几年每当齐海东把工资全都寄走之后，她就主动把自己的工资匀一部分出来，帮齐海东补足零头。

她选择了这样一个人做自己的丈夫，那就会不遗余力地支持他的事业，陪伴他一路走下去。

夫妻如果不能同心，同床异梦，那与路人何异？

"辞职？"一听到齐海东谈这两个字，周海霞就不由得苦笑。那时候，她刚刚完成了一台手术，一个人躲在办公室里，忙里偷闲，喝茶休息。

办公桌上，摆着她和齐海东、齐天南的合照，一家三口脸上都带着开心的笑容，幸福和睦，无忧无虑。

"对，我想辞职，响应邓小平同志南方谈话的精神，下海经商。"齐海东兴致勃勃地说。

同样的话，齐海东说过多次，但都是被齐山迎头一瓢凉水就给浇熄了火。

"爸不会同意的，他希望你能踏踏实实工作，而不是好高骛远。妈那里倒无所谓，她现在眼里只有孙子。"提到齐天南，周海霞脸上立刻有了笑意。

那是一家人的宝贝，一举一动都牵着全家人的心。

在所有人眼里，周海霞是标准的好媳妇。在外面，她工作积极，成绩显著，已经被提成了外科主任，是海天市著名的外科专家、全国五一劳动奖章获得者、医疗卫生系统最年轻的业务标兵；在家里，她孝敬公婆，体贴丈夫，心疼儿子，是好儿媳、好妻子、好妈妈，第一胎就给老两口生了个大胖孙子。

她做的一切都完美无缺，以至于邻居家的阿姨、大妈们都羡慕嫉妒鲁娟，明里暗里嫌弃自己家的儿媳妇不争气。

齐海东的做人原则是"忠、孝、仁、义"四字，周海霞夫唱妇随，自然也对这四字标准有着自己的理解。

在她看来，齐海东辞职的话，必须征得齐山、鲁娟的同意，否则就是不孝。

"谁也挡不住我，我齐海东想做的事，一定能做到。"齐海东在电话里表决心，"当然，你必须得支持我，做我的坚强后盾，我才能做到。"

听齐海东这么说，周海霞由衷地感动。

她不求齐海东有多荣华富贵，只求一家人平安和美，避开人生中的风浪与暗礁。

"海东，我任何时候都支持你，无任何条件、无怨无悔地支持你。"周海霞再次重申。

齐海东叹了口气，心里半块石头落了地。

一听到齐海东提"辞职"二字，齐山额头上的青筋立刻就暴跳起来："辞职？为什么要辞职？你先给我三个理由，如果理由充分的话，好，我就批准你辞职，否则的话……否则的话……如果这是在战场上，我真恨不得一枪崩了你！"

他平生最恨逃兵，直觉上以为齐海东要当逃兵，才会立刻被激怒。

"秘书岗位不能发挥我的能力，我还年轻，必须要出去闯一闯。我相信自己有能力做好一切，成为一个成功的商人。"齐海东据理力争。

他给齐山带来了一份调查报告，上面有他对海天市建筑市场的考察资料。

一直以来，海天市的本地建筑业就不发达，所有在建项目都承包给了外地建筑队，这笔钱哗哗向外淌，全都到了别人腰包里。

齐海东计划组建一个建筑公司，连名字都想好了，就叫"天海建筑公司"，主攻方向就是各大单位的办公楼、宿舍楼。现在经济腾飞了，城市人民对于改善自身居住条件有很高的热情，那个巨大的市场就是他未来驰骋的新战场。

齐山的气不打一处来："不行，你是国家干部，不能辞职。我齐山干了一辈子革命工作，从没听过干部变商人的事，你以为自己是在变戏法呢？"

对于齐山来说，"商人"二字非常刺耳，因为"无商不奸"已经是中国人耳熟能详的俗话。他不能眼睁睁看着自己的儿子误入歧途，以后老两口出门，被别人指脊梁骨。

齐海东表达了自己的观点："现在已经有很多在职者选择了停薪留职，他们在商场也都如鱼得水。商人只是一种职业，士农工商学俱全，我们这个社会才能欣欣向荣地发展。否则的话，我们到哪里去买生活用品？市场萧条、物品缺乏的年代已经过去了……"

他的这些话打动不了齐山，这种谈话根本无法继续下去，齐山最后放了狠话："除非我跟你妈死了，否则，想都别想。"

接着，齐山就直接把儿子扫地出门。

齐海东的想法同样不被赵大海、李福临理解，他们两人目前的工作很顺利，正是春风得意马蹄轻之时，很奇怪齐海东为什么好好地放着省委秘书不干非得下海扑腾。

"大哥，你不是经商的材料，商人奸诈，才能获利，你为人宽厚，不可能在商场上获得成功。"李福临说。

赵大海也说："大哥，别看着商人赚钱很容易，我跟很多来贷款的厂长、经理聊过，商场如战场，有时候一帆风顺，有时候举步维艰。有的人赚得盆满钵满，有的人则折戟沉沙，赔光老底。打仗、从政你都行，至于商场嘛，还是悠着点，省省心，让别人去忙活吧。"

他们不知道齐海东资助烈士家属的事，更不知道齐海东两口子时常为钱发愁，所以站着说话不腰疼，只是劝齐海东好好工作，不要别出心裁玩花样。

"我已经决定了。"齐海东说，"辞职报告已经写好，就等着交给领导了。"

让他犹豫不决的主要原因在于，刘副省长是齐山一手培养起来的，他交辞职报告，刘副省长肯定会向齐山汇报，两下里一通气，他辞职这事肯定就黄了，弄得猪八戒照镜子——里外不是人。

李福临叹气："大哥，我不同意你辞职，以你的工作能力，肯定还会往上升。当初你从部队转业回海天，我就觉得有点失策，属于自毁前程的昏招。还记得罗红旗吗？他几个月前已经升为团长了，你的工作能力绝不在他之下，如果一开始留在部队的话，升到正团级还不跟玩一样？"

虽然很少明说，但李福临一直视齐海东为人生榜样。如果齐海东下海，他难道也得效仿跟随吗？

所以，李福临是阻止齐海东辞职的主力，而赵大海则只负责敲边鼓，而且心不在焉的。

之前，齐山、鲁娟找过他们俩，要他俩做说客，一定要劝齐海东回头，因为他们是齐海东最好的兄弟。

　　赵大海还在为古丽华发愁，尤其是听说古丽华即将离婚的消息后，怀里就像揣着二十五只小猫咪一样——百爪挠心。他相信"铁杵成针"的道理，只要不放弃，总能揽古丽华入怀。

　　另外还有一条小道消息也给他吃了颗定心丸——古丽华至今还是处子之身，跟那个残疾人只有夫妻之名，没有夫妻之实。

　　所以，赵大海早就在暗中聚劲，只等时机来临，就会荡平一切障碍，把古丽华锁进自己的金丝笼子里。从前，他只是不起眼的赵连长，在部队里没有任何特权，没办法放手去追古丽华。现在，他是海天市金融界响当当的人物赵主任，跟从前一贫如洗的赵连长判若云泥。

　　他有信心，也有耐性等古丽华这只金丝雀落网。

　　对于齐海东要辞职的事，他的看法是这样："先停薪留职，能赚钱就继续干，赚不到马上杀个'回马枪'，还做你的省府秘书。脚踩两只船，谁都不耽误，怎么样？"

　　他不管齐海东为何辞职，只是对齐海东、古丽华之间的暧昧关系有些恼火。虽然古丽华不承认喜欢齐海东，可赵大海还是看出来了。

　　"总有一天，我要让古丽华知道，齐海东和我之间，到底谁是真正的英雄。"他不敢正式向齐海东叫板，只能在浴室镜子里对着自己发誓。

　　"这算什么话？二哥，你钻钱眼里去了？什么赚钱不赚钱的？三句话离不开钱字。"李福临不乐意了。

　　赵大海恼了："这是社会发展的必然，你高尚的话，天天不领工资，只做贡献，一辈子跟钱划清关系，能同意吗？"

　　两人闹得不欢而散，齐海东也有点泄气，因为他没有从两个兄弟那里得到真正的支持。

　　事情到了最后，齐海东仍然要请周海霞出马，她在齐山、鲁娟面前是红人，说出的话甚至比齐海东还有分量。

　　在"辞职"的问题上，周海霞很纠结，毕竟现在齐海东给刘副省长当秘书，工作体面，传到别人耳朵里也中听。一旦辞职，就跟省政府没关系了，今后是一飞冲天还是一败涂地，全都得自己扛着。

　　她看了齐海东收集到的全部资料，翔实，全面，的确是费了很多功夫。

　　当然，在南方谈话的影响下，人民医院也有办理"停职留薪"的，但在商场中试水博弈的结果，却是好坏参半，并非特别理想。

　　基于这一点，周海霞觉得"一动不如一静"，先稳住神看一阵再说，没必要跳出来做第一个吃螃蟹的人。

　　这似乎是他们结婚以来第一次出现意见分歧，而周海霞也知道，想说服齐海东放弃追求很难。她很担心齐海东会孤注一掷，不顾齐山的情绪，彻底走上一条众叛亲离的道路。

　　幸好，两人交流的时候，齐海东告诉她："我如果要辞职，就一定得经过爸的同意。在外人眼里，辞职已经是'不忠'，再忤逆了他的意思，即是'不孝'。我不管别人是采取什么办法辞职的，但我齐海东跟他们不一样，必须光明正大地来，正大光明地走，绝不偷偷摸摸，见不得人似的。"

　　周海霞被这番话感动了，她终于明白，齐海东还是从前那个正直勇敢的尖刀连勇士，不管外面的世界怎样变化，他所奉行的"忠孝仁义"四个字从来都没有更改过。作为他的妻子，她有责任、有义务助他达成心愿，展翅飞翔。

　　"我去找爸说，有志者事竟成，只要我们夫妻同心，天底下没有攻克不了的难关。"周海霞如是说。

　　在齐山那里，周海霞这样说："海东是个好人，他当年急着从部队转业回海天，就是为了照顾江萍母子。他的想法很简单，也很独特，从不轻易做决定，但只要决定了的，就竭尽全力去做，绝不半途而废。您就算强制他留在现在的岗位上，他的心也早不在了，以后的工作未必能干好。他是您儿子，不能不听您的话，更不会像社会上辞职的那些人一样不管三七二十一就先斩后奏。当初，他听您的话参军上前线，那是'精忠报国'之'忠'，如今他听您的话不能辞职是'孝'。爸，我不担心他会惹您生气，只担心长此以往，把他折磨坏了，浪费了一个大好的人才，既不能在工作岗位上做出成绩'尽忠'，也不能在您膝下'尽孝'。所以，我求您放海东一马，给他留一条光明大道去飞奔，而不是硬把他逼向崎岖小路。"

　　周海霞是医院里的主任级干将，屡经历练，口才甚是了得。而且，她在医学院进修过心理学，获得了心理学硕士学位，对齐山的心理动向了解得一清二楚，句句话都让齐山心尖子发颤。

　　作为一名父亲，齐山怎么会不爱惜自己的儿子呢？他放出那样的狠话，归根结底，也是为了齐海东好，怕儿子一时糊涂走上歧途。

　　"我再想想，我好好想想。"他只能如此答复周海霞。

　　鲁娟那边，周海霞只三言两语、寥寥数句话就打动了她的心："海东不是辞职去干一件坏事，而是一件大事。他向我保证过，凡事一定竭尽全力，在部队做最好的兵；在省政府做最优秀的秘书；下海经商，做最成功的建筑队经理，绝对不会让家人失望。妈，他是您生的，您最了解他，海东什么时候让您和爸失望过?"

　　总之一句话,周海霞为了帮助齐海东辞职,前思后想做了最周密的计划,按部就班地实施,终于让齐山松了口:"辞职归辞职,如果领导不批,也绝对不能私下里当逃兵。"

　　现在,齐山寄希望于齐海东的领导刘副省长,领导发话,齐海东总要给点面子吧?

⑥ 送 别

　　齐海东的辞职报告递上去的第二天，他将室内打扫得干干净净，把桌面上的文件摆得整整齐齐，又拿着抹布一次次擦拭书柜、桌子、椅子。逃兵最不讲仁义，撂挑子就跑，那不是他齐海东的做事风格。在这里工作了几年，他一定要善始善终，站好最后一班岗。

　　张主任敲门进来，脸色有点难看："海东，刘副省长让你去他的办公室。"

　　齐海东答应一声："好，马上就过去。"

　　张主任环顾室内，长叹一声："海东，我最后一遍问你，真的决定辞职了？"

　　齐海东辞职的事他第一个知道，根本接受不了，甚至一度认为齐海东是受了什么刺激导致精神错乱，才做出如此糊涂的决定。

　　齐海东点点头："是，我决定了。"

　　张主任在屋里转了个圈，把门关上，挠挠头，突然爆发："海东，我就不明白了，你一个好好的省政府秘书，干得好好的，辞的哪门子职？下的哪门子海？"

　　齐海东平静地笑着，看着对方。

　　张主任按着齐海东的肩膀，语重心长地说："海东你看，我现在已经关上门，关上门就是把你当亲兄弟，抛开所有职务关系，就是咱亲兄弟聊家事。咱俩是大院里一起长大的，我刚来省政府上班的时候，还是个什么都不懂的毛头小子，是我爸爸亲手把我交给了你爸爸，是你爸爸教导我一步步成长做人。海东，从长辈那里论，咱们就是兄弟，你得叫我一声大哥，是不是？现在，做哥哥的给你讲一句掏心窝子的话——别走了，留下来好好干工作，别糟蹋了自己的前程，行不行？你在机关里已经干了几年，领导对你的工作很满意，特别是上次跟海关合作摧毁走私网的事，你在上级领导那里都已挂了号，未来一定是前程似锦。"

　　这样的话，张主任从没跟别人说过，正是把齐海东当自己的小兄弟，他才希望关键时刻拉齐海东一把。

　　他说的是实话，因为在几位领导眼中，齐海东绝对是可造之材，将来一定会提拔重用。

齐海东摇头："谢谢大哥的好意，我已经决定了。咱们相处几年，你也知道我的脾气，要么不做决定，要么一旦决定了，就不会再改。"

张主任气得跺脚："好吧好吧，跟我去见刘副省长。"

两人出了办公室，张主任连叹了三声。一直以来，齐海东是他的左膀右臂，任何让别人怵头的难事，到了齐海东这里三下两下就理顺弄好，稳稳当当，服服帖帖。从工作角度来讲，他是真不想放齐海东走。

两人进了刘副省长办公室，刘副省长正在看文件，旁边的沙发上，坐着一位军人。

张主任报告："刘副省长，齐秘书过来了。"

刘副省长抬头，摘下眼镜："来来，海东，咱聊几句。"

"海东，齐海东？"那位军人站起来，看着齐海东，又惊又喜。

那正是罗红旗，跟齐海东在南疆战场上一起出生入死过的好战友。

两人用力握手，都有喜出望外的感觉。

刘副省长问："怎么？海东，你跟罗团长认识？"

齐海东回答："我们是军校同学。"

张主任在旁边提醒："罗团长，您要的表格我都准备好了，请到我办公室里来可以吗？"

罗红旗点头："好好，海东，等会儿聊。刘副省长，那我先出去了。"

两人出去后，办公室里只剩下齐海东和刘副省长。

刘副省长离开办公桌，走到沙发边："来来，海东，坐。"

刘副省长为官清廉，两袖清风，一直都是齐海东学习的共产党员模范。齐海东对他没有下级对上级的畏惧，只有一个晚辈对长辈的尊敬。

"海东啊，你的辞职信我还没批，现在，你就跟我说句实话，为什么要辞职？否则的话，老书记问起来，我没话说啊！"刘副省长问，"客套话不用多说，我只要你一句实话。"

齐海东低头："刘副省长，我辞职就是因为想趁着年轻到社会上闯一闯，想让自己的生命变得更丰富多彩。"

他没法说更多，因为很多想法除了周海霞之外，根本没人能够理解。就算讲出来，也会被当成茶余饭后的笑谈。

刘副省长皱着眉看着齐海东，想从他的脸上找出辞职的答案来："真没别的原因？"

齐海东点点头："真的，就这个原因。"

刘副省长耐心劝说："海东，你这几年的工作大家有目共睹，组织上正在考察你，准备安排你接手一些更复杂的工作，踏上更重要的岗位。这个关键时候，你亮出一封辞职信来，弄得我也是措手不及。听我的话，把辞职报告拿回去，好好干工作，就当这件事没有发生过，好不好？"

齐海东平静地回答："刘副省长，我已经决定了，请您看在我从前努力工作的份上，今天就批准我的辞职报告。"

刘副省长猛地站起身，怒极，但又碍于齐山的面子不好发作："海东，你就给我这个答案，我怎么向老书记交代？你在省政府干得好好的，一句'想闯一闯'就什么都不管不顾地拍屁股走人了？这算什么辞职理由？你替我想想，老书记来问我你为什么辞职，我就拿这句话搪塞他，行吗？合适吗？你是个共产党员，又是部队转业干部，这么多年来，党和国家对你的培养哪儿去了？"

齐海东站起来，向刘副省长深鞠一躬："对不起，给您添麻烦了。"

在他心里，刘副省长真的是一位好党员、好领导、好长辈，如此挽留自己，也真的是基于一位前辈对后辈的爱护。

刘副省长苦笑，看着齐海东，苦口婆心地劝说："海东，在省政府秘书的岗位上一样能干出一番事业来，一样能实现人生理想，一样能让你的人生变得丰富多彩。听我一句劝，把辞职报告拿回去吧，继续像从前那样，踏踏实实工作。海东，年轻人固执，这一点我理解，因为我毕竟也是从年轻过来的嘛。但是，你这么固执，会害了自己，耽误了自己的前程。"

齐海东再次摇头："不，刘副省长，您的好意我心领，但我真的已经决定辞职了。"

刘副省长沉思了一阵，回到办公桌前拿起电话，打给齐山。他曾经以为，齐海东是个聪明而上进的年轻人，只要好好开导几句，就能让对方迷途知返。为此，他甚至跟齐山打过包票，一定会留住齐海东，不让他误入歧途。

电话接通，刘副省长开口之前，先是一声长叹："老书记您好，我是学勇啊。"

齐山问："你好啊学勇，找海东谈了吗？"

刘副省长惭愧地回答："海东就在我办公室，不过他太固执了，就是认准了辞职这一条路。我们刚刚聊过，他认准了辞职下海这条路，八头牛都拉不回来了。"

齐山长时间沉默，听筒中没有一点动静。

刘副省长试探着问："老书记，您看？"

齐山又沉默了一阵，才低沉地回答："算了，随他去吧。"

刘副省长不无遗憾地问："老书记，我觉得海东就这么辞职，真是浪费了人才啊。他这几年的工作已经获得了上级的好评，最晚年底，就能得到提升。"

齐山也长长地叹了口气："唉，女大不由娘，儿大不由爷。这小子从小就固执，认准了的事，不撞南墙不回头。算了，随他吧。"

刘副省长说："老书记，那我真是辜负您的托付了。"

齐山长回答："哪能怪你呢？学勇，是我齐山教子无方啊，没能给党和国家输送一个人才，反而给大家添了很多麻烦。"

刘副省长挂了电话，回到办公桌前，在齐海东的辞职信上重重地签了"同意"二字。

很快，齐海东办完了工作交接手续，张主任送他出来，依依不舍："海东，到了社会上好好干，别让我们失望。等下海赚了大钱，记得回来看我们。"

齐海东微笑着跟张主任握手告别："我会努力的。"

罗红旗开着军用吉普车过来，停在台阶下："海东，上我的车吧，我送你。"

齐海东、罗红旗上车，向张主任挥手告别，驶出了省政府大院。

后视镜中，熟悉的办公大楼越来越远，忽然之间，齐海东心底有些酸楚。工作单位就像是海岸，未来的旅途是茫茫大海，一旦离开海岸，接下来就要完全靠自己闯荡了。是好是坏，完全没有把握，只能奋力向前，不能回头张望。

齐海东有些走神，车外阳光灿烂，但他的表情却有些失落。

他是人，不是神，总有情感上的脆弱之处。

"喂，老同学，为什么非要辞职啊？"罗红旗问。

齐海东简单地回答："响应南方谈话，趁年轻，再做点事。"

罗红旗又问："刚刚我问过张主任，他说你大概是看着别人下海赚大钱眼热了，也想试试，不过以我对你的了解，你绝对不是那种见利忘义、没有远见的人。在咱们部队，一提到你齐海东，上上下下都得挑大拇指啊，智勇双全，胆识过人，绝对是干大事的材料。"

齐海东摇头："别给我戴高帽子了，我知道自己几斤几两。"

罗红旗问："海东，辞职后有什么打算？"

齐海东回答："我要搞一个建筑公司，趁着现在海天市的城市建设大潮，好好干几年。"

　　这是实话，他已经准备好开公司需要的所有资料，甚至连办公地点都找好了，下一步就要进入实际的人员招聘环节。一个篱笆三个桩，一个好汉三个帮，必须有一批同心同德、齐心协力的好兄弟，才能保证创业成功。这是个很现实的大问题，不过目前为止，他还是个光杆司令，手底下连一个兵都没有。

　　罗红旗自言自语："海东，我真是奇了怪了，以你的家庭条件，根本不缺钱，省政府秘书这个工作更是别人挤破头也抢不到，可你毫不在乎就辞了，到底是为什么呀？"

　　齐海东微笑："人各有志，我总觉得，人活一世，草木一秋，总要做一些发挥自己最大价值的事。"

　　罗红旗没听懂："发挥自己最大价值？"

　　齐海东摇下车窗，凉风一吹，重新振奋精神："红旗，别光说我了，还是说说你吧，怎么有空从部队回来？"

　　罗红旗回答："我是来送退伍兵的，几个副团长、政委、参谋长都不肯来，我只能硬着头皮接手。"

　　按照惯例，每年迎接新兵入伍是欢天喜地的美事，送老兵退伍是伤心难过的差事。几乎所有军官都婉拒后者，因为大家都不愿面对战友分别哭得天昏地暗的场面。

　　齐海东是经历过那种时刻的人，情绪立刻变得伤感："红旗，这一批的退伍兵安置得怎么样？"

　　罗红旗回答："战士们的文化水平不一样，有高中学历的都找到了安置单位，但农村来的那些战士，好多都是初中生，不可能留在城里的国营单位，只能回乡务农。你也知道，大家在部队里待习惯了，每一批人退伍，都会很伤心。离开部队的那天，好多人都抱头大哭，满满一操场七尺男儿，都哭得跟大姑娘一样。"

　　齐海东的眼圈也红了。

　　罗红旗又说："这次本来轮不到我来送退伍兵，可原定带队的团政委心太软了，自己哭得比战士们更厉害。男儿有泪不轻弹，只因未到伤心处。等会儿我要跟地方领导轮流发言，我真怕自己控制不住情绪，丢咱部队的人。"

　　齐海东含泪微笑："男儿流血不流泪，怎么咱们师的同志们一批不如一批呢？我们离开部队的时候，吴大宝他们哭，我还把他们狠狠批评了一顿。"

　　罗红旗问："吴大宝？是尖刀连那个伤残军人对吧？他过得怎么样？挺好的吧。"

齐海东点头："嗯，挺好，应该是吧。"

"那小子，是条汉子，一条腿断了，抢救过程中硬是咬着牙一声都不吭！"罗红旗感叹。

接下来，罗红旗沉浸在送退伍兵的伤感中，没注意到齐海东的表情随着提及吴大宝的名字而变得极度牵挂。

齐海东望向窗外，内心自言自语："老五，你过得到底怎么样啊？"

他曾给吴大宝打过电话，吴大宝自称过得挺好，但具体情况怎么样，齐海东也不得而知。

"红旗，我跟你一起去火车站。"齐海东突然说，"我想陪你一起去看看退伍的同志们。"

罗红旗精神一振："好，太好了。"

车子停在海天市火车站，齐海东下车，整了整衣领，对着后视镜搓了搓脸。虽然现在满腹心事，但他不想带着满脸倦容去见战友们。

火车站是每年送兵、接兵的地方，只有当过兵的人，才能体会到他跟罗红旗此刻五味杂陈的心情。

他们并肩走上站台，接送退伍兵的火车已经停下，站台上挂着十几条欢迎的横幅，上面有的写着"热烈欢迎海天市人民子弟兵光荣退伍"，有的写着"同志们辛苦了！"

站台上，还站着拿着鲜花的老师和学生，已及各行各业的欢迎者。稍远处，锣鼓队也做好准备，等待着欢迎退伍兵下车。

看到这一幕，齐海东突然想起了从南疆战场归来时的情景。他们能活着回来接受群众的鲜花和掌声，而有些战友则永远地埋骨南疆……

"总要有人为他们做点什么！"他使劲挺了挺胸，感觉到自己突然变得年轻起来，胸中热血澎湃，又变成了过去那个叱咤南疆战场的尖刀连勇士。

离开办公室，重回社会这个大熔炉，等于是再次进入新的战场。他相信，即使是在一个完全陌生的战场中，凭着他独一无二的军人特质，也一定能旗开得胜，马到成功。

齐海东和罗红旗走上站台，火车车门开启，退伍兵身着卸掉了领章的军装下车，整整齐齐地排好队。

锣鼓喧天，学生们开始献花，并且喊"欢迎欢迎，热烈欢迎"的口号。口号声震耳欲聋，许多中学生按捺不住激动的心情，拿着笔记本冲上去，请那些退伍军人们签名留念。

罗红旗和海天市民政局的领导登上简易的演讲台，分别致欢送辞、欢迎辞。

齐海东看着那群站得笔直的战士们，若有所思。

"同志们，你们是中华人民共和国军人的骄傲，在部队三年，圆满完成了党和国家交给你们的任务，勤勤恳恳，任劳任怨，不怕苦，不叫累，风里来，雨里去……军人是国家的脊梁，国家和人民为你们自豪。在部队，你们是优秀的军人，我相信，到了地方，你们还是好样的，无论做一名干部、一个工人、一位汽车司机还是一个普通农民，都会在新的岗位上做出更优异的成绩。从部队到地方，只是战场的转换，我相信你们一定能牢记党和国家的教导，走出军营，仍然保持军人本色；脱下军装，却始终保留一颗军人之心，用军人的标准要求自己，成为地方工作的中坚力量……"罗红旗的欢送辞讲到一半，眼角已经溢出了晶莹的泪花。

齐海东相信，如果自己站在那个位置上，也不一定能好好控制情绪。

发言完毕，罗红旗和民政局领导跟战士们挨个握手。

罗红旗走回齐海东身边，眼圈发红："多好的战士啊，他们为了国家奉献了自己的青春，在部队这么多年，不讲条件，不求待遇，只是无私奉献。安得广厦千万间，大庇天下寒士俱欢颜。我真希望自己有无限能力，让我们的战士一个个都后顾无忧，可我自己也只是个小小的团级干部……"

齐海东深思熟虑后开口："红旗，我有个想法，你看看合适不合适？我的建筑公司需要人，如果这批战士有肯跟着我干的，我保证他们衣食无忧，这一辈子人人都抱上铁饭碗。"

罗红旗有点不相信："真的？"

齐海东坚定地回答："真的，我以军人的荣誉承诺，只要我齐海东有一碗饭吃，就绝对不会饿着他们。"

罗红旗知道齐海东今天刚刚辞职，但以他对齐海东的了解，立刻点头同意："好，齐海东，以前在军校的时候我最相信你，现在，我绝对绝对还跟以前一样。"

罗红旗拉着齐海东登上演讲台，拿过麦克风，向大家介绍："同志们，我来给大家介绍，这是齐海东，曾经是我们师的尖刀连战斗英雄，在南疆战场上立下过赫赫战功。"

台下退伍兵自发热烈鼓掌，因为齐海东虽然退伍，但在整个师里，仍然流传着关于齐海东的传奇故事。

齐海东向台下鞠躬，看着那一张张年轻的、血气方刚的脸。

罗红旗接着说："齐海东同志曾经是省政府秘书，今天刚刚辞职。他即将组建海天市建筑公司，需要大量工作人员。如果哪位同志不愿意回去，就举手，到他的公司里去。他向我保证过，一定跟大家团结一心，共创未来。"

台下退伍兵有些愣怔，沉默，没有反应。

齐海东接过麦克风，深情而沉稳地说："同志们，我离开部队的时候，像大家一样，人走了，心却好像还一直在部队上，一直跟其他战友在一起。说心里话，我不想离开部队，也不想跟战友分开。我和尖刀连的战士一起出生入死，感情胜过亲兄弟。同志们，如果你们相信我，就留下来，我们一起创业，一起奋斗，就像在部队里一起训练、在战场上一起杀敌卫国一样。我齐海东在这里拍着胸脯、以军人的荣誉起誓承诺，一定带着同志们创造辉煌的未来。"

退伍兵们热烈鼓掌，军人与军人之间，天生就能热血相融。

齐海东举手示意："愿意跟随我的，请站出来。"

退伍兵的队伍慢慢起了变化，有三分之二的人自动站出了，排成另一队。

齐海东向退伍兵们鞠躬："谢谢大家，谢谢同志们对我的信任，从现在起，我们又将成为同一战壕里的战友了。"

仿佛是上天的故意安排，他的生活总是与"承诺"联系在一起，他也不断挑起越来越多的责任。他坚信，有志者事竟成，所有困难必将成为英雄的磨刀石。

两支队伍中，有人开始唱《驼铃》那首歌：

"送战友，踏征程，

默默无语两眼泪，耳边响起驼铃声。

路漫漫，雾蒙蒙，

革命生涯常分手，一样分别两样情……"

齐海东、罗红旗也加入了合唱，站台上所有人包括民政局领导，也都动情加入：

"战友啊战友，

亲爱的弟兄，

当心夜半北风寒，一路多保重。

战友啊战友，

亲爱的弟兄，

待到春风传佳讯，我们再相逢。

战友啊战友，

亲爱的弟兄，

待到春风传佳讯，我们再相逢，再相逢……"

歌声久久回荡在天际，本来悲悲戚戚的送别会性质改变，成了齐海东招兵买马的招聘会。幸运的是，这批退伍兵里有很多是工程兵和司机，这正是齐海东开建筑公司急需的人才。大家凑在一起，就能正式开工创业了。

很快，鞭炮声中，天海建筑公司的牌子挂起来，在场的除了齐海东、赵大海、李福临、孙立山、周海霞，其余的就是那些退伍军人们。孙立山是闻风而来的，他舍弃了红红火火的菜市场批发摊位，铁了心要跟着齐海东创业。

齐海东说："兄弟们，今天，咱们天海建筑公司正式成立了。请大家记住，咱们都曾经是军人，一朝穿军装，一生是军人，所以我们是一个带着'军'字头的公司，在今后的创业日子中，一定要牢记这一点，不要给军人丢脸。"

众人热烈鼓掌，他们对齐海东都有信心。

为庆祝开业，齐海东带着众人吃饭。桌上的酒菜都很简陋，但大家吃得很开心。齐海东、赵大海、李福临、孙立山四个人喝得半醉，四个人唱起了《我是一个兵》，所有士兵包括周海霞在内，一起动情歌唱。

他们都是离开部队的军人，本来个个都像离群的鸟儿一样，对单飞的未来心存惶惑。齐海东组建了这样一个"军"字号的建筑公司，等于是重新拉起了一支队伍，把大家的心又凝聚在一起。

在开业仪式之前，齐海东已经把所有人员分成几个大队，按照每个人在部队里的职务重新排序，仍旧采取排长管理班长、班长管理士兵的工作模式，统一住上下铺宿舍，统一出早操……

他想要一支服从管理、能打硬仗的队伍，而眼前这些铁打的退伍军人，就是上天赐给他的最坚固的基石。

齐海东看着酒桌上的三兄弟，再看看四周的人，内心不禁念叨："老五，现在就差你一个人了。什么时候你才能听我的话，回海天市来呢？"

之前他每次打电话给吴大宝，都想让吴大宝来海天，但每次都被吴大宝婉拒。

酒后散席，齐海东等四人坐在桌边喝茶。

赵大海说："大哥的公司成立了，下一步就要甩开膀子干大事。老三，我听说国土局的宿舍楼项目已经通过审批了，这个工程挺大，你看是不是可以直接批给大哥来干？"

李福临摇头："宿舍楼项目是国土局的大工程，准备盖五个单元，分七层，还有配套的暖气房、水泵房、储藏室，我也很想直接让大哥的公司来干，但你们也知道，大哥的公司刚成立，没有独力承揽大项目的资质，国土局不是我一个人说了算，还有上级领导，还有审计部门呢！这个工程，大哥的公司承建不起。"

孙立山把茶杯使劲往桌上一放："三哥，你是国土局副局长，也太不给大哥面子了吧？"

齐海东没那么激动，平静地问："老三，你具体说说，这个工程为什么不能批给我来做？然后再说说，怎么才能批给我来做？"

李福临回答："大哥，你自己想想，现在海天市的大型建筑公司也不少，一建、二建、三建还有海港建筑公司、铁路局建筑公司等等，它们都是搞建筑很多年的大公司，机械、人员充足，建筑队伍成熟，国土局肯定愿意把工程承包给他们。"

齐海东点头："好了老三，我明白了。那我问你，我们怎样才能承包到这个工程？"

李福临摇头："大哥，还是死了这条心吧，我不知道，反正这件事我办不了。"

孙立山恼火了："三哥，大哥刚刚组建队伍，新公司开张，你不是上赶着给大哥介绍工程，反而一个劲地泼冷水，这还算兄弟吗？"

赵大海也在一边附和："就是啊，老三，你这个副局长当的，这么窝囊。要是咱俩单位对调，我二话不说，就把工程争过来给大哥。"

李福临脸红了，一下子站起来，准备摔门走人。

齐海东举手制止大家攻击李福临："好了好了，都别难为老三了。我们再想办法，没必要一条道走到黑。"

他知道李福临的难处，国土局有局长、书记，还有几个副局长、副书记，大大小小的领导加起来十几位。报告递上去，每一位局级干部都要审判、签署意见，反复考察建筑队的资质，确保百年大计，质量第一。

❼ 成 事

　　酒后，齐海东满身疲惫地回家，换了拖鞋，一屁股坐在沙发上。周海霞从卧室出来，不多问，温柔地给齐海东倒了杯水，放在茶几上。

　　齐海东抬起头，勉强笑了笑："你早下班了？"周海霞点头："嗯，也是刚刚进门，我下午回爸妈家了。"

　　齐海东脸上有点不太自在："爸妈怎么样？还在生我的气吗？"他知道，齐山、鲁娟因为自己辞职的事，都病了一场，心情也非常低落。还有，邻居知道他辞职后，都在怀疑他是犯了错误被单位开除的，这让鲁娟很没有面子。

　　周海霞回答："爸妈都挺好，你抽空也回去看看。他们对你辞职还是不能理解，但气已经消了不少。他们说，上午的时候，刘副省长到家里去了，跟他们聊了很多，并且说，只要你愿意回去上班，他们会努力向上级解释，争取给你一次机会。"

　　齐海东摇头："开弓没有回头箭，我是不会回去的。"

　　周海霞笑了："这句话，爸也跟刘副省长他们说了，说齐家人是开弓没有回头箭，好马不吃回头草的。既然走了，就一定闯出个样子来，反正七十二行，行行出状元，是金子在哪里都会发光的。"

　　齐海东有点惭愧，齐山能这么替他辩白，他心里万分感激。从小到大，齐山对他严厉有余而宽厚不足，所以他对齐山打心眼里有点发怵。

　　"爸真这么说？"齐海东脸上有点发热。

　　周海霞点头："那当然了，海东，你也肯定能听出来，爸能这么说，就是已经原谅你了，对不对？"

　　齐海东长叹一声："越是这样，我就越不能给他丢人。"

　　话虽这么说，事情却不那么容易。一个公司建立起来，几十张嘴等着开工资吃饭，如果不能尽快接到工程开始干活，钱从哪里来？

　　周海霞把手盖在齐海东手背上："海东，知子莫若父，抽空回去给爸认个错。"

　　齐海东点头答应："嗯，我安顿好公司的事就回去。"

　　几天后，齐海东去找李福临，把天海建筑公司的执照、人员资料摊了一桌子。

他问李福临："老三，你今天必须得给我交个实底，宿舍楼工程究竟要承包给谁来干？"

李福临照实回答："大哥，市里的几大建筑公司都跟基建科接触过了，他们都有意承包这个工程，等一会儿局党委就要开会研究这个事。"

齐海东说："那你带我去找基建科的人，把我公司的资料也递上去。"

李福临摊开手回答："大哥，你公司的资料我第一时间就递上去了，的确是资质不够，没法通融。"

他是齐海东的兄弟，只要有一丁点希望，他也会努力为天海公司争取这个项目。但是，国土局建宿舍是件大事，关系到所有干部职工的生命安全，的的确确马虎不得。为了这个过程，局党委邀请了建筑院、建委的几位专家过来，反复审核图纸和建筑队伍，不敢有丝毫懈怠。

"找最好的公司，选最好的材料，核准最优秀的户型结构，建成本市一流宿舍楼工程的模范样板。人命最值钱，不能拿干部职工的命开玩笑。谁敢在这件事上徇私舞弊，别说上级会追查，就是职工家属们一人一口唾沫也把他给淹死了。"这就是局党委领导的原话。

齐海东不肯放弃："老三，我考虑过了，我们天海建筑公司愿意签订'垫付施工材料款、工程质量不过关倒赔施工款'的协议，这样的话，局党委是不是就能解除后顾之忧，同意我们来干这个工程？"

齐海东事先做过缜密的思考，才做出这样的决定。

辞职之前，他整理历年来的省政府批示文件时，曾看到过相同的例子。只有突出奇兵，才能在千军万马之中胜出，这是兵法上颠扑不破的道理。

李福临震惊："大哥，这个协议可不是随便就签的，一旦白纸黑字落了地，那就具有法律效力，你哪来的那么多钱垫付材料款？"

齐海东微笑："那你就别管了，你就告诉我，这样能不能打动国土局党委的领导们？"

李福临在办公室里转圈，犹豫不决。

齐海东说："老三，你相信我吗？能不能就像在南疆战场上那样，完全相信我，相信我一定能带着兄弟们杀出鬼子的重围？"

李福临站下，重重地点头："大哥，什么都别说了，我带你去见局领导。你签这个协议，我把我名字签在你后面，宿舍楼工程如果出什么问题，咱们兄弟一起担着，我李福临这个小小的乌纱帽也不要了。"

任何时候，他都无条件相信齐海东。

战场上，他是士兵，甘愿受齐海东指挥，冒着枪林弹雨前进；现在，如果齐海东铁了心要做这件事，他愿意赔上自己的前程，竭尽全力支持。

这才是真正的兄弟，如果需要，他愿意让齐海东踩着自己的肩膀向前走。他相信，当他遭遇困难时，齐海东也一定鼎力相助，绝不推脱。

李福临领着齐海东出现在会议室里，国土局党委领导的七个人都已经就坐。

国土局王书记看到齐海东，愣了愣，起身热情招呼："我还以为是谁呢，海东，你怎么过来了？"

之前两人为了工作的事经常见面，是平等的工作关系，但这一次，齐海东已经辞职下海，并且有求于人，自然就矮了半截。

齐海东说："王书记，实在不好意思，我是为宿舍楼工程来麻烦您的。我刚刚搞了一个建筑公司，专门承接建筑工程。公司刚成立，各种手续资料都很全，人员配备也没问题，技术骨干都是部队的工程兵，技术过硬，责任心强。跟您说实话吧，我想承包宿舍楼工程。"

王书记有点为难："海东，凭咱们的交情，我应该照顾你，可是宿舍楼工程是造福职工的大事，工程质量是重中之重，我是共产党员，又是国家干部，绝对不敢把私人感情放在工作前面。"

托关系要承包这个项目的人不止齐海东一个，但都被王书记回绝了。他不要钱，也不要面子，只想把宿舍楼盖得稳稳当当、结结实实的，只留功德，不留骂名。

齐海东从资料最下面拿出协议递过去："王书记，这是我草拟的'垫付施工材料款、工程质量不过关倒赔施工款'的协议，您看一下。"

王书记一愣，旁边局党委班子成员也吃了一惊。

王书记看过协议，马上传给其他人。

那份协议上，所有的受益方都是国土局，一切风险都由齐海东的公司来承担，绝对是一份不平等合约。但是，只要宿舍楼保质保量、按照工期建好，齐海东公司的利润就能超过一百万。

齐海东所走的是一招险棋，成了就一战定江山，败了就债台高筑，公司解散，成为海天市建筑市场上的笑柄。

王书记考虑再三，和气地规劝："海东啊，你不要意气用事，眼光放长远一些，其实国土局以后还有一些小的工程，都可以分一些给你的公司做。"

齐海东摇头："王书记，您真要想关照我，今天就跟我签这个协议吧，我保证把宿舍楼建得漂漂亮亮的，让干部职工人人叫好。"

李福临站起来："王书记，我愿意担保天海建筑公司，宿舍楼工程出任何问题，您就免我的职，辞退我。"

王书记愕然："福临，你……海东，你们这是唱的哪一出啊？唱的到底是《将相和》还是《双龙会》啊？"

他知道李福临和齐海东的关系，但这两个人一个押上了身家性命，一个押上政治前途，简直是疯了。

齐海东恳切地说："王书记，我们真不是来唱戏的。我们天海建筑公司是一个由退伍兵组成的公司，就是想从零开始，实实在在地为海天市做点事，希望王书记能给我们这批退伍兵一个机会。我知道，您从前也是部队转业回来的，请相信自己的战友，永远都不会给部队抹黑。"

王书记很受感动："海东，你这些话，言重了。"

其余六人看过协议后，纷纷点头，听了齐海东的话也很受感动。

王书记说："如果大家没有意见，我就拍板决定了，同意天海建筑公司获得宿舍楼项目的承包资质，但具体最后由哪个建筑公司来做，还得研究决定。海东，协议我可以签，工程最后也有可能承包给你，但是，一旦工程出了问题，我得向国土局上下几百职工有个交代。"

齐海东坚决地点头："王书记，我曾经是军人，这份协议就是我的军令状。我做不好，要杀要剐，随您。"

李福临跟着说："王书记，我是担保人，建筑工程出问题，要杀要剐，也随您。"

王书记在协议上签字，会议室里响起热烈的掌声。大家都佩服这两个年轻人的胆识和义气，但能否做好一个大型的建筑项目，仅有热情是不够的，必须有科学设计、严格监管、认真施工等数个环节构成，缺一不可。

齐山的消息很灵通，几乎在同时就得到了齐海东押宝于国土局宿舍楼建筑项目的事。为此，他马上打了几个电话，昔日的老战友关系全都启用。

"齐海东是我儿子，我齐山只有这一个儿子，所以他无论做什么事，我这个当老子的都要全力支持。"这是他打每个电话时都重点强调的一句话。

打完电话，他告诉鲁娟："多买点菜，叫海东他仨回来吃饭。"

仿佛心有灵犀一般，鲁娟还没出门，齐海东已经进门，双手满满地拎着鸡鸭鱼肉。

那时，齐山正在院子里的葡萄架下，手里拿着剪子，抬头端详着头顶的枯枝败叶。他看见儿子进门，心头一阵恍惚，依稀想起齐海东小学毕业、中学毕业、高中毕业、部队转业时进门的情景。

一晃之间，齐海东已经过了而立之年，变为一个沉稳、坚强的成年人。

儿子大了，父母就老了。他能做的，不再是改变对方的航向，而是鼓风助力，让儿子的船驶向预定的目的地。

"爸。"齐海东先去厨房放下东西，然后转出来，走到齐山旁边。

齐山指着头顶仅剩的两串葡萄："去搬梯子来，那是给你留的，再不剪下来就坏了。"

他家的葡萄是著名的大泽山老藤，"苗红根正"，每年结的葡萄自家都吃不了，总是送给邻居家。

齐海东没搬梯子，而是找了一个小方凳，踩着凳子去剪葡萄。

凳子不稳，齐山不由自主地伸手托着儿子的腰。

从前，任何时候他都比齐海东高大，总是他在上，儿子抬头仰视他。

现在，齐海东站在高处，而他则是甘做副手，站在低处。

"儿子长大了，真的长大了！"他在心底告诉自己。

忽然之间，他原谅了儿子所有的不好。每个有本事的男人年轻时都天马行空一样飞驰，自己设定方向，别人无法改变。他也曾经年轻过，也曾经豪情万丈，像伟人诗词中所说的，"敢上九天揽月，敢下五洋捉鳖。"

"齐海东是我齐山的儿子，一定遗传了我性格中敢想敢闯的部分，我该放手了，现在是年轻人的天下……"齐山自参军入伍就没再哭过，但现在，两颗泪珠滑过眼角，这令他心中感慨万千。

齐海东剪下葡萄，要拿到厨房去洗。

齐山摆摆手："这些小事让你妈去做就行了，咱爷俩聊聊。"

齐海东把葡萄端进厨房去，然后搬着小马扎出来。

齐家的廊檐下摆着一对藤椅和铁艺茶几，但自从懂事以来，齐海东从未跟齐山平起平坐过，就算没有外人，也总是齐山坐藤椅，他站着或者是坐小马扎，聆听教诲。

"坐这里。"齐山先坐，示意齐海东在另外一边的藤椅上坐。

齐海东坐下，拿起热水瓶，给齐山的茶杯里续满水，而后双手按着膝盖，保持军人的坐姿。

"海东，我刚刚打过几个电话，建筑设计院那边你刘伯伯、建委那边你常伯伯、建材中心那边你鞠阿姨、市政府计划审批处那边的胡伯伯……"

齐海东规规矩矩地听着，那几位都是齐山的老战友，每年春节，必定聚会，亲如一家人。

"我知道，你从不愿意借用我的社会关系，总把那些当成是走后门拉关系、营私舞弊，但现在，我想告诉你，如果你想做成一件大事，就要借助于八方力量，调动所有能帮上忙的人。尤其是，你现在做的是一件正义的、有利于党和国家的大事，那些退伍军人为部队奉献了自己的青春年华，他们应该获得社会的尊重，也应该在正确的岗位上继续发挥自己的特长，否则的话，就等于白白接受了党和国家三年教育，使他们的社会价值重新归零，这是最大的浪费。你能把退伍军人组织起来，一起创业，这是件大好事，理应受到社会的支持。"齐山了解齐海东辞职后的一切动向，看着儿子并没有跌入商场欲望的沟壑，真的十分欣慰。

齐海东很受感动，因为这是齐山对他的首次肯定。

"还记得你要求我过问赵大海、李福临转业安排的事吗？你当时说，一个老党员、一个省级领导就应该为转业军人服好务，不让共和国军人流血又流泪，那不叫走后门，而是叫知人善任，不埋没人才，同时也是为各个部门输送优秀人才。小子，现在，我们退开一步看，我是党员和领导，也是曾经的军队干部，而你，是转业到地方后自主创业的军人，我是不是应该全力帮助你？帮助你，就是帮助一大批复员军人，为国家减轻负担？"齐山继续说。

那道理齐海东也懂，但他担心，外界会对齐山说三道四，影响了父亲的清誉。

"为了承包国土局的宿舍楼项目，你押上了身家，李福临押上了前程，这已经是你们俩能付出的极限了吧？如果项目拿不下来，一定会沉重打击公司员工的信心。我猜，你一定为了走这步险棋费了很多心思，受了很多煎熬……"齐山清了清嗓子，声音有些哽咽。

能获得承包项目的参评资格，只是万里长征的第一步。接下来，跟几大建筑公司同台竞争时，齐海东胜出的可能性也并不大。

厨房里，铲子勺子叮叮当当地响起来，鲁娟带着小保姆开始准备晚餐。

"爸，我知道要做成一件事不容易，也有心理准备。"齐海东长叹。

他不想对着齐山发牢骚、倒苦水，因为他早就习惯了一个人扛着所有压力，展示给别人的只有笑容。

"那你想过没有，接下来怎么做才能胜出？"齐山问。

"我准备了全部资料，签了垫付材料款的合同，除此之外……"齐海东一时说不下去了，因为他暂时还未想好，而且，他这个初创的建筑公司如果去跟海天市的一建、二建比，简直是蚂蚁对大象，不在同一级别上。

"这个项目的图纸是你刘伯伯亲自主持设计的，他会做你的施工顾问；项目的风险评估是你常伯伯在做；材料供应是你鞠阿姨负责；市政府各项审批你胡伯伯都会经手……他们都曾经是军人，现在全市只有你这个建筑公司是从上到下一色的退伍军人，就算没有我出面，他们也会帮你。他们在部队里最注重团结合作，回到地方，也绝对不会忘了自己曾经的军人身份，就是我从前经常告诉你的那句话——走出军营还是兵！当兵的不帮当兵的还能帮谁？当兵的有了困难，不向自己的战友求援还求谁？现在你的处境，就是当年赵大海、李福临转业时的样子，就算我不是你的父亲，也会毫不犹豫地伸手相助……"此刻齐山的口气，不是父亲教育儿子，也不是上级教训下级，而是一个共和国老兵在对一个新兵传授人生经验，手把手地带着他向前走，扶上马再送一程。

"谢谢爸。"齐海东心里有太多话要说，但话到嘴边，一切解释、担心都省略掉了，唯有这三个字，才能表达出他对齐山的崇敬。

"小子，我打电话不是为了跑关系走后门，只是想让你带领这群退伍军人在商海中站稳脚跟，以后得到长足发展，为国家解决后顾之忧。这些话，我也跟你那些伯伯阿姨们讲了，他们也都向我保证过，一定要协助你全力投入，盖一座全海天市质量第一的好楼，让海天市人民看看，共和国军人无论在哪个工作岗位上，都是一把好手，任何战场上都能打出漂亮仗！"这，才是齐山谈话的重点。

百年大计，质量第一，他的几个电话等于是把许多分散的老兵集合起来，共同战斗，做退伍军人的靠山与后盾。

他们老了，但老骥伏枥，志在千里，只要党和国家需要，只要年轻人还需要他们引路、保驾、护航、鞭策，他们就会毫不犹豫地站出来，因为这一群人虽然早就走出军营，但是却永远把自己当成一个兵。

中华人民共和国解放军——这是他们共同的光荣称号，他们愿意为了维护这一称号的荣耀辉煌，生命不息，奋斗不止。

餐桌上，齐山特地找出一瓶好酒，要跟齐海东喝两杯。

齐海东按住酒瓶，诚心诚意地告诉齐山："爸，从我辞职那天起，我已经戒酒了。"

周海霞从旁证实："对，从那天，海东戒酒、戒烟了，戒掉一切不好的生活习惯，把全部精力都用在创业上。"

"好小子，有志气！"齐山激动了，猛地一拍桌子，"是我齐山的儿子。"

烟和酒都很难戒，最起码，齐山一辈子戒烟十几回，戒酒二十几回，都没有完全戒掉，总是戒了又犯，犯了又戒，直到今天，这都是他的一个软肋。

对于齐海东来说，辞职是工作的变化，也是人生的转折点，所以他戒酒戒烟，保持一个健康的身体，才有力量攀登高峰。

齐山把那瓶酒封存到写字台最里面的角落里，郑重其事地告诉齐海东："小子，等你真正创业成功了，咱爷俩再喝这瓶酒。"

国土局宿舍楼的项目最终被齐海东拿到手，因为建筑设计院方面有两位专家自愿组建了顾问组，接下来会常驻工地，对天海建筑公司进行全天候二十四小时不间断的监督指导，大到混凝土灌注桩，小到一个钢筋绑扎扭纹方向，全都死盯死守，确保施工工艺一丝不苟地按照设计规程去做。

那么，摆在齐海东面前的还有一个艰巨任务，就是筹集第一期的垫付材料款二十万。

以齐山为首的老战友们纷纷解囊相助，凑了五万；周海霞从北京娘家借了三万；赵大海、李福临、孙立山三人凑了三万；公司员工凑了三万，以上一共是十四万。

令齐海东感动的是，江萍也拿来了五千，钱虽然不多，但那份心意却是极重的。

最终剩下一个五万五的缺口无法填补，尽管赵大海可以在项目开工后申请贷款，却是远水解不了近渴。

齐海东没想到，这个难题竟然被古丽华给解决了。

她先打电话给齐海东，然后把钱送到公司来。

"齐海东，有任何困难都可以找我。"古丽华说。

她已经不是昔日的纯情少女，但看着齐海东的眼神却一点没变。

齐海东看着桌上这厚厚的五捆人民币，惊讶地问："你怎么有这么多钱？"

古丽华看着齐海东，眼睛里仿佛带着钩子一样，风情万种地回答："这你就别管了，别说这么点钱了，为了你，再多我也能拿得出来。"

齐海东不敢看古丽华的眼睛，他觉得自己愧对对方："钱我会尽快还你，利息比银行的定期多一倍。"

古丽华笑起来："你真是门缝里看人，把我给看扁了。我是那么在乎钱的人吗？我在乎的只是……"

齐海东怕古丽华说出一些过火的话，所以赶紧截断对方："喝茶喝茶，赵大海听说你要来，正马上往这边赶。"

古丽华的一举一动，还是牵动着赵大海的心。

齐海东一直觉得，如果古丽华回心转意，能跟赵大海在一起，将会是一件很美好的事。

古丽华嗤之以鼻："我是来给你送钱的，钱送到，我的心事也就了了。齐海东，我只想问你一句，到底我怎样做，你才能在心里分一小块地方给我？"

齐海东苦笑着摇头："我是个有妇之夫，没有权利容下这个容下那个。赵大海是个很优秀的男人，对你也是一往情深，你能不能考虑考虑他？"

古丽华变脸："你是有妇之夫，我还是有夫之妇呢，你觉着好的，我未必就看得上！"

不等赵大海到，古丽华就骑自行车离去了。

她背过身去之后泪流满面，内心十分痛苦，眼睁睁看着自己苦苦追求的男人一夜之间成了战友周海霞的丈夫。她嫁给一个废人就是为了和自己心爱的人生活在一个城市，寻找把齐海东夺回来的机会。每次想着自己为了爱付出这么大的代价，最终却什么也得不到，她的内心十分不甘。

其实，她已经对目前的家庭生活厌倦了，出出进进，被邻居指指点点的，笑话她结婚几年了仍然没有孩子，还不如一个会抱窝的母鸡。

宿舍楼项目开工是在转过年来的五月份，齐海东率领天海建筑公司的员工进场后，各项工作都还顺利。

五月中旬的一天，工地上的塔吊正在组装，建筑材料已经进场，水泥、沙子、石子、钢筋分类堆放。

当晚大气突变，乌云密布，电闪雷鸣，倾盆大雨转瞬即至。雨来得太急太大，工地上排水不畅，雨水朝着堆放水泥的场地奔涌而去。

值班员一看大事不好，马上拉响电铃。

齐海东、孙立山从右面的工地办公室里冲出来，其他工人从另一边的宿舍里跑出来。

齐海东看到现场的情况，大吼一声："大家赶紧行动，马上把水泥搬走！"

现场十几吨水泥一旦被淹，钱的损失是其次，就怕耽误工期，大大影响项目进度。

作为材料科长，孙立山有点慌神："搬哪儿去啊，场地里都堆满了东西，到处都是雨水，没个干燥点的地方。"

齐海东向四面看了看，大声吩咐："大家听着，都别慌，排好队伍，组成人工水泥传动带，把水泥运到办公室和宿舍里去。今天晚上就算咱们站在屋外淋着，也得保证水泥不出问题。"

所有工人立刻排好队，齐海东站在第一个，开始传递水泥。

大雨中，齐海东一边干活一边吼叫："同志们，我们是军人，这里是新的战场，在这块阵地上，我们一定敢于拼刺刀，拿第一，打出军人的威风来！"

他仿佛回到了在南疆战场上穿行雨林、奋勇杀敌的年代，任何困难都被踩在脚下，因为他们是尖刀连的无敌勇士，是精英中的精英，是中国人民解放军的骄傲。

"打出军人的威风来!"风雨中,所有员工一起吼起来,手上的动作也越来越快。

齐海东带头把雨衣脱下来,覆盖在水泥袋子上,宁愿自己淋个透心凉,也在所不惜。

"把雨衣脱下来,给水泥盖上!"有人看到齐海东做的事,立刻呼应追随。

跟在部队时一样,齐海东永远是行动的榜样,只要他做了,身后总有大批追随者。

雨越来越大,齐海东带头唱起了《我们的队伍向太阳》,声音渐渐高亢嘹亮,盖过了哗哗的雨声——

"向前,向前,向前!
我们的队伍向太阳,
脚踏着祖国的大地,
背负着民族的希望,
我们是一支不可战胜的力量。
我们是工农的子弟,
我们是人民的武装,
从无畏惧,绝不屈服,英勇战斗,
直到把反动派消灭干净,
毛泽东的旗帜高高飘扬。
听!风在呼啸军号响,
听!革命歌声多嘹亮……"

这样一个团队,其核心凝聚力完全是自发的,因为在部队的几年,每个人都学会了"集体"二字的含义,懂得"团结就是力量"。遇到任何事,都会把集体利益放在首位,绝不因个人问题耽误工作。

很快,十几吨水泥都被安全转移到办公室和宿舍里,可包括齐海东、孙立山在内,所有人都被淋成了落汤鸡。

齐海东看着这群小弟兄们,只说了一句话:"大家记住,我齐海东这一生绝不亏待自己的兄弟!"

其实那种情况下,任何话都是多余的,所有人都自愿围绕在齐海东周围,以他为核心,迎接所有挑战,直至抵达胜利的终点。

所有人都相信,齐海东是天生的将军,追随他、信任他,将会战无不胜、攻无不克。

　　八个月后，大楼已经建成，交付典礼上，彩旗飘扬，锣鼓震天。

　　齐海东从国土局王书记手上接过了感谢锦旗，高高举起。这一刻，他备感欣慰。这一年来的艰苦创业没有白干，他率领着弟兄们在一个陌生的战场上打了一场漂漂亮亮的大胜仗，公司盈利的同时，员工个人收入都增加了五成。

　　台下，孙立山领着所有工人热烈鼓掌。这支"军"字号的队伍用自己的能力和热情赢得了社会的尊重，从而在海天市建筑业界站稳了脚跟。

⑧ 改　变

　　齐海东打电话给古丽华，说好要还她钱。

　　古丽华的声音病快快的，约齐海东在医院的单身宿舍见面。

　　齐海东没多想，带着六万块钱过去，精心打扮过的古丽华早在宿舍楼下等候。

　　齐海东停车，从包里取出钱："丽华，这里总共是六万，五万五是还本，五千是付息。"

　　古丽华接过钱，注视着齐海东："真好，这次我真是赚了。"

　　齐海东由衷地说："谢谢你对我的支持。"

　　古丽华笑得有点勉强："跟我还这么客气吗？真要谢我的话，就陪我吃顿饭吧！就在楼上宿舍里。"

　　齐海东本来想放下钱就告辞，但看到古丽华的病容不是装出来的，就算在脂粉的遮盖下仍然看得清清楚楚。

　　"你病了？"他问。

　　古丽华摇摇头："还好，只是有点神经衰弱。"

　　齐海东想了想，陪古丽华上楼。公司筹钱时，古丽华帮了那么大忙，他当然明白古丽华为什么借钱给自己，现在实在是不忍心生硬地借钱、冷淡地还钱。

　　两人进了宿舍，古丽华的身体状况很不好，只爬了三层楼就已经累得气喘吁吁，满脸通红。

　　齐海东知道，这个宿舍是古丽华刚回海天市人民医院的时候住过的，结婚之后，很少回来。

　　"陪我喝杯酒好吗？"古丽华问。

　　齐海东进退两难，从宿舍楼开工，他一滴酒都没沾过，至今仍未破戒。

　　"齐海东，你是个男人啊，怎么被周海霞管得服服帖帖的，连喝酒这点小事都要考虑好半天吗？"古丽华笑起来。

　　齐海东咬咬牙，点头答应。

　　古丽华从小冰箱里拿出一只真空包装的烧鸡，细心地撕好装盘，又开了一瓶红酒，从抽屉里取出两只高脚杯。

当她做这些时，齐海东一直在做思想斗争。

数年过去，古丽华的容颜和身材丝毫没变，但是却表现得意志消沉，跟从前那个爱笑、爱斗的女孩子判若两人。

很快，那瓶酒就见了底，古丽华目光迷离，已经半醉。

齐海东关切地说："丽华，少喝点吧，身体要紧。"

古丽华摇摇头，一手握着高脚杯，轻轻摇晃着："我身体没事，一点都没事。我今天就想问你一句话，齐海东，你爱我吗？"

齐海东摇头，低头吃菜，避开古丽华火辣辣的目光。他只爱周海霞，心里容纳不下第二个人，这已经是标准答案。

古丽华追问："齐海东，回答我，你爱我吗？"

齐海东回答："丽华，我们都是结了婚的人，只能做朋友，不可能谈别的。"

古丽华摇摇头："不，你说的我不管，我就只问你一句话，你爱我吗？爱，还是不爱？"

齐海东再次摇头："对不起，我承认你很漂亮，但我心里只有周海霞。"

古丽华大笑："好好好……"

她摇摇晃晃地起身，从抽屉里取出一瓶白酒，倒了满满两大杯。

齐海东皱着眉说："丽华，你不能再喝了，我该走了。"

古丽华说："齐海东，喝完这杯酒，你就走，我也走，我们各奔东西。"

古丽华先端起一杯，一饮而尽，向着齐海东亮出杯底。

齐海东无奈，也一口气喝下。以他从前的酒量，这杯酒下去绝不会醉，但这一次，酒一下肚，他顿时觉得天旋地转，顺着床沿倒下去。

昏迷之中，齐海东感到有人在给自己脱衣服，一个同样赤裸的柔软身体依偎上来，跟他缠在一起。

这样的感觉，他只跟周海霞有过，可是，他模糊记得，昏迷之前是跟古丽华在一起。

"是古丽华？是古丽华！"他的脑子里像有一道闪电掠过，猛地睁眼，果然看到古丽华的脸。两人同盖着一条薄被，身体紧贴在一起。

齐海东一惊，猛地把古丽华推开，额头冷汗涔涔："这是……我们是在哪里？"

古丽华温柔地笑着："是在我的床上。"

齐海东一下子坐起来，却发现自己半身赤裸，立刻感到羞愧难当，抬头四顾，找自己的外衣："我的衣服呢？我得回去了。"

古丽华抱住齐海东的胳膊："已经很晚了，今晚就留在这里吧？"

齐海东摇头："不可能，我真的该走了。"

他跳下床，从古丽华的衣柜里找到自己的衣服，迅速穿好。

古丽华赤裸着下床，快步走过去，从背后抱住齐海东："不要走，我只要你陪我一个晚上。"

齐海东挣脱，但古丽华随即再次抱紧他，然后身体慢慢下滑，跪倒在地毯上，额头贴着他的膝盖，梦呓一般地祈求："齐海东，我求求你留下来。我转业到海天市，嫁给一个一点都不爱的人，就是想离你近一点，能够天天看到你，可是，我每次看到你跟我的好朋友周海霞那么幸福地在一起，我都嫉妒得快疯了。你应该是我的，我比周海霞更早爱上你，我比她更爱你，我比任何人都更爱你，你是我的。"

齐海东一边挣脱，一边大声提醒："丽华，你喝醉了。"

古丽华抱得更紧："我没醉，我很清醒。求你留下来，我只想做你的地下情人，绝对绝对不会影响到你的家庭，不会让周海霞发现。求求你，我跪下来求你，我只为最爱的男人下跪。"

她是一个赤裸着的漂亮女人，应该很少有男人能抵抗住这种诱惑。

齐海东长叹一声，慢慢地而又坚决地掰开古丽华的手。

古丽华跪在地毯上，双手捂脸，失声痛哭。

齐海东开门出去之前，留下最后一句："我真的不能对不起海霞。"

古丽华哭了一阵，突然爆发，把房间里的酒杯、水壶砸向房门："齐海东，我恨你，我恨你，我恨你！"

天海建筑公司初战告捷，齐山也替齐海东高兴，等儿子回家吃饭的时候，询问齐海东："小子，最近我好像听到一些传言，那个叫古丽华的找过你，你还在她宿舍里待到三更半夜才走？很多人传得有鼻子有眼的，所以我得问问你怎么回事？"

齐海东把那晚上跟古丽华喝酒的事原原本本的说了，把齐山听得目瞪口呆。

"我这一辈子，无论成功还是失败，都不会背叛周海霞。"齐海东说。他不想追究古丽华在白酒中有没有下药，但他绝对能够保证自己那晚什么都没做，只是睡在古丽华的床上。尖刀连的精英们都经过"熬鹰"训练，即使是半昏迷中，也能记得自己做过什么。换句话说，只要他不愿意，任何女人都不可能强迫他做任何事。

"真的？"齐山皱眉。

风言风语难听，而且他平生最恨男人拈花惹草，如果齐海东真的做了什么，那就把齐家的脸都丢尽了。

"您儿子我身正不怕影子斜，行得端，走得正。我发誓，如果跟古丽华发生任何关系，天打五雷轰。"齐海东举手发誓。

周海霞从厨房里端着电饭锅出来，齐海东那些话的尾音都飘进她耳朵里。

鲁娟说："我相信我儿子，他绝不会做那些伤风败俗的事。"

周海霞坐下，微笑着说："妈，您不用担心，古丽华是我们的战友，不会对海东做什么的。况且，我们医院里的人都知道，古丽华一周前离了婚，现在跟赵大海在一起。"

这一次，鲁娟也瞠目结舌："真的？她刚离婚就要嫁给赵大海，而且还是未婚同居？"

老一辈革命家都习惯了一夫一妻制，对古丽华这种开放、时髦的生活作风不禁大摇其头，根本接受不了。

那件事齐海东听赵大海说过，发生的时间就是他从古丽华那里逃离的第二天凌晨。

古丽华是因为当天刚刚离婚，所以心情沮丧，意志消沉。齐海东走后，古丽华心灰意冷，不想再活下去，就一个人下楼，骑着自行车去了海边。就在她跳海前的一刹那，赵大海赶到，把她拦腰抱住，救下了一条命。

大醉、迷乱之中，古丽华把赵大海当作了齐海东的替身，而赵大海在这种意外的惊喜之下，恨不得昭告天下，吹嘘夸耀自己得到了意中人，并且已经生米煮成熟饭，下一步就该安心准备婚礼了。

赵大海追了古丽华这么多年，一朝遂了心愿，那份"天上掉馅饼"的惊喜就别提了。

作为大哥，齐海东亲眼看到赵大海美梦成真，当然为他高兴，但同时心里也有一丝莫名的惆怅。不过，这种若有似无的灰色情绪很快就被公司业务蒸蒸日上的喜悦给冲散了，他不断告诫自己要向前看，绝不能被儿女情长所困。

赵大海与古丽华的感情火花刚刚擦亮不久，就遭遇了天翻地覆的"滑铁卢大败局"。

这事也是在古丽华失踪、赵大海被抓之后，齐海东才知道的。

事情的具体经过是这样：离婚后的古丽华也辞职下海，从事医疗器械销售。省立医院要从德国进口两部 CT 机，古丽华恰好认识振华进出口贸易公司的一位魏经理，可以代办这件事。魏经理说，这笔生意利润很大，如果古丽华肯先付款买下机器再转手卖给医院的话，中间有高达百分之五十的利润。那么，古丽华需要垫付二百万，三周时间内就能价格翻番，净赚二百万。古丽华没有现款，就通过假手续骗贷，从赵大海那边违规贷了二百万，当天支付给魏经理。事隔三天，魏经理人去楼空，二百万打了水漂。古丽华一走了之，再也联系不上，而赵大海则因为违规放贷，锒铛入狱。

李福临打电话告诉齐海东："现在，二哥正面临单位审查，如果不能堵上这二百万的窟窿，就有可能被起诉。拿贷款的人是古丽华，现在公安局已经介入，正在调查古丽华是不是跟骗子一伙的，但现在古丽华的人已经不见了。"

齐海东忍不住长叹："老二聪明，一向自负，这可能就是他跌大跟头的主要原因了。"

他先去公安局找人问了，就算赔上二百万，赵大海也会被开除。但是，银行方面说，只要堵上二百万的窟窿，他们马上销案，公安局就可以不追究赵大海的法律责任。

万般无奈之下，齐海东去银行办抵押，把公司押上，贷下款来把银行的钱全还上。

赵大海是他的兄弟，就算有天大的风险，他也会去做。否则的话，二百万就把赵大海这一生给毁了。

这件事还算顺利，钱到了银行账上，赵大海就被释放出来。

齐海东告诉他："老二，从现在起，什么也别说了，咱们是兄弟，就得有福同享，有难同当。古丽华失踪，一定有她的苦衷，所以别恨她。世界上没有常胜将军，这是个男人拼本事的年代，钱没了再赚，跌倒了再爬起来，只要有人，就一定有钱。你懂吗？"

赵大海是个有本事的人，他进入天海公司之后，凭着过人的头脑，很快成了公司的财务主管，在建筑预算、款项回收方面如鱼得水，受员工拥护程度一度超过了齐海东。事业风生水起的同时，他并没有忘记古丽华，因为古丽华已经成了他生命中的一道一碰就痛、永不愈合的伤口。

1997 年 7 月 1 日，香港回归。

国家在海天市建立了经济开发区，一夜之间，高速公路、海滨码头、跨海大桥、高楼大厦……一座国际化滨海大都市呈现在了世人面前，海天市成为了寸土必争的黄金海岸。

齐海东领导的天海建筑公司借助旧城改造的机会迅速发展了起来，更名为天海建筑集团，一座十几层的办公大楼伫立在了滨海大道上，堂堂正正，气势恢弘。

他和赵大海、李福临、孙立山、周海霞这一大群离开军营的士兵们，也翻开了各自人生篇章的崭新一页。

七月底的一天，齐海东坐在沙发上看报纸，七岁的齐天南在旁边看电视，周海霞在阳台上洗衣服、浇花。

齐海东放下报纸，看看齐天南，起身上阳台，接过周海霞手里的喷壶浇花。浇着浇着，齐海东忽然情不自禁地长叹一声。

周海霞有点奇怪："怎么了海东？有心事？"

齐海东回头，看着客厅里的齐天南："每次看着南南，我就想起晓龙来。虽然江萍和陆宽待他不错，但我看得出来，他在那个家里过得并不开心。家里两个孩子，两口子肯定是先照顾小的。"

陆宽和江萍结婚后，执意要生，后来家里就添了个女娃。陆宽那人表面上挺好，但齐海东过去看晓龙的时候听邻居说，这家伙很爱喝酒，而且还撒酒疯、砸东西，对江萍娘俩也隔三差五地动手。

"那你想怎么办？"周海霞问。

齐海东沉吟着回答："我想跟你商量商量，把晓龙接出来，跟咱们一起过。"

周海霞一愣，看着齐海东："海东，这可是大事，牵扯各个方面的关系，咱们草率不得。"

齐海东说："晓龙是唐家的根，连长托付我照顾这个、照顾那个，就是没提自己家的事。我就算豁出命去，也得把晓龙照顾好，不能让连长在九泉之下死不瞑目。"

在他心里，唐晓龙的分量比齐天南更重。

周海霞知道齐海东的心思，只好点头："好吧，我这边没意见，不过你得先问问江萍，看他们两口子的意见，毕竟人家是亲妈和继父。"

齐海东回到客厅，拿起电话打给江萍，顺手摸摸齐天南的后脑勺。

电话接通，齐海东说："嫂子，是我，海东，我想把晓龙接过来跟我过，顺便让海霞辅导他的学习。你跟陆哥商量商量看行不行？只是跟我们过，不牵扯别的名字户口什么的……嗯，那我等你电话。"

很快，江萍就回电话："晓龙在这里习惯了，搬来搬去，不利于学习。再说，孩子离不开这个家，他已经习惯了。如果你喜欢孩子，可以把孩子接过去单独待两天。"

齐海东无奈，只能暂时放弃这想法。

没过几天，另外一件小事又触动了他心底最柔软的那个地方，寄给老五吴大宝的钱又被邮局退回来。

大概是前年吧，李福临出差经过冠县乡下的小吴村，见过吴大宝一次。吴大宝的情况很不好，媳妇难产死了，留下一个瘦得像小猴子的男孩，起名叫吴家嵩。怕孩子受后娘的虐待，吴大宝没再娶，一个人拉扯孩子。乡下的环境本来就差，爷俩住在三间破旧的土屋里，又没有个女主人收拾，家里比杂货市场还乱腾。

听李福临这么说，齐海东心如刀绞，每月都要给吴大宝寄钱，多则五千，少则一千。到今天为止，是吴大宝第二十二次退款回来了，光那些退款收据就有厚厚的一沓子了。

齐海东决定了，先去冠县，把吴大宝接到海天来。

周海霞也知道，一个残疾人自己带着孩子，一想就知道是什么情况。每次打电话，吴大宝都说自己过得挺好，不让齐海东操心，可实际上他都是在骗齐海东。

齐海东说："帮我个忙，我明天去趟冠县，你跟我一块儿去。老五最听你的话，你帮我劝劝他，让他带孩子到海天来。"

周海霞毫不犹豫地回答："好，我这就打电话请假，陪你去。"

齐海东精神一振："那就这么说定了，这次就是绑也得把他弄回来。老五的一条腿永远地留在了南疆战场，还有更多战友用鲜血和生命保卫了我们的国家领土。活着的人，再苦再累，也不能让战友们的血白流。"

周海霞温柔地握住齐海东的手："放心，就算老五不来，我也会把孩子先接回来。"

她有一颗善良的心，早先知道吴大宝的境况，心里已经非常难过。尤其是牵扯到孩子的问题，作为一个母亲，她深知早早失去母爱的孩子有多可怜。

冠县距离海天市大约四百公里，两人隔天清晨出发，驾车到达冠县乡下小吴村的时候刚好是中午十一点。

天下着小雨，吴大宝家的小院门口却挂着锁。

齐海东、周海霞下车，站在吴大宝家院门口，向院中张望。院子里仍是泥地，两只鸡在墙根下刨食，屋前有一口挺大的咸菜缸。院中栽着一棵树，枝叶凋零，半死不活。

齐海东望着那棵树，若有所思，自言自语："院子是个口字框，口字里有木，是个'困'字，老五这弄得……犯忌讳啊！"

周海霞一笑："海东，没想到你还有算命先生的本事！"

齐海东不是算命先生，但目光却锐利，看见那三间土屋实在已经太旧了，真不一定能抵挡住今年接二连三的暴雨。

周海霞向旁边一个抱孩子的妇女打听："妹子，我打听一下，这是吴大宝的家吧？"

抱孩子的妇女上下打量周海霞，又看看齐海东。两人的衣着打扮，时尚整洁，与村里的人迥然不同。

妇女点点头："嗯，是他家。"

周海霞问："快吃中午饭了，可门锁着呢，他不在家能去哪儿？"

妇女想了想，指了指西边："出门给人家敬老院劈木柴去了，就在前面两条街上。"

齐海东转过头，看着那妇女："劈柴？"

妇女点点头："嗯。"

齐海东有些奇怪："他一个残疾人怎么劈柴？"

妇女指指门边，一个破旧的修鞋箱靠在墙角，盖在一块旧塑料布下面。

"他平时在门口摆摊修鞋，敬老院有事就叫他。"

齐海东的脸沉下来，周海霞赶紧拉了拉齐海东衣角，自己斜跨了一步，把齐海东挡在身后，然后对那个妇女笑着说："谢谢你啊妹子。"

妇女摆摆手，抱着孩子走开了。

齐海东跺了跺脚，无处发泄愤怒，只能瞪着眼看周海霞："劈柴？他只剩一条腿，怎么劈柴？"

周海霞咬着唇，静静地听齐海东发火。

周海霞点点头："我听见了。"

齐海东原地转圈、跺脚，无处发泄："真是虎落平阳啊！老五这小子，丢我的脸，丢尖刀连的脸，我……我早就该来了，见了他，我非扇他两个大耳光不行！"

周海霞握住齐海东的手，默默地听着。

齐海东咬着牙问："海霞，你看看，这他妈的叫什么事？这叫什么事？老五在尖刀连里练的是飞刀，摸鬼子岗哨，二十步以内百发百中，现在你让他去拿柴刀劈柴？"

旁边经过的人都回头看着齐海东，交头接耳，以为他是疯子。

周海霞压低声音："海东，你先别着急，等老五回来再说。"

齐海东长叹，攥着拳，脸黑得像铁板一样。

周海霞不停地拍打齐海东的手背，焦急地向街道尽头看。

　　抱孩子的妇女又转回来，悄悄地指向街对面："大姐，看到那个孩子了吗？那就是吴大宝家的。"

　　街对面，一个衣衫褴褛的小男孩孤单地坐在脏乎乎的台阶上，双手托着腮，孤单单地看旁边的孩子们快活地做游戏。

　　周海霞问："是叫嵩嵩对吧？"

　　妇女点头："对，就叫嵩嵩。"

　　周海霞拉了拉齐海东，让他向街对面看："那就是嵩嵩。"

　　齐海东看了看，大步走过去，在小男孩面前蹲下来："嵩嵩？"

　　嵩嵩看看齐海东，害怕地向后缩。

　　齐海东挤出一个微笑："嵩嵩别怕，我是你齐大伯，从海天市来的。"

　　嵩嵩摇摇头，他的脸上全是土，头发被剃光，眼里流露着胆怯。

　　周海霞跟过来，拿出手帕，想给嵩嵩擦擦脸。

　　嵩嵩躲闪，跳起来绕过柱子，快速地跑开了。

　　周海霞跟在后面叫："嵩嵩，嵩嵩……"

　　嵩嵩一溜烟地跑远了，一眨眼就拐过了街角，消失不见。

　　齐海东站起来，怒火更旺："老五干得好事！把孩子照顾成这样，看我等会儿怎么收拾他！"

　　周海霞眼眶里含着泪，眺望着嵩嵩消失的方向。有妈的孩子像块宝，没妈的孩子像根草。同样是南疆战士的后代，自己家的齐天南有爷爷奶奶、爸爸妈妈还有小姑姑齐美琳守着，饭来张口、衣来伸手，整天无忧无虑，叽叽喳喳。可吴大宝的孩子呢？却是没人看、没人疼，马上都十二点了还不知道中午饭在哪里。

　　齐海东回到院门口，抓住铁锁一拽，门上的挂钩被扯断。

　　两人进了院子，站在泥地里。

　　齐海东环顾四周，欲哭无泪。

　　周海霞低声说："海东，你先别急着埋怨老五，他一定有他的难处。一个大男人没了媳妇，过起日子来总是不那么顺当。孩子穿得脏点没什么，挺健康、挺机灵的，不是吗？"

　　齐海东搓手，恨得咬牙切齿："老五这熊玩意儿，把孩子养成那样，再有什么难处，孩子是无辜的！我以前看见陆宽对待晓龙那样，恨不得……恨不得……老五啊老五，尖刀连的后代都是好钢，浪费一块少一块！"

　　挂着旧木拐的吴大宝出现在院门口，嵩嵩从旁边露出半个脑袋，看着院里的齐海东和周海霞。

吴大宝大叫："大哥、大嫂！"

周海霞扬起手打招呼："老五，大宝！"

吴大宝激动地快速向前走，拐杖在泥地上戳出深坑，每次拔起，泥水四溅。

周海霞向前迎上来："大宝，慢点慢点。"

两人靠近，周海霞赶紧伸手搀扶吴大宝。

吴大宝的肩头全都淋湿了，一件旧棉袄上补丁摞补丁，已经看不出原来的颜色。昔日的尖刀连勇士如今面目全非，只有脚上已经咧开嘴的黄胶鞋，像是唯一跟部队、解放军有关的符号。

"大宝……"周海霞又叫了一声，鼻子发酸，说不出话来。

吴大宝到了齐海东面前，齐海东冷冷地站着，直瞪着他。

"大哥，真是想死我了，刚才嵩嵩去叫我，说有人找，我没想到是您跟大嫂。"吴大宝想笑，但嗓子已经哽咽。

齐海东伸出手，把吴大宝衣襟上挂着的一块半尺长的木柴拿下来。

吴大宝低声叫："大哥。"

齐海东手指发力，木柴啪的一声断成两截。

他盯着吴大宝："给人劈柴去了？"

周海霞知道情况不妙，紧张地用眼神示意齐海东别发作，但齐海东根本不理睬。

吴大宝点头："是啊，我是去给别人帮忙，反正闲着也是闲着。"

齐海东气得浑身发抖："劈柴、修鞋？你够光荣的啊？要不要先给我这双鞋钉个鞋跟换个鞋掌？"

吴大宝解释："大哥，我闲着也闲着，七尺汉子，不能总赖着政府……"

齐海东挥手，断柴砸到吴大宝脸上，随即一脚踹在吴大宝肚子上。

吴大宝向后飞起，仰面朝天，跌在泥水中。

周海霞惊叫一声，被泥水溅了满身。

齐海东怒不可遏："吴大宝，你就知道劈柴？修鞋……你还记得自己是尖刀连的人吗？你还记得是我齐海东的兄弟吗？你是怎么管孩子的？你在电话里怎么跟我说的？"

周海霞赶来阻拦，被齐海东一下推开。

大门口的围观者越来越多，大家纷纷交头接耳，猜测齐海东的来历。

嵩嵩蹲在一边，吓得捂住脸，从指缝里向院中看。

周海霞试着喝止齐海东："海东，海东，你别激动！先听老五说，先听他解释！"

齐海东蹲下来，手指戳到吴大宝额头上："吴大宝，你现在就给我解释！你给我解释！你说带着孩子过得好好的，你说刚给嵩嵩买了新衣服……新衣服呢？你看看嵩嵩还有个孩子样吗？你看看你，还有个人样吗？"

他对吴大宝的印象还停留在最后离开部队的时候，虽然吴大宝失去了一条腿，但精神饱满，情绪激昂，对未来充满了热情的憧憬。现在呢，躺在泥水中的不是那个尖刀连勇士吴大宝，而是一个颓废、邋遢的乡村残废。

齐海东做梦都没想到，昔日的战斗英雄、无数少女们崇拜的偶像吴大宝，竟然变成这副德性。

⑨ 义 气

"吴大宝，我没有你这样的兄弟，尖刀连没有你这样的战士，你这个废物！"齐海东真的气急了，根本控制不住，好几年没骂过的话都脱口而出。

吴大宝的头枕在泥地上，任由齐海东戳，既不躲闪，也不辩解。

周海霞拖住齐海东的胳膊，低声叫："海东，快住手！"

齐海东不依不饶："住手？我今天一口气戳死他，尖刀连的后代让他养成这个样，对得起尖刀连这三个字吗？对得起连长的嘱托吗？"

周海霞一个字一个字地低叫："海东，别骂老五了，嵩嵩在门口看着呢！"

齐海东望着院门口，看到嵩嵩惊恐的脸，终于停住手。

周海霞跑到院门口，抱起嵩嵩。

嵩嵩吓坏了，把头埋在周海霞胸前。

周海霞抱着孩子回来，齐海东仍旧气呼呼的，随时可能二次爆发。

周海霞柔声叫着："嵩嵩，这是你齐大伯，快叫齐大伯。"

嵩嵩不敢抬头，齐海东摸着孩子的头，从周海霞手里接过手帕，轻轻地给孩子擦脸。

周海霞又叫："嵩嵩，叫大伯，快叫齐大伯。"

她知道，只有孩子的声音能让齐海东恢复理智，不让这场混乱继续下去。

嵩嵩的脏脸被慢慢擦干净，怯生生地叫："齐大伯。"

齐海东答应："哎，好孩子，好嵩嵩。"

嵩嵩的声音越来越轻："别打我爸爸，求求你，别打我爸爸。"

齐海东无言以对，回头看着吴大宝。

周海霞说："海东，别愣着了，快把大宝拉起来，进屋再说。"

齐海东向大门口聚集的围观者看了看，长叹一声，用脚尖轻踢吴大宝的腿，没好气地叫："喂，还能喘气吗？能就赶紧起来，滚屋里去。"

吴大宝爬起来，抓到拐杖，走过去开门。

屋子里到处都是土，正中间的破木桌上摆着喝了一半的粥、吃剩的馒头、咸菜。

旁边的床上，只有磨得发亮的光席子，上面胡乱堆着一条露着棉絮的被子，已经脏得看不出本来的颜色。

齐海东看到这些，牙根恨得痒痒，因为他根本无法理解吴大宝怎么会把自己的家弄成狗窝一样。

要知道，大家在部队搞内务整理时，一定要把被子叠成有棱有角的豆腐块才行。

"吴大宝，你真行啊！离开部队几年，连怎么叠被子都忘了？"齐海东连讽带刺地说。

吴大宝把桌子边的两条长凳搬到墙边，用衣袖擦了好几遍。

齐海东默默地看着吴大宝做这些事，表情复杂，又心疼又惭愧。

现在，吴大宝穿的破胶鞋上补着四五个补丁，齐海东和周海霞脚上穿的却是崭新的名牌皮鞋。

吴大宝垂着头说："大哥，大嫂，你们请坐。"

周海霞抱着嵩嵩，看着两个男人："嵩嵩，我带你去车里拿好东西吃，有苹果，还有面包，好不好？"

嵩嵩怯生生地回答："好。"

周海霞用眼神示意齐海东要冷静，然后抱着嵩嵩走出去。她不想让孩子看到暴力的场面，孩子是无辜的，大人做错事，跟孩子没有半点关系。

吴大宝看看齐海东，没有一句怨言，态度仍然恭恭敬敬："大哥，你坐。"

齐海东坐下，环顾屋内。他很难想象吴大宝爷俩是怎样在这破屋中栖身的。

"你也坐。"齐海东说。

吴大宝看看满身的泥，从屋角拖出一个更旧的方凳，坐在齐海东对面。

齐海东说："大宝，我给你寄钱，是希望你和嵩嵩过得好一点。我寄几次，你给我退几次，还在电话里说过得挺好，有政府的残疾津贴，嵩嵩也准备上小学……"

齐海东指着桌上的馒头和咸菜，情绪再次激动："你让嵩嵩那么小的孩子整天吃这个？你想饿死他？大宝，我们是兄弟，兄弟就得有福同享，有难同当。大道理我不想多说了，赶紧收拾收拾东西，跟我回海天，老二、老三、老四他们都等着你呢！"

吴大宝垂着头不说话，任由齐海东数落。

齐海东一拍凳子，双眉倒竖，又想发火。

吴大宝终于抬起头，表情平静地说："大哥，我不去。电话里我已经跟您说了，我残了，能在老家有口饭吃，把嵩嵩拉扯大，就已经足够了，不想拖累你。"

齐海东盯着吴大宝的脸，一字一句地问："拖累我？你说拖累我？"

吴大宝点点头："对，大哥，我就是不想拖累你。"

齐海东尽量克制着自己的愤怒："大宝，我们是南疆战场上一起出生入死的兄弟，当年一起在热带丛林里跟鬼子拼命，咱五个人的命都捆在一起了你知道不？这一辈子，生一起生，死一起死，有命一起活，有钱一起花，你现在跟我说'拖累'？"

吴大宝摇头，转过头，看着泥泞的院子，再次坚定地摇头："大哥，我知道，你和大嫂这几年一直在接济尖刀连牺牲的那些人的家属。那么多人，那么多张嘴，得多少钱才够用？我吴大宝没本事，只能勉强混口饭吃，我其实很想像你跟大嫂那样，有能力帮帮那些兄弟们留下的孤儿寡母。"

齐海东听着，眼神中渐渐有了后悔之意。

吴大宝继续说："大哥，我从部队回来的时候就偷偷发过誓，一定要自力更生，不去给你和大嫂添麻烦。"

齐海东摇摇头："大宝，你这么说，是在拿刀子戳我的心窝子啊！"

吴大宝微笑起来："大哥，你和大嫂来看我，我心里很感动，但我实在没什么好东西能拿出来招待您，也没有多余的钱给家里的老人和孩子买礼物。"

齐海东掏出钱包，把里面的一叠钱拿出来，足有几百块。

吴大宝摇头："大哥，我不要您的钱。"

齐海东弹了弹手里的钱，自嘲地一笑，又装回去："瞧我这记性，大宝，我不是来给你送钱，是来接你跟嵩嵩回海天的。"

吴大宝坚决地摇头："不，大哥，我和嵩嵩过得很好，我们不会去给你跟大嫂添麻烦的。"

齐海东望着满身泥水的吴大宝，想发火，又忍住，耐着性子坐着："大宝，你这犟脾气怎么就不知道改改呢？算了算了，我不跟你说，等你大嫂回来再说。"

外面，天仍旧阴沉沉的，预示着下午还会有雨。

周海霞抱着嵩嵩走进来，眼圈发红，看着吴大宝："大宝，你刚刚为什么不向你大哥解释？"

齐海东有点奇怪："解释什么？"

周海霞回答："我刚刚带孩子去买零食，村里的人告诉我，大宝是个好人，别看他少了一条腿，人正气，又愿意给别人帮忙。最早刚复员回来的时候，政府安排他看大门，活清闲，也能挣点钱，可是后来有一次，他打了村里一个欺男霸女的无赖，无赖就找了很多人到政府去闹。大宝为了不给政府惹麻烦，就自己离开了，在家门口摆摊修鞋。大宝心善，每个月政府给的生活费领到手，就分成好几份，村里的孤寡老人、五保户、烈属都算在里面，左分右分，他自己就一分钱都不剩了。"

如果吴大宝早解释一句半句，齐海东就不至于气成这样了。

"真的？"齐海东简直不敢相信自己的耳朵，因为这些事吴大宝只字不提。

"那些五保户、烈属都比我困难，没儿没女的，吃的用的都弄不来，我就伸手帮帮他们。我的腿残了，不还有两只手嘛！"吴大宝说。

周海霞叹气："海东，你知道大宝为什么去给别人家劈柴？他是去给敬老院、五保户、孤寡老人劈柴提水，全都是义务劳动。大宝媳妇也是个好人，当初她横下心来嫁给大宝，家里人都跟她断绝来往了。都说是好人有好报，可他媳妇没过上几天好日子就生孩子难产走了，大宝他爹娘受不了这个打击，很快也相继走了……"

一个人遭受了如此残酷的连番打击，没上吊自杀已经是奇迹。所以说，再邋遢、再脏乱的家都不重要，重要的是吴大宝拖着一条腿，硬生生地挺过了灾难，顽强地活下来了。不仅活下来，他还竭尽所能帮助别人，继续维护着军人的荣誉。

他所做的，是"走出军营还是兵"的另一个版本，哪怕只有一碗粥、一个馒头，也要分出一半给饥饿的人。甚至宁愿饿着自己的儿子，也要省下有营养的东西给那些五保户、孤寡老人和烈属。

在这里，没有人登报表扬他，没有记者专程采访他，所有媒体的闪光灯也不会照到这个乡村里来。吴大宝苦行僧一样的行善注定了永远不会名扬天下，但他还是日复一日、年复一年傻子一样去做，不图虚名，只求心安。

从某种意义上说，他比齐海东更伟大，内心深处永远牢记"走出军营还是兵"的本质，胸怀真正的信仰。

"那都是命，大嫂，我从来没敢忘记自己是一个军人，只要老百姓需要，我会毫不犹豫地奉献，就像咱们在南疆，为了国家和人民的平安，跟敌人一个阵地一个阵地地去拼，一个猫耳洞一个猫耳洞地清除，直到把敌人赶出中国去。命运让我成为一名光荣的中国人民解放军，让我失去一条腿，但却留下我一条命，就是让我用残存的力量，再为国家做贡献。我今天虽然生活得很艰苦，可比起南疆阵亡的弟兄们，已经很幸福、很知足了……"

吴大宝抬头看看孩子，孩子不懂事，一手抓着面包，一手拿着苹果，开心地叫："爸爸，你吃，你吃……"

吴大宝流着泪笑起来。

嵩嵩看见吴大宝笑，也跟着笑，举着面包，在周海霞怀里向前挣："爸爸吃面包，可好吃呢。"

周海霞放下嵩嵩，嵩嵩赶紧扑进吴大宝怀里去。

在孩子眼里，爸爸是他唯一的亲人，有任何好吃的，都要跟爸爸分享。两个人就像两只相依为命的鸟儿一样，不可拆分，互相牵挂。

齐海东鼻子发酸："大宝，孩子正处在补充营养的时候，你让他住在这种环境里，简直是在害他。"

吴大宝摇摇头："大哥，我小时候家里很穷，吃不饱穿不暖的，也都是这样过来的。"

齐海东气极："你……"

周海霞笑着打圆场："好了好了，几年没见，见了就吵吵，刚才我出去听见老乡们正交头接耳笑话你们呢。老五，先把湿衣服换下来，小心感冒了。"

吴大宝站起来，尴尬地笑着："没事，没事，我身体好，没事。"

齐海东一瞪眼："什么没事？你怎么这么别扭，让你干什么你偏跟别人唱反调？"

周海霞赶紧拍拍怀里的孩子，笑着嗔怪："海东，好好说，别吓着嵩嵩。"

嵩嵩在周海霞怀里大口吃面包，对大人们的对话已经不太在意。

吴大宝忸怩地说："大哥，大嫂，我……我只有这身衣服。"

齐海东突然语塞，站起来，眼圈发红，脱下自己的西装："老五，穿我这件。"

他的情绪正在失控，周海霞会意，把西装接过来："海东，出去透透气吧，刚下完雨，空气好着呢。"

齐海东点头，走到院子里，看看那半缸还没腌好的咸菜，眼泪在眼眶里打转："我的傻兄弟，你和嵩嵩每天就吃这个吗？我真是太失职了，没照顾好你们爷俩。"

他看看天，乌云厚重，大雨即将到来，再看看屋顶，有几个地方屋瓦已经破损，实在抵挡不住三番五次的大雨了。

"老五，这次无论如何都得带你走。"齐海东自言自语。

他听到屋里周海霞跟吴大宝接下来的对话，又一阵心酸，泪洒衣襟。

周海霞说的是："把湿衣服脱下来，先穿上。"

吴大宝回答："不不，大嫂，我真不穿，别再给大哥弄脏了。"

周海霞问："大宝，身体没事吧？看见你和嵩嵩过得不好，你大哥心里着急。"

吴大宝憨笑着回答："嘿嘿，没事大嫂，我身体壮，踢两下，扛得住。"

周海霞哽咽地说："大宝，跟我们去海天吧，嵩嵩得加强营养，还得找个好学校上学。你自己带着他，肯定就把这么好的孩子耽误了。"

吴大宝说："不用了大嫂，我们在乡下祖祖辈辈都这样过，习惯了。这里条件差，没东西招待你和大哥，要不您坐一会儿就跟大哥往回走吧。"

周海霞又说："不，大宝，我们这次下决心要带你回去。你不走，我跟你大哥也不走了。"

吴大宝说："大嫂，我们真的不去，你和大哥是做大事的，我……我身体残废了，要不的话，不用等大哥下命令，我早就到海天去了。"

周海霞接着说："大宝，正是因为你身体出了问题，你大哥才更要带你和嵩嵩走。老二、老三、老四都在海天，你去了，大家都能帮上手。"

吴大宝长叹："大嫂，在部队里，大哥从没觉得我是从小地方来的乡下孩子，一直很关照我。在南疆战场上，他冒着枪林弹雨冲锋陷阵，为了兄弟们，宁愿用自己的胸膛挡鬼子的子弹。能遇到大哥，是我吴大宝这辈子最大的荣幸。有时候做梦，我们又重新回到南疆战场上，我甘心情愿冲过去替大哥挡子弹，跟兄弟情义相比，这条命算什么呢？大嫂，你劝劝大哥，回去吧，你跟他说，我吴大宝这一辈子算是废了，来生我还给他做兄弟，出生入死、甘苦与共的好兄弟。"

周海霞背过脸说："大宝，这些话，我不替你去说，要说你自己告诉海东。"

"我的傻兄弟，你总怕连累我，我却怕阵亡的战友九泉之下指着骂我，骂我没有照顾好兄弟，自己吃香的喝辣的，兄弟却在这里喝稀粥吃馒头。"齐海东惭愧不已，恨自己冲动之下，错怪了吴大宝。

这几年，他一直全力资助阵亡兄弟的家属们，财务部那边每个月都会单独造工资表，按照名单汇钱给那些家属们。还有，四季的衣服、冬天取暖的煤炭、过年的年货一样不少地派专人给大家送去，其中正好赶上几家盖房子，齐海东又安排主管材料的孙立山，全力跟进，沙子、水泥、大梁、檩条、门窗……全都送到家门口。

这些事，对他来说都是举手之劳，打个电话就能办到，办完了，也就心安理得了。

现在唯一的大麻烦就是吴大宝，特别是亲眼看到吴大宝爷俩的窘况，他就越放不下了，只恨自己来得太迟，让吴大宝和嵩嵩受苦了。

周海霞走出来，走到齐海东旁边。

齐海东在看天："天不太好，看样子咱们还得抓紧点。"

周海霞说："抓紧不抓紧都没用，老五根本不打算跟咱们去海天。"

齐海东有点恼火："这个吴大宝，要是以前在部队里，敢不听我的话，我揪着他耳朵就走。现在倒好，我说一句他有十句等着，还说不过他了。"

周海霞泪痕未干，破涕为笑："海东，你老说部队部队的，现在早就不是那时候了。时代在变，你就老想翻旧皇历，还以为自己是二十刚出头的小伙子呢？"

齐海东提高了声音，故意说给屋里的吴大宝听："就算是现在，我照样揪着他耳朵上车。敢不听我的，踢得还轻，欠踹！"

两人侧耳听，屋里没动静。

周海霞苦笑，低头看着咸菜："海东，其实大宝可以过得很好，他现在这样，是因为把政府给的生活费全都分给那些不能自食其力的人了。你们五兄弟里，他跟你最像，也是心里只装着别人，忘记了自己。"

齐海东在大缸上猛击一掌："我冤枉他了。"

周海霞点头："有错就改，还是好同志。"

齐海东自言自语："这怎么办呢？难道还真的揪着他走？"

周海霞叹了口气："老五很坚决，就是不想给咱们添麻烦。看起来以后就是给他寄钱，也是白白搭上邮费和工夫，他肯定不收。"

齐海东双手把着大缸的边，皱着眉思索。

周海霞说："算了，别想了，他不走。"

齐海东皱着眉："这小子，在部队时就是个大犟头，我记得有一次老二笑话他的军姿站得不标准，好嘛，这小子天天晚上熄灯以后在宿舍里站军姿，一站就站到一两点，最后全团的军姿大赛上，他竟然成了军姿标兵。"

尖刀连的战士没有一个是孬种，全都是精英中的精英，个个都是好样的。

周海霞也开始皱眉："那现在怎么办？实在不行，咱把嵩嵩带去？我刚刚给孩子检查过了，严重营养不良，身体发育比同龄孩子慢很多，再耽搁下去，孩子就受罪了。"

齐海东沉默着看天，乌云越来越厚，雨又下起来了。

周海霞问："要不，我去把车上带的食物和水果都拿下来，咱们吃完饭就准备返回吧？"

齐海东点头："好吧。"

不到最后一刻，他绝不会放弃，因为他是吴大宝的大哥，如果连这件事都做不好，还怎么领导群雄，驰骋商场？

周海霞很麻利，只用了十分钟，桌上就摆得满满的，有烧鸡、烤鸭、猪蹄、肘子等等，乐得嵩嵩一边吃一边哼歌。

四个人吃完饭，齐海东说："老五，我跟你大嫂已经费了两小时的唾沫，你最后给我个痛快话吧，走还是不走？"

吴大宝摇头："大哥，别说了，我不会去海天。"

齐海东点点头："好，好，你眼里还真的没有我这个大哥了？"

吴大宝咬着嘴唇说："大哥，原谅我吧，不管您怎么说，我都不走。"

齐海东失望地低头，看着嵩嵩。

周海霞问："大宝，那我们带嵩嵩回海天，让他在那边上学吧？"

吴大宝又摇头："不、不，大嫂，他也不能去，我们爷俩能养活自己，能吃上饭，不想给别人添麻烦。"

齐海东强压火气："吴大宝，给别人添麻烦？我是'别人'吗？睁开眼看看，我是你大哥——齐海东！"

周海霞赶紧提醒："海东，你冷静点好不好？"

齐海东站起来，向前伸手，指尖戳到吴大宝头顶上："我冷静？我冷静得了吗？跟我一起出生入死的兄弟拿我当'别人'，口口声声不想给我添麻烦，换成是你，你能冷静吗？"

吴大宝低头，沉默得像一块石头。

"我在海天喝酒吃肉，我兄弟在这里吃馒头就咸菜；我在海天西装革履，我兄弟在这里穿着破衣烂衫；我的孩子们吃面包喝牛奶穿名牌，我兄弟的孩子连件新衣服都没有，跟他爹一起吃馒头就咸菜……我冷静，我冷静不了！"齐海东的胸膛像口烧开了的锅，怒气喷涌，压都压不住。

周海霞站起来打圆场："海东，你少说两句。大宝，把嵩嵩交给我们吧，我们把他带回去，跟晓龙、南南一起生活。"

吴大宝也站起来："大哥，大嫂，谢谢您的好意，但我离不开嵩嵩，他也离不开我。"

齐海东终于爆发了："吴大宝，你给我听好了，现在我命令你马上收拾东西跟我走，敢违抗命令，信不信我现在就拿绳子绑着你走？"

吴大宝脸色平静，固执地摇头。

齐海东向右面走，右面屋角拴着一条晾衣绳。他一把拽下绳子，拎着绳子向吴大宝走。

周海霞赶紧横在中间阻拦："海东，别冲动，有话慢慢说，别吓着孩子。"

嵩嵩害怕，张开嘴哇哇大哭。

齐海东推开周海霞："慢慢说，这小子根本不听。我先把他绑到车上，一边往海天开一边慢慢说！"

周海霞长叹："你绑他走有什么用？大宝跟你一样，有自己的做人原则。海东，这不是在部队，什么事都要讲道理，来硬的没用。"

齐海东吼起来："这小子就是欠踹，耽误自己不说，还把自己的孩子也耽误了。这种男人活着还有什么用？真是丢尽了尖刀连的脸，连长要是还活着，不踹死他才怪！"

嵩嵩丢掉苹果，扑到吴大宝那边，使劲抱着吴大宝的大腿，哇哇大哭。

吴大宝低头，黑着脸说："嵩嵩别哭，不准哭。"

嵩嵩害怕了，赶紧收声，小声哭，眼泪哗哗直流。

齐海东更加愤怒："吴大宝，你还真有本事，就知道吓唬自己孩子！嵩嵩真是倒八辈子霉了，摊上你这么个爹！我齐海东也倒八辈子霉了，摊上你这么个大犟头兄弟！"

周海霞站在两人中间，左右为难。

齐海东丢下绳子："好了好了好了，从今天往后，你永远不要跟别人说是我齐海东的兄弟，我没你这样的孬种兄弟！"

屋外一个炸雷响过，雨越来越大，院子里的积水越来越深，房子的墙根已经被积水淹没，看上去相当危险，随时都有垮塌的可能。

房间里，屋顶开始漏雨，水声滴滴答答，在西墙根下响起来。

齐海东指着屋顶问："吴大宝，你看看这屋子还是人住的吗？我最后最后问你一句，走不走，你走不走？"

吴大宝抬起头，迎着齐海东的愤怒目光，轻轻摇头。

齐海东一脚踢飞了长凳，长凳飞撞到对面墙上，落地时已经散架。

齐海东一把拿起自己的西装，向着周海霞："走，他不走，咱们走。"

周海霞无奈地说："海东，雨这么大，要走也得等雨停了。"

齐海东气得满脸通红："我不想跟这个大犟头在一个屋檐下，一分钟都不想待在这屋里了。"

周海霞向门外看了看，稍稍有点迟疑："海东，你冷静点，雨实在太大了。"

吴大宝终于开口："大哥，雨那么大，雨停再走吧？"

齐海东怒视吴大宝，冷笑着摇头："别叫我大哥，我不是你大哥。从今天起，咱们割袍断义划地绝交，谁也不认识谁。"

门外大雨如注，在屋檐下织成了灰色的帘幕。院里的积水越来越多，有向屋里倒灌的趋势。

齐海东转向周海霞："你走不走？"

周海霞苦笑："海东，再等等，雨稍小一点——"

齐海东怒吼："你不走，我走。"随即，他大步冲入雨中。

周海霞走向门口，犹豫一下，跟出去，身上的衣服瞬间被淋透了。

吴大宝一手拄拐，一手拎着一张旧塑料布，向外追。

嵩嵩也哭着喊着跟出去。

四个人全都站在雨中，大雨倾盆，院子里的积水已经没过了脚踝，大雨落地的哗哗声淹没了嵩嵩的哭声。

吴大宝拿塑料布去给周海霞遮雨，但雨太大，塑料布无济于事。

齐海东已经冲到院子当中，哗啦一响，屋子的西北角被暴雨冲塌，剩余的部分也摇摇欲坠。

齐海东回头，看着屋子。

周海霞、吴大宝也回头看着屋子。

嵩嵩被吓住了，回头看看屋子，撕心裂肺地放声大哭："爸，我们的屋子倒了，我们没地方住了……爸爸，我们没有家了，我们没地方睡觉了，我们怎么办啊？"

齐海东看看嵩嵩，使劲抹去了脸上的雨水，沉重而深情地叫了一声："大宝。"

周海霞和吴大宝回头。

大雨中，齐海东向着吴大宝慢慢地单膝跪地，膝盖没在泥水中，全身都被浇透。

吴大宝惊叫："大哥——"

周海霞惊叫："海东——"

吴大宝向前扑，扔掉拐杖，跪在齐海东前面，两人面对面相互跪着。

周海霞跌跌撞撞地跑过去，要搀起齐海东，但被齐海东推开，也跌倒在泥水里。

齐海东看着吴大宝，吴大宝向前伸手，徒劳地去搀齐海东。

齐海东握住了吴大宝的手："兄弟，哥求你了。"

吴大宝大叫："大哥，你快起来，折煞兄弟了！"

齐海东缓缓地说："兄弟，以前连长教育我，男儿膝下有黄金，我们尖刀连的英雄好汉跪天跪地跪父母，绝对不会给别人下跪。今天，哥给你下跪了，算是我求你，跟哥走吧。"

吴大宝泪如雨下，泣不成声。

齐海东接着说："兄弟，咱们从前在南疆同生共死，从今以后回海天一起打拼，有我齐海东吃的，就会有你吴大宝吃的，咱们一朝是兄弟，一生就是兄弟。哥求你了，走吧。"

吴大宝匍匐在地，以磕头来还齐海东这一跪。

周海霞的手脚都陷在泥水里，起不了身，焦急地叫："你们都起来，嵩嵩还淋着呢，先把孩子弄屋里去再说。"

吴大宝满脸都是雨水和泪水："大哥，别说了大哥……我跟你走，这一辈子，我跟定你了，你就算拿棍子赶我我都不离开……"

齐海东的眼泪夺眶而出，嵩嵩扑过来，被齐海东和吴大宝同时抱住。

周海霞起身过来，四个人在大雨中抱头痛哭。

⑩ 后 代

大雨停了，齐海东站在车前擦反光镜。他很疲惫，但心情出奇的好，因为心头一块大石头终于落地了。

吴大宝拎着一个小包，放进吉普车的后备厢里，那是他爷俩所有的家当。

周海霞抱着嵩嵩："嵩嵩，咱们回海天去，找晓龙哥哥和南南哥哥带你玩，他们还会带你去看大海呢。"

嵩嵩高兴地手舞足蹈："看大海喽，看大海喽……"

乡亲们由四面八方聚拢来，拉着吴大宝的手，依依不舍地道别。那些都是平时接受吴大宝帮助的孤寡老人，每一个都白发苍苍，拄着拐杖。

看到这一幕，齐海东和周海霞的眼眶再次湿润。

吴大宝走回来："大哥，能不能借我点钱？"

齐海东拿出钱包，把里面所有的钱都取出来给吴大宝。

吴大宝走回去，把钱挨个分给这些老人："大家回去好好保重身体，刚下完雨，路滑，别摔着了。"

一位老掉了牙的老大娘拉着吴大宝的手："大宝啊，你是个好孩子，进了城好好干，以后当了大领导，别忘了乡亲们，得常回来看看我们，看看小吴村。"

吴大宝用力点头："回去吧大娘，我一定会来看您们的。"

齐海东招呼："大宝，走吧。"

吴大宝点头，向乡亲们挥手，然后开门上车。

齐海东轻轻拍着自己的左胸："大宝，哥哥我这里一块石头终于落地了。"

吴大宝惭愧地低头："大哥，都怪我不好。"

齐海东摇头，上车，其他三人也都上了车。

齐海东一字一句地告诉吴大宝："老五，你记住，兄弟之间，没有怪谁不怪谁，也没有谁欠谁的。你就记住一句话，一朝是兄弟，一生是兄弟，同生共死，风雨同路，有钱一起花，有事一起扛……"

他一边说，一边发动车子，吉普车向前去。

远方，碧空如洗，一道彩虹横空出世，将小吴村的天空装扮得分外美丽。

车上高速公路不久，嵩嵩就在周海霞怀里睡着了。

齐海东说："老五，刚刚村里人送你那一幕，真的让我很感动。"

吴大宝不好意思地回答："我其实没做什么，只是尽自己最大努力帮别人。他们老了，什么都干不了，我把生活费分给他们，他们至少能解决吃饭问题。我自己呢，还有个修鞋的手艺，能挣上饭吃。"

齐海东扭头看看吴大宝："兄弟，我今天错怪你了，不记恨大哥吧？"

吴大宝摇头："不记恨，我知道你跟嫂子是为我好。"

周海霞笑着说："大宝，我替海东向你道歉，他脸皮薄，不好意思说这几个字。"

吴大宝赶紧摇头加摆手："嫂子，你千万别这么说，我不敢当。"

齐海东郑重其事地说："大宝，我说个道理给你听，并不只是小吴村有老人需要帮助，你得把眼光放长远，要有胸怀天下的大志向。如果你有一块钱，就能帮助一个人；如果你有一万块钱，就能帮助一万个人。你的力量越大，能帮别人的才越多。"

这个道理是齐海东在受了很多委屈之后才想通的，辞职前，他能自由支配的钱就是每个月的工资，数额固定，几年不变，所以每次到了用钱的时候，都会捉襟见肘。

现在，随着天海集团的业务越来越广，利润越来越高，他可以毫不费力地资助唐光在笔记本上记下名字的人的家属。他甚至还有一个更远大的理想，那就是创立一个基金会，扩大资助范围和力度，让所有烈士家属、在职军人的家属都能得到最好的照顾，因为共和国军人为党和国家抛家舍业、奉献青春，理应受到地方上的特别关照。

吴大宝点头："大哥，我懂了。"

齐海东脸上终于露出了灿烂的笑容："老五，回去跟我一起干，咱们五兄弟同心合力，好好地干一番事业，更好地帮助别人。"

吴大宝连连点头："好、好，谢谢大哥大嫂。"

齐海东目视前方，海天市的高楼大厦已经遥遥在望。他知道，属于他们五兄弟的新时代就要到来了。

回到海天市，齐海东做的第一件事就是让周海霞从医院给吴大宝订做了义肢。

从吴大宝身上，他受到了极大的鼓舞，深深知道，自己绝对不是一个人在战斗，全国各地肯定有许多像他、像吴大宝一样的走出军营的军人，仍然固守积极向上、与人为善的本质，尽自己所能，帮助普通百姓。

如果每一名走出军营的人，都不忘自己"穿上军装、一生是兵"的本色，永远牢记"奉献大于索取"的革命精神，那么我们的军队和人民就会永远心贴心、心连心，彼此支持，一起进步。

近几年，他从民政局接收了大批转业军人，逐步把天海集团打造成了具有军人素质、军人精神的独特企业，独树一帜，全国闻名。

在企业飞速发展的同时，他也关心着下一代的成长，但说句老实话，随着时代的发展，下一代教育已经成了非常具有挑战性的课题，从前的教育方法早就过时了。

远的不说，单单是一个唐晓龙就让他、周海霞、江萍、陆宽伤透了脑筋。

齐海东把吴大宝接回海天仅仅两周，他就又去"接"了一个人，不过这次去的是派出所，接的人是唐晓龙。

最先是江萍打电话找他，她在电话里泣不成声："不好好学习，就知道打架……班里打完了，又在学校里打，现在发展到跟邻校的孩子打群架，书包里不放书，每个人都装着一块砖头……"

齐海东一听就头大了，放下电话往外走。

迎面，他碰见了赵大海。

"大哥，要出去吗？"赵大海问。

齐海东拉着赵大海下楼："老二，跟我去接晓龙。"

赵大海没听懂："接晓龙？派司机去不就行了？"

两人进了电梯，齐海东才长叹一声："不是去家里接，是到派出所。这小子，打群架闹大了，给派出所逮了。"

赵大海大笑："好小子，不愧是尖刀连的后代，敢打敢拼，才十三岁就进局子了，够种！"

齐海东拉下脸来："老二，都是你，平时教他打沙袋、练捕俘拳，恨不得把满身本事都传给他。现在好了，他学会了新东西就想出去练练，那些同龄的孩子谁玩得过他啊？"

的确，赵大海跟唐晓龙投缘，从五岁起就教他打沙袋、摔跤、擒拿，甚至包括简单的捕俘拳套路。唐晓龙也果真不负赵大海期望，从一年级打到五年级，小学里每个班的小霸王都被他打服了，见了面都老老实实地叫他一声"龙哥"。

自从古丽华失踪，赵大海更是把全部心思都放在唐晓龙身上，专心教他散打。

有了这样的超级教练，唐晓龙的身手越来越了得，近朱者赤，近墨者黑，连带他的性格也向着赵大海的方向发展，奉行"人不犯我，我不犯人；人若犯我，我必犯人；以血还血，以牙还牙"的做人准则。

走出电梯，赵大海辩解："大哥，你不是也说过嘛，将来把晓龙送到咱部队去，传承老一代尖刀连的衣钵，再振军魂。既然是当兵，知识多学少学都一样，能打就行了，反正两军阵前拼的是战斗力，又不是拼学历、拼文才。"

齐海东摇头："你呀你呀，离开部队这么多年，还是喜欢喊打喊杀的。你放眼看看，现在的军事战争中还需要依赖大规模步兵近战吗？人家先进国家全都是电子战、空战、导弹战，两军无需近距离接触，就能施展打击手段。想想海湾战争吧，不全都是导弹开路，两三轮空袭下去，再能打的步兵也都被炸成碎片了。将来的战争，必须手脑并用，甚至可以说是动脑胜于动手。你把晓龙训练成头脑简单、四肢发达的格斗机器，他这个人就废了。算了算了，以后你也甭教他了，我还是让老三教吧。"

由部队到地方后，李福临的转变最大，在最短时间内就适应了国土局方面繁琐的报表、预算、汇总、规划等工作，升任国土局副局长后，成绩卓著，口碑极好，很有可能扶正并且进入市委班子。

"他？算了吧，自己忙得像个陀螺，哪有工夫教孩子？"赵大海摇头。

齐海东想想也对，十年树木，百年树人，教育孩子是将来的重中之重，交给李福临的话，只能保证冻不着、饿不着，还不如在陆宽那里放心呢。

"要不，让老五教他们？"齐海东自言自语。

赵大海大笑："老五？老五在乡下把脑子都锈坏了，让他教，早晚把晓龙教成乡巴佬。"

齐海东想了一圈，都找不到能手把手教唐晓龙的合适人选。

车到派出所，江萍早就等在门口，眼睛已经哭肿了。

"海东——你可得帮我好好揍晓龙一顿，他这次把邻校一个高一孩子打了，打得挺严重，后脑勺缝了八针。"江萍又开始抹泪。

赵大海偷偷吐了吐舌头，轻声嘀咕："这小子，是块好材料，天生的特种兵！"

齐海东一瞪眼："老二！"

赵大海闭嘴，先进派出所去，跟值班的人打听："哥们，你们王所长在吗？给他打个内线电话，就说他大哥、二哥来了，赶紧沏茶！"

这个所里的负责人是王建军，就是几年前因走私被抓的王建伟的亲哥哥，也是齐海东的发小。

齐海东看着江萍，心里十分不是滋味。

"海东，晓龙这孩子我是管不了了，说，说不听，打，打不疼……"江萍哭着说。

齐海东拿出手绢递过去："嫂子，别着急，有我呢。"

上次，他想把唐晓龙接到自己家去，遭到江萍和陆宽的婉拒，但长远下去，唐晓龙无法无天地向前发展，最终结果，只能成为社会上无所事事的混混。更严重一点的话，甚至会因失手打死人而坐牢。

"海东，我真不知道该怎么办才好……老陆说，你天天忙，不想把晓龙送过去麻烦你跟海霞，但现在，我们简直又管不了，孩子一天天大了，现在拿着板砖打人，有一次我还看见他在厨房里磨刀……"

"磨刀？"齐海东眼睛一瞪。

"是把水果刀，半尺长，磨完就塞到书包里了。"江萍回答。

齐海东急了，来不及多说什么，直接进所里去。

王建军见了齐海东，握着手千恩万谢："海东哥，我弟弟上个月刚放出来，现在老老实实到街道工厂上班去了。当年如果不是你提醒他老实趴下，肯定也得中枪把命丢了。我爸妈让我替他们好好谢谢你——坐坐坐，刚沏的，绝对好茶。"

一提到当年独闯虎穴生擒走私犯的事，齐海东的心里突然打了个寒战，觉得不太舒服。

赵大海已经坐下，正在品茶。

齐海东问："建军，你还记得当年建伟被抓的具体时间吗？"

王建军回答："是 11 月 22 日，我记得清清楚楚，那天正好我值夜班，他一出事，把我们全家急得啊……"

齐海东突然明白了，他收到的明信片上写的"11 月 22 日"是什么意思，那是走私犯越青的父亲寄来的。

每一年，他都收到那种画着狐狸、签着日期的明信片，日期全都是"11 月 22 日"。越青的死，在海关人员侦办的大案中是一件微不足道的小事，录入报告，上交审核，然后就没人记得了。可是，越青的父亲却把这笔账记在他齐海东的头上。每年一张明信片，全都代表了一种不死不休的仇恨，仇恨累积到一定程度，一定会突然爆发。

每年一张明信片，就是在提醒齐海东记得那件事。

如此一想，齐海东顿时不寒而栗。

王建军把唐晓龙的书包拿过来，果然如江萍所说，里面既没有课本也没有铅笔盒，只有一块崭新的红砖。

王建军看了看赵大海："这群孩子为了打群架，把学校旁边一个工地上的砖都快搬没了。唐晓龙这边六个人，邻校被打的孩子叫马强，高一的，带着八个人，全都是不好好上学的熊孩子。马强后脑勺被开了瓢，缝了八针，其他几个孩子也都带了伤。唐晓龙这边准备得很充分，早把板砖塞在书包里，一言不合，突袭得手。我问过唐晓龙，他说这种战术是赵二叔教的，当年在南疆战场上，就凭这个打得敌人哭爹叫娘。"

赵大海想笑，被齐海东一瞪，笑容又憋回去了。

齐海东拿过书包来看看，里面只有砖，没有刀，总算是松了口气。

"建军，这事怎么处理？"他问。

王建军摇摇头："都是未成年的孩子，带回去各自教育就行。另外，马强家长想讹点医药费，狮子大张口，一要就是八千。"

赵大海也瞪眼："八千？那小子的头是金子做的？开了瓢要八千，要是拍成植物人，还不得八万？"

齐海东一挥手："老二，这里没你事，别多嘴。"

江萍走进来，听到"八千"的数字，吓了一大跳："那么多？晓龙也挨打了，他们打群架，谁的责任也说不清。要是赔钱的话，也不能让唐晓龙一个人拿啊，应该是分担才对……"

齐海东不想在这个问题上过分纠缠，直接举手打断江萍："好了嫂子，这件事我来处理。建军，毕竟人家孩子被唐晓龙开了瓢，赔钱应该，你让他抽空到集团找我就行，我让财务部拿给他。"

这个案子只牵扯医药费的问题，既然齐海东愿意答应对方条件，王建军的工作就很好做了。所以，不到十分钟，江萍签了个字，他们就把唐晓龙接了出来。

王建军送齐海东出来，哥长哥短的，非得说死了要周末请齐海东吃饭，才肯放他走。

刚离开派出所不到三十米，几个人还没走到车边，一旁小巷子里突然钻出来十几个光头小伙子，不管三七二十一，把齐海东几个人连推带搡拉进了巷子。

这条巷子很深，又是派出所那边的观察死角，可见这群人早有预谋。整个拉扯过程中，赵大海始终高抬双手，做出无条件顺从的样子，不过他心里已经憋不住笑。在尖刀连，他的单兵格斗技术只在齐海东之下，对付这群混混，简直是小孩儿把戏一样。

一个穿着牛仔夹克、嘴角叼着香烟的年轻人走过来，所有人都弯腰叫他"平哥"。

平哥走到唐晓龙面前，大大咧咧地问："你就是唐晓龙？拍马强的那个小子？"

唐晓龙点点头。

"知道我是谁吗？"平哥问。

唐晓龙又点点头："你是马强的哥哥马平，我们学校都知道。"

马平笑了："好，小子，看你还算懂事，八千块老老实实交过来，以后在海天市所有学校里都由平哥罩着你。"

唐晓龙摇摇头："我没钱。"

马平吐掉烟头，笑嘻嘻地说："好吧，没钱是吧？没关系没关系，我有的是耐心，见你一次打一次，直到把钱交够为止。"

他挥了挥手，旁边有人递上一块板砖来。

"唐晓龙，你拍马强一下，我也不多说了，一报还一报，我也拍你一下，先把那笔账清了再说。"平哥说。

唐晓龙来不及做任何动作，两个年轻人已经扭住了他的胳膊，挣扎不得。

平哥举着砖，在唐晓龙后脑勺上比量了两下，笑着问："最后问你一句，能不能赔八千块医药费？"

唐晓龙倔强地咬牙回答："我没钱，我家也没钱。"

马平把板砖举高，那架势马上就要一下子拍过去。

江萍急了，大声叫："别打别打，我们想想办法！"

她没有钱，但齐海东有，况且齐海东已经答应帮唐晓龙还债。

赵大海觉得戏演到这个份上已经够了，就向前跨出一大步，走到马平面前，低声问："板砖是真的吗？怎么看着像拍戏的泡沫砖？"

马平冷笑："你是谁呀？"

赵大海回答："我是唐晓龙的二叔，是来帮他还钱的。"

马平一抛，那块砖飞起来，赵大海双手接住，同时双手发力一掰，一块结结实实的黏土红砖立刻断成两截，接着是二分四、四分八、八分十六，到了最后，大砖变成了小块。

赵大海不动声色露了这手外家硬功，马平立刻意识到了厉害。

"你到底是谁？"马平色厉内荏地问。

赵大海右手搭在马平肩膀上，手腕一弯，勾住马平的脖子，微笑着低声说："小子，睁开你狗眼看看，我是天海集团的赵大海，那是我大哥齐海东！"

在海天市，只要是长耳朵、长眼睛的人就不可能没听说过天海集团齐海东的名字，但普通人只以为齐海东是商人，忽视了他的特种兵背景。像马平这样的小混混，当然就有眼不识泰山了。

"你们，你们……我大哥不是好惹的，报出我大哥的名字，吓死你们！"马平嚷嚷起来。

"你大哥？谁啊？"赵大海问。

"我大哥是江涛，涛哥。"马平声音开始发颤。

齐海东叫了一声："老二，放了他，跟个小毛孩子较什么真啊？"

马平似乎看到了希望："怕了吧？涛哥一来，把你们碾成粉末，一个都不剩！"

赵大海笑起来，轻轻一推，把马平推了个趔趄，然后指着脚下的碎砖头："小子，把这些收拾干净，扔那边垃圾箱里去，少捡一块，今天就揍你个满脸开花。"

他当然不愿意跟这种小混混过招，免得脏了自己的手。不过，对方提及的"涛哥"在海天市还算个人物，好像自己也开着一个货运公司，黑白两道都吃得开。当然了，对于他赵大海来说，什么涛哥、平哥的，统统是小角色，靠边站。

马平犹豫了一下，看看赵大海，再看看齐海东，不敢叽歪，赶紧弯腰捡砖头。

赵大海走回来，所有小混混往后闪，远远地避开他。

"大哥，这事怎么弄？让他们写个保证书，就说以后再不敢欺负晓龙，怎么样？"他问。

齐海东摇摇头："杀人偿命，欠债还钱，这是公理。晓龙拍了他弟弟，赔点医药费也是应该的。算了，我们先回去，这事就到此为止吧。"

赵大海有点意外，因为以齐海东对唐晓龙的在乎程度，之前任何人动唐晓龙一指头，齐海东都接受不了。这次打群架唐晓龙吃了亏，也受了伤，正好对方的人在场，能替唐晓龙讨回来，怎么会不声不响就放弃了？

"走，回去。"齐海东说。

赵大海没办法，只能跟在齐海东后面走。

马平那边看着气氛不对，顿时又嚣张得瑟起来："滚吧，滚吧，捏砖头算什么本事，有种你们回来，两分钟敲断你两条腿……"

赵大海回头，伸手一指，小混混们害怕了，当时就一哄而散。

在车上，唐晓龙一言不发，垂着头，双手夹在双腿之间，做好了挨骂挨打的准备。

江萍一边骂一边用指头戳唐晓龙的后脑勺，每戳一下，唐晓龙的头就重重地往下垂一次。

"你这个不争气的东西，不学好，就知道打架……人家叫咱们赔八千块，我到哪里去找八千块给人家？咱们全家不吃不喝一个月也挣不了两千块钱。你这个小兔崽子，等着回去叫你爸狠狠地揍你一顿……打断你的一条腿，看你还能不能出去惹事？你要气死我啊？把我气死了，你一个人爱上哪就上哪，爱打架就打架，打死了人进局子，连个送饭的人都没有。要不你就被别人打死，打死了我们都省心……"

齐海东皱眉，因为江萍骂得太离谱，他都听不下去了。

这几年，因为家庭生活窘困，江萍变了很多，由原先通情达理的女人变成了辛苦恣睢的小市民，说话也越来越不注意，句句都是让孩子心凉的废话。

齐海东很庆幸自己选择了周海霞而不是其他的什么人，在他心里，世界上只存在两种女人，一个叫周海霞，另外那些叫其他女人。

换句话说，对于他齐海东来说，今生再没有一个女人能跟周海霞相提并论。

她是他的唯一选择，也是最正确的选择。

骂累了，江萍掩面而泣，声音忽高忽低。

齐海东说："晓龙，咱们下去走走。"

他吩咐司机停车，先把江萍和赵大海送回去。

"走吧。"他把胳膊搭在唐晓龙肩膀上，两人沿着人行道向前走。

唐晓龙一直沉默，偶尔吸吸鼻子，后背微微有点驼，虽然只有十三岁，但他肩上仿佛承担着三十岁人的痛苦。

"为什么打架？"齐海东问，"男人打架，打胜打败不要紧，关键是有没有一个值得打架的理由。你有吗？有什么理由打群架？"

唐晓龙闷声闷气地回答："不为什么。"

齐海东本来很生气，但一下子被唐晓龙的话逗笑了，因为只要是正常人，打架都有个理由。

他在路边摊上买了两大块烤地瓜，拉着唐晓龙坐在路边石凳上。

"来，一人一块。"齐海东把烤地瓜分给唐晓龙。

两人闷着头吃地瓜，吃到一半，唐晓龙突然说："齐叔叔，陆宽不是我爸。"

齐海东点头："对，但他是你后爸，后爸也是爸，对吧？"

唐晓龙重复："他不是我爸，我也不想要后爸。我唐晓龙这一辈子只有一个爸爸，就是唐光。"

齐海东看着唐晓龙，眉宇之间，他依稀看到了唐光的影子。

"对，你是唐光的儿子，这是不可改变的事实。"齐海东点点头。

唐晓龙沉默了几秒钟，又开口："今天，邻校的孩子，就是那个叫马强的，骂我是没有亲爹的杂种，我就揍他了。平时，他老是在路上拦我同学要钱，一年多了，几乎天天拦我们，揍我们。"

齐海东来气了："你没跟你后爸说？"

唐晓龙倔强地摇摇头："我说了，我只有一个爸爸，他叫唐光。"

齐海东是生陆宽的气，孩子在外面被人家欺负一年了，陆宽跟江萍居然什么都不知道，这还算什么父母？

"他们还说什么？"齐海东问。

"马强说，要把我揍得连亲爹都认不出来，我实在气疯了，才拍他。您和三叔平时都教育我，不到万不得已，绝对不要对人下死手。他骂我什么都可以，就是不能骂我是杂种！"这个十三岁的少年脸上没有泪水，只有怒火。

齐海东想起了自己的儿子齐天南，有爷爷奶奶宠着，齐天南的日子过得很舒坦，自理能力很差，基本就是衣来伸手，饭来张口。

他再想起吴大宝家的嵩嵩，孩子们都是尖刀连的后代，但所处的环境不同，每个人的表现都不同。这可不是什么好苗头，按他的设想，孩子们到了十八岁，都得送到部队去锻炼几年，有了强健的体魄，再投入其他工作中，一起为国家出力。

"齐叔叔，我爸是怎样一个人？"唐晓龙吃完了地瓜，抬着头问。

齐海东详细说了唐光的历史，把尖刀连兄弟们之间的感情全都说了一遍，最后很肯定地说："你爸唐光是个男子汉，纯爷们儿！尖刀连的兄弟们没有一个不佩服他的，有这样一个爸爸，你应该感到骄傲。"

唐晓龙脸上终于有了笑容，毕竟他还是个孩子，只要父亲不给他压力，他就能茁壮成长，最终成为祖国建设中的栋梁之才。

齐海东打电话给王建军，把晓龙的话重复了一遍，最后说："建军啊，要是马强的家属想要钱，你就把事情全都推我身上。拦路抢劫学生是重罪，我看他真的是财迷心窍了。"

王建军答应重新调查，有问题再给齐海东打电话。

那点钱对齐海东来说绝对是小数字，但他想用这件事教育唐晓龙，所以决定一分钱都不给马强家。他必须让唐晓龙知道在这个世界上什么是对，什么是错，什么是男子汉大丈夫必须做的，什么是一个好男人不该碰的。

唐光自戕之前，把江萍、唐晓龙托付给他，按目前看，陆宽会照顾江萍和那个小女儿，而唐晓龙的教育问题，他必须承担起来。

唐晓龙看着齐海东，眼神中充满了崇拜。

齐海东说："以后遇到这种事，一次两次讲道理，到第三次上，敌人再进犯，就得狠狠反击，决不退缩逃避。但是你记住，男人不能做错事，举起你的拳头之前，一定要先冷静三十秒，问自己三次'是不是必须要开打'。三次答案都是肯定的，那就开打。"

说完这话，齐海东也笑了，因为这几年商海浮沉，风雨磨砺，他已经极少提到"打"字，"不战而屈人之兵"才是人生的最高境界。像马强、马平那样的小混混，自然会有警察来整治，用不着赵大海越俎代庖。

唐晓龙问："齐叔叔，我想跟您回家，不想回自己家，那个家我早就待够了。行吗？"

齐海东站起来，笑着回答："怎么不行？当然可以！走，回家！"

卷三　英雄无悔

❶ 出　手

　　齐海东带着唐晓龙回家，早在前年，他就已经搬离了人民医院的宿舍楼，搬进了天海公司开发的海韵天城小区，一家三口住着四室两厅的大房子。去年，天海集团开发了一组海滨别墅群，为公司几位老总各留了一套，但齐海东一直没有搬过去。

　　周海霞为唐晓龙的到来特意做了满满一桌菜，家里人也由一家三口变成了一家四口。

　　饭后，唐晓龙在书房玩电脑，齐海东悄悄来找周海霞，把刚才他跟唐晓龙聊的内容说了一遍。

　　周海霞越听越有气："江萍嫂子和老陆哥根本就不会管孩子，生气了拽过来揍一顿，也不听孩子解释。这次打群架，责任基本不在晓龙身上，是对方欺人太甚。唉，原先看老陆哥还是挺不错的一个人，怎么会变成这样了？"

　　齐海东说："我想把晓龙接过来，跟咱们一起住。"

　　周海霞打了个愣怔，毕竟这是大事，牵扯到方方面面，不是一句话就能解决的。

　　接吴大宝之前，他们也聊过这事，齐海东也打电话问过江萍，但被人家婉言谢绝了。

　　"不接不行了，咱俩筹划筹划，看怎样最合适，既不伤害晓龙，又别让江萍和陆宽觉得委屈，毕竟晓龙小时候多亏了有陆宽。"齐海东说。

　　陆宽是个窝囊而无用的老好人，平时总是满腹牢骚，见了谁都要唠叨一阵，但说的全都是鸡毛蒜皮的车轱辘话，就跟鲁迅小说里的祥林嫂一样。

　　现在的社会已经不适合百无一用的老实人生存了，所以他跟江萍的日子才每况愈下。

　　"找老三商量商量，他平时话虽少，看问题却很清晰，解决问题的思路也是堂堂正正、大大方方的。"周海霞支招。

　　第二天早晨，齐海东先去李福临的办公室。

　　李福临正在审阅一份报表，见了齐海东，仍旧是一副成熟平稳、波澜不惊的态度。

　　齐海东开门见山地把自己遇到的问题都说出来，身为国土局局长的李福临慢条斯理地放下报表，亲自给齐海东泡茶。

"老三，你觉得我的想法怎么样？"齐海东追问。

李福临回答："事到如今，我就只有一个字——'好'。"

齐海东心上一块石头落地，他平时最看重李福临的意见。

李福临笑了："大哥，这件事叫我看，前途是光明的，道路是曲折的。我最近见过晓龙几次，一看就知道他是个不服管的孩子，如果不能干净利索地制服他、镇住他，他肯定还得闹出更大的事来。相反呢，如果能好好锤炼，将来必定是大才。"

齐海东又何尝不想教好唐晓龙呢，只是苦于找不到合适的办法、合适的教育人选。

其实，他心里一直有个很不成熟的想法，从未跟任何人透露过，那就是等将来下一代成长起来，就把天海集团的重担交给他们去做。他已经把唐晓龙内定为接班人选，所以从现在开始就要着重培养。

齐海东说："老三啊，我想来想去，只有你才能教好晓龙……"

李福临举手，截住齐海东的话头："大哥，不可能不可能，您别高抬我了，第一我不懂教育，第二我只是个将才，在别人领导下干工作还行，一旦自己独挑大梁，就会出现各种问题。人得有自知之明才行，不能把自己看得太高。要想教晓龙，我倒有个最合适的人选，想听吗？"

齐海东从李福临的眼神中猜到了答案："老三，你说的是我？"

李福临重重地点头："没错，大哥，您是当之无愧的帅才，如果不提前转业，早就一路擢升上去，这时候是稳稳的师级干部了。再有，如果您不辞职，这时候也早……"

齐海东摇头："老三，你高抬我了。"

李福临正色回答："大哥，如果您不是有才、有德、有眼光的帅才，我李福临何必一直心甘情愿追随在您身后呢？哦对了，先不说这事了，还有个正事。"

他把刚刚看着的那份文件拿过来，交给齐海东："这是滨海一号商业用地的开发报告，市政府领导已经做了批示，要求公开招标，尽快进行。一号地的位置在海天市首屈一指，左邻商业中心，右邻旅游中心，一旦建好文件中说的滨海大厦，等于是手挽两大宝地的巨人，凭海临风，乘帆远航，前途无限远大。"

齐海东听说过那个项目，但以海天市各个建筑企业的实力，都不足以独力完成。

这几年，他也看到过不少公司因一个项目失败而破产、一个项目胜利而狂赚的事例，商场如战场，优胜劣汰，残酷无情。

"我希望天海集团能获得这个项目，因为我相信在目前的海天市，只有大哥您有这样的实力和魄力。滨海大厦是海天市的地标工程，建得好，天下闻名，诸侯拜服；建得不好，自砸招牌，一败涂地。您是军人，天海集团是军人公司，是关键时刻能挑大梁、打胜仗的队伍……"

李福临一讲到"军人"二字，话就多起来了。

齐海东看完材料，沉吟着回应："如果我获得这个项目，就会联手五家以上的公司，一起投入工地，所有骨干力量全都靠在这一个项目上，拼了命也得把滨海大厦建好，给海天市留下一份骄傲。"

建大楼是个良心活，因为其中能够以次充好、偷工减料的地方多如牛毛，每省下一道工序，就能给公司节约资金十几万甚至上百万。

从前，齐海东每次开会都强调："我们天海集团的项目从来不把赚钱当成第一位，我们一定要把建筑质量放在首位，每一步都按照设计图纸上交代的去做。哪个环节出了错，我齐海东饶不了你，海天市的老百姓也饶不了你!"

齐海东是带着另一份嘱托离开李福临办公室的，他看得出，李福临是个有追求的男人，身在国土局长的岗位上，就是想为海天市人民谋福利，自己升迁不升迁都是小事。目前全国都在大搞建设，城市面貌日新月异，一些墨守成规、故步自封的中等城市都已经被抛在后面，跟不上新时代的步伐。

作为一名党员、一个行政单位的负责人，李福临在工作中一直兢兢业业，勤勤恳恳，不贪不占，是各级科室人员的模范和榜样。

李福临经常说，趁着年轻，给海天市多留下有价值的项目，让海天人民的日子过得更舒心一些。正是他的这种工作态度，引起了省级领导和市级领导的格外关注，未来在仕途上提升空间极大。

"要建，就把滨海大厦建成世界级的高楼，不但是海天市的地标建筑，更要让它成为全国沿海城市中首屈一指的高度现代化大厦。大哥，我相信你的才能，一定能做到这一点，别让兄弟失望。"这是李福临最后叮嘱齐海东的话。

同时，李福临也提到了天海集团的另一个竞争对手龙腾集团，那是一个具有港资背景的大公司，资金雄厚，人才济济，相当有实力。

滨海大厦的项目让赵大海大为兴奋，在项目讨论会上，他提出了自己的见解："我们可以先把项目拿下来，不必费时费力去操作，转手承包给下家，几千万唾手可得。这是最稳妥的赚钱办法，搞定这个，公司不费一枪一弹，就能赚得盆满钵满。"

他并不是第一天存在这样的工作思路，之前也有几个小的项目采取转包、分包形式进行，这的确是一条稳赚不赔的好路子，不但公司赚钱，他个人也能从中大笔获利。

这样做的唯一风险就在于工程质量，当建筑成本被无休止压缩时，转包到手的企业就会想尽一切办法缩减成本，比如钢筋变细、水泥变杂牌、沙子质量降低、塑钢门窗价低质次等等。

所幸，这几年的大项目一直是齐海东挂帅主抓，赵大海可以操作的空间极小，倒是没出什么纰漏。

孙立山一直都是赵大海的跟屁虫，他在集团内部管材料，赵大海的计划都是通过他实施，两人心照不宣。

"转包？"齐海东摇头。

"为什么不行？我们可以找一建、二建这样有资质的大公司来做，集团派个监理小组过去监督施工，不就万无一失了？况且，我们可以跟转包公司签合同，把所有风险转嫁到他们身上去。一旦出事，有白纸黑字的合同在，根本赖不到天海集团头上。"赵大海振振有辞。

他很聪明，这几年从银行金融转到房地产建设之后，除了在建筑学院进修学习，还在业余时间看了很多法律方面的资料，对于合同法有着相当透彻的研究。

齐海东摇头，心里有些不舒服，因为赵大海完全没有领会自己的意图。

他跟李福临想的一样，拿到一号地，建造滨海大厦这一系列行动，是为了给海天市、海天市人民造福，社会效益大于经济效益，社会价值领先于经济价值。

同时，他认为完成这件事之后，天海集团上下最大的收获，就是要每一个员工都清清楚楚地知道，中国人民解放军永远都是中华人民共和国的钢铁长城，他们曾经是手握钢枪保家卫国的战士，今天走出军营还是兵，依然是国家各条战线上不折不扣的中流砥柱，永远把国家利益、人民利益放在首位。

钱是好东西，人人都喜欢，但每个人如果都忙于追逐金钱，一切都被铜臭气污染，把社会价值、社会效益丢在一边，那么这个国家的未来就会一片灰暗，毫无前途。

"大哥，我觉得二哥说得很有道理啊？"孙立山不知死活，看不见齐海东的脸已经拉下来了，反而开口力挺赵大海。

"别人有什么看法？"齐海东环顾会议桌两侧的几位副总和部门主管。

　　至少有一半以上的人支持赵大海的说法，拿到项目，立即转包，同时截留资金，先存在银行里吃够利息，然后再支付给转包方。签转包合同的时候，至少可以压低到原价格的六成到七成之间，利用手中的优质资源，最大限度地为公司提高利润。有人取出计时器飞快地按了一遍，大体匡算下来，这个项目能给公司净赚三千万左右，利润相当可观。

　　最重要的，公司不费吹灰之力就能有这么多进账，天下还有这么划算的买卖吗？

　　大家既然是出来做生意的，追求利润最大化本来就是天经地义的事。

　　齐海东环顾自己手下这些兄弟们，沉默数分钟，只问了一个问题："请问大家，我们跟其他建筑集团、社会上的各个公司、海天市所有做生意的人有什么区别？"

　　这问题不用想，天海集团是挂着"军"字的公司，主要岗位上的负责人全都是复员军人，血管里流淌着军人的血液。

　　赵大海看了看孙立山，两个人低下头，有点打蔫了。

　　"我们做生意，第一是要赚良心钱，不赚坑蒙拐骗的黑心钱，建楼就保证每一栋楼的质量，不让老百姓指着我们脊梁骨骂；第二是要眼睛向前看，千万不要鼠目寸光，就盯着账面上的利润。"他不想说太多，因为滨海大厦的项目还是个未知数，一号地能不能拿下来还模棱两可。

　　他对龙腾集团有所了解，不敢盲目看轻对手。

　　会议总共开了不到一小时，齐海东就宣布散会，因为他觉得前期公司生意太顺，大家都失去了斗志，只想赚躺着数钞票的快钱，已经不像创业之初那样充满了闯劲。这是个危险的信号，毕竟大家还没到躺在功劳簿上享受的时候。

　　齐海东回到办公室，秘书杨玲捧着工作备忘录进来，低声提醒："齐总，今天上午十点钟有个约会，是派出所的王建军所长约的，一个叫马平的人过来拿钱，数目是八千。"

　　"好，让司机去接唐晓龙过来。"齐海东吩咐。

　　杨玲点头出去安排，十五分钟内，唐晓龙就到了办公室。

　　这一周，唐晓龙一直没去上学，因为打群架的事被记者捅到了报纸上，学校领导没办法，希望唐晓龙能转到别的学校去。

　　为了登报的事，周海霞找过报社，却被告知是一个匿名举报者提供的线索、照片和新闻稿，至今虽然消息登了报，但那举报者却没来领稿费。

　　周海霞知道是有人暗中使坏，但事情已经出了，唐晓龙的确犯了错，只能积极联系其他学校。

"晓龙，坐。"齐海东起身迎接唐晓龙。

唐晓龙显得很尴尬，毕竟像他这个年龄的孩子此刻都坐在学校教室里上课，没有人跟他一样游手好闲，无所事事。

"齐叔，我知道给您添麻烦了，今天在家背英语，到这儿来也带着英语课本……"他嗫嚅着向齐海东展示自己手中的课本。

齐海东点头："知道学习就好。"

在他看来，所有孩子都是一张纯洁的白纸，家长愿意教、会教、有耐心教，孩子就能成才，绝不会跑到社会上去，变成像马强、马平那样无恶不作的小混混。

齐海东又说："晓龙，我想给你转学，从现在到高考还有四年，努把力，考个好大学，让你妈放心，给老唐家争光。"

现在，他不指望陆宽能带给唐晓龙一些正面影响，一个酗酒、窝囊的男人最让人瞧不起，包括孩子。

"嗯。"唐晓龙点头。

齐海东观察分析过，唐晓龙不是一味争强斗狠的孩子，只是被马强欺负急了眼，大人又顾不上管，才被迫动手。他的脑袋瓜子很好使，上个学期天天逃课，最后期末考试还考了个中游。还有，这个孩子的软肋在唐光身上，只要齐海东提到"唐光、老唐家"，唐晓龙眼底就会有亮光。

"齐叔，我不想赔马强家钱，我妈没钱，我也不想用您的钱。他天天欺负我同学，有一个同学还被他暴揍了两三次，门牙都被打掉了。他后脑勺开了瓢，活该，我那是给同学们报仇雪恨。"唐晓龙说。

齐海东支持唐晓龙的观点，但却不支持这样的做法。

冤冤相报何时了，你打我我打你这样的闹剧真要认真玩下去，就没完没了了。

这一次，他想狠狠地震慑马平一下子，让这群小混混对唐晓龙彻底服气，再不敢叫歪找事。

他打电话到大厦安保部，叫吴大宝上来。吴大宝目前是安保部部长，统领所有的保安人员，负责大厦的安全。

唐晓龙有些惴惴不安："齐叔，要不要叫赵二叔过来，他身手好，一个人打十几个都没问题。"

齐海东点头："对，你二叔的确很能打，但这一次，咱们的目的不是打架，而是要让马平他们永远服气，不敢再找你跟同学们的事。"

　　唐晓龙不太相信："齐叔，以前马强老是说他们的老大是涛哥，打遍海天无敌手，在局子里三进三出，汗毛都没掉一根。不光他说，学校里的老师和同学都知道涛哥的名字，打架特别猛，特别狠，听说有一次他一个人就砍死了十八个对手，还把死人的脑袋当球踢。"

　　齐海东看着唐晓龙，忍不住笑："真的？"

　　唐晓龙迟疑着点头："好像……好像是真的。"

　　齐海东摸着唐晓龙的头，语重心长地说："晓龙，你已经是个大孩子了，以后无论碰到什么事，千万记住，耳听是虚，眼见为实。而且，一定要学会分析问题，明辨是非。我问你，如果涛哥杀了十八个人，会不会被法院判死刑？既然判了死刑，怎么还能大摇大摆地混社会？我告诉你，很多地痞流氓都是善于伪装自己的，把自己吹得越厉害，就越能吓唬住人。实际上怎么样？他们就是'纸老虎'，一戳就破，一点都不可怕，相反却很可笑。记住，你是大英雄唐光的儿子，姓唐的永远都不惧怕任何对手。"

　　唐晓龙似懂非懂，怔怔地看着齐海东，忽然问："齐叔，我爸真的是大英雄？那为什么现在却一点名气都没有？"

　　齐海东回答："英雄和名气是不能画等号的，你们课本上也学过黄继光、董存瑞、罗盛教、狼牙山五壮士等人的英雄事迹，他们是有名气的英雄，但大多时候，英雄无名，只活在最敬仰他的人心中，比如你爸爸。真正的英雄，不但能战场杀敌，百战百胜，还能在最关键的时刻，战胜自己，达到无比崇高的境界……"

　　他无法对一个少年讲明白唐光自戕的意义，但他知道，将来有一天，唐晓龙一定会明白自己的父亲有多伟大。

　　"《道德经》第三十三章：知人者智，自知者明。胜人有力，自胜者强。知足者富，强行有志。不失其所者久，死而不亡者寿。"唐晓龙低声背诵。

　　齐海东有点吃惊："晓龙，你也背诵过老子的《道德经》？"

　　为了教齐天南背书，周海霞绞尽了脑汁，但孩子贪玩，始终入不了门，一年半多了，连《道德经》都背不了三分之一。

　　唐晓龙摇头："不，齐叔，我到你书房里找书，看见《道德经》在桌上摊着，正好翻开到这一页，就看了几眼。"

　　齐海东又惊又喜，看几遍就能记住这些晦涩的句子，看起来唐晓龙果真很有天分，差不多有"过目不忘"的本事了。

　　那一段话的意思是：能了解、认识别人叫做智慧，能认识、了解自己才算聪明。能战胜别人是有力的，能战胜自己、克制自己的弱点才算刚强。知道满足的人才是富有人。坚持力行、努力不懈的就是有志。不离失本分的人就能长久不衰，身虽死而"道"仍存的，才算真正的"长寿"。

这是《道德经》里齐海东最喜欢的一段，它深刻揭示了智者应具的修养与品质。像唐光那样虽死犹荣、永远活在弟兄们心中的，才是真正永垂不朽的英雄。

"好孩子，记住，以后你就是所有下一代人的大哥，必须做一个你爸爸那样的大英雄，领导着小兄弟们干一番大事业。你得明白，现在所受的一切磨难都是为了增强你的体魄，增长你的见识，让你有能力飞得更高。看看那张条幅——"齐海东向对面墙上指了指。

办公室对面的墙上挂着一张魏碑体条幅，上面是《孟子》里的一段话：天将降大任于是人也，必先苦其心志，劳其筋骨，饿其体肤，空乏其身，行拂乱其所为，所以动心忍性，曾益其所不能。

他希望唐晓龙能在长久的磨砺、历练之中脱颖而出，成为下一代年轻人中的领军人物，然后代替自己接掌天海集团，让"军"字号企业扬帆远航，走遍全世界。到了那时，他就真的有脸面告慰唐光在天之灵了。

"我懂了，齐叔。"唐晓龙点头。

懂事以后，他一直被江萍的眼泪、陆宽的呵斥、小妹妹的哭喊声所包围着，生活中缺乏安定、平稳的气氛，所以天性早熟，比齐天南那种糖罐子里长大的孩子理解能力更强、反应更快。

吴大宝是跟马平一伙人同时上来的，来得不光有马平自己的兄弟，另外还有两个满脸刀疤的年轻人。

马平介绍："齐总，这是涛哥手下的好兄弟。"

两人自己介绍："混北城的，法云、法义，齐总应该听过我们的贱名。"

齐海东点点头："当然当然，谁不知道涛哥身边的四大金刚啊！怎么今天有空到我这里来了？"

马平在旁边嚣张地狞笑："齐总别明知故问了，我们是来拿钱的。不过，不是八千，是一万，多出来的两千是给法云哥、法义哥的茶水费。"

齐海东指了指一群人里那个头上缠着绷带的："喂，那个小兄弟是不是马强？"

马强走出来，抬起手，狠狠地指着唐晓龙，没说话，但眼里好像要喷出怒火来一样。

吴大宝站在角落里，老老实实地垂着手，默默地看着这群人，偶尔转头看看齐海东。

齐海东不动声色地笑着："之前是一场误会，正所谓不打不相识嘛，有误会说清楚就没事了。唐晓龙告诉我，马强有一次把他同学的牙都打掉了，后来赔了多少钱？够一万吗？"

马强回头看看马平，咬着牙说："赔钱？打了就打了，我赔他根鸟毛！唐晓龙，你再吱吱歪歪地胡说八道，我把你门牙也全砸干净信不信？"

唐晓龙想回嘴，但被齐海东一把摁住，大笑："好好好，马强说得很对，打了就打了，赔他根鸟毛啊？现在，唐晓龙拍了你一砖，赔什么赔？赔你根鸟毛啊？"

马平、马强同时变色，一起瞪着齐海东。

齐海东稳如泰山地坐在老板椅上，看着这群自以为多了不起的小混混，他懒得解释，向着法云和法义说："两位兄弟，钱我有，别说是一万了，就是十万、二十万也就是签个字的事。不过，刚刚马强也说了，打就打了，赔不赔钱，总得有个理由？现在，你们给我说几个理由，能说通我呢，马上叫财务部把钱送过来——"

法云、法义一起站起来，右手同时往左手袖子里一插，抽出了半尺长的弹簧鞭。

法云面无表情地说："齐总，理由很多，但我懒得跟你一一掰扯。我们在江湖上混的，不靠嘴皮子，就靠实力。我数到十，你不给钱，就打到你给为止。"

齐海东大笑："好好，说得好，简单明白，就是要打对不对？谁拳头硬谁就是老大，对不对？"

法义点头："嗯，就是这个道理。"

齐海东指了指吴大宝："我这个兄弟年轻时很能打，但后来断了一条腿，就再也没跟人打过架。今天听说几位是大名鼎鼎的涛哥的手下，一时兴起，想讨教几招，不过他只有一条腿，可能行动不便，不知道几位能不能手下留情？"

吴大宝走过来，解开腰带，把外面的制服长裤脱下来，露出那条义肢。

小混混们看看吴大宝，再看看齐海东，突然间同时哈哈大笑。尤其是马平，笑得前仰后合，眼泪都掉出来了。

办公室里只有齐海东和唐晓龙、吴大宝没笑，而且他提前告诉过杨玲，不要报警，也别让任何人进办公室，等所有人进了办公室就从外面锁上门，他自己能搞定一切。

吴大宝默默地取下义肢，放在旁边，只用一只脚直立着。

"你要他跟我们打？"法云笑够了，指着吴大宝，满脸都是不屑。

　　齐海东点点头："没错，你们赢了，我就叫财务部拿钱过来。"

　　法云挥手："马强，你去，把这个大叔推个跟头就算了，没必要欺负残疾人。"

　　吴大宝开口了："不不，大家还是一起来吧，我在一楼还有很多事要做，你们一起，节约点时间。"

　　法义觉得不对劲，拎着弹簧鞭向前走了一步，突然扬手，向着吴大宝脸上狠抽下去。

　　弹簧鞭是海天市的混混们常用的武器，练好了，这种家伙混合着九节鞭、三节棍、皮鞭的优点，而且又是钢制的，抽上就得皮开肉绽。

　　吴大宝没有向旁边闪，而是笔直向前迎上去，左臂向前伸，蛇缠树一般绕住了法义挥鞭的右臂，一推一拉，喀嚓一声，法义的右肩就脱臼了。

　　法云大叫一声，斜着挥鞭抽打吴大宝后脑。

　　吴大宝的左手按在法义身上，凌空一跳，一脚踹在法云脸上。

　　法云晕头转向地退了两步，一屁股坐倒，满脸冒血。

　　距离吴大宝最近的是马平和马强，两人手里都攥着三寸长的跳刀，正在找机会暗地里捅刀子，但眼前人影一晃，吴大宝就以法云为拐杖冲了过来，单手锁住马平的喉咙横向一拖，让他的脑袋直撞到马强的后脑上，两人一起捂着头倒下。

　　四个主力倒了，剩下的混混们向后退，想逃出办公室去，但门已经锁了，一个人都跑不了。

　　"大家一起来啊？"吴大宝招呼着。

　　没人敢往上凑，只有法义挣扎着用左手摸出跳刀，嚓的一声弹开刀刃。

　　吴大宝手更快，反手夺下跳刀，顺势下落，划破了法义的裤子。

　　法义大叫一声，吓得软绵绵地倒下，再无斗志，因为他知道对方手下留情了。

　　"来呀，还来不来？"吴大宝再次招呼。

　　混混们个个摇头，面如土色，没有敢向吴大宝出招的。

② 亲 情

吴大宝单脚跳到法云面前，抓着法云的头发，把对方提溜起来。

法云的眼眶、鼻子、嘴唇都破了，脸上十几道伤口在一起流血，就像一只斗败的公鸡。

吴大宝使劲摇晃着法云的脑袋，一字一句地说："小兔崽子，你好好听着，老子行不更名坐不改姓，姓吴，名大宝。回去告诉江涛，齐海东是我大哥，谁敢在他面前吱吱歪歪，我吴大宝就把他的皮扒下来糊风筝；唐晓龙是我亲侄子，你们敢动他一根汗毛，我吴大宝就让你们站着进来，躺着出去。"

法云含糊不清地答应着："大哥，不不，吴叔，大叔……我们有眼不识泰山，有眼不识泰山，以后再也不敢了，真的不敢了……"

最后，混混们背着法义灰溜溜地逃出去，早就不敢再提赔偿医药费的事。

吴大宝默默地装好义肢，穿上制服。他对齐海东忠心耿耿，对孤寡老人嘘寒问暖，那是他性格中最温和的一面，只对兄弟、朋友和亲人展现。真正面对敌人时，他又变回了南疆战场上那个骁勇善战的尖刀连勇士，闪电般出手，摧枯拉朽一样消灭敌人。

"晓龙，谢谢你五叔。"齐海东说。

唐晓龙站起来，向吴大宝深鞠了一躬。

吴大宝摸摸唐晓龙的头，又向齐海东点点头，然后大步走出去。

"想不到不仅二叔能打，连一条腿的五叔都这么厉害！"唐晓龙由衷地赞叹。

齐海东把吴大宝叫来有两个目的，第一，是唐晓龙等下一代人有点看不起吴大宝，觉得他是个百无一用的残废，要靠齐海东养着，找机会让吴大宝出手，能扭转他在所有人眼中的印象；第二，让小混混们回去告诉江涛，天海集团一个残疾人都能把他们打得屁滚尿流，以后就少来捋这群人的老虎须。

现在，在他的巧妙安排下，两个目的都实现了。

"齐叔，我要跟你一起住，跟着二叔、五叔学本事。"唐晓龙说。

齐海东提醒他："别光看着二叔和五叔，你三叔、四叔都是搏击术高手，慢慢学，把我们五个人的本事都学会了，这个天海集团就交给你来管。"

唐晓龙摇头："不，我不想学做生意，我要好好学习，将来考军校，像我爸爸那样，做一名中国人民解放军。"

齐海东大为欣喜，唐晓龙小小年纪，就能树立将来参军入伍的远大目标，实在出乎他的预料。

那么，下一步他就要跟江萍、陆宽谈，把唐晓龙正式接过来。

齐海东刚刚处理完小混混们找事的问题，赵大海那边又出问题了。

杨玲向他汇报："赵总说，城北制药厂大厦建筑工地的合同出了点小问题，他去处理一下。"

齐海东有点纳闷："哦，小杨，那合同不是上个月已经签了吗？我记得公司例会上，赵总说过，合同已签，工人和设备马上就要入场，又出了什么事？"

杨玲摇摇头："赵总电话里没说清。"

齐海东打电话给赵大海："老二，制药厂大厦那边什么情况？"

赵大海在电话气急败坏地回答："龙腾公司又跟我们抢生意，按照我们的报价减掉两成，所以制药厂这边毁约，想把大厦交给他们来做。"

齐海东大度地说："好吧，别着急，要是发包方毁约，我们也别强求，做生意嘛，和为贵，强扭的瓜不甜。"

他对龙腾公司的这种做法很反感，但在商言商，撬墙角挖人、挖活的例子数不胜数，没必要多生这种气。

赵大海回公司后，马上赶来见齐海东。

齐海东说："我让你来，是想跟你商量个事。现在几个孩子都大了，正是长身体、长脑子的时候。我想能不能直接从小对他们实行军事化管理，让他们从小就懂规矩、求上进？晓龙最佩服你，最听你的话，我觉得这件事应该由你来抓。"

赵大海摇头："不不，大哥，我管着对外销售的几个部门已经忙不过来了，别把这些杂事压给我，不行就让老四、老五去做吧，我实在腾不出手。"

齐海东皱眉，这不是赵大海第一次反对他的决定了，从公司的例会到项目研讨会，从家庭聚会吃饭到讨论公司经营方向，有意无意的，赵大海总是反对他的意见，而他也反对赵大海的意见，两人表面上虽然只是争论工作，但两个人的心究竟还有没有贴得那么近就不知道了。

"好吧，那我找别人。今天的合同签了没有？"齐海东问。

赵大海摇头："还没有，我看玄了，弄不好要竹篮打水一场空。本来都成了的事，龙腾公司上来插一杠子……感觉最近事事不顺，好像有人在故意跟我们作对。"

齐海东感叹："老二，最近龙腾公司挺活跃啊？"

各种媒体上都有龙腾公司的广告，包括外面的墙体广告、公交车广告，处处能看见龙腾公司的飞龙标志，这种广告轰炸，的确令海天人民眼花缭乱。

赵大海点头："嗯，我总觉得龙腾公司背后有高人指挥，有些项目咱们刚把预算书递上去，他们马上就提交总预算低于我们一成到两成的资料。原先的时候，就凭龙腾公司管理层那几根葱，我一根指头就能把他们玩得团团转。"

的确如此，在海天市能跟天海集团抗衡的没有几家，而且齐海东做生意的原则是"有钱一起赚"，所以树敌少，朋友多，无论在哪条战线上，大家都能给个面子。

齐海东又问："高人？查出是怎么回事了吗？"

赵大海摇头："正在查，已经有了点眉目，据说是个女的。"

齐海东把李福临给的文件拿出来，放在赵大海面前："老二，一号地这个事你还得多关注，这不是赚钱不赚钱的事。老三说，下一步海天市的房地产业发展会更迅猛，行业竞争也会越来越激烈，咱们得打起精神来，把天海集团这块大牌子树稳当了，别毛毛躁躁，被龙腾集团钻了空子。记住，抓大放小，关注公司主要业务，千万不要捡了芝麻丢了西瓜。"

赵大海有点不以为然："我上次开会不是说了嘛大哥，咱就是倒手转包，轻松赚钱，不用操心费力，还能日进斗金。"

在很多时候，他跟齐海东的经商理念是相悖的，太急功近利，只关注于当下的市场利益。

齐海东有点急了："老二，你怎么就是不明白呢，滨海大厦是海天市的重点工程，建好它，是利国利民、造福子孙后代的大事，在这种事上千万不要被利润、财务报表迷住了双眼。我重申一遍，我们不为钱去做这件事，一定要把这项目争取到手，一定得建好，咱们兄弟以后想起来就觉得这件事干得值才行。"

赵大海不说话了，但从表情上就能看得出来，他很不服气。

"去做好一号地的调查工作，拿出一份可行性报告来，我希望在政府公开招标前，尽可能地做到知己知彼。"齐海东说。

赵大海点头："好吧，我马上安排人去做。"

齐海东摇头："老二，这件事非同小可，我希望你亲自抓，把别的小项目交给别人。"

赵大海无奈地再次点头："好吧好吧，我自己带人去弄。不过大哥，现在没人像你这样较真了，大家是商人，商人的本质就是赚钱，无论大钱小钱、快钱慢钱，也无论干净的钱还是不干净的钱，能赚到自己腰包里，那就是成功。你说咱们去干滨海大厦的项目不为赚钱，不赚钱你让员工们都喝西北风啊？"

全公司上下，也只有他敢这样质问齐海东。

齐海东叹了口气："老二，我不知该怎么回答你。"

赵大海一甩袖子："算了大哥，我不用你回答，反正公司里你的地位最高，你怎么安排我怎么做就是了。"

他这完全是气话，前一阵，他从齐海东的言谈举止中猜到将来接掌天海集团的会是唐晓龙，自己心里不忿。

"江山天下，有德者居之"——皇帝轮流坐，明年到我家。他赵大海也想坐在天海集团老总的转椅上舒坦舒坦，享受享受睥睨天下、唯我独尊的美妙感受。他认为，将来他才是天海集团的继承者。

"给唐晓龙？他懂个屁啊，一个乳臭未干的毛孩子，一个单亲家庭里长大的孩子能干什么？齐海东一定是疯了，把大家辛辛苦苦做出来的公司交给别人……他赚个好名声，我怎么办？我赵大海跟着他出生入死，胼手胝足拼出个江山来，要交给别人？去他妈的，我才不干呢！"每次想到这事，赵大海就窝火。

办公室里气氛不太对，齐海东换了一个话题："老二，我想最近就把晓龙从陆家接出来。咱们五兄弟里，晓龙一直最崇拜你这个二叔。南南这几天好几次跟我提起过，晓龙说你够狠、能打、彪悍，一瞪眼睛，杀气腾腾。还记得晓龙小的时候吗？他最喜欢听你讲南疆战场上打鬼子的事。我想借打架群这个事把晓龙接出来，带在咱们身边。他是连长的根，教不好他，咱们五个罪过就大了。"

赵大海沉默了几分钟，抬头问："这小子是块好材料，刀不磨不快，杀杀他的性子也是好事。不过，江萍和陆宽那里能同意吗？"

齐海东回答："我已经跟他们敲定好了，正在联系新学校。我找过原来学校的校长和班主任，他们都说这孩子脑子很聪明，可就不往正道上用。"

为了唐晓龙的事，齐海东有好几晚上都辗转反侧，规划来规划去，才选择了换学校从新开始这条路。

唐晓龙敢替同学出头是好事，但年轻人一腔热血，容易被人利用，还是沉稳低调一点好。

赵大海问："需要我做什么？"

齐海东摇摇头："我都订好地方了，晚上我们一起到东豪那边吃个饭，大家做个见证，否则的话老陆一喝酒就撒酒疯。"

赵大海笑了："大哥，你是想让我镇住老陆，别让他搅局？"

这么多年来，陆宽最怕赵大海，因为赵大海是个天不怕地不怕的主儿，不像齐海东那样讲道理、讲原则。

有几次，大家聚会时陆宽喝多了胡言乱语，都是赵大海把他拎出去的，虽然没有真的开揍，连推带搡，陆宽这种瘦弱骨架子就已经承受不住。

齐海东也笑了："老二，咱们五兄弟各有各的长处，大家组合到一起才能办大事，缺了谁都不行。"

赵大海想了想，由衷地感叹："话虽那么说，大哥，任何时候缺了你都不行，你是天海集团的柱子，没有你，天就塌了。"

齐海东哈哈大笑："言重了言重了，老二，前人栽树，后人乘凉，这个世界终归是属于下一代年轻人的。"

谈到下一代，赵大海已经有了心结。古丽华消失后，他对任何女孩子都失去了兴趣，至今单身一人，连个固定的女朋友都没有。

古丽华是个钩子，早就勾走了他的魂。所以他把所有精力都用在赚钱上，个人存折里的数字每个月都见涨，但感情生活却如一潭死水。

齐海东带着唐晓龙到了东豪大酒店，这里是海天市最早挂上四星的酒店，装潢高档，气派十足。

这次，齐海东是给江萍和陆宽面子，因为他们两个自从跟着齐海东来东豪吃过一次饭后，屡次提起，赞不绝口。

进了酒店大堂，唐晓龙停下，看着齐海东，欲言又止。

齐海东问："晓龙，你想说什么？"

唐晓龙垂着头说："齐叔，我不想见老陆。"

这么多年了，唐晓龙从来不叫陆宽"爸爸"，只是"老陆、老陆"地叫，江萍开始还打着骂着逼着唐晓龙改口，后来也就不了了之了。

齐海东扳着唐晓龙的肩膀，正色告诫他："晓龙，你听我说，男子汉大丈夫，行得正走得端，如果你真想从陆家走，就别偷偷摸摸不见人影地蔫溜出来，而是光明正大地走出来。你不是想跟我们学吗？今天就是跟我们学的第一课，像个男人一样去处事。"

"老陆很唠叨，我被抓到派出所去他也知道，还不知道被他怎么数落呢！当着一大群人，挺没劲的，我下不来台。"唐晓龙解释。

"下不来台？丢人？晓龙，我告诉你，人活在这个世界上，面子是别人给的，脸是自己丢的。你打群架被抓到派出所是事实，既然是事实，别人就有评头论足的自由。现在嫌丢人已经晚了，早知今日，何必当初？如今摆在你面前的就是两条路，第一条是老老实实进去吃饭，让你干什么就干什么，饭局完了你跟我回家；第二条是没脸上去吃饭，偷偷滚回陆家去。你选哪一条？"齐海东板着脸问。

唐晓龙认真听着，倔强抿着的嘴角渐渐放松下来："齐叔，我选前面这条。"

在齐海东面前，一向桀骜不驯的唐晓龙变得相当老实。

刹那间，齐海东有点心酸，假如当年唐光没有自戕，而是披挂着满胸的军功章转业到海天，这时候也许是政府某个部门的高官，他又怎么会让自己的媳妇改嫁、自己的儿子沦落到不想回家的地步？

在很多人看来，唐光的选择是正义的，自戕了断，不拖累别人，让战友们能迅速撤出敌人的包围圈，获得逃生的机会。

从江萍、唐晓龙的角度来看呢，唐光也许是他们生命中最大的罪人。

江萍要的，是一个能疼她、保护她、陪伴她、为她撑起天空的真实男人，而不是一张遗像、一摞军功章、一个虚名和一个永远不能愈合的人生创口。若非逼不得已，她也不愿改嫁给陆宽，也不愿成为今天愧对儿子、以泪洗面的怨妇。

唐晓龙要的，是一个高大如山、坚硬如铁、堂堂正正、健康伟大的父亲，而不是一个姓氏、一个从未见过面的男人。

这些，唐光都给不了他们。

"唐光是为我们而死的，我们不能代替唐光给江萍什么，所以一定要把全部的爱都给唐晓龙，以告慰唐光在天之灵。"齐海东再次庄重发誓。

所以，不管今天江萍和陆宽说什么，齐海东都要把唐晓龙带走，哪怕是双方翻脸，他都在所不惜。

齐海东预订的是东豪大酒店最贵的牡丹厅，他带唐晓龙进去的时候，赵大海、李福临、孙立山、吴大宝、周海霞早就到了。

没过几分钟，服务生推门，引领着江萍、陆宽走进来。

陆宽一见这阵势，顿时吃了一惊。

齐海东起身，所有人跟着起身。

齐海东招呼："江萍嫂子、老陆哥，这边坐，已经早给二位留好位子了。"

陆宽想推辞，赵大海过来，半推半搡，把陆宽推到主宾位置，江萍则坐在副宾位置。

大家坐下之后，服务生开始上菜。

齐海东还没开口，江萍又惯性地数落："晓龙，你这次真的要把妈急死了。到现在为止，学校也不去了，书也不念了，以后怎么考大学？怎么为国家建设出力？让我九泉之下怎么去见你爸爸……"

她一开始唠唠叨叨，连脾气最好的周海霞都忍不住皱眉，其他人就更别提了。

唐晓龙垂着头，闭着眼，任凭江萍唠叨。

陆宽也在一边帮腔："是啊晓龙，你妈急得好几晚上都睡不着觉，有时候半夜醒了，就莽里莽撞地往你屋里跑，像梦游一样，把你妹妹吓得直哭。"

唐晓龙低头不语，周海霞在背后推了他一把，他才低声说："对不起，妈。"

江萍眼圈发红，接过周海霞递上来的纸巾擦眼睛。

齐海东说："嫂子，这事已经过去，就别怪晓龙了。孩子已经知道自己不对，这几天在我家里天天读英语，没耽误功课。"

这是实情，以唐晓龙的天资，很快就能赶上落下的功课。同时，他对齐海东书架上的书很感兴趣，只用三天就翻阅了老子、孔子、庄子、孟子中不少华章名言，并且在背诵其中经典章节的同时，对一些思想警句有了很深的认识。

譬如昨天他就跟齐海东聊起过对孟子"君子有终身之忧，无一朝之悲"这句话的理解。

那句话的意思是说君子一生都在担心对社会国家所该承担的责任没有完成，因而终身都处于忧虑之中，但却从来都不会有一朝一夕对个人遭遇的激愤。

齐海东亲手抄录了这句话，作为座右铭贴在书房的墙上。他对唐光做过承诺，要让那些阵亡烈士在九泉之下安心，这是他终其一生的大事，必须倾尽全力去做，才能完成。一年三百六十五天，他天天都为此而忧虑，根本没时间考虑个人的荣辱得失。

唐晓龙虽然年纪小，却也能理解这句话："真正的大人物、有才能的人会放眼天下，齐叔，我会好好上学，绝不辜负您为我付出的时间和精力。"

酒过三巡，菜过五味，齐海东举杯："嫂子、老陆哥，我敬你们。今天请二位来，主要是为了晓龙的前途问题。这几天，我已经请朋友帮忙，滨海附中那边同意晓龙转学到他们学校。附中是咱们市里最好的学校，我相信凭晓龙的脑瓜子，加把劲，一定能升上滨海高中，考个好大学不是问题。"

三个人碰了杯，齐海东一饮而尽。

江萍由衷地说：“谢谢你海东，这孩子让你们兄弟费心了。”

周海霞替齐海东解释：“嫂子，你这么说就远了，这么多年，我们看着晓龙就跟自己的亲儿子一样。”

齐海东接着说：“所以说，我今天把大家都请过来，就是想跟大家商量商量，从今天起就把晓龙接到我家去，手把手带着他，别耽误了他的前程。老陆哥，你先说两句吧！”

江萍早就把齐海东的意思跟陆宽沟通过，原先陆宽是贪图每个月齐海东送过来的那点抚养费，所以才再三推诿，不让唐晓龙离开。

现在，出了打群架的事，很明显是他没尽到后爸的责任，已经没办法推脱了。

陆宽红着脸说：“让我说？我其实没什么好说的，没照顾好晓龙，是我的失职，惭愧，惭愧。”

齐海东问：“嫂子呢？你还有什么意见？”

江萍回答：“我没有意见，晓龙这孩子脾气大，性格又犟，遇到事情总喜欢自己拿主意，谁的话都听不进去。”

唐晓龙垂着头不说话，任凭大人交涉。

如果放在以前，江萍和陆宽没说几句话，他就跳起来反驳了。

现在，他被齐海东折服，又在家里闭门思过好几天，原先那种刺猬脾气消磨了不少。当然，他的脾气只针对江萍和陆宽两人，因为这两人的思想水平和说话方式都让正常人没法忍受。

江萍说：“海东，那孩子以后就交给你了。”

齐海东点头：“好，既然大家没什么意见，那这件事就定了，从今天起，晓龙正式到我家，跟我们一起住。”

其他人纷纷点头说好，尤其是赵大海，平时对陆宽早就看不惯了，唐晓龙一搬家，今后就不必老是跟陆宽这种低档次的小人物打交道，乐得眼前清净。

齐海东伸手招呼唐晓龙：“晓龙，站起来。”

唐晓龙听话地站起来，看着齐海东。

齐海东说：“过来，站在你妈跟前。”

唐晓龙一怔，周海霞在背后推他，他就听话地走到江萍跟前。

齐海东说：“你妈这么多年辛辛苦苦拉扯你不容易，今天要走了，给你妈磕三个头。”

江萍愣了，一醒过神来，就赶紧摆手："不用不用，他是我生的，抚养他是当妈的责任，不用给我磕头……"

唐晓龙默默地跪倒在江萍面前，额头触地，结结实实地磕了三个头，发出"咚、咚、咚"三声响。

江萍用手绢擦眼睛，伸手扶起唐晓龙："好孩子，妈没什么本事，以前你跟着妈受苦了。以后啊……跟着……跟着你齐叔和海霞婶子，享福……一定能享福……"

孩子是妈身上掉下来的肉，平时唐晓龙再怎么惹她生气，到了这时候，也全都忘了，只剩货真价实、毫无遮拦的母子之情。

周海霞红了眼圈，向齐海东看了一眼，其实心里也有点埋怨齐海东不该制造这母子分离的辛酸一幕。可是，她转念又一想，长痛不如短痛，如果任由唐晓龙在江萍、陆宽身边待下去，早晚会变成一个无知无识的小混混，那这个好孩子就毁了。如果唐晓龙将来一事无成，那她跟齐海东就愧对唐光，罪过就大了。

全体人默默地看着，一切听齐海东安排。

齐海东指指陆宽，还没开口，唐晓龙就冷冷地扭头转向窗外。

齐海东吩咐："晓龙，给你爸磕三个头。"

唐晓龙梗着脖子没反应，陆宽的脸红了。

齐海东不动声色地重复："晓龙，给你爸磕三个头。"

唐晓龙硬硬地回答："他不是我爸。"

本来，江萍一哭，唐晓龙的眼圈也红了，只是一回到陆宽这里，他的脸立刻冷得像块大冰砣子。

陆宽的脸更红了，尴尬地拿杯子喝水，却被呛到，捂着嘴大声咳嗽。

唐晓龙鄙夷地看着陆宽，大声说："齐叔，您平时教育我，男儿膝下有黄金，我们的膝盖跪天跪地跪父母，不能跪其他人。他不是我爸，我不给他磕头。"

江萍看看唐晓龙，再看看陆宽，眼神复杂，不知该说什么才好。

齐海东沉声吩咐："晓龙，抬起头来，看着我。"

唐晓龙抬头，毫不畏惧地跟齐海东对视。

这孩子骨子里带着天生的剽悍匪气，与赵大海近似但又有所不同。因为没有亲爸照顾，他从小就跟人打架，用拳头维护自己的尊严，就像旷野中独行的孤狼一样。他习惯了用充满匪气、戾气的外表来武装自己，也只有如此，他才能在很多无良少年的欺侮中艰难地生存下来。

"进攻是最好的防守"——这句话是赵大海以前教他的，被他奉为金科玉律，并引申为"谁想打我，我先打谁；谁想把我踩到烂泥里，我就先把他踩成烂泥"。

齐海东缓缓地说："晓龙，不管你信不信，你从一出生到现在，如果不是有你后爸照顾你和你妈，你根本长不到今天。我只说三件事，你自己听听，自己衡量，是不是该给你后爸磕头。"

陆宽一边自嘲，一边打圆场："算了算了海东，别难为孩子……现在不时兴跪地磕头这种礼节了，再说晓龙已经长大了，知道孝敬他妈就行，我没事，我没事。"

齐海东摇摇头："老陆哥，国有国法，家有家规。我想从今天起就给晓龙立下规矩，让他知道，一个真正的好男人应该恩怨分明。"

唐晓龙站得笔直，表情淡漠，看都不看陆宽一眼。

在他心里，陆宽一无是处，完全是个猥猥琐琐的酒鬼、话唠、无用的窝囊废，就算街上收破烂的人也比陆宽有能力。

齐海东举起右手，亮出食指："晓龙，你一岁半的时候，有天半夜发高烧到四十度，最后高温惊厥，差点喘不过气来。你后爸抱着你，只穿着拖鞋，一路跑到医院，连吸氧带输液，一直忙到天亮。那一次，如果没有你后爸，你就会出大事了。这是第一件。"

江萍拿着手绢抹泪，轻轻点头。

那是实情，当时陆宽抱着唐晓龙到了医院输上液，才发现自己拖鞋丢了一只，大半段路程都是光着一只脚跑来的，脚心被走廊里的玻璃碴划了两道大口子，走一步就印一朵血花，把值班护士都吓傻了。

齐海东接着说："晓龙，第二件事是在你五岁的时候，你后爸到外地出差，大年三十晚上才到家。你非得要邻居家孩子玩的那种礼花，不给买就不吃饭，逼得你后爸半夜里去敲土产公司的门，可人家早就下班了，你后爸就拿着二十块钱到邻居家，把人家孩子的礼花买下了一半给你。"

陆宽叹气："是啊，晓龙这孩子从小就不服输，人家有什么，自己也得有。"

齐海东问："晓龙，这事你有印象吧？"

唐晓龙受到触动，表情略有缓和。

其实那件事还有一个另外的细节，陆宽年前赶着出差是为了给单位要账，结果欠账的一方拖着不还钱，气得陆宽在路上一个人喝闷酒喝醉了，到家就累得倒在床上。他别的事都气得忘了，唯独没忘给唐晓龙捎鞭炮的事，可他兜里钱少，只够买两盒小鞭。唐晓龙从他衣服里扒拉出小鞭来，嫌不好玩，才逼着他起床去买别的。那一年，除了唐晓龙拿到礼花分外高兴之外，江萍、陆宽连双新袜子、新鞋垫都没添，三十、初一、初五、十五的饺子都只能吃素馅的。

陆宽眼中泪光闪烁，端起桌上的酒，一口干了，苦笑着说："各位，我陆宽虽然没本事，但在这两件事上，我可以拍着胸脯说，忆起当年，我他妈的我……我问心无愧……问心无愧啊！"

❸ 出　现

　　齐海东继续说："晓龙，第三件你应该记得很清楚，你五年级那一年，班里有个孩子父母都是政府官员，你跟人家打架，把人家孩子的眼打肿了。人家父母来家里找，明确说如果你后爸不带着你在全校大会上向人家鞠躬道歉，就会对你后爸不客气。结果呢……"

　　那件事的结果是陆宽根本没理对方，带着孩子大摇大摆出了学校，下馆子吃了顿好的。

　　五年级唐晓龙十二岁，已经懂事了，所以齐海东提到这事，他的脸上也出现了后悔的表情。

　　陆宽叹口气，向大家解释："那件事晓龙没错，是那个孩子欺负女同学，晓龙打抱不平。我肯定得支持孩子，给他们道什么歉?"

　　齐海东说："结果，人家打电话到你父母单位，找个理由扣了他半年奖金，本来定好的升职也泡汤了。"

　　陆宽尴尬地自嘲："是我自己无能，不怨孩子。海东，以后晓龙跟着你我就放心了，你多费心指点他，孩子是好材料，就是我太无能。"

　　陆宽站起来，端起面前的酒杯，大声说："各位，我这杯酒是向大家请罪，我陆宽没把晓龙照顾好，辜负了大家的期望。"

　　赵大海也站起来，把自己面前的高脚杯倒满，举起来向着陆宽："老陆哥，以前兄弟错怪你了，也向你赔罪。你是条汉子，以后用得着我赵大海的地方，一个电话过来，我两肋插刀，万死不辞。"

　　李福临、孙立山、吴大宝都倒满了酒，站着相陪。

　　陆宽一饮而尽，其他人也一饮而尽。

　　陆宽向所有人点头致歉："对不住啊，我先走一步，大家慢慢吃。"

　　陆宽离席要走，没有一个人拦着，但大家的目光都望着唐晓龙。

　　唐晓龙脸上的肌肉剧烈颤抖着，眼看着陆宽已经走到门口，唐晓龙突然大声地叫："爸——"

　　陆宽震惊，慢慢停住，回头看着唐晓龙。

　　唐晓龙迎着陆宽走过去，直挺挺地跪下，大声说："爸，谢谢您的养育之恩。"

陆宽愣了，醒过神来之后，赶紧弯腰来拽唐晓龙的胳膊："快起来，快起来，晓龙，快起来，咱不兴这个，快起来！"

齐海东端坐不动，正气凛然地说："老陆哥，你别动，让孩子磕头，这是孩子的一片心意。"

唐晓龙连磕了三个头，个个咚咚响。

陆宽扶起唐晓龙，已经泪流满面："好孩子，以后跟着你齐叔和婶子努力学习，好好做人。"

唐晓龙点头，眼泪在眼眶里打转，忍了很久，最后还是扑簌簌地落下来。

当年江萍自己拉扯孩子，辛苦操劳，举步维艰。如果没有陆宽伸手相助，孤儿寡母的生活肯定是过得灰暗无比。每个人都必须承认，陆宽有缺点，但他的确在唐晓龙的成长过程中付出了很多。

齐海东看着父子俩，眼圈微红。

陆宽扶起唐晓龙，江萍站起来，走过去，拉起唐晓龙的手："晓龙，我跟你后爸没本事，没有教育好你，以后你跟着齐叔和婶子好好做人，别惹他们生气。"

一家三口都伸出双手，紧紧地抱在一起。

赵大海站起来："来来来，今天这是喜事，别哭哭啼啼的了。老陆哥，走什么走啊，快回你座位，大家喝酒，喝个一醉方休。"

陆宽回座，众人举杯喝酒。

齐海东看看唐晓龙，再看看江萍，江萍眼中泪光闪动。

刚刚齐海东提到的三件事，都是自己亲眼看到、亲耳听到的。

唐晓龙生病那次，当时他是半夜接到江萍从医院打来的电话才赶过去的，到了才知道大街上找不到车，陆宽抱着孩子拼命向前跑，拖鞋掉了一只也顾不上，等到护士给唐晓龙输上液，陆宽早就累得瘫倒在椅子上。

过年买烟花那件事，则是江萍后来告诉齐海东的。

还有，唐晓龙每次惹事，陆宽都得去学校，坐在老师的办公室里，老老实实地低着头，怀里抱着唐晓龙的书包。代唐晓龙受过，被不同的老师严厉训斥。回到家，江萍拎着鸡毛掸子，狠狠地抽唐晓龙的屁股，一边打一边哭。唯独那一次，陆宽觉得唐晓龙没有做错，拒绝道歉，才导致自己的工作受了影响，自此一蹶不振。

齐海东能理解陆宽的处境，其实，任何男人都不是天生猥琐、无能的窝囊废，是社会和生活改变了人的模样。

至于陆宽这方面，他和江萍实在管不了唐晓龙，这孩子天天惹祸，虽然每个月都能从齐海东那里拿到生活费，但两下权衡，陆宽还是放弃了少生气，少忙活，跟江萍带着小女儿过平静的生活。他无能，但看在江萍面子上，也希望齐海东他们能把这个孩子管教好，省得以后江萍左右为难，是好是歹，就要看唐晓龙自己的造化了。

齐海东把唐晓龙安顿好，心头一块大石终于放下，再回头全力以赴搞海天市一号商业用地的事。

那个项目属于长期工程，后续还有二号地、三号地，都是沿着海边的最优质地段来开发的。只要天海集团拿下一号地，很可能就势如破竹地连续拿地，把所有竞争对手远远地抛在后面。

由海天市政府牵头，齐海东出资从北京请了一个专家团过来，包括建筑规划、现代大厦设计、社会关系专家、环境专家、海洋生态保护专家等等，先对一号地项目作出了大概的可行性评估。他知道，千里之行，始于足下，一开始的准备工作一定要步步夯实，才能真正地建造出一流项目。

整个评估、论证工作耗时一年多，直到 1999 年冬天，一号地项目才最终定址，图纸也由省规划设计院绘制完成。

本来按照市政府主要领导的意思，天海集团在一号地滨海大厦前期准备工作中出力甚多，再看该公司的资质、业绩、产品品质，几方面综合考虑，有意向让天海集团承担建设任务。但是，龙腾集团这边突然有了大动作，竟然发动了国家建设部那边的关系，很快上级就下了批文，要求海天市政府在滨海大厦项目上采取公开竞标的方式，所有步骤透明化，邀请全省有资质的企业参与竞标。于是，该项目的竞争一瞬间白热化。

齐海东早有准备，对于全省竞标这件事丝毫不怵，而且他提前进行了两项准备：第一，是把全省高资质企业摸排一遍，准确分析其企业领导和业务部门能力，搞清主要竞争对手是谁；第二，他把这几年来经常合作的投资商、建筑商、分包商、材料供应商都找来，反复地强调，他这次是要踏踏实实地为海天市人民做一件好事，建一座好楼，成就人生中的梦想，所以根本不考虑赚钱的问题。只要大家认真合作，劲往一处使，心往一块想，把滨海大厦建好，所有好处都是大家的，天海集团只扣除基本利润就行。具体数字，可以在竞标成功后立下正式文书，按合同执行。

在海天市建筑业界，齐海东这个名字是最有分量的。他说的话，有时候比政府的红头文件都管用。

于是，所有人当场签订合作备忘录，愿意鼎力支持齐海东拿下一号地，并且在未来三年内，各公司的经营重点会围绕着天海集团来做，万众一心，给齐海东牵马坠镫。

从表面看，天海集团对于一号地是志在必得，而且是万事俱备，只欠东风。

1999 年 12 月 24 日平安夜，齐海东大概七点钟离开办公室，乘电梯到地下车库，开自己的车子回家。

他有个习惯，出了车库后，总会开车绕到天海集团大楼的正面，在音乐喷泉水池边停五分钟再走。

在那五分钟里，他会用音乐和水声带走一天的疲惫，换一副好心情回去见周海霞。

这一次，他停下车后不久，有一辆白色的车子从外面驶进来，停在水池的另一面。

天下着雪，细碎的雪片乱琼碎玉一样翻飞落下，在大厦那边霓虹灯的照耀下，五光十色，煞是好看。

齐海东静心欣赏雪景，并没有太在意对面车里下来的人。

后来，他意识到，对面有人静静地站着，一言不发望着这边。

他放下车窗玻璃，隔着迷茫的雪幕望过去。那是一个身材极好的女人，身上穿着一件披垂到脚踝的纯白裘皮大衣，头上戴着一个八角形的裘皮帽子，亦是高贵典雅的纯白色。

两人目光相接，齐海东突然愣住，因为对方那张脸让他想起了消失已久的古丽华。可是，古丽华坑苦了赵大海之后失踪，至今已经六年，一走就石沉大海，杳无音信。

"是……古丽华？可能吗？"齐海东开门下车，绕着水池过去。

那水池极大，直径至少有三十米，所以绕半圈的话得费上好几分钟。齐海东脚下越来越快，到了最后变成了大步快跑。

直到他与那女人面对面站着，才完全看清了那张修饰得毫无瑕疵的脸。

那就是古丽华，一个让他和赵大海的命运纠结多变的女人。六年过去，细算古丽华应该是三十五岁左右了，但时间似乎并未在她脸上留下痕迹，她仍然是昔日那朵美丽的"战地医院之花"。

起初，古丽华脸上没有任何表情，像一尊白玉雕成的观音佛像。等齐海东站定，这尊佛像突然笑起来，笑声如银铃般清脆，穿越雪幕，在空旷的广场上振响。

"海东，齐海东——"古丽华张开双臂向前扑，就像那次她孤身一人由部队来探望齐海东一样，天地之间，只剩他们两人，似乎可以肆无忌惮地来一次动情地拥抱。

"丽华，怎么会是你？怎么会是你？"齐海东的热情不是装出来的，因为在这个寒冷的冬夜里，他能遇到一个久未谋面的战友，心里一下子就热情满溢，浑然不觉冷雪寒意。

热烈拥抱古丽华时，他只是把她当战友，毫无男女之间的私情。

他感到，古丽华身轻如燕，身材凹凸，比起二十岁的少女来也毫不逊色。

两人丢下车，沿着长街踏雪而行，最后进了一家专营肥牛的广式火锅店。

平安夜的店堂里，几乎桌桌都是深情款款、含情脉脉的男女，眼神甜得发腻，声音嗲得让人心颤。

齐海东拿过菜谱来，年轻的女服务生殷勤地介绍："先生，今晚本店最受欢迎的是平安夜情人套餐，只要是双人用餐，就赠送法国玫瑰花和清酒。"

"好吧，我们……"他想说什么，但最终没说出口，点了情人套餐。

"不要担心，也不要多心，我知道你在想什么。海东，我们是朋友，也只是朋友。"古丽华变得比从前善解人意，眼神流转，仿佛两颗黑葡萄乖乖地浸在冰水里，几乎让所有男人都无法拒绝。

"我没多心，我敢多心吗？"齐海东微笑起来。

"是啊，年轻时都不敢，现在就更不敢了，我理解，我都理解。"古丽华意味深长地笑。

刚刚，古丽华已经向他说明，自己是受了一家港资公司的委托，到海天市来发展新项目，以后要请齐海东多多关照。至于是什么公司、什么业务，齐海东还没来得及问。

在他眼中，此刻的古丽华像一锅熬得恰到好处的美人养颜粥，颜色、香气、味道都融合到无懈可击的地步，入口即化，香甜软糯，是舌尖上最令人陶醉的美食。与她比，那些二十出头的年轻女孩子空有一副好皮囊，如清水挂面一样无法让人提起兴趣。

那么，齐海东也在犯猜疑："究竟是哪个男人如此有福气，把这么出色的女人娶回家中？"

他问，古丽华娇笑着摇头："你猜？"

齐海东长叹："那怎么猜啊？"

古丽华轻轻地抬起右手，手腕上一金一玉两只镯子相撞，发出颤悠悠的"叮当"声。

她伸出食指，指甲盖上涂着红指甲油，在灯光下闪着星星点点的微光。

"一？这是什么意思？"齐海东转不过弯来。

"你猜？"古丽华重复。

齐海东一下子醒悟："一个人？你现在还单身？"

古丽华微笑不答，向远端的歌舞表演台指了指："海东，要不要一起唱歌？"

齐海东年轻时多才多艺，但到了地方之后忙于事业，很少登台唱歌，对于流行音乐也渐渐陌生，所以轻易不碰麦克风。

他摇摇头："我就别献丑了。"

古丽华起身，低声说："那我去，唱一首歌给你听。"

她脱掉了大衣，露出里面的黑色羊绒衫和黑色皮裤，那套衣服是紧身设计，将她的身材曲线完美勾勒了出来。

看着她，齐海东就仿佛看到了一杯热得发烫的烈酒，还没沾唇，就已经醉了一半。

"这首歌，我从没为别人唱过，只唱给你听，只为你一个人。"古丽华又说。

齐海东突然觉得，自己现在是在一个绮丽的梦中。在这个梦里，没有周海霞，也没有赵大海等人，甚至没有家人，没有天海集团乃至于海天市……他忘了一切，只看到古丽华的背影。

古丽华登台，聚光灯一打在她身上，全场立刻鸦雀无声，在场的无论是男人还是女人，都惊讶于她完美无缺的绝代风华。

"一首梅姐的《女人花》，献给那边我的一位朋友。"她风情万种地微笑着，嘴角带着迷死人的微笑。

这是一个非常陌生的古丽华，美得不食人间烟火似的，瞬间秒杀齐海东见过的所有女人。

"我有花一朵，种在我心中，含苞待放意幽幽。

朝朝与暮暮，我切切地等候，有心的人来入梦。

我有花一朵，花香满枝头，谁来真心寻芳踪？

花开不多时啊，堪折直须折，女人如花花似梦。

我有花一朵，长在我心中，真情真爱无人懂。

遍地的野草，已占满了山坡，孤芳自赏最心痛……"

以前，齐海东听过古丽华唱军旅歌曲，嗓子极好，声音清亮，每次听到都会让人充满斗志。可这一次，古丽华一开口，就把他的心唱得醉了，不——是唱得"碎"了。

"若是你闻过了花香浓，别问我花儿是为谁红。

爱过知情重，醉过知酒浓，花开花谢终是空。

缘分不停留，像春风来又走，女人如花花似梦……"

一首歌唱完，大厅里吃饭的人都忘了鼓掌，只是泥塑木雕一样坐着，远远地看着台上的古丽华。

现在海天市的很多餐厅里都有边吃饭边唱歌的习惯，但是大部分上台演唱的人都属于自娱自乐型的，鬼哭狼嚎者有之，荒腔走板者亦有之，偶然有些高水平的人登台，也是嘻嘻哈哈的玩票性质，能唱好的也不敢故意卖弄。

古丽华跟所有人不同，当她双手擎着麦克风、目光向着齐海东坐的方向动情演唱时，全身心投入，连表情都变得专注而深情，其演唱技巧和嗓音都堪称专业水准，比起动不动就出唱片、拍 MTV 的南方小歌星来，强一百倍。

正因如此，齐海东才被唱的"心碎"了。

在古丽华唱歌的几分钟时间里，他一动不动地盯着台上，大脑一片空白。

如果这是梦，也是美梦，不愿醒来的绮梦。

在古丽华的歌声中，齐海东悠悠地回忆起了自己过去的十年。准确说，应该是从入伍到今天的二十年时光。

如果他没有去当兵，而是上大学、进工厂，老老实实在一个大企业里做一颗尽职尽责的螺丝钉，人生也许就会波平如镜，没有任何起伏顿挫，像所有同龄的年轻人一样，娶妻生子，上班休班……

那样，他就不会有赵大海、李福临、孙立山、吴大宝这样的好兄弟，也不会肩负着对唐光的承诺，不敢有丝毫偷懒，只能每一天步步向前，驾驭着天海集团这艘巨舰劈波斩浪，不断闯关。

当然，那样他也不会遇到古丽华，不会跟古丽华有任何感情上的纠结。

他不爱古丽华，但却阻止不了古丽华爱他，因为感情是复杂而多变的，接受爱并不一定幸福，不接受爱，对古丽华来说也许是件好事。

古丽华把麦克风放回去，但下面的观众立刻叫起来："再来一个，再来一个……"

盛情难却之下，古丽华又唱了一首《独角戏》：

"是谁导演这场戏，在这孤单角色里。

对白总是自言自语，对手都是回忆，看不出什么结局。

自始至终全是你，让我投入太彻底。

故事如果注定悲剧，何苦给我美丽，演出相聚和别离。

没有星星的夜里，我用泪光吸引你。

既然爱你不能言语，只能微笑哭泣，让我从此忘了你。

没有星星的夜里，我把往事留给你。

如果一切只是演戏，要你好好看戏，心碎只是我自己……"

这又是一首直捣齐海东心窝的歌，他相信古丽华这几年在外面一定受过很多苦，曾经过着孤独无依的生活。如今，她涅槃重生，焕发第二次青春，真的应该为她高兴才对。

昔日，古丽华痴恋着他，但他却始终不为所动，任由古丽华在自己的感情世界里上演着一场"独角戏"。歌词中所说，想必句句都是她的内心写照。

古丽华在台上唱，齐海东在台下忍不住唏嘘不已。

"如果一切重来，我还会让她一个人唱这出独角戏吗？"他低声地问自己。

古丽华唱完歌下来，刚坐下，邻座就有陌生的男子过来敬酒，满脸都是对齐海东的羡慕嫉妒。

"唱得真好。"齐海东由衷地赞叹。

"唱歌是要注入感情的，技巧倒是其次。这两首歌——尤其是第一首，我第一次听就被它迷住了，但我从来没在公开场合唱过，只想有一天回到海天来，唱给你听。上天一定是听到了我的心声，这个心愿终于完成了。"说完，古丽华调皮地笑起来。

齐海东不由自主地又拿周海霞跟古丽华相比，一个是贤妻良母、工作模范型的，一个是美丽冷艳、高贵典雅型的。两者都好，真的很难分清谁高谁低。

"我敬你，海东，希望你的事业越来越成功！"古丽华举杯。

她的眼睛如两枚黑玉做的钩子，妩媚地扫过齐海东的脸，一旦勾上，齐海东就无法逃脱。

时间过得真快，两人没说几句话，时间已经到了晚上十点钟。

周海霞打电话过来，问齐海东几点回家。

古丽华提前把右手食指竖在嘴边，做了个"噤声"动作，示意齐海东不要提到自己。

齐海东说："在跟朋友吃饭，两小时后回去。"

周海霞很敏感，从听筒里的声音判断，齐海东是在一个酒吧或者夜总会里。

"好，路上小心。"周海霞听齐海东说话有点不自然，不由得心里打了个问号。

吃完饭，齐海东又陪着古丽华一路走回天海集团，替她开车门，然后挥手道别，看着那辆白色的宝马车远去，他才怅然转身，上了自己的车子。

　　回到家，齐海东的思绪还在古丽华身上，整个人都恍恍惚惚的。

　　"海东，你怎么了？失魂落魄的？"周海霞意识到不对。

　　齐海东摇摇头："没有啊，我可能是太累了，想早点睡。"

　　他躺在床上，眼睛望着天花板，古丽华的倩影又悄然浮现出来，那么漂亮，那么甜美，像电影中的港台名角，要样貌有样貌，要内涵有内涵。

　　"不能再想下去了！不能再想了！"他偷偷告诫自己，但仍旧辗转反侧。

　　睡前，周海霞检查了齐海东的衣服和手包，确信齐海东没有任何出轨行为，也就默默地原谅了齐海东作为一个丈夫、一个父亲在平安夜不归的罪过。作为一个家庭的妻子、母亲角色，她必须保持足够的清醒，否则就会酿成大错。

　　齐海东没有把古丽华回海天的消息散播出去，而是选择了忍耐。接下来一周，他仍然像从前一样忙着处理各种各样的公司事务，但却时常停下来陷入沉思，以至于好几份文件漏签，害得杨玲反复拿回来请他重签。

　　"我病了。"办公室没人的时候，齐海东就会端着茶杯到窗前去，自嘲地笑着告诉自己。

　　古丽华隔了六年重新出现，完全扰乱了他的情绪，从前的"战地医院之花"变成了大国牡丹，高贵华丽，美艳不可方物，像一颗切削打磨过的钻石，绽放出璀璨炫目的光彩。如果说从前古丽华、周海霞在外表上还可以相提并论的话，如今却倏忽之间分出了高下。

　　"没想到她会变成这样——"齐海东百思不得其解。

　　当年古丽华人间蒸发，大家都以为她终生不会再回海天，从此浪迹天涯。别的人不说，孙立山明里暗里都表示过对古丽华的鄙夷，并且替赵大海打抱不平。

　　没想到，她回来了，而且一出现就震撼全场，连带着俘虏了齐海东的心。

　　一次晨会过后，齐海东装作不经意地问赵大海："最近有古丽华的消息吗？"

　　像从前一样，赵大海沉默地摇头。

　　"怎么突然问这事？"赵大海反问。

　　齐海东摇摇头："只是想起来了，随口一问。前几天你嫂子说，有个条件不错的女研究生，想给你介绍介绍。"

　　赵大海哈哈一笑："女研究生？还是算了吧，我这一辈子非古丽华不娶。她不回来，我就一直单身，白头到老。"

　　能说出这样的话，赵大海也算是性情中人。古丽华那样伤害过他，害他从银行高位上一跌到底，而他心中却毫无芥蒂。

齐海东反复猜测："古丽华回来，为什么不先联系赵大海？却到这边来找我？难道她心底对我还是余情未了？如果这是真的，我将来怎么面对赵大海？"

齐海东不想因古丽华而导致兄弟反目，当年他抵住了美女诱惑，坚决地选择了周海霞。这一次，他还能不能抵住诱惑，保持一颗平静沉稳的心呢？

自从跟周海霞结婚以后，齐海东就没有个人秘密，任何工作上、生活上的事都跟周海霞分享，非常重视周海霞的意见。这种透明、坦荡、和谐的夫妻关系很难得，并不是任何一对夫妻都能做到的。

平时在家，齐海东的手机都是固定地放在茶几上，以便于周海霞帮他接电话，不遗漏任何重要的来电。

平安夜之后，他变了，回家后手机一直放在口袋里，并且调成震动模式。即使是在上卫生间时，也随身带着手机。

他在期待着古丽华的来电，心情忐忑，七上八下，像一辆开到了分岔口的火车，不知道向哪条岔路上前进。

古丽华一直没来电话，也没到天海集团的办公室找过齐海东。

渐渐的，齐海东把那晚的偶遇当成了一场春梦，秘密地珍藏在记忆深处。他把老相册翻出来，找到一张古丽华的老照片，去影楼放大冲印了一张，放在办公室的抽屉里。每天下午临下班前，他都会对着照片沉思一阵。

年轻时的古丽华是一朵花，单薄脆弱，容易枯萎。

现在的古丽华是一盆山水草木盆景，内容丰富，布局精致，百看不厌，耐人寻味。

有一天，他忽然很想听歌，就去音响行里买了一组飞利浦老式唱机，又让店主费了好大劲，帮他找来了一张梅艳芳的个人经典黑胶唱盘，就是包含《女人花》的那一版本。他不想听其他歌，只想听这首《女人花》，一遍又一遍地听。美中不足的是，在他耳中，梅艳芳的原唱甚至不如古丽华的演唱更沁人心脾。

当他一手捏着古丽华的年轻照片、一手端着咖啡站在老式唱机前，看着密纹唱盘晃晃悠悠地旋转着，心思早已一去千里，仿佛重回关山。

他齐海东是人，不是神。

只要是人，就有七情六欲，就会被一些如烟往事缠绕羁绊。

女人是最敏感的，周海霞作为一名从业多年的医生，在这方面尤甚于普通人。

她察觉到齐海东的变化，只是看病要找病根，没发现病根前，她不想过于草率地出手，免得破坏了两人之间的感情。当然，她也不会向别人唠唠叨叨，将自己的伤口示之于人。

这种夫妻情感上的危机是她十年来未曾遇到过的，因为放眼齐海东的朋友圈、人脉圈子，没有一个女人能真正打动她。

"莫非是……更早一些的朋友？莫非是……古丽华？"周海霞一想到那个名字，不禁猛地一惊。

她与古丽华在编入战地医院前就认识，知道这朵"战地医院之花"有多吸引人。且不说赵大海被伤得那么重，对古丽华还是恨不起来，最早之前，甚至还有男兵为古丽华自杀过。

女人的第六感总是毫无理由而又准确无误的，周海霞明白，如果齐海东的异常状况是古丽华引起来的，那么，两个女人之间的一场残酷战斗马上就要打响了。

❹ 相 煎

时间匆忙无序地过去，转眼间临近春节。

按照惯例，齐海东在年三十晚上跟兄弟们吃家庭团圆饭，所有人都参与，地点定在东豪大酒店顶楼的包房。

他万万没想到，久未出现的古丽华就在此刻出现了。

当晚九点钟，大家正吃到酒酣耳热之时，齐海东突然感觉到裤袋里的手机震动起来。他拿出手机一看，竟然就是平安夜那晚古丽华留给他的号码。

他走到门外去接电话，古丽华只说："我在一楼酒吧里。"

齐海东一惊，来不及回房间去穿外套，飞奔着下楼，进了名为"明珠翡翠"的酒吧。

大年夜，酒吧里空荡荡的，吧台前只坐着白衣胜雪的古丽华一个人。

齐海东大步走过去，心怦怦跳，但表面强作镇定。

"你怎么这时候来了？干吗不早打声招呼？好多战友都在上面吃饭，大家一起热闹热闹多好？"齐海东说。

古丽华双手捧着半杯红酒，两颊酡红，微有醉意："我不是为他们来的，何必上去？你知道的，我只为你而来。"

酒保识趣，远远逃开，缩到吧台的角落里去。

"丽华，别这么说，我承受不起。"齐海东的心又开始痛了，但同时又有丝丝莫名的窃喜。

"你承受不起，这世界就没有一个人承受得起了。海东，我千里迢迢回来，只是为你一个人。数年过去，我以为自己能忘了你，可以在一个陌生的城市里重新开始新生活，但我骗不了自己，根本忘不掉你。在这里……"她的手按在自己胸口上，"这颗心，永远为你而跳动，在漫长的黑夜中，我清醒地知道，我，古丽华，只为齐海东活着，你是我的全部，是我生命的主宰……"

齐海东打断她："你醉了。"

古丽华摇头："我没醉，我很清醒，海东，我不要你任何承诺，我只要你把给别人的爱切一角角给我，就一角角，可以吗？我愿意做你爱情世界里的小蚂蚁，只要一点点你把爱给别人后剩下的面包屑，只要有一点点面包屑，我就可以好好活下去，在遥远的角落里，谦卑地微笑着为你祝福，为你爱的人祝福，祝福你们，不生病、不忧虑，快快乐乐地生活下去，像城堡里的王子和公主那样……"

说着说着，古丽华的泪如断了线的水晶珠子一样簌簌坠下。

齐海东心如刀绞，吩咐酒保："记顶楼包房的账。"

他是东豪大酒店的常客，没有人不认识他，任何时候都可以签单。

"走吧丽华，我送你回去。"齐海东搀着古丽华起身，出了酒店的旋转门。这时他才发现车钥匙在手包里，只好招手叫了一辆计程车，开门扶古丽华进去。本来，他想跟着车护送古丽华到家，但还来不及上车，就瞥见周海霞到了一楼大厅里。

齐海东只好吩咐司机："送这位女士走，她会告诉你地址。"

车刚开走，周海霞便从大厅里走出来，望着远去的出租车，疑惑地问："海东，是你朋友？"

齐海东点头："对，一个朋友路过，进来打个招呼，唉，喝多了，纠缠不清，啰啰唆唆的。"

周海霞微笑："好了，那咱上去吧，别让大家等急了。"

除夕夜又是团圆夜，但这一晚上，齐海东的心却被生生撕裂成了两半，一半在这里听着孙立山大吃小喝地胡侃，听赵大海给小哥几个讲南疆杀敌的战斗故事，听几个女人叽叽喳喳地说着家长里短，听电视机里播放的春节联欢晚会……另一半，随着那计程车橘红色的尾灯远去，附在古丽华身上，渐行渐远，不知所终。

时不时的，他感受到周海霞的目光探照灯一样扫过来，直射他的内心，仿佛要将他内心深处埋藏着的那些暧昧、混乱、跳跃的私情揪出来。

"怎么了？"每隔半小时，周海霞都偷偷地问他，"你又走神了。"

到最后，齐海东烦了，一个人走到外面的露台上，敞开衣领吹风。

周海霞端着水杯跟出来，默默地站在旁边。

从前，齐海东喝多了酒出来透气，周海霞总是端水相伴，令他心怀感激。

"对不起啊海东，我是关心你，不是故意烦你。要是你太累的话，今晚早点结束吧，不用像以前那样非得等着春晚的零点钟声，好不好？"周海霞柔声问。

齐海东有点不好意思："不，我没烦，就是刚刚酒喝得太猛了。我没事，孩子们高兴，那就多玩一会儿。"

两人之间似乎有着一层无形的隔膜，冷飕飕的，把他们从前那种无话不谈、无所顾忌的亲密感冲散了。

周海霞换了个话题："海东，今年春晚有个歌舞节目挺不错的，叫《军中姐妹》，表演者是张薇薇、张莉莉，辽宁籍的军中姐妹花，她们曾在 1999 年国庆节建国 50 周年阅兵式上担任女兵方队领队，人长得漂亮，唱得也好……"

齐海东又走神了，因为他只要听到"唱"这个字，就会回想起平安夜那晚古丽华饱含深情的一曲《女人花》。

"唱得再好，能有古丽华唱得好吗？"他偷偷想。

女人如花，古丽华就是一朵含泪绽放在风中的花，等待他的呵护与抚慰。但是，他却只能站在这里，跟一大群人喝酒喧哗，任由那朵花独自开放在除夕夜的寒冷屋子里。他能想到，如果古丽华有地方去、有人陪的话，就不会一个人出现在酒吧里；如果古丽华不是刻骨铭心地爱他，也不会回海天来见他。

既然如此，他齐海东一个堂堂正正的男人，为什么不能为古丽华做一次牺牲？

"牺牲？"他瞬间又清醒了，"我还有什么可牺牲的？离了婚娶她吗？要不跟她私奔，就像上次她突然从海天市消失一样？"

"海东，你怎么了？脸这么红，是不是发烧？"周海霞低声叫起来。

齐海东摇摇头，避开周海霞伸过来的手："进房间吧，我没事。"

回家之后，齐海东坐立不安，最后找了个理由说想出去兜兜风，开着车子逃跑似地冲出了小区。

车刚上路，他就迫不及待地拨了古丽华的电话，因为古丽华一直没说具体住在哪里，所以他只能先打电话，再决定往哪个方向去。

出乎意料的是，古丽华的电话已经关机。

齐海东心急火燎，一遍遍拨打那个号码，希望古丽华只是电话没电了，过一会儿就开机。

这样连续拨了几十次，齐海东自己的电话已经低电报警了，古丽华那个号码依旧是关机无语。

齐海东开车去了海边，坐在车里，静静地听唱机里播放的《女人花》那首歌，直到天亮。

这是 2000 年的大年初一，所有人的生活都掀开了新的一页，但齐海东却感觉自己的心已经坠入了过去的回忆中。

那回忆，深不可测，幽暗不明，充满了难以名状的暧昧气息。

齐海东与周海霞之间的感情危机无声而至，从春节到清明这几个月里，两人的交流极少，偶尔的长谈也仅仅涉及到天海集团的工作、唐晓龙和齐天南的教育等等。除此之外，形同陌路。

古丽华露面极少，所以周海霞明明感觉到了另外一个女人的存在，却始终抓不到齐海东的把柄。这种苦恼令她绝望，如果不是有部队磨砺的底子撑着，她也快要崩溃了。

她很感谢南疆前线上那段血与火的战斗生涯，在那里，她亲眼目睹了许多战友阵亡、重伤、残疾，到最后精神已经坚强到麻木，把生生死死都看淡了。

一个死都不怕的人，还会惧怕生活中的任何一种痛苦吗？她在沉默中忍耐，尽量用笑容和温情包容着齐海东的冷漠。

她没有求助于齐山和鲁娟，因为没有任何铁证能证明齐海东的精神出轨。再有，天海集团上下正在努力争取一号地的项目，如果她跳出来撕破脸皮大吵大闹，就等于是抹黑天海集团，这很可能会使所有人的努力付诸东流。

她是军人，军人都识大体、顾大局，绝对不会因小失大。

这种忍耐，在清明节过后一个周末的晚上突然出现了巨大的转变。

当晚十点钟，她刚刚照顾齐天南睡下，就有人按门铃。

这么晚了，她以为是齐海东，一时大意，就开了防盗门。

门一开，两个戴着口罩和墨镜的男人硬闯进来，手里都攥着跳刀，把周海霞逼到沙发上。

"钱、首饰在哪里？"一个高个子男人低声问。

周海霞并不害怕，因为在军人眼里，冲锋枪、手枪、手榴弹、军刺、匕首才是真正的杀人武器，这种三寸长的跳刀不啻于儿童玩具，只要不刺中要害，七八刀下去也不会致命。

"在电视柜下面的抽屉里。"她回答。

另一个矮个子男人立刻拉开那个抽屉，把几百块钱和两条金项链塞进口袋里。

"这么少？保险箱在哪里？"高个子又问。

家里没有保险箱，但周海霞还没来得及否认，高个子紧接着说："别装傻，你家肯定有保险箱，带我去拿！"

周海霞顺从地上站起来，带高个子去厨房，指着墙角的电冰箱说："冰箱后面。"

高个子没多想，立刻放开周海霞，弯腰去拖冰箱。

周海霞从门后拎出家里的长擀面杖，抡圆了，一下子敲在高个子后脑勺上。其实她也可以用一直勤练不辍的捕俘拳擒敌，但这种方法更简单，不费吹灰之力。她是军医，军医最擅长的就是把复杂问题简单化，以最快速、最简便的那种方法解决问题。

她没去捡高个子扔在地上的跳刀，而是从厨房的刀架上拿了一把一尺长的斩骨刀，悄无声息地回到客厅里。

矮个子正在挨个抽屉扒拉，见到值钱的东西就往口袋里塞，他听到声音不对，赶紧回头。

"喂，把东西都拿出来，放在桌子上。"周海霞拎着斩骨刀，嘴角带着微笑，不急不躁地吩咐。

"你——我捅了你！"矮个子晃了晃手里的跳刀。

"你的刀没有我的刀快，我是正当防卫，真要砍死了你，法官会判我无罪。"周海霞说。

矮个子有点心虚："你把我大哥怎么了？"

周海霞轻松地向厨房指了指："怎么了？你自己去看，现在打电话叫救护车，也许还来得及。"

矮个子慌了，慢慢向门口倒退。

"知道吗？世界上只有两种以刀谋生的人不能惹，一种是屠夫，一种是外科医生。屠夫最懂得怎么扒皮拆骨，一刀下去，你就骨肉分家了；外科医生喜欢用小刀，一刀下去，又稳又准又狠，想让你活你就活，想让你死你就死。巧了，我就是外科医生，是人民医院外科的一把刀……"周海霞一步步向前逼近，斩骨刀在她手中左劈右砍，灵巧地像绣娘捏着一根绣花针。

矮个子退到门边，却不敢开门，生怕在开门的一刹那，被周海霞一刀砍了。

扑通一声，矮个子扔刀下跪，冲着周海霞磕头如捣蒜："大姐，我错了，我有眼无珠，我有眼不识泰山……饶了我吧，我家里上有八十老娘，下有吃奶的孩子……"

周海霞指着茶几上的电话问："知道报警电话是什么吗？"

矮个子赶紧点头："知道知道知道，是110。"

周海霞吩咐："打电话报警，然后双手抱头，面朝墙跪下等着。"

矮个子真是听话，马上打电话报警，并且报上小区号、楼号、单元号、房间号，一切搞定，老老实实地放下电话，面朝墙跪好。

周海霞倒了杯水，坐在沙发上慢慢喝，心里说不出什么滋味。她是个女人，遇到这种突发事件，最先想到的应该是自己的丈夫，需要男人的保护。但是，她刚刚没有想到齐海东，而是凭着过人的勇气，一个人解决了两个歹徒，保护自己的同时，也保护了年幼的齐天南。

如果她没有当过兵，也许事情的结果会截然相反。

墙上的石英钟已经指向十一点，齐海东还没回来。从前齐海东就算有生意上的应酬，最迟也不会超过十点钟到家。

"现在，也许他跟另一个女人在一起。"周海霞一念及此，一颗心就像被无数小蚂蚁悄悄啮噬着，隐隐作痛，无药可医。

她试着拨打齐海东的电话，得到的却是"您拨打的电话已关机"的回应。

"好吧，已关机，我无话可说了。"她淡淡地自嘲。

矮个子跪累了，挪动膝盖，换了个姿势，沮丧地问："大姐，您以前是混哪里的？小弟有眼不识金镶玉，不该上门打扰。您老报个名号，以后有用得着小弟之处，尽管吩咐！"

周海霞冷笑："我是混战地医院的。"

矮个子有点懵："战地医院？那是个什么帮派？"

周海霞不想说话，心痛到极点，浑身打颤。

战地医院那几年是她命运的转折点，遇见齐海东，一步步走近，直至结为连理。她从不奢求齐海东能给她荣华富贵，也不奢求两人的爱情能与古往今来那些辉煌灿烂的爱情传奇相比，更不奢求那些浪漫的求婚、梦幻般的婚礼、王子公主的城堡之恋。

她了解齐海东，知道他的抱负和理想，也理解他对唐光做出的生死承诺。为此，即使在两人的工资加起来不够一百元的时候，也甘愿让齐海东每月拿出五十元去寄给那些烈属们。日子最困难的时候，她甚至连一块钱一盒的雪花膏都不舍得买，而是到单位里凑合着用凡士林搓手。

如果这还不叫爱，那什么才是爱？

她把自己的生命牢牢地拴结在齐海东身上，把自己变成拐杖、雨伞，帮助齐海东渡过难关。

正如哲学家所说，每一个成功的男人背后都有一个伟大的女人。

在爱中，她没有自我，只把自己当成英雄的一个影子，只做齐海东背后那个默默付出的女人。她曾很幸福，曾坚守自己的信仰，坚信齐海东一定能成功，一定能让那些失去儿子和丈夫的烈士家属们过上丰衣足食的好日子。

为此，她不惜胼手砥足，把孝敬齐山和鲁娟、抚养唐晓龙和齐天南的家庭任务全都包下来，为齐海东做好后勤工作。

她付出了一切，换来的却是独守空房。

那么，就让缘分到这里尽了吧，接下来，离婚也许是唯一的、最好的选择。

警察带走了两名歹徒，周海霞系上围裙，把家里上上下下打扫了一遍，又将歹徒翻过的抽屉用消毒水擦拭干净。

一切清理完毕，石英钟指向凌晨一点钟，齐海东也就回来了。

"开会，完了又应酬，电话没电关机了。"这就是齐海东的理由。

有句话在周海霞舌尖上跳了跳，最后还是没说出来——"我们离婚吧！"

她微笑着，帮齐海东脱衣服，拿拖鞋，关心地问他饿不饿，要不要吃宵夜。只要没离婚，只要她还是他的妻子，就应该做到这些。不是每一个女人都愿意奉献，也不是每一个女人都能成为贤妻良母。她毕竟爱过眼前这个男人，君子绝交，不出恶声。就算有一天大家不得不分手，也得好好地说声再见。

"一号地项目的竞标会大概在未来几个月内展开，该来的总会来，我已经摩拳擦掌，迫不及待了。"齐海东掩饰不住内心的欣喜。

今晚他是跟古丽华在一起，关于一号地的事，古丽华也很清楚。

"那太好了。"周海霞由衷地说。

她看得出，齐海东已经很疲惫了，也就不想再给他增加压力，今晚歹徒闯入的事也没再提。

这一晚，周海霞躺在床上，睁着眼到天亮。她不想再这么被蒙在鼓里了，必须找机会跟齐海东摊牌。

齐海东跟古丽华在一起的时候，只限喝茶、聊天、吃饭，并不牵扯其他。他不是一个轻率的人，尤其经过了这么多年的商场磨砺，已经有十足的耐性去对待任何事。男女之间有些事，知道就行，未必真要去做。

第二天，他在天海集团的办公室里打电话给赵大海，询问龙腾集团那边的动静。

"没动静，龙腾集团现在很老实，除了原先的工程收尾结算外，什么工程都没再接，应该是被咱们彻底打服了。"赵大海回答。

齐海东隐隐有些担心，这就像上战场打仗一样，大战前的宁静最让人害怕。

"老二，最近你忙什么？整天不见人？"齐海东问。

赵大海哈哈大笑："大哥，我在忙一件天大的事，但现在还不能说，条件不成熟。等我忙完了，一定先告诉你。"

齐海东忍不住皱眉，为了一号地，公司的工程部、设计部、后勤部一直如临大敌，忙个不停，几个顶在关键岗位上的年轻人放弃了所有假日，天天为这事忙碌。作为公司副总，赵大海却在关键时候溜号去忙自己的事，真的是不应该。

他没料到，围绕古丽华出现这件事突然有了大转折，而且接下来的情节让他的心像坐上了过山车一样，忽忽悠悠，一滑到底。

一开始是古丽华约他，晚饭后在长春湖养生假日酒店见面，说有些业务上的事请他帮忙。

齐海东赶到以后，被服务生带到贵宾豪华套房去，一进门，便看到了穿得近乎透明的古丽华，而且头发湿漉漉的，应该是刚洗过澡。

两人聊了没几句，赵大海便突然闯入，看到了齐、古两人近距离接触的一幕。于是，赵大海爆发了，当场就踢翻了桌子，与齐海东割袍断义。

"古丽华是我的女人，他这次回来，是为了跟我重归于好。大哥，你是有妇之夫，怎么有脸碰她？怎么敢碰兄弟的女人？枉我敬重你，更随你打江山，你反过来撬兄弟的墙角，跟我抢女人？在部队，大家都是光棍，你跟我抢女人也就算了，现在你跟周海霞结婚这么多年，又有了南南，你还跟我抢？这个世界上，是不是没有你齐海东不敢做的事……"赵大海爆发了，把很长时间以来对齐海东的不满全都宣泄出来。

齐海东一句话也没说，看着古丽华。

"原来，她恨我，这次回来，只是为了复仇。"他明白了一切，像一个迷失在大雾里的旅行者，突然拨开迷雾，看清了周围的世界。

"齐海东，你欺人太甚！你以为全世界就你一个好男人？你以为自己是君临天下的皇帝吗？任何女人都敢染指……如果我这时候手里有枪，你绝不会站着走出这扇门！"赵大海气急了，脸色煞白，双拳攥紧，指关节不断发出咔吧咔吧的爆豆声。

齐海东紧绷的神经忽然放松下来，他感到庆幸，这出闹剧在最可怕的时候突然打住了，他在古丽华的引诱下走向深渊，但就在最后一步，幸运地悬崖勒马，没有一步跨出去，避免了失足坠崖、粉身碎骨的可怕后果。

古丽华倒在沙发上哭，齐海东再没看古丽华一眼，他的心仿佛落在冰窟窿里。

吵嚷声惊动了酒店保安，外面的走廊里很快就塞满了看热闹的人。

齐海东说："老二，抱歉，请相信我，我跟古丽华之间没有任何关系。从前没有，以后也没有，永永远远都不会有。"

他醒了，记起了自己曾无数次拒绝过古丽华，无数次伤害过对方。太多伤害，已经给对方造成了无法愈合的伤口，所以对方的报复、反击无可指摘，做出什么出格的举动都是可以理解的。

"老二，我在这里发誓，我齐海东一生只会有一个女人，就是周海霞。她是我的妻子，是南南的妈妈，是我爸我妈的儿媳妇。这场闹剧结束了，明天早上起来，大家都会翻开新的一页，也包括你，包括你们。"齐海东平静地说。

赵大海愣住，因为他以为自己闯进来捉奸，会让齐海东羞愧得无地自容。但没想到，齐海东既没有跟古丽华上床，也没有痛哭流涕地悔过，而是平静、镇定地站在那里，脸不变色，心不慌张。

"你们，你们……"赵大海反而口吃起来，不知道该继续愤怒下去，还是就此收场。

"再见。"齐海东向外走。

他就像一只误入蛛网的云雀，起初稍有迷惘，但很快就甩掉了蛛丝的纠缠，振翅飞向蓝天。

"齐海东，你站住!"古丽华抬起头来大声叫。

齐海东站住，但并未回头。几个月来的困扰一朝散尽，此刻的古丽华无论施展任何手段，也不会再次波动他的心弦。对于一个真正的男人而言，他清醒之后，没有任何力量能撼动他、扭曲他、阻止他。

"齐海东，你这个懦夫，你根本不敢面对我，你心里明明对我动情，又不敢承认，我鄙视你，我鄙视你——"古丽华歇斯底里地叫。

齐海东沉着脸冷笑，他不想辩解，因为古丽华罗织的这些大帽子根本套不到他头上来。他是不是懦夫，根本不由古丽华说了算。这一生，他在乎的是周海霞，而不是别的任何一个女人。

"我是懦夫，不要跟我谈感情，因为我根本不是你要的那种人。另外，也不要挑拨我的兄弟，更不要利用他。我齐海东是个恩怨分明的人，朋友来了，好酒好菜欢迎招待；敌人来了，我出手必定绝不留情。"留下这段话，齐海东大步向外走。

看热闹的人自动分开，让齐海东走出去。

在他背后，古丽华放声大哭，完全失去了矜持。

齐海东走到停车场，刚刚上车，赵大海飞奔过来，拦住车头，两人隔着挡风玻璃对视。

"你真没碰她?"赵大海从牙缝里迸出这几个字，五官扭曲，眼神森冷。

齐海东从车窗里探出头来，看着赵大海。

他熟悉赵大海的这种表情，在南疆战场上骁勇杀敌时经常看到，那是杀红了眼、连天王老子都敢捅三刀的一种疯狂表情。

"大海，有话上车说，别让人看见笑话。"齐海东说。

赵大海摇摇头，重复了一句："你真没碰他？"

齐海东想了想，推门下车，沉稳冷静地面对赵大海："我真没碰过她。"

"你发誓。"赵大海的声调很冷。

齐海东记起来，天海建筑公司初创时，有次为了处理一起工人们跟地方混混的纠纷，赵大海一个人上阵，把几十个混混打得跪地叫爷。那次，赵大海曾命令那些混混们发誓，只要看到天海的招牌，就赶紧滚蛋，否则他会一气把他们打出屎来。

赵大海外貌和声音的冷，正是内心里"凶狠、必杀"的真实写照。

齐海东忽然觉得有些失望，他是赵大海的大哥，如果不是因为古丽华，赵大海绝不会以这种口气对他说话。

天下那么多女人，真正动得了赵大海心的，仅有古丽华一人而已，但老天偏偏无情戏弄，让古丽华对赵大海若即若离。

"我发誓。"齐海东说。

赵大海反手去腰间一摸，掏出一把跳刀，一摁卡扣，闪亮的刀锋嚓的一声弹出来。

"你敢对着刀子发誓吗？"赵大海一扔，跳刀落在车子的引擎盖上。

齐海东看着赵大海，低声问："你真要我对着刀子发誓？"

赵大海冷冷地点头："齐海东，你若是还想让我认你这个大哥，还想让我相信你——相信你跟古丽华没有任何肉体上的关系，那么，你就对着刀子发誓。我们都是尖刀连出来的纯爷们、纯汉子，你不敢这么做，就证明你心里有鬼！"

忽然之间，一首诗附上齐海东的脑海，那是三国曹植的《七步诗》——"煮豆燃豆萁，豆在釜中泣。本是同根生，相煎何太急？"

昔日曹丕嫉妒曹植的才干，怕弟弟终有一日篡权夺位，遂以七步为限，命曹植作诗。诗成，大家还是一团和气的好兄弟；七步不能成诗，则马上把曹植推出午门斩首。

昔日是大哥逼兄弟，今日是兄弟逼大哥，次序颠倒，但同样都是对男人之间感情的一种难以承受的煎熬。

❺ 别　墅

"兄弟，是不是我对着刀子发誓，你就安心了？"齐海东淡淡地问。

停车场里很安静，看热闹的人并没有跟下来，所以偌大的空间里只有他们两个。

"古丽华是我的女人，这从一开始上战场的时候你就知道。这么多年，明里暗里她对你有多好大家都看到了，但我也看到，你的心都在周海霞身上，根本对她没有任何回应。所以，我忍了，无论她怎么对你我都忍了，只是一直对她好，想用我的心去温暖她的心。她对我说过，嫁到海天来，嫁给那个残废，就是为了能离你近一点，跟你在同一个城市里。我夹在你们中间有多难受，你知道吗？"赵大海用右拳擂着自己的胸口，嘭嘭有声。

男女之间的爱情没有道理可讲，齐海东也不想这样，但他是无辜的，错只错在古丽华太偏执。

"我赵大海勇冠三军，却偏偏胜不了你；我自视一表人才，堂堂正正，是很多女孩子心目中的战斗英雄，白马王子，却偏偏在古丽华心里，连你的一半都比不上；我在天海集团里建功立业，屡次签下大项目，赚大笔钱，却偏偏要屈居在你之下……齐海东，我现在只要你对着刀子发誓，说没有碰过古丽华，就这一个小小的要求。你敢发誓，从这一刻开始我赵大海会死心塌地跟你走，为你两肋插刀，赴汤蹈火，甚至把这条命都卖给你，我也在所不惜——你，敢吗？"赵大海咬着牙，眼中混合着愤怒、无奈、耻辱、委屈，还有很多自己都不知道如何界定的复杂情绪。

从那双眼睛里，齐海东看到熊熊的怒火，也看到汹涌的眼泪。

"老二，你是条汉子！"齐海东伸出手，拿起了那把跳刀。

他很熟悉这把刀，骨柄嵌银，纯钢卡簧，所有的链接件和螺丝都是纯粹的铜材。那刀刃很锋利，在灯光下闪烁着亮光，一晃一晃的，逼人双眼。

刀是老四孙立山亲手做的，他对机械、车床之类无师自通，又对赵大海最服气，所以单为二哥做了这把刀。

齐海东知道，这一把刀见证着他、赵大海、孙立山三个人的兄弟感情。

"老二，我们尖刀连的人都是顶天立地的汉子，做了就会认，错了就会改。我齐海东行事，对得起天、地、父母，对得起身边的兄弟，我是你们的大哥啊老二，如果我做得不好，有什么脸做大哥？"齐海东像是对赵大海说话，又像是自言自语，"当年连长那一枪，射在他太阳穴上，其实也等于是射在我心上。如果我是他，重伤后无法急行军，也许会做同样的选择。他把我们当兄弟，才不肯拖累我们一起死。老二，为了你，为了福临、立山、大宝，我同样能做到。我齐海东是个男人，一是一，二是二，有些事做了就是做了，没做就是没做，今天你逼我发誓，很容易，你看着——"

"噗"的一声，齐海东手起刀落，跳刀插入自己的大腿。

鲜血飞溅，顿时浸湿了他的半边裤管，但他的表情依旧淡然，声音依旧平静："老二，你听着，我齐海东发誓没碰过古丽华，如果有半点虚言，在兄弟们面前，三刀六洞，天打雷劈。"

这把刀刺进腿里没什么关系，他最不能容忍的是兄弟相煎，自相残杀。大家都是南疆战场上身经百战幸存下来的，如果再起内讧，怎么能对得起自戕的唐光？

为了完成对唐光的生死承诺，这一刀就算插进胸口里，他齐海东也会毫不犹豫地动手。

赵大海满脸的杀气在那一瞬间就突然散尽了，自古至今，男人之间的誓言需要鲜血来证明，所以才有那么多歃血为盟的经典传说。

"信我吗，兄弟？"齐海东淡淡地问。

赵大海点头："我信你，好，这一刀我还你。你插自己一刀，我还你三刀！"

他赵大海不是贪生怕死、胆小如鼠之辈，只要齐海东敢对刀发誓，他情愿连插自己三刀，还对方一个公道。

齐海东缓缓地摇头："老二，你还当我是你大哥吗？"

赵大海毫不犹豫地点头回答："大哥，你永远是我赵大海的大哥。"

齐海东点头微笑："好兄弟，任何时候，只要你还肯认我这个大哥，别说是一刀，就算替你挡一百刀、一百颗子弹，我齐海东也绝不皱眉头。我们是连长拼了命救回来的好兄弟，如果这份交情都掰了，百年之后，我到阴曹地府去，怎么向连长解释？兄弟，别说是对刀发誓，你今天就是要我齐海东这条命，也可以拿去——兄弟如手足，我们不是亲兄弟，胜过亲兄弟……"

血已经流了满地，沿着停车场的坡度淌成了一条弯弯曲曲的小溪。

电梯门那边一响，门开了，古丽华衣衫不整地冲出来，一直跑到了齐海东的车旁边。

齐海东只看赵大海，不看古丽华。

他已经决定，永远都不再正眼看古丽华，也不想再尝试任何声色犬马的诱惑。前面，还有真正的大事等他去完成，再耽搁于这种英雄气短、儿女情长的纠缠，他齐海东就废了。

"你们……你们……"古丽华看到脚下的鲜血，倒抽了一口凉气。

"大哥，我送你去医院。"赵大海说着，拉开车门，跳上驾驶座。

齐海东一瘸一拐地绕过车子，准备上车。

古丽华看到齐海东大腿上插着的跳刀，尖叫一声："赵大海，赵大海，你干的好事！"

她以为是赵大海出手伤了齐海东，反手一扯，撕下自己的衣袖，弯下腰来，要给齐海东包扎大腿要害。

齐海东伸出右手，只用指尖，在古丽华肩头上轻轻一点，把她推出去。

"不要挑拨我们兄弟关系，也不要害我的兄弟。"他目视前方，冷冷地说了这句话，然后嘭地关上了车门。

车子驶出停车场，把绝望尖叫的古丽华一个人抛在后面。

那一晚之后，周海霞眼中的齐海东又回来了。她没问原因，只用心去接纳，并深深感谢上天让她的家庭又躲过了一场颠覆性的劫难。不过，小家安稳，天海集团这个"大家"却正在遭受着另外一场暴风雨的侵袭。

杨玲给齐海东送来了一份电话记录，上面有八位天海集团的合作伙伴打来的电话，内容全都是退出一号地合作竞标项目的通知，都说自己因各种原因，无法跟随齐海东去做那个大型项目了，但给出的理由却相当牵强可笑。

齐海东要人调查，得知的真相却是这些人受到了同一伙人的威胁，家人屡遭骚扰，办公室被屡屡打砸，车子也被扎胎放气……

前来搞事的混混们留下的原话是："涛哥说了，再跟天海公司合作，你就等着给你小孙子收尸吧，听懂了吗？好好听着，涛哥发话了，赶紧离天海公司远一点，再跟他们玩，你们家、你老婆、你孩子、你父母……自己掂量掂量吧……"

更加可恶的是，周海霞收到了一个没有寄件人地址的邮政包裹，里面放着一封威胁信和一把匕首，信的内容则是喝令她们全家"退出竞标会，滚出海天市"。

就在齐海东跟周海霞在电话里沟通时，也有一个包裹送到办公室来，里面是一封信，外加一张 100 万元的支票。

信的内容与周海霞收到的大致相同，都是以强硬口气告诉齐海东，退出一号地的竞标会，在海天市夹起尾巴做人。

　　齐海东把赵大海叫来，赵大海看完信，不禁大怒："搞到我们头上来了？这他妈的也太大胆了。来搞我们？是不是吃了熊心豹子胆了？在海天市，敢站出来搞我们的还没生下来呢。我倒要看看，到底是哪个不要命的敢跟咱们兄弟叫板？"

　　齐海东很淡定："老二，一号地竞标会马上就要开始，对方不过是想扰乱我们的军心，使我们首尾不能兼顾。真正要干点什么，对方也没那胆子。这样，你去查查，看这些事是不是涛哥干的，咱们再碰头商量。"

　　他知道，有人的地方就有矛盾，这些事避免不了。不过，遭人明目张胆地威胁还是头一回。

　　回家之后，心思缜密的周海霞已经把箱子、威胁信、匕首拍照保存证据，并且联想到前些天歹徒闯入家中的事，通通告诉了齐海东。

　　齐海东点头："该来的总会来的。"

　　周海霞叮嘱："那你跟老二、老四、老五他们进出都小心点，不怕一万，就怕万一。"

　　齐海东皱着眉冷笑："竟然还有人敢跟南疆回来的军人玩这种把戏，真是瞎了他的狗眼。你放心吧，有他们四个跟着，不管对方玩明的暗的阴的狠的，我都不放在眼里。"

　　二十四小时内，赵大海就给齐海东送来了一叠照片，照片里是一个正在打电话的中年人，剃着板寸头，下巴刮得铁青，鼻梁上架着墨镜。

　　赵大海说："全是这家伙在搞鬼。"

　　齐海东拿起照片："这不是江涛嘛！"

　　前一阵为摆平唐晓龙打群架那件事，他跟江涛手下的法云、法义、马平、马超见过，当时那群混混就是扛着江涛的大旗来吓唬人，结果被吴大宝给打了个屁滚尿流。

　　赵大海说："江涛也算是海天市江湖上的一个狠角色，能打能杀，在局子里三进三出，道上的小混混都尊称他一声'涛哥'。"

　　齐海东起身，端着茶杯走到窗前，审视外面的城市风景。他不相信江涛那样的混混敢无缘无故地找上天海集团，那可就太自不量力了。

　　他相信，江涛背后一定有幕后主使，而混混们全都是被钱买通的替死鬼。

　　赵大海跟过去，低声问："大哥，我想……"

　　齐海东淡淡地问："你想办了他？"

　　赵大海点头："没错，跟这种人没什么道理可讲，硬碰硬，狠狠地搞他一次，他就认怂了。"

齐海东摇摇头，沉思不语。

窗外阳光灿烂，城市各处，都能见到建筑工地上的塔吊。海天市未来的建筑市场无比巨大，所有大大小小的建筑商都不会缺饭吃，但一号地项目是海天市的门面工程，一定要建造得完美无疵，才对得起生了他、养了他的这块土地。

他之所以排除万难来竞争这个项目，毫无利己之心，全都是一个海天人为了家乡父老乡亲们鼎力奉献自己热情的真实写照。

至于隐藏在江涛背后的那些利益集团、无良奸商，就没有这么伟大的追求了。那些人只是想把天海集团搞垮，然后蜂拥而上，分食利益。

"无论如何，我们天海集团一定要拿下它。"他自言自语地说。

他转身吩咐赵大海："去见见江涛，好好谈，别动不动就打打杀杀的。别忘了，我们是中国人民解放军，不是哪个国家拿钱买来的雇佣兵。"

两人的谈话持续了二十分钟，但大家都故意避开跟古丽华有关的话题，以免引起尴尬。那把跳刀在齐海东大腿上留下的创口已经愈合，但兄弟感情上却留下了一个看不见的黑洞，正在蚕食着他们之间的生死情谊。

安排完集团的工作后，齐海东自己驾车去了一趟滨海别墅区，进了他的独栋别墅。

院子里刚刚打扫过，干干净净，方砖地上连个落叶都找不到。他开门进去，穿过客厅，进入了后面一个安静而开阔的大厅。这里没有沙发、茶几之类的家具，而是摆着一排松木长桌，桌上整齐地摆放着庄严肃穆的灵位。每一个灵位都对应着唐光那个小本上记下的名字，灵位前面摆放着他们留下的最后一点遗物，而那个曾经沾血的小本就供奉在唐光的灵位前面。

齐海东把手洗干净，拿起旁边桌上的高香，挨个给灵位上香，厅里顿时烟雾缭绕。

"兄弟们，我齐海东又来看大家了。"他站在大厅中间，微笑着看着那些名字，眼前浮现出昔日的战友们鲜活的笑脸。

只有在这里，他的心情才安定沉稳，没有丝毫的喧哗浮躁，完全忘记了商场上的拼搏厮杀。

"兄弟们，家里都挺好的，我按月寄钱，谁家有大事，我都及时伸手，在底下托着。放心吧，大家的老爹老娘就是我齐海东的亲爹亲娘，将来养老送终的事，只要我齐海东活着，就全都包了，绝对不让兄弟们在九泉之下担心着急。你们安心地睡吧，我齐海东愿意一辈子不合眼，替你们守着所有的家，所有的家人。"他从长桌前走过，拿出自己的手绢，挨个擦拭那些灵位。

其实，这厅里的一切都是纤尘不染的，他想做的，只是跟那些灵位上的名字再次亲密接触，抚过他们的名字，就像当年握着他们的手、搭着他们的肩膀一样。

"兄弟们，也不知道你们在下面过得好不好，如果缺什么，记得托梦给我。这十几年，中国的变化日新月异，狭窄马路变成了宽阔大街，低矮平房变成了新式小区，咱常去喝酒的小馆子也变成了大酒楼。赵大海成了集团的副总经理，李福临成了海天市副市长，周海霞也就要当人民医院的副院长了……我们都很好，你们放心，放心……"

他走到唐光的灵位前，深鞠了一躬，缓缓地说："连长，晓龙是个好苗子，在高中里不惹事，不张狂，成绩已经进入了全校前一百名，肯定能考个好大学。我早打算好了，让他学一个商业管理方面的专业，将来毕业，磨炼几年后，我就把天海集团交给他。这小子随你啊，天生就是当领导的料，下一代几个孩子全都愿意跟着他学。原先，我打算送他去参军，像咱们当年一样，为国效力，保卫边疆。不过，如今四海升平，边疆安稳，国家当前的主要任务是发展经济，所以我才改变了主意。连长，我觉得，一个真正的男子汉无论在部队还是在地方，只要有一颗为国尽忠的红心，都能干出一番对国家和人民有益的大事来，您说呢？"

他忘情地说着，一个人絮絮叨叨地说着。

在他看来，这厅里并非只有他自己，所有阵亡的兄弟们都在看着他，好像在说："齐海东，我们先走一步，以后的事全都托付给你了。是兄弟、是汉子的话，就把一切责任全都挑起来。"

阵亡的兄弟们把一腔热血、男儿之躯长留在南疆的热带丛林之中，滋养沃土，最终在和平、稳定的边境线上结出了累累硕果。他们做了该做的，而齐海东深知，自己也要做到该做的，不以任何理由推脱，心无旁骛，直到终点。

"海东哥。"顾小芹悄然出现在门口。

她卷着袖子，手里端着一盆清水，微笑注视着齐海东。

如今，她已经师范大学毕业，成了滨海高中的语文老师，除了每天的教学工作外，还承担着整理别墅的任务。

这个摆放着灵位的大厅，只有她、齐海东、周海霞知道，而且她不要齐海东一分钱工资，任劳任怨地义务照顾这些灵位。

"小芹，你辛苦了。"齐海东说。

顾小芹走过来，凝视齐海东的脸，深情地说："海东哥，你瘦了。"

齐海东抬手摸摸自己的脸，的确是清瘦了一些。年前年后，因为古丽华的事，他的心始终处在煎熬之中，吃不好，睡不好，瘦一些很正常。所幸，他从陷阱中跳出来了，并未铸成大错。

两人走出大厅，到了后面的小厨房。

小桌上，摆着一盒刚刚拆开的方便面。

齐海东不禁皱眉："小芹，你怎么又吃方便面？是不是在学校宿舍里每天也吃方便面，来不及自己开伙？"

顾小芹很瘦，身材单薄，像是一阵风就能刮跑似的。在这个城市里，除了齐海东、周海霞以外，她没有任何亲人，可周海霞几次要她住到家里去，能吃上热汤热饭，但她一直婉言谢绝，不想给齐海东两口子添麻烦。

"没有啊，我会做饭，只不过到这边来，点火做饭烟熏火燎，把环境弄得乱糟糟的，怕打扰了睡着的大哥们。"顾小芹说。

她说这些话的时候，表情庄严肃穆，每一个字都出自于内心。

顾保华是阵亡烈士之一，而她是顾保华唯一的妹妹，这种血浓于水的无尽思念只有亲身经历者才能体会，别人无法替代。而且，也只有阵亡烈士的家属，才不仅仅把灵位当灵位，而是把那一个个黑色的木牌当作一位位真实的英雄。

英雄不死，英魂常在，而且就活在那个干净整洁的大厅里。顾小芹的"打扰"二字，几乎让齐海东刹那间泪如泉涌。

齐海东的心又疼了，心疼顾小芹的懂事，也心疼自己和周海霞鞭长莫及，竟然找不到合适的话、合适的方式来关照眼前这个小妹妹。

昔日顾世强在病床上托孤，他齐海东也拍着胸口承诺过，一定要让顾小芹过上好日子，不让老人家在九泉之下担心。可是，十几年来，他始终觉得自己做得不够。

"小芹，前一阵你海霞嫂子介绍你见的几个朋友，有没有合适的？"齐海东问。

顾小芹忙着用水泡方便面，抽空才解释："大家都工作很忙，见一面说不上几句话，性格不合……"

面好了，顾小芹端过来，跟齐海东一人一碗。

"可是你年龄也不小了。"齐海东说。

"随缘吧，不着急。"顾小芹回答。

两人一边吃面，顾小芹一边汇报了一些情况："每个月打给阵亡战士家属的钱都如实支付出去了，邮局的回单我都好好保存着，每一笔汇款都电话核实了，确保平安到达那些人手里。今年有两家的孩子考上了大学，一个是徐军的弟弟，一个是石传虎的妹妹，按您的吩咐，每家都特意多寄过去一笔学费。"

齐海东点点头，这几年每一个项目完工后，他都吩咐财务部把总利润的百分之十提出来，转入顾小芹的银行卡里，再由顾小芹按照名单发放给阵亡战士的家属，基本是通过邮局来完成这事，因为很多偏远农村没有银行，家里也没办过银行卡。

"海东哥，大家在电话里都对您千恩万谢，都说像您这样的好人越来越少了。"顾小芹说。

齐海东很感慨："我做的这些比起战友们为国捐躯而言，简直是太微不足道了。他们为国家培养了好战士，应该收获荣誉和大家的尊敬。他们所付出的，也一定应该获得回报。"

顾小芹面有忧色："海东哥，有句话我想提醒您。好几个家庭里的老人都上了年纪，看病、打针、吃药的花销都特别大，有时候去一次医院花掉的钱，抵得上一个月的生活费。您说过，看病的钱也得给他们报销，但这个数字实在是太庞大了，而且可以预见的是，以后将越来越大，我真的很犯愁。"

她曾经历过父亲重病、无钱就医的窘境，深知穷人看病的难处。

"别发愁，先按咱们定的规章制度把钱支出去。如果百分之十的利润无法弥补缺口，我会再想办法。"齐海东说。

其实，没有什么好办法能轻松解决问题，他能做的，就是把百分之十的利润增加至百分之十五，向这件事里投入更多的钱。

离开别墅回家的路上，齐海东同时为两件事发愁，一个是援助阵亡战士家属的资金问题，一个是顾小芹找对象的事。

前一个，他准备成立一个基金会，扩大影响，让更多有钱、有正义感的企业家参与进来，形成一股有效循环的正能量。阵亡战士是为保护人民和平安定的生活而捐躯，没有他们，何来今天社会繁荣、国家昌盛的大好局面？何来各大企业蒸蒸日上、日进斗金的美好前程？

古语说，滴水之恩，当以涌泉相报。

战士付出了那么多，全社会的人理应对此有一个公平公正的评价，对他们的家属格外关照，奉献自己的爱心。如果这一点都做不到，以后哪个家庭还敢积极踊跃地送自己的孩子去当兵？

一个齐海东、一个天海集团也许只能照顾十几人、几十人，但全国何止有几千个、几万个齐海东，何止有几千个、几万个天海集团？

发动人民群众、集合人民力量，才能做成这件千秋万代受益的大事。

至于第二件，只能求助于周海霞，因为替人说媒找对象的事，他一窍不通。

周海霞不愧是齐海东的"贤内助"，已经替顾小芹物色了新一批的相亲对象，但更重要的是，她提出了这样的一个新想法："海东，你看老五跟小芹能不能……合适不合适？"

这真是异想天开的提法，齐海东一下子愣住了："他俩？他俩合适吗？"

周海霞也不是很确定，但她私底下观察过，顾小芹对吴家嵩很关心，而小嵩嵩没有亲妈时间太久了，非常依赖顾小芹。

"当年，老五是不是说过要替顾保华照顾顾小芹？"周海霞问。

0931高地一战的全过程立刻浮现在齐海东脑海里，当时顾保华被敌人的狙击手射杀前，的确跟吴大宝聊过顾小芹。

"我打电话给老五。"齐海东当机立断。

周海霞笑了："还是我来吧，这种事不能用你那种工作作风来处理，本来好好的事让你喊哩喀喳三句话就给弄砸了。"

当下，周海霞打给吴大宝，开门见山就说："老五，嫂子给你介绍个对象，你看行不行？"

吴大宝在电话里很忸怩："嫂子，谁会看上我啊？"

周海霞说："你就别管谁看上你了，你先说，如果有姑娘看上你，你同意不同意吧？"

吴大宝回答："我只有一条腿，还带着个孩子，条件这么差，人家看上我，我肯定没说的。"

齐海东在旁边听得不乐意了："什么叫条件差？这条腿是为国家丢的，光荣！孩子是国家将来的栋梁，是宝贝。谁看不上你，就是思想有问题。"

周海霞赶紧挂电话，免得齐海东又要发表长篇大论。这是齐海东的特点，一有人贬低中国人民解放军，他就气不打一处来。

跟顾小芹沟通时，周海霞语气比较委婉，但没想到顾小芹早就心知肚明，痛痛快快地就答应了。

放下电话，齐海东跟周海霞都愣了，因为他们整天为吴大宝、顾小芹各自的婚姻大事发愁，但没想到几分钟工夫就全部搞定了，顺顺妥妥，没费吹灰之力。

"天意！这一定是天意！"齐海东仰天长叹，"这才叫有情人终成眷属。"

经过一个月的准备工作，齐海东、周海霞顺利地把吴大宝、顾小芹送入了洞房，了却了一桩心愿。

世界上的事就是这样，一喜必有一忧，祸福相依，永不会错。

没过几天，一个周末晚上，齐海东正在跟建筑规划设计院、商业局的几位领导开会，论证一号地项目在未来的巨大商业价值。

赵大海打电话过来，气喘吁吁地报告："大哥，我到涛哥的小巴黎酒吧跟他谈事，不知道怎么唐晓龙知道了涛哥挑衅你的事，也带着几个小兄弟过来帮忙，打伤了涛哥的人，被涛哥手下砍了一刀……"

齐海东一听就炸了："什么？晓龙被人砍了？老二，你个混蛋——你搞什么鬼？你是干什么的，怎么能让晓龙吃这么大亏？"

他从来没骂过赵大海，但这次一听唐晓龙出事，头都大了，口不择言。

赵大海一边解释一边唉声叹气："不是我带晓龙来的，是他自己跟踪过来。最近涛哥的人老是找天海集团的事，晓龙也听说了，孩子不懂事，不知道天高地厚，想替咱们老一代出头……"

"赵大海，你他妈的别跟我解释，要解释，自己跟连长解释去。你自己办事不力，别把屎盆子扣晓龙身上……"

齐海东顾不得与会的专家与领导，马上请假离开，驱车直奔市区东北部的小巴黎酒吧。

众所周知，市区东北部的北城区是涛哥的地盘，此地属于城乡结合部，再向西、向北，就是改革开放的新农村。所以，龙蛇混杂，治安情况一般，每隔一阵都能出现负面影响很大的打架斗殴事件。

❻ 弃 卒

路上，齐海东又跟赵大海通话："晓龙呢？送人民医院了？好好，你等着，叫江涛的人一个都别走，我齐海东今天……"

狠话说到一半，他先挂断电话，拨给周海霞："你赶快到急诊去，晓龙被人砍了。我不管你用什么办法，都要让他接受最好的治疗，不能留下任何残疾。"

周海霞回答："我已经在急诊了，晓龙一出事，老二就打电话给我，是我让司机送晓龙来这里的。你放心，晓龙没大碍，那一刀砍在右肩上，没伤到骨头。"

齐海东瞪眼："右肩？他很快要参加高考了，就指着右手写字呢！"

周海霞没有反驳，也没有挂机，任凭齐海东数落。

"海霞，你一定要发挥人民医院的最高技术水平，把晓龙照顾好。"齐海东把责任一股脑儿压到了周海霞身上。

等他说完，周海霞问："你现在是不是要去那个酒吧？要不要带吴大宝和保安队一起过去？省得人少吃亏。"

齐海东气极大笑："真要砍人，还用得着保安队吗？"

周海霞吓了一跳，因为她从没见齐海东如此放过狠话，但她来不及劝，齐海东那头已经撂了电话。

齐海东到了小巴黎酒吧，门口几个小喽啰拎着球棒和甩棍试图拦他，还没近身，就被他三拳两脚放躺在地上，杀猪一样号叫。

进了酒吧，赵大海跟江涛两个人正坐在吧台前，旁边的角落里，站着一大帮横眉立目的小混混。

"大哥。"赵大海赶紧起身迎上来。

齐海东压住怒气，瞪着赵大海。

赵大海急急忙忙解释："这次真不关我的事，我听你的安排，提前一周就联系好了涛哥，约在今天晚上谈事。唉，刚刚说了个头，晓龙就带着几个小弟兄闯进来，那都是他以前学校里的朋友，都是些爱凑热闹打群架的熊孩子。他们没带家伙，涛哥的人都是愣头青，有一个失手就伤了晓龙。"

齐海东问："你呢？你当时在干什么？"

赵大海辩解："我在跟涛哥谈事啊，刚坐下，还没喝完第一杯酒呢，就出事了。"

齐海东咬着牙低声喝问："老二，让你来谈事，还是让你来喝酒？你还记得自己是尖刀连侦察兵出身吗？这种小事都搞不定，还他妈的伤了晓龙，你脑子是进水了还是被门缝给挤了？你不是很能打吗？你不是自吹自擂能一个打二十个吗？你去打啊，你去打啊——"

赵大海也急了："我在谈事，晓龙进来又没跟我通过气，我又不是如来佛能掐会算，满身是眼睛，你这样找我麻烦，我还满肚子气呢！反正这事跟我没关系，别说晓龙被人砍了，就算被人宰了，我赵大海也问心无愧……"

齐海东头脑一热，当胸一脚，把赵大海踹飞出去，砸到了一长串桌椅，发出稀里哗啦一阵乱响。

旁边的混混们本来打定主意要跟齐海东死磕的，没想到对手起了内讧，他们全都变成了看客。

"你问心无愧？老二，你敢对着我齐海东说问心无愧，你敢对着连长说吗？晓龙真出了大事，你一条命能赔得起吗？"齐海东大吼。

赵大海一个翻身跳起来，额头上青筋暴跳："为什么要我赔？我又不是他的监护人！你齐海东想拿命赔，你赔就是了，干吗要扯上我？你自己沽名钓誉，愿意抚养烈士的儿子，愿意把自己当救世主，愿意当大好人，你过你的阳关道，我过我的独木桥……"

从小到大，赵大海没吃过这种亏，尤其是当着这么多小混混的面。从今以后，他在海天市的面子就全没了。

"老二，你给我记住，连长的儿子，就是我们五个人共同的儿子！任何时候，我们都有责任保护他，不许别人碰他半根汗毛。"齐海东一字一句地说。

"啪、啪、啪、啪"，酒吧二楼的旋转木梯上慢慢地走下来一个人，一边走一边轻轻鼓掌，"说得太好了，真是感人至极。"

齐海东没料到，下来的竟然是古丽华。

"你怎么在这里？"齐海东问。

赵大海解释："丽华是跟我一起来的。"

齐海东一怔，看着赵大海："跟你一起？你是来跟人谈事的，还是来谈情说爱的？"

古丽华走过来，拿出一包纸巾，帮赵大海擦拭衣服上的水渍。

"丽华是我的女人。"赵大海挺了挺胸。

刚刚挨了那一脚，摔得极其狼狈，他真希望今天没带古丽华来，那她就看不见自己出丑了。

"对，我是他的女人。"古丽华挽住了赵大海的手臂，娇笑着面对齐海东。她也许以为这样就能让齐海东吃醋，但转眼间就深深地失望了，因为齐海东根本看都不看她。

"老二，你走吧。"齐海东向门外指了指。

赵大海咆哮过后，突然心虚："大哥，我不能走，我得留下来跟你一起解决问题。"

齐海东再次指着门外，只冷冷地说了一个字："滚。"

古丽华咯咯娇笑起来，摇动着赵大海的胳膊，笑得花枝乱颤。

赵大海咬了咬牙，带着古丽华转身向外走，头也不回地出了酒吧。

哐当一声，酒吧的门关上，随即有人过去落了锁。酒吧里这么多人，而齐海东只有一个，很明显的"一边倒"局势。

齐海东向前走，到了吧台前。

江涛稳稳坐着，用一种挑衅的眼神斜睨着齐海东。

齐海东坐下，轻轻拍拍桌子："给我倒杯酒。"

江涛冷笑："倒酒？你叫谁给你倒酒？你以为你是谁？"

齐海东一笑："当然是你，还能有谁？"

江涛摇头："酒，我有的是，但你最好能给我一个理由，否则的话，我的兄弟们手里拎的是砍刀，不是柴火棍——"

齐海东点头："好啊，理由有的是，我随便给你举一个。我，1979 年入伍，1983 年当排长；你，1981 年入伍，1984 年的时候才勉勉强强当了个班长。咱们论资排辈的话，你在我面前就是个新兵蛋子，新兵给老兵倒个酒还辱没你吗？"

在部队里，刚入伍的新兵蛋子到了老兵面前就像小学生见了体育老师一样，老老实实听话，绝对不敢张狂。

"新兵给老兵倒酒"这个理由当然成立，江涛无法反驳，只好站起来，到吧台里面去拿了瓶红酒，给齐海东倒了杯酒。

"最近搅和天海集团生意的事，都是你干的？"齐海东问。

江涛有恃无恐地点头："没错。"

"你想干什么？你想要什么？"齐海东又问。

"没想干什么，看着天海集团发展那么顺，有点不习惯，想找你收点保护费。"江涛直截了当地说。

"收保护费？好啊，要多少？"齐海东笑了。

"利润一成，够公平吧？当然了，我觉得你肯定不会痛痛快快地给，所以还给你准备了第二条路，那就是退出一号地项目的竞争，以后干什么项目之前都好好动动脑子，别挡了别人的财路。"看起来江涛是个急性子，一开口就把自己的底牌全亮了。

"是龙腾集团的人指使你这么干的吧？江涛，你也当过兵，我们天海集团是复员军人组建起来的公司，你不帮我们也就算了，现在自己人打自己人，算什么？"齐海东问。

"自己人？谁跟你们是自己人？"江涛突然激动起来，"我江涛只是一个弃卒，弃卒，你懂不懂？你以为在南疆战场上打过仗、杀过人就很牛逼吗？我江涛也打过、也杀过，也为国家流过血、受过伤。现在呢，你齐海东是战斗英雄，是上过光荣榜花名册的大人物，而我江涛却变成了阴沟里的老鼠、城乡结合部的江湖混混。你说，我配做你们自己人吗？一个灰头土脸的弃卒，是不是还有必要用热脸去贴你们的冷屁股？"

齐海东默默地喝酒，静听江涛发泄。

"叮叮当当"，那群混混们敲打着桌椅吆吆喝喝："涛哥，今天办挺他！齐海东不是很牛逼吗？今天就叫他站着进来，爬着出去，叫他知道涛哥的厉害……涛哥，还等什么啊，动手吧，动手吧！"

吧台里酒柜边的墙上挂着两把欧式古剑，都有两尺多长，宽剑身，厚剑柄，应该是一件趁手的武器。

齐海东向墙上看，江涛够机警，立刻明白了齐海东的意图，马上后撤，把剑拔下来，交到站得最近的一个混混手里。

"干什么？怕我拿古剑砍你啊？太小瞧我了，真要开打，你手底下这群人还不够我塞牙缝的。"齐海东说。

江涛胜券在握，懒洋洋地一笑："吹牛逼没用，听说你以前是前线尖刀连的，不亮几手，我手底下的兄弟们肯定不能服你。他们都是糙人，只佩服英雄好汉，不待见花拳绣腿的草包，哈哈哈哈……"

齐海东问："江涛，要不咱打个赌吧，你赢了，我听你的；我赢了，你听我的。"

江涛问："赌什么？"

"我在十五分钟里撂倒所有人，就算我赢；超过十五分钟，就算你赢。好不好？"齐海东说。

四周混混们齐声哄笑，都觉得齐海东自不量力。

江涛笑嘻嘻地歪着头看着齐海东："十五分钟？算了，我还是给你半个小时好了。十五分钟的话，我都做不到，那不是明摆着坑你吗？"

齐海东摇头："你做不到，并不代表别人做不到。新兵蛋子第一次摸枪的时候，十颗子弹全跑靶，他们也认为别人做不到，但是老兵们拉出来，十环全部命中靶心，个个都是快枪手。江涛，你好好看着，让我教教你什么才叫打群架。"

他把西装脱下来，随手放在吧台上，又一口喝干了杯中酒。

"江涛，给我倒上酒，昔日关二爷温酒斩华雄，今天看我齐海东给你表演一个……"话没说完，他已经闪电般蹿出去，拳打脚踢，干翻了一大片。

十五分钟太长，齐海东只用了五分钟，就打得这批混混倒了一半、跪了一半。

他像一头出笼的饿虎一般，而对面的混混们在他狂风暴雨般的拳脚之下，全都变成了软弱无力的小绵羊，一碰就倒，一沾就伤。

江涛愣住，因为他是江湖混子，从未见过真正的博击术高手。同样，如果不是唐晓龙被人砍了，齐海东也不会被逼出手。

遇到他，只能说是这群混混们倒了大霉而已。

齐海东退回来，把杯中酒一饮而尽，向江涛亮杯底："你还没出手呢，要不要试试？"

江涛是这个帮派的老大，手下败了，他不能袖手旁观，总得试着给兄弟们挽回点面子。

他走出吧台，脱了外套丢在地上，三下两下把内衣也脱了，光着上身，胸前、背后、胳膊上全都是凸起的肌肉疙瘩。

"齐总，我来领教领教！"他按照江湖规矩，先向齐海东抱拳。

齐海东站起来，两人相隔三步，相互试探了几次，全都是虚拳虚脚。

"来啊，别光是吹牛逼的花架子，来啊！"江涛大叫，双拳挥舞生风，向前连环进击。

齐海东根本不跟他对拳头，而是上身一晃，斜刺里进击，右脚勾住江涛脚后跟，肩膀向前一撞，撞在江涛左肩上。这种跟北方摔跤近似的"一招制敌术"简单实用，只一招，江涛就结结实实地后仰倒地。

"起来起来，再来再来！"齐海东叫着。

江涛跳起来，脚下踩着连环步，继续主动出击，但没两三下，又中了齐海东的背摔，整个人被高高甩起，又重重落地，砸得整个酒吧大厅都发出"嗡嗡"的回声。

第三次，齐海东主动出击，扣住江涛的腕子，使出擒拿术中的缠臂按头摔式，右手从内向外缠住江涛左臂，虎口顺势按向江涛脖子后部，同时身体随着手臂动作向左转体，右手向前一压到底，把江涛死死地摁在地上。

第四次、第五次、第六次、第七次……齐海东左一个劈脖摔式，右一个推喉摔式，前一个挑腿摔式，后一个抱腿摔式，每隔五秒钟就把江涛放倒一次，而且他绝不乘胜追击，次次都是容江涛爬起来后再摔。

最后，江涛倒地，再也不敢爬起来了，斜躺着一边喘粗气一边摆手："服了服了，咱就此打住，点到为止，我服了，海东哥，我真服了，咱不玩了……"

齐海东站定，扫视着满酒吧的人，大声问："还有不服的吗？"

所有混混们高高低低、七嘴八舌地回应："服了服了……服了，服了……"

齐海东挥手："服了就好，都出去吧，我有事跟江涛单独谈。"

大厅里只剩下齐海东跟江涛，江涛重新开了一瓶最贵的酒，把两个杯子都倒满，然后心悦诚服地举杯："海东哥，弟弟有眼不识泰山，这杯酒，给哥哥赔罪！"

两人干了一大杯，随即斟满第二杯。

齐海东问："江涛，咱们也算是不打不相识，我问你，是谁指使你找海天集团麻烦的？"

按照普通人的做法，既然已经把江涛打服了，江涛就该老老实实地交代实情才对，没想到江涛连连摇头："海东哥，收人钱财为人消灾，我们在江湖上混，也得讲江湖规矩，不能透露客户的底细。不过，从现在起，我绝对不跟天海集团为敌，也不再掺和跟一号地项目有关的任何事。我兄弟们伤了唐晓龙，医药费、营养费、护理费全包，等唐晓龙出院，我再封个大红包赔罪，海东哥你看行不行？"

齐海东点头："好啊，出来混讲规矩是好事，无规矩不成方圆嘛！不过我得告诉你，任何规矩都不能跟法律相违背，任何挣钱方式都不能触犯法律。你刚刚说自己是弃卒，我明白是指什么，但是……"

江涛摇摇头："海东哥，过去的事我不想多提，我得感谢部队不分青红皂白把我开了，连个军功章也没给就把我撵回来。你看，现在我带着一帮兄弟们每天喝喝酒、唱唱歌、打打架，钱不少赚，自由自在，多么潇洒快活啊？我可以拍着胸脯说，我在部队做过什么事都不后悔，是部队对不起我，不是我江涛对不起部队……"

齐海东知道劝不动江涛，只好暂时放弃。

同样，他也知道部队不会无缘无故放弃一个士兵，如果江涛没有触犯部队的条例，是不会被遣送回家的。

两人喝完了那瓶酒，齐海东打电话去医院，周海霞亲自确认唐晓龙只是皮肉伤，没伤到骨头，更不会影响到后续的高考。他的一颗心才终于放下，告诉江涛此事就此完结，绝对不会秋后算账。

离开酒吧，齐海东直奔医院，探望病床上躺着的唐晓龙。

唐晓龙的伤口已经包扎妥帖，正躺在病床上看电视。

"晓龙，感觉怎么样？伤口疼不疼？"齐海东连声问

唐晓龙摇头，有点不好意思："齐叔，本来我想去帮二叔的，结果连累了你们。"

提到赵大海，齐海东就气不打一处来："这事都怨他，连个孩子都照顾不了。幸亏吉人自有天相，你没受重伤，否则的话，我跟他算不完这笔账！"

旁边站着的周海霞使了个眼色，要齐海东出去聊，别把大人间的矛盾让孩子知道。

两人到了走廊上，齐海东猛地吐出一口闷气，看着周海霞："有什么事就说吧。"

周海霞微笑着问："要不要去我办公室坐坐？反正这里有护士看着，不会有事。"

齐海东点点头，两人沿着长廊，一路去了外科主任办公室。

"刚才老二来过了，给晓龙留下两千块钱，说了几句话就走了。我看他鼻子不是鼻子脸不是脸的，追出去问，他只说要我问你。海东，你到底做了什么，把老二郁闷成那样？"周海霞问。

两人聊天，周海霞手上不闲着，马上烧水沏茶。

齐海东把酒吧里发生的事说了一遍，当说到古丽华出现时，周海霞并没有太惊讶的表现，只是淡淡地"哦"了一声。

"那样的话，以后就没人再骚扰天海集团的合伙人了？大家还是可以像从前一样团结合作，共同竞标一号地项目？"周海霞问。

按齐海东的判断，只要江涛答应撤出，就一定说到做到。江涛不愿说出幕后指使者，可见也是一个信守承诺的人，这样的人值得信任。

"古丽华回来，对老二来说是件好事，你该为他高兴才对啊——消消气，就算他做错了什么，只要能解决终身大事，比什么都重要。"周海霞由衷地说。

自从古丽华在小巴黎酒吧出现开始，齐海东脑子里始终有个问号。

他是真正的智者，不像赵大海那样被爱情迷住了双眼，所以对古丽华回到海天后的一系列表现看得一清二楚。

"离间、捣乱……复仇？她是冲我来的？是为了报复我才回来的吗？"他低头沉思。

从小，他就读到孔老夫子说的"唯女子与小人难养也"，所以小心避免得罪任何女孩子。如今，他确信自己得罪了古丽华，而对方一开始对他的甜言蜜语、唱歌抒情全都是虚情假意，目的不过就是引自己上钩，自乱阵脚，自毁长城。

"好厉害啊！"他忍不住轻叹。

"在说谁？古丽华吗？"两人心有灵犀，齐海东想到哪里，周海霞也说到哪里。

齐海东点头："对。"

周海霞接下去："我一直都很清楚，古丽华是那种想要什么就一定得拿到的人。她做任何事都不择手段，目的性极强。这样的人，大概谁都看不清她的内心。"

齐海东马上取出电话，打给一个在海天市颇有名气的私家侦探，把古丽华的大概情况告诉对方，要求对方查查古丽华这几年都干了什么。

上次停车场那件事，古丽华不费吹灰之力，就挑动赵大海拦车逼宫，以齐海东自戕一刀收场。由此可见，古丽华就像一个善于"四两拨千斤"的太极高手，轻轻托送，就把赵大海戏弄得晕头转向。

难怪心理学家说，热恋中的男女智商都等于零。

赵大海失去理智，任由古丽华拨弄。相反，古丽华一定是每一分每一秒都完全清醒的，让赵大海按照她的设定去做。

由此可见，古丽华仍然像从前那样，一丝一毫都不爱赵大海，只是在利用他。

"如果真是这样，就别怪我不客气了！"齐海东暗暗发誓。

有人想动他兄弟，他不能袖手旁观，一定要找准时机，绝地反击，一举摧毁对手。

一周后，齐海东约江涛到自己办公室见面。

在那里，他展示了一份内参资料的复印件，里面详细记述了江涛被部队开除的经过。

当时，江涛那个班负责押送一名战俘去前沿总指挥部。那战俘是越南部队里的密码专家，已经投诚，并且答应帮助指挥部搜索越军散布在 0931 高地一带的二十多个秘密电台。

战俘腿部受伤，山地地形复杂，很难使用担架，所以只能由战士们轮流背着走。轮到江涛时，他正好胳膊带了轻伤，所以副班长就代替他背。雨后路滑，一行人走到一处水塘时，副班长失足跌倒，腰间带的军刺滑出来，倒刺进他肋下，重伤而亡。江涛误会，以为那战俘是借机杀人，遂在战俘身上打完了满满的一个弹夹。这是一次严重的"杀俘"事件，而且前线指挥部非常需要这个密码专家，两者相加，江涛就被开除党籍、军籍，直接遣返回家，之前所获得的全部军功章都被收回。

这是准确公正的版本，而江涛的解释则是另外一回事："军刺再放得不是地方，也不可能倒转过来，直刺到副班长的心脏。你想想，那得多大的力气？我判断，问题全都出在战俘身上，他想逃跑才杀人，逃跑不成又被抓回来。"

齐海东了解部队的规章制度，深知军纪处、稽查处绝不会不分青红皂白就撵人，因为那是一件很严肃的事，不是某个人拍拍脑袋就能决定的。每一个环节、每一份文件都记载得清清楚楚，有论证、有照片、有证言证词，证据链相当完整，既不放过一个坏人，也不冤枉一个好人。

部队是最讲"纪律、法律"的地方，如果连这样一件小事都查不清，那怎么还能构筑起中华人民共和国的万里长城？怎么保卫祖国的九百六十万平方公里土地？

江涛把文件袋里的所有资料看完，在一份份人证、物证面前，他无言以答："我错了，我被撵回来，完全是咎由自取。"

反过来，齐海东又非常理解江涛当时的心情。当时的越军战俘中有极少一部分顽固不化，找机会就试图夺枪暴动，搞得押送战俘的小部队过度紧张，与江涛同样遭遇的例子也不少。

"我那个兄弟，也就是死了的副班长才刚满二十岁，青梅竹马的女朋友在家里等着他，有时候一周就要写三封信到部队来。他一入伍就跟着我，一口一个'涛哥'叫着，我亲手教他捕俘拳和射击。如果他还活着，将来一定能上军校、提干，成为一名优秀的共和国军官，娶那个有着两颗小虎牙的女朋友，生孩子，过上幸福生活。我真后悔啊，当时不让他替我背就好了，那他就不会出事，出事的应该是我……"江涛沉浸在深深的自责中。

多年以来，他不但自责兄弟替自己而死，也一直怨恨部队，以至于思想扭曲，完全靠拳头打天下，最终走上了社会混混的不归路。

"海东哥，如果没有您今天点醒我，我江涛还横竖不懂、好赖不知，还在浑水里淹着呢。年龄上您是大哥，水平上您是老师，从今往后，我就跟定您了！"江涛又一次拜服在齐海东脚下。

齐海东托人把那份资料找出来，不是为感化江涛，让对方为自己效力，而是想化解江涛心里的疙瘩，不让一名士兵与部队之间的矛盾越积越深。

部队是大熔炉，弃卒则是里面极少部分的废品。

齐海东有"变废为宝"的能力，所以，他想让江涛知道，中国人民解放军部队永远是个"有理就能说得清、有错就得揪到底"的地方。那些弃卒，必须要从自身找原因，而不该在离开部队后自暴自弃，与社会混混同流合污。

即使是弃卒，也应该毕生记得，自己曾经穿着军装、怀抱钢枪为国家出力。也要记住，走出军营还是兵，只要改正错误，昔日的战友一定还会接纳他们。

总之，这身绿军装是一个烙印，穿上它之后，就会在一个男人身上打下一个鲜明的记号，从此永不磨灭。

江涛终于说出了谁是幕后主使，那就是龙腾集团的董事长蔡洋以及总经理古丽华："蔡洋是港商，龙腾集团的创始人，跟古丽华一起从深圳那边过来。原先的龙腾集团邵总因公司业绩不佳而主动辞职。古丽华说，必须想尽一切办法阻止齐海东跟其他公司联手拿下一号地项目，明的不行来暗的，文的不行来武的，总之要想尽一切办法拿下一号地。下一步如果我退出的话，他们一定会另外找人对付天海集团，您一定当心。"

齐海东觉的这没什么好怕的，只等一号地竞标会的召开。他认准了的事，就会全力以赴去做，不拿下一号地绝不罢休。

既然江涛已经投靠，他索性安排江涛将计就计，还是像从前那样跟龙腾集团保持关系，给对方造成"天海集团遭到重创"的假象。

兵者诡道，只有虚虚实实、半虚半实的战略战术，才能让更强大的敌人乖乖授首。

他没有告诉赵大海这个消息，赵大海跟古丽华走得太近，很容易泄密。所以，所有人都要好好地把这场戏演下去，最大限度地迷惑龙腾集团的领导人，直到一号地最后花落天海集团为止。

商场如战场，谁的战术布置更高明，谁就能笑到最后。

❼ 永 别

一号地最终还是落入了天海集团手中，古丽华机关算尽，却没算到江涛临阵倒戈，天海集团的所有合作伙伴又回到齐海东身边。

这一战，古丽华虽然占尽先机，却被齐海东逆转取胜，取胜关键，就在于他相信部队出来的人永远都是一条心。他相信自己的战友，战友就会全力以赴地帮助他、回报他。

在他的教诲下，江涛和手底下的小兄弟们也已经改邪归正，安安心心做生意，远离打打杀杀的混混生活。作为一名被部队除名的弃卒，江涛以实际行动洗刷着自己的错误。有错就要认，愿赌就服输，这才是真正的男子汉大丈夫。

九月份，一号地滨海大厦正式动工，天海集团上下一片欢欣鼓舞，只有赵大海例外。现在他的眼中，只有古丽华。

齐海东没料到，接下来的项目推进中，孙立山为了中饱私囊，竟然放松材料标准，收进了大量未经清洗的海沙，给工程质量造成了巨大隐患。此次，联手材料供应商设计陷害天海集团的又是古丽华，而且她同时向监察部门举报，并邀请媒体介入，瞬间闹得满城风雨，不但天海集团被勒令停工，连齐海东的同盟李福临也受到牵连。

齐海东大怒，火速追查，谁知连赵大海也是利益既得者。他大义灭亲，把赵大海、孙立山的职务一撸到底，并在集团内部展开自查自纠，彻底杜绝工程隐患。

经过这件事，赵大海迅速站在了齐海东对面，两人间画上了一道楚河汉界的鸿沟，分道扬镳已经成了板上钉钉的事。

古丽华这次回来，身边带着自己的女儿古倩儿，虽然不到十岁，但已经是跟古丽华十足神似的美人坯子。

赵大海一直以为那是自己的女儿，谁知古丽华却矢口否认，反而力劝赵大海加盟龙腾集团。

最后，赵大海为情所迷，毅然离开天海集团，坐上了龙腾集团总经理的位子，与古丽华、蔡洋沆瀣一气。

多年兄弟，反目成仇，让齐海东伤透了心，但这并不是最可怕的，当以

前称兄道弟的人在背后向他狠狠地捅了一刀时，他才幡然梦醒，意识到今日的赵大海已经由朋友变成了敌人

赵大海向税务部门举报，天海集团每次有工程项目竣工，都会把利润的百分之十提前划走，偷逃税款。因此，税务部门带走齐海东调查情况。

媒体报道此事后，齐山情绪激动，突发心脏病，终致不治而亡。

2005 年 1 月 5 日，齐海东被审查组送回了家，这已经是齐山死后的第二天。

一下车，他就看到了齐家门口竖着的一长排花圈。

他的脑中一片空白，踉踉跄跄地进了家门，旁边有人向他打招呼，有人过来替他扎上白头巾，披上白长衫。

"我爸没了，我爸没了……爸，您等等我，等等我回来送您一程……"他想放声大叫，放声大哭，但嗓子眼里却堵上了棉花似的，一个字都叫不出来。

他想哭，眼睛却像被胶带纸贴上了，一颗泪珠都没有。

有人搀着他向前走，进了被改装成灵堂的客厅。客厅正中的桌上，端端正正地摆着齐山的黑白照片。照片中，齐山在微笑，依稀就是两周前齐海东见他时的模样。

两周后，父子已经阴阳永隔，此生情分已了。

"给老爷子磕头吧。"旁边的人搀着齐海东跪下来。

他直挺挺跪着，眼睛始终看着齐山，脑袋里好像有一万个人在乱糟糟地大叫着："齐海东，你爸没了，他临死前想看看你，想跟你说说话，可你不在身边，你这个不孝之子，还有什么脸面活在世上……你爸死不瞑目，你是长子，连送你爸最后一程都没赶上，你还有脸活着吗？你还算个男人吗？忠、孝、仁、义四条，你一条都不占……死了算了，只有一死，才能洗刷你犯的错……"

"爸，对不起，海东对不起你，海东来了，海东来陪你了……"他凄凄惨惨地笑着，双臂一振，推开了搀扶他的人，向着方桌的尖角一头撞上去。

灵堂里一片哗然，谁都拦不住他。

血花飞溅中，齐海东倒地。

这一刻，所有奋斗、承诺、创业、胜利都成了一缕青烟，随着齐山的过世随风而散。被国家税务机关怀疑调查，对不起国家，是不忠；父死，不在身边，是不孝；没有照顾好手下员工，致使天海集团上下出现了大量辞职现象，留守者也人人自危，是不仁；兄弟反目，分道扬镳，这是不义。

他齐海东一生受党、国家、父母的教育教导，以"忠、孝、仁、义"为

人生立身之本，但现在哪一条都没做到。

只有一死，方能赎罪。普通人在那样迅猛的一撞之下，必定是天灵盖开花而亡。幸好那方桌在摆放时，离开了墙面一尺，空出一块来摆放花圈、挽联等。所以，齐海东一撞，那桌子就向后退，只令他受轻伤，却没有送命。

止血、清创、包扎后，齐海东又回到了灵堂。经过这一撞，他脑中那被堵塞的情感突然宣泄出来，涕泪横流，放声大哭。

从前，他对齐山极度敬重，只要齐山在场，他都会很自觉地站着相陪，绝对不敢逾越规矩。

这种孝行，完全是发自内心，绝对不是做给别人看的。他从一个男孩变成少年，从少年变成青年又变为成年人，一步一步，都少不了齐山身体力行的引导。父母是孩子的第一任老师，他在转业、辞职这两件事上，肯定是伤了齐山的心，但到了最后，齐山还是原谅了他，老两口好好看着南南，替齐海东两口子解除了后顾之忧，才能够安心投入工作。

他本来以为，父母最需要自己的时候，自己可以陪在身边，端茶送饭，捶肩捏背，尽儿女的孝心。

上天捉弄，他连普通人轻易能做到的，却阴差阳错地错失过去，这种说不出来的痛心与窝囊，令他一蹶不振。

晚饭之后，帮忙的邻居散去，齐海东一个人蹲在灵堂里，给齐山烧纸。

纸灰如折翼的蝴蝶般飞舞着，悲壮而纷乱。

"爸，一路上好好保重，海东来看你了……"只说了这一句，他的喉咙又哽咽了。

他起身抱起齐山的遗像，额头贴着照片里齐山的额头，低声说："爸，我多想听您再答应我一声啊，这一辈子咱爷俩就这样分开了吗？"

不知不觉中，他回忆起昔日齐山、鲁娟一起送他参军时的情景。

当时，就在火车站送新兵的专列前，齐山告诉他："小子，到部队好好干，踏踏实实的，记住咱家书房里挂着的那张条幅：宝剑锋从磨砺出，梅花香自苦寒来。爸相信你是块好钢，不过好钢也得经过部队的千锤百炼才能成材。到部队，别提自己的父母和家庭，你就是一个普通士兵，是中国千千万万子弟兵中的一员。我身为共产党的干部，必须以身作则，严于律己。你千万记住，遇到任何事都要忍让克制，遵守部队的所有法规条例，否则，一旦做错什么，爸也保不了你。"

齐海东抱着遗像，闭着双眼，沉浸在回忆中，喃喃自语："爸，再跟我说句话吧，再叫我一声'小子'，我知道自己不是一个好儿子，儿子不孝啊，您临走前也没能在病床前送您最后一程，九泉之下，您会埋怨我吗？"

齐海东睁开眼，把遗像放好，再次擦干净，然后后退，直挺挺地跪下："爸，儿子不孝，在这里向您磕头请罪了。"

相片中的齐山只是微笑着看着他，什么也不说，什么也不做。那样的一种表情，让齐海东觉得陌生而遥远。

他印象中的齐山是雷厉风行的，对待工作一丝不苟，动不动就要板起面孔训人。

齐海东向着遗像磕头，然后站起身，低声倾诉衷肠："爸，我知道上次辞职的事让您很生气，您总是觉得我受过党、国家政府、部队那么多年的培养，应该在机关里好好工作，为国家奉献毕生力量，可是我不在体制内部，也能接过父辈们手中的旗帜，为党和国家分忧解难……"

他擦干了脸上的泪，神色疲惫，嘴唇干裂。

在审查期间，他因为着急上火而吃不下饭，睡不好觉，如同强弩之末，硬撑着回应税务局人员的反复问询。回家之后，又遭受了齐山去世的重大打击，精神和身体同样面临崩溃局面。

"我一直没告诉您辞职的真正原因，您老不知道，我曾经在阵亡战友的遗体前承诺过，活着的人一定竭尽全力，让阵亡者的家属过上好日子，让我的战友们都能含笑九泉。这几年我和天海集团所有员工一直努力工作，就是要实现这样的生死承诺。爸，这样的解释您满意吗？我真的很后悔，没在您生前向您说明这一切，您为国家和民族的事业奋斗了一辈子，如果我早说出来，您一定会理解我的对吗？"

齐海东看着齐山的遗像，突然间泪如泉涌："爸，我一直觉得您就是我生命里的大山，背靠着您，永远都不会害怕。您是路标，您是我生命里的灯塔，我走得再快再远，知道您的目光永远照看着我，及时提醒我，就不会走入歧途。您走了，从今以后，这个世界上，我背后的山、头上的天就塌了，再没有一个人能为我指明道路，我再也不能像以前一样推开门叫爸了，每年除夕咱家的团圆饭就……就永远不能团圆了，爸……"

一想到原先坐在一起喝酒吃饭的亲人永不会再见，齐海东的心就像被无数双无形的手大力扯裂了一样，来不及叫疼，更来不及挽留，只能匍匐在尘埃里，怒号上天的不公，要把齐山那么好的一个人无声地带走。

"如果可以，爸，我情愿……我情愿离去的是我，如果死也能代替，我愿意代替您去死，把我的生命一点一滴都还给您。我齐海东的命是您给的……爸，爸，您不能就这么走了啊……"齐海东单拳捶地，无法遏止内心潮涌般的伤痛。

他又想到自己这十几年来一直忙事业、忙着为阵亡战友的家属们排忧解难，最忙的时候好几周都见不到齐山，完全忽视了父母的存在。

"子欲养而亲不待，儿子不孝，儿子不孝……"一念及此，他突然抬手，狠狠地抽了自己一个耳光。

齐山给了他生命，指引他一年年长大，又把他送进部队，成长为一名优秀的战士、一个健壮坚毅的男人。在他眼中，齐山是世上最好的父亲，用自己忠正、刚直的一生，给后代塑造了一个光辉灿烂的榜样。能给那样的人当儿子，是一种无上的荣耀。可惜的是，人生短暂，如白驹过隙，从这一刻起，他再也不能在齐山膝下恭听教诲了。

"爸，等来生……等来生吧，我还做您儿子，您等着我，您一定等着我，咱爷俩来生再见……"

齐美琳从侧面的帘幕后面走出来，跪在齐海东身边，向着遗像磕头，泣不成声："爸，您突然就这么走了，没见哥一面就走了，您还没告诉我们以后怎么办，没了你，我们以后怎么办啊……"

在齐家，她是齐山最宠爱的娇娇女，只有她敢跟齐山顶嘴撒娇不讲理。

齐山拿这个宝贝闺女没办法，千依百顺，疼爱有加，常跟人说："我齐山打得了日本鬼子、打得了蒋家匪军、打得了美帝鬼子，唯独治不了齐美琳。在家里，我是老虎，我闺女就是武松。"

疼爱她的人走了，她内心里那种无法释怀的悲伤可想而知。

齐美琳投入齐海东怀里，抑制不住眼泪，惊天动地大哭。

齐海东搂着妹妹的肩膀，也是热泪滚滚。

齐美琳声嘶力竭地大哭："哥，咱没有爸了，咱家以后永远不能团圆了，咱再也见不到爸了！哥，我害怕，我不能没有爸啊，他走了，我怎么办啊……"

如果放在从前，她只哭一声，齐山就赶紧跑过来哄。小时候，但凡是两兄妹拌嘴，挨揍的一定是齐海东。

齐海东轻轻拍打着齐美琳的肩膀："妹妹别怕，哥在这里呢。"

齐美琳使劲搂着齐海东的脖子："哥……你把爸找回来呀，你帮我把爸找回来呀，求求你，把爸找回来，我们不能没有爸……"

齐海东咬着牙，强忍着泪，拍打齐美琳的后背："别哭，妹妹，爸已经没了，我们还得好好照顾妈呢，你也是大人了，大人就要懂事，别哭，别哭……"

齐美琳哭得上气不接下气，眼泪顺着齐海东的脖子、胸口往下淌。

齐海东搂着齐美琳，齐美琳已经哭得没了力气，哭声全都堵在嗓子眼里，肩头一阵一阵抽搐着。

齐天南、唐晓龙走出来，唐晓龙懂事地跪在齐海东身边，而齐天南只知道站着抹眼泪。

周海霞走出来，跪在齐海东身边，一边流泪，一边拍打齐美琳的后背。

齐海东看着周海霞，已经止住的泪重新打开了闸门。

周海霞低声说："海东，我知道你们兄妹俩心里难过，但已经这么晚了，还是努力忍忍，别等会儿把妈吵醒了。"

齐美琳抽噎着说："嫂子，咱爸没了，我也不想活了。"

周海霞含着泪摇头："傻妹妹，快别这么说！我也很难过，但想想咱妈。爸已经走了，咱大家伙得照顾好咱妈，这肯定也是爸需要我们做的。"

鲁娟拄着拐杖走出来，一夜之间，她仿佛老了十岁，头发花白。

所有人都抬头看着鲁娟，齐美琳也不敢再哭。

鲁娟缓缓地说："我没事，你们都起来，都别哭了。你爸走了，咱家还有我呢，都起来。"

周海霞拉着齐海东和齐美琳起身，所有人一起看着鲁娟。

鲁娟接下去："你们听着，你爸是无事一身轻，享福去了。每个人都有这一天，生老病死，祖祖辈辈都这样。哭坏身体、哭瞎了眼睛都不能把你爸哭回来，你们大家都好好地过日子，把自己照顾好。美琳，不许再哭了。"

齐美琳仍然在抽噎，无法停止。

鲁娟叹了口气："现在，大家都回去睡觉，有什么事明天再说。"

她转身回卧室去，刚刚走入暗处，两行热泪便潸潸而落。

天刚亮，沉睡中的齐海东突然坐起来，掀开被子下床，只穿着内衣向外走。

周海霞大半夜都没睡，好几次起来巡视各屋，尤其是齐美琳那边，生怕她想不开。

"海东，海东，你怎么了？"周海霞被开门声惊醒，赶紧坐起来叫。

齐海东一脚门里、一脚门外回答："我听见爸叫我呢。"

周海霞下床，拉住齐海东的胳膊，使劲摇了摇："海东，你醒醒，看着我，看着我——"

齐海东看着周海霞，脸色惨白，双眼中满是血丝。

周海霞低声问："海东，你别吓我，现在脑子清醒了没有？"

齐海东清醒过来，哽咽流泪："海霞，咱爸没了，我觉得这就好像做梦一样。我以前也做过这样的噩梦，可是你一推醒我，那些可怕的事就全没了。"

噩梦会醒，但这不是梦，而是真实发生的事。

周海霞叹了口气："海东，这不是梦，爸是真的没了。你是齐家的长子，是美琳的大哥，我是长媳、大嫂，我们得打起精神来，把这个难关渡过去。海东，拿出你的勇气来，你是在南疆战场上冒着枪林弹雨活过来的，死都不怕，还有什么困难能打垮你？"

她鼓励齐海东的时候，其实也是在鼓励自己。

现在的齐家，山雨欲来风满楼，不能任由大家的情绪持续沉沦下去。她是儿媳妇、妻子、母亲，也是唯一跟齐山没有血缘关系的人。一位受人尊敬的长辈走了，她也心痛难过，但这个家总是得撑下去的。

她不坚强，谁还能替齐海东撑起这个家？

齐海东在椅子上颓然坐下，闭目沉思。

周海霞走过去，替齐海东捏肩膀："海东，振作点，咱妈、美琳、晓龙、南南都看着咱们呢。"

齐海东沉默了好一阵，睁开眼睛，脸色恢复了平静："我没事了。"

周海霞点头："好，我相信你能扛过去。记住，我们是南疆战场上回来的兵，见惯生死，没有任何事能打垮我们！"

齐海东把周海霞的手握住，缓缓地说："只要你在我身边，我就有信心。"

周海霞俯身，用力搂住齐海东，一字一句地说："海东，永远记住，我们是战士，在战场上是、在地方上是、在任何年代都是。战士不惧生死，不惧冰霜，任何事都能扛过去。我们是夫妻，也是战友，一定能合力扛过去的……"

一天后出殡，海天市下了好大的雪，白茫茫的，笼罩着整个城市。

齐海东捧着骨灰盒，从殡仪馆出来，直奔南山墓地。黑色的骨灰盒包裹在黑丝绒里，轻飘飘的，使他产生了错觉，一路上觉得它是空的，并未盛放着齐山的灵魂。

大雪封山，车子上不去，所有人下车，一步步地沿着百步阶梯向上爬。

雪仍在下，鹅毛般的雪片扑簌簌地打在齐海东脸上，钻进他的脖子里。

他敞开外套，把骨灰盒包在衣服下，不肯让冰雪打湿了父亲的灵魂，想让父亲干干爽爽地走。

在他身后，周海霞、齐美琳、李福临、吴大宝、唐晓龙、齐天南等人步步跟随。

那大雪厚如棉被，覆盖了台阶，凛冽的山风，也肆虐无度地扑面而来。

齐海东步伐坚定地稳稳走着，而在他身后，齐美琳已经跌倒好几次，若不是有周海霞挽着，有一次几乎就要滑进山沟里去。

到了墓地，李福临和吴大宝把墓穴上的积雪清扫干净，两人扯着一件大衣，当作临时的棚子，暂时遮住雪花。

齐海东俯身，小心地把骨灰盒放入墓穴的凹槽中，然后慢慢跪下。

周海霞等人也随着他一起跪在雪地上，众人沉默，耳中只能听见呼啸来去的风声。

那雪大得出奇，不大一会儿，就将几个人的膝盖埋住了。

"爸，永别了——"齐海东说，"来生再见，您记着我，来生我还做您儿子，来生咱们还是爷俩！"

周海霞跟着说："爸，永别了，您在天之灵好好保佑着我们一家人，平平安安，健健康康。您在那边，一个人也要多多保重……"

说到一半，她泣不成声。

一个人哭，全部人都哭，在这风雪呼啸的空山之上，每个人都不加掩饰，尽情释放着自己的悲痛。

这个时候，时间已经成了多余的东西，只有汹涌的眼泪才是唯一真实存在的。齐山是个好人，每个人心里都在埋怨上天，为什么要早早地把这么好的一个人带走？

这场痛哭持续了近半个小时，大家哭累了，也跪累了，斜坐在雪地里，个个腮边都挂着道道泪痕。

李福临和吴大宝笔直地站着，四只手扯着的大衣上已经落了两寸厚的雪。

"大哥，山下有人来了。"李福临说。

齐海东回头看，山下停着两辆车，有三个人正踏着他们留下的脚印上来。

"好像是二哥和古丽华，另外一个，应该是……龙腾集团的董事长蔡洋。"李福临又看了一阵，报出了那三个人的名字。

在齐海东被税务局带走调查时，李福临曾与周海霞商量过，举报者肯定是熟悉天海集团内部运作的人，极有可能跟赵大海有关。

天海集团与龙腾集团势如水火，赵大海能在这种情况下投入对方阵营，可见已经被古丽华迷昏了头，什么事都做得出来。

李福临有着敏锐的洞察力，对赵大海的个性看得一清二楚，所以他的判断应该是很有道理的。

齐海东一挥手，大家都站起身来，列成一队，静等着山下的三人。

来的果然是古丽华、赵大海和蔡洋，三个人手里都捧着一束白花。

古丽华走到齐海东身边，低声对他说："节哀顺变，我们来送齐叔叔一程。"

齐海东控制住自己的情绪，点头致谢。

古丽华把那束花敬献到齐山的墓碑前，转身向着骨灰盒，没像普通朋友吊唁那样鞠躬行礼，而是像齐家人一样，双膝下跪。

"齐叔叔，您老一路走好。"古丽华恳切地磕头，次次额头触地，头发都沾满了白雪。

她的悲痛不是硬装出来的，而是对于一位长辈的深切哀悼。无论她怎样报复齐海东，但那只是他们之间的恩怨，不能累及家人。齐山的离世，也是她不愿看到的，心里深感抱歉。

齐海东跪下还礼，低声说："谢谢，请起吧。"

周海霞上前，把古丽华搀扶起来。任何时候，她都牢记着自己"齐家长媳"的身份，一切举止，全都不失礼节。

"丽华，谢谢你能来，我相信公公在天之灵看到大家来送他，一定会很欣慰的。"她说。

她们都是冰雪聪明的人，每个动作、每句话都有深意，像是一场无声的角力。

四目相对之际，古丽华的嘴角忽然浮出了一丝苦笑，因为她发现，自己这一生恐怕都无法打败周海霞了。

她比周海霞漂亮、年轻、华贵、有钱，但周海霞所做的，事事件件都是为齐海东着想，以齐海东的喜乐为自己的喜乐，根本不与别的女人争齐海东的心。

不争，天下莫能与之争。

所以，任何交锋，都是以周海霞完胜、古丽华完败为结局。

"我们是战友嘛，齐叔叔是我心中最敬重的长辈，理应来送他老人家最后一程。"古丽华勉强应对，败也要败得不失风度。

赵大海献花之后，向着骨灰盒深深鞠躬，然后回头对齐海东说："大哥，节哀顺变。"

其实自他投靠龙腾之后，天海集团这边已经没人把他当兄弟，但齐海东还是鞠躬还礼，平静地回应："老二，谢谢你。"

赵大海并不肯把齐山早逝的责任揽在自己肩上，他在古丽华面前声称，自己只是根据国家法令举报犯罪行为，跟别人无关。齐山的死是意外，他也不想看到这一幕。

两人对视之时，齐海东眼神平静，毫无芥蒂，但赵大海心里却一阵阵发虚。

这里是公墓，离地三尺有神明，他不敢乱说话，以免遭到不测。

蔡洋走上来献花，赵大海向齐海东介绍："这是龙腾集团的港方董事长蔡洋先生。"

两人握手，蔡洋表情沉痛地说："齐总，节哀顺变。"

齐海东觉得，蔡洋的南方口音普通话听起来似曾相识，其脸型、走路方式也是如此。

蔡洋是个五十岁左右的中年人，中等身材，西装笔挺，外面套着昂贵的羊绒风衣，手腕上带着闪闪发光的金表。

三人转身告辞后，齐海东亲手把墓穴上面的石头盖好，几个人在墓前沉默地站了一阵，依依不舍地下山。

"爸，您安息吧——"到了山脚下，齐海东转身，对着山上大声呼喊。

千山寂寞，白雪皑皑，将他对父亲的爱全部埋葬。父亲是山，是一个大家庭里的顶梁柱，如今这根柱子躺下了，他齐海东就要承担起顶梁柱的责任，代替齐山，把齐家这座大房子撑起来，孝敬母亲、爱护妹妹、抚养儿子，把齐家里里外外的关系理顺，让每一个人都生活得好好的。

这是一个男人、一个长子的责任，他绝不会逃避。

"爸，您安息吧——"他叫了第二声，一口雪呛进喉咙里，让他的胸口如中枪般剧痛起来。

这里是南山最大的公墓，西南边的一大片墓碑，都是革命老干部的长眠之地。

齐山想到了南疆战场上阵亡的战友们，不禁暗想："总有一天，我要建一个南疆战斗博物馆，把战友们的遗物全都展示在里面，让所有国民都记住他们，时时祭奠，告慰他们的在天之灵。"

建博物馆这事审批步骤很多，相当麻烦，而且既然是博物馆，一定得有数百件甚至上千件烈士遗物才有说服力。目前，他所拥有的只是南疆带回来的那两箱子东西，连一个展架都放不满。如果真要着手进行博物馆这个项目，必须得到国家和军委的支持才行。

他相信，中国一定有千千万万个齐海东，愿意为南疆烈士们出点力，只是没有登高一呼的首倡者。他愿意做这个首倡者，不求名利，只求让那些血洒南疆的英魂们可以踏上望乡台，回望海天这块养育了他们的风水宝地。

这事需要慢慢来，当前最重要的，就是让天海集团振作起来，重回正轨。

❽ 援 手

　　齐海东重回天海集团后才发现，公司人气骤降，十几个原先已经签了意向书的项目全军覆灭，另外正在进行中的项目，合作方也将在第一期完成后中止合同。

　　孙立山被剥夺职务后回乡下去二次创业，他的公司股份全都转让给赵大海，而赵大海则趁着天海集团出于低潮期的时候，要求齐海东现金收回这些总价值接近一千万的股份。在公司改制之前时，合同上明确注明了他有这样的权利，否则就可以诉诸法律。

　　"趁你病，要你命"——赵大海要的就是这种效果。

　　他不恨齐海东踹自己那一脚，不恨齐海东将他降职，也不恨齐海东没有采纳他的很多建设性意见，他只恨古丽华至今还爱着齐海东，更恨古倩儿的父亲身份问题至今没有定论，而且越看这孩子长得越像齐海东。

　　古有吴三桂"冲冠一怒为红颜"，今日他赵大海也因古丽华而发誓要将齐海东除之而后快。

　　世人都知道，美女只爱英雄，他一定要让古丽华看看，如今的海天市谁才是真正的商战英雄。

　　他曾亲自打电话给齐海东，咄咄逼人地表示："两条路，要么现金回购股份，要么把二号地、三号地转让给我。现在海天的建筑市场是二龙戏珠，自古双雄不能并立，必须要有一家俯首称臣。"

　　二号地、三号地是齐海东手中的最重要筹码，失去这两块地，则天海集团开发一号地滨海大厦的行业领先优势荡然无存，随即就会被龙腾集团赶超。

　　"老二，容我一周考虑。"齐海东在电话里这样答复赵大海。

　　赵大海傲然大笑："一周？我清楚天海集团的财务状况和现金流，一周内凑齐一千万毫无问题，但所有项目就必定一起搁浅，等于是饮鸩止渴，不用我二次出手，天海集团这块牌子就倒了。一周就一周，下周同一时间，我希望那一千万出现在我的账户上。"

　　齐海东从赵大海的话里听到了自己一直就在怀疑的线索，立即追问："老二，税务局那边举报我的，是不是你？"

　　赵大海自知失言，当即否认："不是我，我怎么可能举报自己兄弟？"

因为心虚，赵大海前后口气变化太大，齐海东心里明镜似的，低声说："好啊，我们是好兄弟，你怎么会举报我呢？我真的是多虑了。一周后，我会把钱给你。"

挂了电话，齐海东的胸口堵得结结实实的，因为他之前仅仅是怀疑赵大海参与了举报的事，刚刚一番对话，赵大海矢口否认，更证明了心中有鬼。

周海霞听了齐海东的描述后，一针见血地指出："赵大海的背叛完全是古丽华造成的，古丽华对你的恨，一定是我造成的。"

这是历史的遗留问题，毕竟男女之间的感情勉强不得，齐海东舍古丽华而选周海霞，那是遵从自己内心的感受，当然没有过错。

当局者迷，旁观者清，周海霞的两句话立刻将齐海东心头的疑云全都拨开。

"我会把二号地、三号地转让给龙腾集团，让他们来开发。全国商业地产大热，二号地、三号地的建设项目为度假村、综合购物中心，与一号地滨海大厦正好能互补，促进海天市的旅游业、娱乐业，促进海天市经济规模，使其朝着'比肩北上广'的目标前进。"齐海东终于做了决定。

周海霞有些诧异："海东，你明知道他要干什么，为什么偏偏踏进他们布好的圈套里？"

齐海东摇头："不是踏进圈套，而是从大局出发。海天市是全体海天人的，经济上去了，人民的生活条件好了，岂不是皆大欢喜的局面？现在，以天海集团的实力，已经无法在短时间内游刃有余地开发这两块地，商业机会稍纵即逝，把它们转给龙腾，也许是最好的选择。"

周海霞沉默半晌，缓缓地点头，眼中满是钦佩之色："我懂了，我懂了。"

齐海东此举，已经不是纯粹的商业行为，而是一种舍弃小我、追求大我的至高境界，只有高瞻远瞩、胸怀天下者才能做到，而像赵大海那样锱铢必较、鼠目寸光者，已经被远远地抛在后面。

赵大海获得了二号地、三号地之后欣喜若狂，马上安排测绘设计人员进场，准备开始大动作，打一场赶超天海集团的硬仗。

令他感到诧异的是，古丽华的情绪不高，似乎对他所做的事并不满意。

"丽华，难道你还在为齐叔叔过世那件事耿耿于怀吗？"他忍不住问。

古丽华苦笑："那件事，我们也许做得太过了。商场争斗，不该累及家人，就像两军交战，不可伤及无辜一样。"

她模棱两可的态度激怒了赵大海："丽华，我这样做，还不是为了你？"

"为我？"古丽华反问。

赵大海回答："在一号地争夺战中，江涛反水，齐海东完胜，让龙腾集团脸面尽失。我逼齐海东交出二号地、三号地，怎么也能给龙腾集团挽回点面子吧？商场如战场，必须不择手段追求胜利，任何妇人之仁都要不得。如果不把敌人赶尽杀绝，给他反扑的机会，他很快就能灭了龙腾集团，成为海天市建筑业界无法撼动的参天巨树。"

这是他表面上义正辞严的解释，而内心无法说出的真正想法则是："只有消灭天海集团，让齐海东成为两手空空、负债累累的败军之将，才能让古丽华彻底死心。"

他一直认为，自己的头脑和战斗力远远强于齐海东，理应掌控大局，睥睨天下，成为海天市商界的第一大佬。

古丽华摇摇头："这种局面并非是我想要的，齐叔叔是个好人，不该成为天海、龙腾两家商战的牺牲品。那天在南山，我真的很想跪在雪地里大哭一场，向他老人家请罪。"

在南山，她看见齐海东憔悴而疲惫，几周之内像是老了十岁一般。

如果不是周海霞在场，她真的很想化干戈为玉帛，与齐海东冰释前嫌。那一刻，她看透了自己的内心，原来她古丽华永远忘不了齐海东。他是她最美的初恋，他的名字如同一枚烧红的烙铁，在她心上留下了永远的印痕。

"我不管，我也管不了那么多。在部队，我只学会了排除万难直达终点，为达目的不择手段。丽华，等我将二号地、三号地开发完毕，我们就是风光无限的海天市建筑业大佬……"

古丽华不等赵大海说完，就转身离去了。

赵大海看着古丽华的窈窕背影，心里五味杂陈，不知该怎么办才好。

幸而蔡洋及时出现，言辞恳切地安慰他："赵总不要着急，女人嘛，就是这样，晴一阵雨一阵的，喜怒无常，爱耍小脾气。你放胆去做，我永远支持你，只要完成这两个项目，我会在董事会上提出建议，给你留一个董事席位，让你参与股权分配。我相信，龙腾集团很快就能在香港上市，将来大家的收益一定会十倍、百倍上翻。到时候，跻身于全球华人财富百强、率领集团走向世界都不在话下。"

赵大海对于权力的需求是无止境的，蔡洋此话，正中他的下怀，也给他鼓足了干劲，全心全意地投入到两块地的经营之中。

面对齐海东的困境，李福临也是心急火燎的，正好《海天经济报》有位尹记者来办公室采访他，他才有机会说出了自己的心声。

当天下午，他特意挪出了两个小时时间，跟尹记者长谈。

尹记者问："李市长，下一步，市政府财政和银行方面会不会对天海集团给予一定关照？"

李福临摇头回答："我们一直都积极为全市企业提供政策方面的支持和帮助，但是今年和未来几年，市里有很多建设项目，文教、卫生、环境等各条线都有资金缺口，所以对天海集团的财力支持非常有限。"

实际情况是，海天市各大银行的信贷部门只会锦上添花，绝不雪中送炭，对龙腾集团的二号地、三号地项目青睐有加，却对处于低潮期的海天集团避之唯恐不及。所以，短时间内，海天集团无法从财政、银行两方面获得资金。

尹记者又问："现在海天市大街小巷的老百姓都在议论齐海东受税务局调查这件事，我们也做过大概的统计，群众对齐海东和天海集团都是持肯定态度。李市长，这方面您能不能再发表一些看法？"

李福临长叹一声："记者同志，我跟齐海东是南疆战场上一起浴血厮杀过的战友。天海集团的主体是转业干部、退伍军人以及军人的后代组成，他们行得正，走得直，绝对不会干坑害国家利益、损害军人荣誉的事。这次税务局的调查结果也证明，齐海东和他的天海集团是经得起考验的，是我们海天市地产行业当之无愧的龙头老大。我相信，在未来的海天市城市建设中，天海集团一定能发挥出更大的正能量，为海天市做出更大贡献。"

作为一名副市长，他的权力极为有限，根本无法调动资金，向天海集团注入活力。他希望，能通过报纸的呼吁，让外界投资者重新燃起对天海集团的信任。

尹记者最后问："对于海天房地产市场中另一家大公司龙腾集团，您有什么了解和看法？"

赵大海叛逃后，李福临曾上门质问他，却得不到任何正面的回应。

对于赵大海和古丽华，他已经彻底失望了："我们欢迎一切基于商业行为的良性竞争，希望能看到各大企业百花齐放的盛况，但是，对于一些背后搞小动作、做人身攻击的不良企业，市政府相关部门一定会对此严查严惩。"

尹记者的采访作为《海天经济报》的头版头条发出，题目是《做有良心企业，扬新世纪正气，树正能量楷模》，文章从侧面写了齐海东和他的天海集团，论点充足，没有夸大其词的成分，对天海集团新世纪、正能量、积极进取的企业风气和坚韧顽强、艰苦创业的齐海东进行了公正的评价。

海天市政府机关的干部、工厂企业的领导和群众、街头巷尾的老百姓都在读这则整版报道。

李福临说过的"转业干部、退伍军人以及军人的后代行得正，走得直，绝对不会干坑害国家利益、损害军人荣誉的事"这句话被人们反复阅读。

这则报道被外地报纸、互联网媒体、电视上的《新闻读报》栏目迅速而广泛地传播出去，也传到了军营中，无数军官和士兵都读到了齐海东转业、辞职、下海、创业的感人事迹。

在驶往海天市的高铁上，出差中的罗红旗读到了尹记者的文章，并拿给同行的北京企业家张总、任总看："二位看看这篇报道，文章中的齐海东是我的军校同学，也是我这辈子最佩服的人。"

两位老总也都是转业军人，从部队转回地方不到三年，就响应邓小平同志南方谈话下海经商。十几年下来，都已经积累了数千万资产。

张总问："我从部队转业时就听过南疆勇士齐海东的大名，这几年到过几次海天市，也知道天海集团发展得不错。怎么了？又有记者做锦上添花的报道了？"

罗红旗摇头："不，你自己看，最近他可能遇到点麻烦。"

张总低头看报纸，几分钟后，长叹一声："木秀于林，风必摧之。齐海东被税务局调查的事，肯定是有对头背后捅刀子。这个人我知道，他不贪财，讲义气，对战友和兄弟们一腔热忱，所有认识他的人，一提到'齐海东'这三个字，人人挑大拇指。这样的人遭了暗算，还连累了老父亲，真是老天不长眼。"

任总插话："我曾在一个全国军工产品发展研讨会上见过齐老爷子，那绝对是共产党的好干部，堂堂正气，两袖清风。"

罗红旗点头："没错，齐叔叔是个老革命，一生清白，最恨的就是贪污舞弊、坑害国家的人。自己儿子被人扣上了逃税、贪污的大帽子，他能不着急上火吗？这个举报齐海东的人实在太可恨了。"

张总弹着报纸感叹："我他妈的要是齐海东，就算把海天市全都翻过来，也得找到诬陷他的这小子，一顿揍个半死。"

出身行伍的人，虽然韬光养晦多年，但一到气头上，还是忍不住说粗话。

罗红旗一笑："张总，幸好齐海东不是你，他这个人，总是严于律己，宽以待人，在生活中最是自律、忍让。当年在部队，他的部下赵大海把团里负责人事的干事给揍了，齐海东把事全都揽到自己头上，关禁闭，受处分。他对待自己的战友和部下，亲如兄弟一般。"

张总叹息："好一个齐海东！宁叫天下人负我，我不负天下人。我张宝中就喜欢跟这样的人交朋友，人这一生，要是没有齐海东这样的朋友，真是白活了。红旗，这次到海天，你给我们介绍介绍，我非交齐海东这个朋友不可！"

任总也说："是啊，交朋友贵在交人品，这个齐海东是个人物，到时候见了面，看看大家有没有合作的可能。我们总部的账面上还有几千万闲置资金，盘算着想投几个高科技项目，只要齐海东感兴趣，我马上就可以拍板。"

罗红旗不是商场中人，对天海集团的经营状况并不了解，所以对张总、任总的提议只是暂时记下，没有大包大揽地承应。

张总又指着报纸问："红旗，你刚刚说齐海东曾经在部队里替赵大海背黑锅，这个报道里也提到一个叫赵大海的，从齐海东的天海集团跳槽到龙腾集团，两个赵大海是不是同一个人啊？"

罗红旗点头："就是一个人。"

张总一拍桌子："什么？这赵大海还是不是人啊？从前兄弟替你背黑锅，你现在临阵叛逃，趁着兄弟有难，自己攀高枝去了。不管是战场还是商场，这可是大忌讳啊！我觉得这人人品有问题，齐海东手下怎么有这种人？"

罗红旗也纳闷："是啊，这其中肯定有事，等见了齐海东，我得好好问问。"

他以前见过赵大海几次，彼此不熟，所以对赵大海的人品无从谈起。

到了海天后，罗红旗第一时间先去齐家看望鲁娟。

齐美琳正陪着鲁娟晒太阳，院子里各处的白纸已经揭掉，但还留着痕迹。院里的花草凋零，落叶满地，凄凉萧条至极。

罗红旗放下手里的礼物，向着鲁娟深鞠一躬："阿姨，我是海东的战友，对不起，我来晚了，没赶上送齐叔叔最后一程。"

鲁娟颤巍巍地起身："我听海东说起过你，太客气了，还带礼物过来，请客厅里坐，请吧。"

三个人进屋，客厅里有些凌乱，齐山的遗像依然摆放在正面的桌上，前面摆着香炉、供品。

罗红旗说："阿姨，我先给叔叔上炷香。"

他从旁边桌上拿起三炷香，点燃，向着齐山的遗像恭恭敬敬地三鞠躬，然后把香插进香炉里。

鲁娟说："美琳啊，快去给你罗哥沏茶。"

齐美琳去沏茶，罗红旗扶着鲁娟坐。

鲁娟说："红旗啊，我以前听海东说，上次你回来送老兵的时候是团级干部，现在呢，又提升了吧？"

罗红旗回答："阿姨，您记性真好。我现在是师级干部，海东要是不转业，肯定比我干得好，他的工作能力要强过我一大截呢。"

鲁娟眼圈一红，取出手绢来擦眼睛："可惜啊，他没听他爸的话，非得转业辞职，把自己的才华都浪费在盖房子上了。"

这个家失去了齐山，也就失去了生气，每个人都避免提起齐山来，因为那已经成了齐家人心上的巨大创口，一碰就痛，一碰就眼中流泪，心中流血。

齐美琳沏好茶，端出来放在罗红旗手边，轻声说："罗哥，请喝茶。"

她以前是最爱笑、最爱闹的，但齐山一走，她的灵魂也被带走了，就像哑了嗓子的画眉鸟，连笑容都很少见了。

罗红旗只在齐家坐了五分钟，便告辞去见齐海东。

两人见面，还没寒暄，竟然全都红了眼眶。他们都曾是南疆战场上的战斗英雄，但因为各自的不同选择，时至今日，结局也完全不同。

"一会儿请你吃火锅，让我兄弟陪着。"齐海东笑着说。

"好啊，正好想见见他们几个呢！"罗红旗说。

猛然间，齐海东转过头去，假装找东西，实则已经热泪满眶。因为他现在没有"几个"兄弟，只有"一个"兄弟吴大宝，而且是断了一条腿的残疾人。

"海东，你的情况我都知道了，人生总要有起伏，别着急，一定会渡过难关的。"罗红旗说。

齐海东背对罗红旗，低声回应："老话说，家里老人过世，所有的孩子都会压运三年。我猜，最起码未来三年都是我的低潮期了。"

罗红旗强笑："海东，你是共产党员啊，怎么也迷信起来了？"

齐海东摇头苦笑："我不迷信，但现在众叛亲离，我只能从自己的命运上找找原因聊以自慰了。"

罗红旗有点无奈，眼前的齐海东似乎已经变了个人，不再是从前那个生龙活虎、勇往直前的尖刀连勇士。他知道，地方上有些事很难办，各种阻力、各种障碍层出不穷。跟部队相比，要想办成同样一件大事，额外耗费的精力不计其数。

就在这时，杨玲敲门进来，手里拿着十几份履历表向齐海东汇报："齐总，这是今年公司刚刚接收的复员军人资料，请您过目。另外，这十几位军人都是党员，他们来公司报到的第一件事就是问党员关系该往哪里落。以前咱们公司没遇到过这种情况，人力资源部的同事们无法回答，请您批示。"

齐海东一怔，接过履历表，快速地翻了一遍，突然抬手，在自己后脑勺上狠拍了一掌。

这个动作把杨玲吓了一大跳，后退一步，满脸惊诧。

"怎么了海东？"罗红旗纳闷地问。

齐海东意识到自己失态，先让杨玲出去，然后把履历表递给罗红旗看。

"怎么了？这些都是人才啊，都是工程兵、测绘兵出身，都是你们公司需要的啊？有什么问题吗？"罗红旗问。

齐海东指着自己的鼻子尖："我刚刚那一巴掌打得太轻了，而且不该打后脑勺，应该打脸才对。我齐海东真是该打啊，身为一个共产党员，组建公司后竟然把最重要的事给忘了——我们是党员，我的员工大部分也是党员，我们应该组建自己的党支部啊！没有党支部，党员全都成了没娘的孩子了，这思想能不混乱吗？以前受了那么多党和国家的教育，到了天海集团这儿全都断开了。这么多年，我就光顾着埋头做事，把党的旗帜该插在哪里都忘了，我真他妈的太混蛋了——红旗，你先喝茶，就现在，我马上打电话，向市委组织部申请建立党支部……"

当着罗红旗的面，他马上打电话给组织部咨询成立天海集团党支部的事。

身为党员，齐海东和罗红旗都知道，中国共产党的党章明确规定：企业、农村、机关、学校、科研院所、街道、人民解放军连队和其他基层单位，凡是有正式党员三人以上的，都应当成立党的基层组织。根据工作需要和党员人数，经上级党组织批准，分别设立党的基层委员会、总支部委员会、支部委员会。

建立党支部的一般程序分为五步：第一，向上级党委写出建立党支部的请示；第二，上级党组织批准，召开支部党员大会，以无记名投票方式差额选举产生支部委员会；第三，召开党支部委员会，等额提名或直接选举产生党支部书记、副书记，并对委员进行分工；第四，向上级党委写出党支部委员会组成的请示；第五，上级批复。

挂了电话，齐海东来不及招呼罗红旗，马上提笔伏案，写建立党支部的请示报告。

本来疲惫不堪的齐海东突然精神焕发，仿佛一根潮湿的木柴被火种点亮一样，浑身都充满了崭新的希望。

罗红旗把张总、任总介绍给齐海东，两位老总当场表示，要从资金层面、合作项目上全力支持齐海东，随时可以向天海集团提供千万级的合作资金。

恰好在此时，人力资源部部长带着三男一女四个海归博士来见齐海东。四个博士见到齐海东后先深鞠一躬，然后自我介绍说他们都是烈士的弟弟妹妹，这些年幸亏有齐海东提供的红星公益助学金，他们才得以顺利完成学业。

他们已经学有所成，专为回报齐海东而来。其中，王博士学的是化工专业，詹博士学的是化学专业，于博士学的是金融专业，李博士学的是软件工程。四个人都有全球领先的成熟发明专利，马上就可以投入市场运作。

一日之间，项目和资金全都从天而降，所以齐海东非常激动，马上吩咐杨玲起草文件，准备成立天海绿色环保材料、天海软件、天海制药公司，为这四个海归博士打造发挥才能的平台。

有了张总、任总提供的资金，四个项目立刻就能上马。

眼见齐海东脱离困境，振作精神，重新上路，李福临也十分兴奋："大哥，趁着现在的大好时机，应该着手成立天海集团公司，在各个科技新领域大展拳脚——我马上向市委汇报。大哥啊，这辈子我注定是为你打工的命啊！"

齐海东脱口而出："老三，你说错了，其实我们都是为别人打工的命啊！为别人活着，这一辈子我们才活得有意义。"

此刻，笼罩在天海集团上空的阴霾散尽了，齐海东像一头疗伤完毕的猛虎，再次踏上新的征途。这一次，在他面前展现的是广袤无垠的蓝天、海洋，照亮他征途的是高悬的星子，天高、海阔、云淡、星亮，再也不会迷失于崎岖小径或者暗夜沼泽，就像涅槃后的凤凰，一路腾飞于苍穹之上。

⑨ 爱 情

2012年8月1日，天海集团公司与部队联合举办了"庆八一建军节军民联欢晚会"。

在晚会致辞中，齐海东饱含深情地回忆起二十几年来天海集团的成长过程，这个挂着"兵"字头的公司一步步从无到有、从弱小到强大、从自给自足到可以回馈社会，其间甘苦，只有那些跟齐海东一起同呼吸、共命运的复员军人们最清楚。

"路是人走出来的，在部队里，党和国家给了我们坚强的体魄、顽强的精神，让我们从一个什么都不懂的新兵蛋子成长为工程兵、测绘兵、汽车兵、文艺兵，具备了安身立命的一技之长。当我们从部队回到地方以后，谁也没有躺在功劳簿上睡大觉，而是抓紧一辈子的黄金时间，努力奋斗，继续为国家贡献青春。中国人民解放军是国家的万里长城，每一个军人都是这长城上的一块城砖。同志们，既然我们每个人都是一块砖，党和国家要我们做什么，我们就做什么，要让自己的热血、青春、年华在祖国最需要的地方发光发热……"

讲到动情处，齐海东泪洒胸襟。

二十几年来，他的个人命运、天海集团的命运随着国家改革开放的深化而步步前进，有苦有泪，有血有汗，但不管怎么样，他带着自己这一大批兄弟们一路走来，克服困难，冲破阻碍，让天海集团成为海天市的支柱企业，为国家创造利税，为社会各界的慈善事业添砖加瓦。

这二十几年，他齐海东一路走来，问心无愧。

自从接下了唐光带血的嘱托，他这十几年来，一直都是为别人活着，为那些阵亡战友的家属活着。

这是一种忙碌而艰辛的生活，他像一头套上了犁头的老黄牛，不知疲倦地工作，正如鲁迅先生所说："吃的是草，挤出来的是奶"。

说实在话，他其实经常感到疲累，但却是"累，并快乐着"。

当他知道那些烈属们过得舒适快乐时，也会感到快乐，而且不止一次地在别墅的纪念堂里微笑着告慰那些刻在灵位上的名字："放心吧，家里好着呢。"

在教育下一代的问题上，齐海东也做了很多事。

唐晓龙大学毕业后，回到天海集团，先从业务部门的最初级员工做起，迅速积累经验，创造业绩，最后成为集团总裁助理，已经能够独当一面。在唐晓龙身上，齐海东能看到当年唐光的影子，既聪明又勤奋，人际交往的能力也出类拔萃，善于处理不同合作伙伴间的复杂关系。历年来的年终总结大会上，唐晓龙都能获得公司老总们不记名投票评选出的"年度最优秀员工"大奖。

齐海东已经做好准备，要让唐晓龙坐天海集团总经理的位子，而他也绝对相信，唐晓龙一定能够接过他手中的钢枪，把天海集团带向新的高峰。

至于他和周海霞的亲儿子齐天南也不负众望，参军第二年就报考军校，毕业后主动要求去齐海东当年的服役部队，现在已经是尖刀连新一代的标兵。

齐天南出生在军人家庭里，自小就立下了参军入伍、报效国家的远大理想。齐海东当年是不得不选择转业那条路，而齐天南则没有这种压力，他从高中起就关注国家大事、政治风向，立志要在部队待一辈子，穿一辈子绿军装，以弥补齐海东一生的遗憾。

齐天南在尖刀连担任见习排长后，齐海东专程带着李福临、吴大宝回了一趟老部队。站在尖刀连的连史馆里，他对连队的荣誉如数家珍。

齐海东向已经担任师长的罗红旗提了个要求，让他再睡一晚上部队的木板床，再听两回军号声。那一夜，是齐海东转业后睡得最安稳的一夜，也给了他更多的工作动力。

联欢晚会的事是由唐晓龙来操作的，他请来了很多军旅歌唱家，为在座的部队和地方的领导、干部、群众一首接一首地演唱军旅歌曲，现场掌声雷动，观众的欢呼声一浪高过一浪。

齐海东坐在前排，当一位鬓发斑白的歌唱家登台演唱《走出军营还是兵》这首歌的时候，他被深深地感动了。

"我站在长城边，默默凝视雄关。

只有老兵最懂长城，只有军营我最留恋，只有军营我最留恋。

风云变幻你巍然屹立，脱下军装我风骨依然。

你顶住了千年风雪，因为有大地的依托，大地的依托。

咱笑谈开拓新业啊，因为有过军营锤炼。

告别军营仿佛就在昨天，再次创业再次创业仍然风景灿烂。

走出军营还是兵，走出军营永远是战士。

我们永远是战士，永远和长城相伴，永远和长城相伴……"

他记起当年齐山亲口告诉他"走出军营还是兵"这句话，只要穿上绿军装，就一辈子都要以军人的标准来严格要求自己，即使有一天走出军营转入地方，也一定记住，一个合格的中国人民解放军，走出军营还是兵，永远不能放松对自己的要求。

二十多年，他最值得自豪的就是这一点："我齐海东走出军营还是兵，没给尖刀连丢人抹黑。"

联欢晚会后的第二天，探亲归来的齐天南告诉齐海东，他已经向部队领导提出申请，要调去西南边疆条件最艰苦的雪山兵站，因为那地方更需要尖刀连培养出来的现代化"高精尖"人才。

看到儿子能够勇挑重担，齐海东由衷地感到高兴。不过，他从齐天南的眼神中，又看到了另外一种特别复杂的情绪，那是一种绝不应该在一名高素质战士眼中出现的负面情绪。

他领着齐天南到自己办公室，爷俩关上门单独交谈。

齐天南终于说出了实话："去西南边疆是为了感情上的事，我想远离海天市，越远越好，直到完全忘掉了这边的人和事再回来。如果忘不掉，宁愿一辈子坚守祖国边防，与钢枪为伴。"

进办公室之前，两人在走廊里遇到过即将外出的唐晓龙。齐海东敏锐地察觉，他这两个儿子之间似乎存在着某种看不见的矛盾。他在最短时间内分析出，唐晓龙与齐天南的矛盾就在古倩儿身上。

接下来，齐天南向父亲倾吐了所有心事——

唐晓龙由工商管理学院毕业后进入天海集团，与古倩儿经常见面。那时，齐天南考上了中国海洋大学，古倩儿考上了中央财经大学，孙立山的儿子孙小虎考上了中国政法大学，吴家嵩则考上了海天大学。

几个年轻人之间分为两派，吴家嵩从小就崇拜唐晓龙，自然成了唐晓龙的跟屁虫；齐天南和孙小虎则性情相投，一个志愿从军，一个喜欢当警察，成了无话不谈的好友。此时，古倩儿已经出落成亭亭玉立的美女，无论走到哪里，都会成为年轻男孩子追逐的目标。

齐天南爱上了古倩儿，但古倩儿心仪的对象却是唐晓龙。

有一次，齐天南约古倩儿去海边游泳，但古倩儿却被唐晓龙约去西藏自助游。郁闷的齐天南去找孙小虎帮忙，两人打听到了唐晓龙和古倩儿订好的那家旅行社，悄悄报名，尾随去了西藏，双方在拉萨闹得不欢而散。

在此期间，围绕古倩儿的身世，又发生了一个意外。

周海霞升任了人民医院的副院长，就职当天收到了一封特快传递，是一份北京权威医院的 DNA 鉴定报告单，报告单的数据显示，齐海东和古倩儿是父女关系。

愤怒之下，周海霞约见古丽华，当面质问。

古丽华平静地看着周海霞，表示无可奉告。

周海霞找到齐海东，要他把 DNA 报告单的事说清楚。齐海东不明所以，又无法自证清白，因为他从未去北京那家医院申请做过亲子鉴定，而且，自始至终他跟古丽华之间没发生任何身体关系，古倩儿根本不可能是他的女儿。

为了追查真相，周海霞亲自去北京核实鉴定报告，却发现那报告单是伪造的。她再次申请鉴定，结果证明古倩儿和齐海东的血型相符，但 DNA 并不相符。同时，在她提交了另外一份申请后，结果证明，古倩儿是赵大海的女儿。

齐天南偷听了齐海东、周海霞的谈话后，压在心上的大石头一下子落地，因为之前大家都怀疑古倩儿是齐海东的女儿，那么他跟古倩儿就是同父异母的兄妹，不可能产生恋爱关系。现在，这种障碍已经被彻底踢开了。可惜的是，当他向古倩儿表白时，古倩儿却告诉他，自己已经在西藏向唐晓龙表明了爱意。

后来有一次，齐天南远远看见唐晓龙拥着古倩儿走在大街上，古倩儿一副小鸟依人的样子，可见她心里没有自己，只有唐晓龙。于是，他把这种青涩的初恋埋在心里，报名参军，离开了海天市。

前期这些事，齐海东都有所耳闻，他并不想干涉年轻人的感情生活，因为他也年轻过，深知"强扭的瓜不甜"这个道理。更何况，年轻时的爱情往往是盲目产生的，而真正坚实的婚姻必须要以成熟、沉稳、承诺、忍耐为前提。

一个不成熟的男人不可能成为一个好丈夫，同样，一个不成熟的女人也不会成为一个好妻子。草率建立的爱情和家庭，都经不起岁月的磨砺摧折。

"那些事都过去了，你怎么会再提起来，而且要远走西南边疆前哨去？"齐海东有些不解。

齐天南说："上一次探亲回来，孙小虎告诉我，唐晓龙明里跟古倩儿谈恋爱，暗里却又跟古倩儿的闺蜜白如雪不清不白，把古倩儿蒙在鼓里。孙小虎是警察，很容易就取得了唐晓龙和白如雪在夜总会里热吻的照片，当我把这些照片拿给古倩儿看时，却被她怀疑是故意挑拨，让我不要再干涉她和唐晓龙的恋情。我现在彻底死心，必须离开这个令人伤心的城市。"

他被爱情纠缠着，无法挣脱，内心痛苦，可想而知。

　　齐海东思索再三，语重心长地告诉儿子："如果你是因为逃避感情问题而去边疆，那就太傻了，完全辜负了这几年来党和部队的教育。一个男人的一生，并不仅仅有爱情，更多的是要有男人的责任感。尤其你现在是一名中国人民解放军，更要清醒地认识到自己肩上承担的伟大使命。军人的使命是倾尽全力保卫国家，要做精忠报国的'大男人'，绝不做脑子里整天想着花前月下卿卿我我的'小男人'。爱情，不是一个男人生活的全部，更不是一名军人生活的重心。"

　　齐天南无法因为齐海东简单的三言两语就释怀，他内心里充满了愤怒、怨恨和悲伤，这一点从他的表情上就能看出来。

　　"南南，我带你去一个地方。"齐海东说，"一个早该带你去看却没找到合适机会去的地方。"

　　他知道，如果任由齐天南的思想往岔路上发展下去，儿子就会变成男版的古丽华，终生套上了爱情的桎梏而无法解脱。那样的话，齐天南痛苦不说，对唐晓龙、古倩儿而言，也是另外一种折磨。

　　两人离开办公室，去了滨海别墅。

　　一踏进那个摆放着烈士灵位的大厅，齐天南立刻就被震撼了，因为灵位上那些名字就刻在尖刀连的功勋墙上，已经成了每一名尖刀连战士崇拜的偶像。

　　在顾小芹每日的仔细擦拭下，每一个灵位都纤尘不染，每一个名字都在灯下熠熠闪光。

　　齐海东说："南南，这就是我在南疆战场上阵亡的战友们，他们有的已经娶妻生子，但更多的则是连爱情的滋味都没尝试过。他们的生命极其短暂，二十岁、二十一岁、二十二岁……最大的也不超过二十五岁。他们并不在意人生如此短暂，而更在意自己有没有发光发热，给别人带来光明和温暖。"

　　齐天南抚摸着每一个灵牌，轻轻读出他们的名字。

　　他对灵牌前的遗物也很感兴趣，虔诚地捧起来观看。对普通人来说，那些旧背包、茶缸、穿孔的头盔毫无意义，应该是被扔进垃圾堆里去的废物，但在这里，它们都有自己的主人，都有自己固定的位置。

　　齐海东感叹："南南，你应该知道，在生与死、党与国家、民族的兴与亡这样的大背景之下，年轻人的爱情实在是太微不足道了。一个男人活着，若是一直徘徊于男女痴缠这样的小情节、小时代，又怎么能看到外面那蒸蒸日上、天翻地覆的国家大时代呢？我带你来这里瞻仰这些牺牲的叔叔伯伯们，就是想告诉你，人生在世，必须选择正确的目标，向着'忠、孝、仁、义'

的大方向去努力……"

想说的话太多，但很多道理并不能说服齐天南这样的年轻人，必须要靠他将来一点点去领悟人生，才能收获自己的人生。

"爸，我能不能提个问题，您认为自己已经做到'忠、孝、仁、义'了吗？"齐天南问。

齐海东摇头："我做得还不够，但我一直在这样一条正确的道路上前进。春蚕到死丝方尽，蜡炬成灰泪始干。只有到盖棺定论的时候，我才能回答这样的问题。"

其实，齐海东每次到别墅来，感受到的不是信守承诺的成就感，而是另有一种巨大的惶恐。他希望有更多人站出来，奉献自己的爱心、热情和金钱，向这些人伸出温暖的援手。

这，就是他一直筹划建立红星基金会的原因，而这个项目的报批程序很快就能完成。将来，他会把天海集团的大权正式移交给唐晓龙，自己专心推动基金会的项目，使之成为部队战士们强有力的后盾。

后方稳固，前方将士才能安心守卫疆土，这是颠扑不破的真理。

反之，长堤千里，溃于蚁穴，国家安全也就无从谈起了。

第三天，齐天南返回部队时，个人情绪已经完全稳定下来，使他更坚定了自己的选择，到祖国最艰苦的地方去，到祖国最需要的地方去。

齐海东和周海霞比当年的齐山、鲁娟更开明，只要是齐天南自己选择的，他们就会无条件支持，让孩子无牵无挂地奔赴边疆。

转过头来，齐海东派人去调查唐晓龙，以确定他能不能接掌自己的帅印。

调查结果让齐海东大为震惊，因为唐晓龙最近跟赵大海、蔡洋接触比较多，并时常被赵大海请到海天市最豪华的会所里吃饭，每一次的费用都过万甚至高达数万元。在这种奢靡生活的诱导下，唐晓龙每个月要求公司报销的费用单据雪片一样飞来，半年来的花费已经接近百万。

集团里好几个副总找到齐海东，说唐晓龙半年消费的钱已经近百万，齐海东虽然吃惊，但还是力排众议，帮唐晓龙报销了这些费用。

李福临看不下去了，数次打电话给齐海东："大哥，晓龙经常出入富豪俱乐部，跟赵大海在一起摆阔气，根本不像是干事业的材料，你和嫂子得管管他。"

齐海东回答："这件事我知道，年轻人嘛，花点儿钱，积累一下人脉，可以理解。"

李福临在电话里叹气："大哥，晓龙这孩子是你的软肋，你对他怎么也强硬不起来。小时候，南南犯了错误，你拿鸡毛掸子往死里抽，可到现在为止，都没见你动过晓龙一指头。"

齐海东自己从未意识到这个问题，经李福临一提醒，才回忆起来，的确对唐晓龙太宽容，而对亲生儿子齐天南则过于严厉，以至于小时候齐天南经常向爷爷奶奶哭诉，说自己不是齐海东亲生的，唐晓龙才是。

深爱着唐晓龙的古倩儿也隐约知道了唐晓龙干的事，跑去质问他。

唐晓龙回答，他准备拿一块地皮，那些钱都用来前期投入疏通关系，想拿地就得付出很多，当年齐叔等人差点把命都赌上。

唐晓龙搞定白如雪之后，经由她的家族关系，拿下了市郊孙家铺的50亩地，那里要建高铁站，是一块前途大好的商业用地。大喜之下，他邀请赵大海到富豪俱乐部喝酒，认为自己已经有实力在海天市商场树立自己的旗号。

席间，唐晓龙问起赵大海当年在南疆战场上的事，因为他对唐光的死一直耿耿于怀。

赵大海把当年那一战的详细情况一一道来，但却没提到自己跳下山涧去抢古丽华的照片这一节。实际上，他也明白，如果不是因为他跳水时产生了很大的动静，敌人就不可能循声而来，包围圈也不会收缩得那么快，唐光的自戕也许就可以避免。

唐晓龙听完，愣怔了很久，然后自言自语："原来我爸果真是自杀的，他原本应该能活着回来，是你们没救他？"

赵大海昧着良心，说唐光是为救齐海东而死，如果当年唐光没有一脚踹开齐海东，那么被炮弹炸死的就会是齐海东而不是唐光。正因为齐海东欠唐光一条命，所以才拼命对唐晓龙好。

在他颠倒黑白的描述下，唐晓龙一下子就对齐海东产生了强烈的恨意："齐叔当时是你们五兄弟的指挥员，只要他坚决带我爸回来，我爸就不会死，我就不是一个没爸的孩子，更不会在陆宽家里受尽屈辱。杀父之仇，不共戴天，我一定要替我爸讨回公道……"

从那时起，唐晓龙就开始肆意挥霍手中的资金，并花费一百万买了辆超级跑车送给白如雪，以博美人一笑。

了解唐晓龙的所作所为后，齐海东心力交瘁。

他知道自己的身体越来越糟糕，所以想抓紧时间办好红星基金会的事，忍着疼痛去找民政厅长谈："我是一名党员、一名曾经的军人，理应为国家和组织排忧解难。国家虽然已经为转业军人、复员军人、烈士家属做了很多工作，但这方面需要的资金太多了。我想面向全社会设立红星公益基金，让更多人参与进来，从人力、物力、财力等多方面解决战士们的后顾之忧。"

唐晓龙做高铁车站商业区的项目进展并不顺利，他不顾天海集团几位老总的劝告，迅猛吃进龙腾公司的土地，想独霸整个高铁车站商业区。很快，他铺的摊子被放大数倍，资金成了问题，这个项目如同一块大沼泽地，把唐晓龙陷了进去。

唐晓龙找到赵大海和蔡洋，请求他们的支持。

赵大海狡猾地提到了齐海东的那笔储备资金："晓龙，其实你齐叔一直都保存着后手，二十年来天海集团每赚一笔钱，利润的10%都在那里面，二十年得有多少个10%？我记得从前对你说过，要做财富的拥有者，而不是一辈子都给别人打工。作为男人，关键时刻要够狠，就像《三国演义》里的曹孟德一样，'宁教我负天下人，不教天下人负我'。"

齐海东意识到了唐晓龙在高铁车站项目上所犯错误的严重性，他亲自召开董事会，暂停了高铁站商业区的土地扩购，并解除了唐晓龙在集团内部的一切职务，就像当年对待赵大海、孙立山那样。

这个决定彻底激怒了唐晓龙，在董事会上众目睽睽之下跟齐海东拍桌子，然后摔门而去，只留下一句："齐海东，你等着，你不仁，别怪我不义……"

⑩ 真　相

2013 年 11 月 22 日，晚，海天市人民医院住院部单人病房。

齐海东已经在医院住了三周，之前他因肺病、背痛而昏倒在办公室，才被周海霞强制停止工作，住院治病。周海霞亲自给齐海东动手术，从他身体里取出了两块滞留近三十年的弹片。

那是南疆战场给齐海东留下的最惨烈的纪念品，看到它们，齐海东和周海霞就想起了那些长眠南疆的战友。

这么多年了，唐光的遗体消失之谜仍然困扰着齐海东，他托了很多人去打探，都没能找到一丝丝跟遗体有关的线索，虽不甘心，但也无能为力。

到了晚上十一点钟，齐海东看完书，刚想睡觉，一个穿着白大褂、戴着大口罩的男医生走了进来，手里端着一个托盘，里面是一只电子血压计。

"齐先生，量血压。"医生说。

齐海东很配合，卷起袖子，任由那医生捆绑探测带。

此刻病房里只有他们两个，陪床的周海霞、古倩儿都被齐海东撵回家了，因为他感觉自己身体能撑得住，怕把周海霞也累垮了。

量完血压，那医生从托盘里拿出一张明信片："齐先生，这是刚刚有人送到护士站的，上面写着你的名字。"

齐海东接过明信片，看到背面画着一只狐狸，下面留着的日期是"2013 年 11 月 22 日"。

他每年都会收到同样的明信片，不早不晚，都是 11 月 22 日。

"谢谢你啊，这只是朋友跟我开的玩笑，每年都会收到一张。"齐海东说。

那医生摇摇头："别客气，我应该做的，只是我很好奇，你的朋友为什么只画个狐狸在上面？"

齐海东把明信片翻来覆去地看，很难回答对方的问题，遂把明信片放在一边，笑着说："这问题恐怕只有寄明信片的人才能回答了。"

那医生笑起来："我平时很喜欢猜谜，不如让我试着解读一下那只狐狸所代表的内容，可以吗？"

齐海东有点奇怪："哦？你对这方面有研究？请指教。"

那医生说："我记得《聊斋志异》上曾有一篇名为《九山王》的故事，

不知齐先生读过吗？一只老狐狸修道成精后，好心邀请李生到家里做客，李生却暗中在院里布满火药，寻机点燃，把老狐狸膝下的狐子狐孙们全部消灭，最后只有老狐狸逃脱了。后来，老狐狸幻化为人形，自称能掐会算，怂恿李生并帮助他在乱世中自立为九山王，子孙满堂，宗嗣过百。最终，在朝廷的围剿下，李生整族都被屠戮干净，用宗族百条人命赔了百条狐狸的命。这个故事告诉我们，真正的复仇并不仅仅是诛戮仇敌一人，那就太便宜对方了……"

那个故事的确存在，并被称为复仇行动的经典之作，经常被好莱坞编剧们的引用。

齐海东听出了对方的弦外之音，淡淡地问："那么，你究竟是谁？既然来了，何必戴着口罩装神弄鬼的？"

那医生摘下口罩，竟然是龙腾公司的董事长蔡洋，也即是古丽华、赵大海的上司。

"蔡董？"齐海东愣住了，"怎么会是你？"

蔡洋郑重其事地做了自我介绍："蔡洋只是我的化名，我的真实身份是越南裔港商，姓越，名江龙。凭齐先生的记性，应该能猜到我因何而来吧？"

齐海东当然记得，越江龙就是那个走私犯越青的父亲。当年越青中弹后拼死跃入海中，被海潮卷走溺亡，这笔账被越江龙记在自己头上。那一天是11月22日，所以越江龙才会在每年的这一天，寄给自己一张明信片。

"我就是《聊斋志异》里那只复仇的老狐狸，当年真正想杀你的话，从香港雇十几个杀手过来，很容易就能取你人头。可是，那有什么意思呢？岂不是太便宜你了？知道吗？越青是我唯一的儿子，我先后娶过三个太太，直到第三任太太才给我生了个儿子，我把他当成心肝宝贝一样抚养。只要他想要的，就是天上的星星月亮，也得搭梯子摘下来。可是，我的宝贝儿子死在你手上，这笔账，咱们怎么算？"越江龙咄咄逼人地问。

"那是误伤，如果越青没有逃跑，而是束手就擒，我保证他能平安活着。"齐海东解释，"中国是个法制社会，触犯法律，必须付出应有的代价。不过，从一个父亲的角度，我还是对令郎的死感到遗憾。"

当年海天市走私猖獗，如果不是齐海东孤军深入打掉地下走私网，走私犯们会日益猖狂，给国家财产造成更大损失。越青虽然罪不至死，但要他性命的不是海关缉私警察的子弹，而是波涛起伏的大海。

"不管你怎么狡辩，我只想告诉你，齐海东，你这一条命赔不了我儿子的命，只有你全家的命加起来，才够赔越青那条命。"越江龙冷冷地说。

齐海东并不畏惧，与越江龙的阴森目光对视着，浑身的血液渐渐沸腾起来。这么多年，国泰民安，边疆太平，他早已经忘记了生死对敌的滋味，但在越江龙那种极度仇视的目光之下，束之高阁的战斗力被再次激发出来。

"1979 年，作为越南军方的特种兵教官，我参加过抗击中国入侵者的越中边界战争，在那场战争中，曾亲手射杀过中国军人。可惜，以我们越南的国力还是无法跟中国抗衡，我也离开越南，隐姓埋名到了香港，逐步进入商界打拼。中国和越南之间永远都存在疆土分歧，而军人就是国家疆土的最重要捍卫者。齐海东，今天，我是越南军人，你是中国军人，接下来就让我们开始一场军人之间的公平决斗吧。"越江龙从口袋里取出一张黑白照片，放在那张明信片上，"以前，我取你性命易如反掌，但我没有那样做，老狐报仇，三十年不晚，今天就让我儿子越青的在天之灵做个见证，看他老子是怎样手刃仇敌的。我要亲手挖出你的心脏，祭奠我儿子的亡魂……"

越江龙提及 1979 年的中越战争，那在中国官方称为中越边境自卫还击作战或对越自卫还击保卫边疆作战，在民间被习惯称作对越自卫反击战，发生于 1979 年 2 月 17 日至 3 月 16 日期间。中国人民解放军集结精锐部队重拳出击，在短时间内占领了越南北部 20 余个重要城市和县镇，一个月之内便宣布胜利，撤出了越南。这场战争令中越两国关系进一步恶化直至最低点，并导致进入 20 世纪 80 年代后两国继续对抗，在罗家坪大山、法卡山、扣林山、老山、者阴山等地区又相继爆发了边界冲突，时间持续达十年。

通过十年边境战争，中国打击了越南自越战胜利后膨胀的信心，维护了中国西南边疆的稳定，同时促进了东南亚的和平局面，并为柬埔寨问题的最终解决打开了道路。对于越南方面来说，战争对其造成了沉重打击，国力遭到了长期消耗和破坏，最终不得不改弦更张。

正是因为有了像齐海东这样骁勇善战的中国人民解放军，中国才能在疆土安全受到挑战时，拔剑反击，扬我国威，使世界列强眼中的这只东方睡狮骤然醒来，成为亚洲乃至全球和平的主导者。为了国家强盛、人民幸福的伟大目标，数百万齐海东一样的军人团结一心，奔向海陆空三军训练场，奔向边防哨所、边疆海岛，时刻准备着为国杀敌。

齐海东慢慢地坐起来，抬手扯掉了右手背上扎着的输液针头。一股细细的血线飞起来，空气中立刻充满了淡淡的血腥味。

"中国人一向好客，两千年前孔夫子就说过——'有朋自远方来，不亦说乎？'而我们世世代代的做人原则，就是朋友来了有好酒，敌人来了有猎枪。在动手之前，我必须要先感谢你率领龙腾集团为海天市建筑业所做的贡献。"

齐海东一边说，一边不慌不忙地下床，穿好皮鞋，向越江龙拱手致意。

越江龙狂笑起来："为海天市做贡献？别做梦了，我那只是借古丽华的手来打击你。她负债潜逃到深圳后，被我刻意地招入公司，加以培养，然后送回海天来，从你的情感弱点入手，伺机出手报复。一个曾经深爱着你的女人，被我培养成了复仇机器，还有赵大海——你的好兄弟，现在恨你恨得牙根痒痒，巴不得你看不到明天早上的太阳……你们都曾经是中国人民解放军，都曾经是南疆战场上的敌人，如今自相残杀，斗得不亦乐乎，哈哈哈哈……你说这好笑不好笑？好玩不好玩？"

齐海东明白了，天海集团与龙腾集团的冲突对抗，并非出自古丽华的本心，而是越江龙一直在幕后操纵。

"来吧，受死吧！"越江龙双掌一横，蓄势待发。

"请指教！"齐海东平心静气，并不像对方那样，表现出狂野逼人的杀机，因为他始终坚信，杀戮并非是战争的目的，不战而屈人之兵，才是战争的最高境界。

越江龙向前猛冲，双掌上下分开，右掌横切齐海东的脖颈，左掌变拳，向下猛击齐海东右肋。

齐海东轻松滑步，右掌在床上一撑，翻身到了床的另一边。

他在病床上躺了三周，并且动过大手术，体力相当有限。所以只能巧战，不能力敌。

"来呀，来呀，来呀——"越江龙双手一掀，那张重达二百斤的不锈钢护理床竟然被他轻松地掀了个底朝天，半空翻滚，向齐海东身上猛砸过去。

齐海东弯腰前冲，由床下翩然穿过，双拳聚力，重重地擂在越江龙的胸膛上。

只一招，越江龙就踉跄后退十几步，撞在墙角的花架上。

越江龙虽然比齐海东大十几岁，但体格健壮，剽悍至极，反手抄起那支铁棍焊接成的花架，旋风般一舞，第二次扑过来。

这是一次越军格斗术与中国军人格斗术之间的较量，越江龙胜在有备而来、体能充沛，而齐海东则胜在以柔克刚、游刃有余。如果是在二十年前的中越战场上相遇，两人必定是势均力敌，但现在，越江龙暴戾有余而耐心不足，未开战就先输了一招。

齐海东左躲右闪，避开了花架袭击，陡然右腿横扫，踢中了越江龙的左腿膝盖侧面关节。

那地方是一处相当微妙的软麻筋，越江龙不由自主地左膝一弯，半跪倒地，花架脱手而飞，砸中了对面墙上的液晶电视。

电视破碎落地，发出稀里哗啦一阵乱响。

越江龙就趁着这种巨大噪音，右手在腰间一抽，竟然从腰带夹层里抽出来一把两尺长的精钢软剑，反手一抹，齐海东双腿同时中剑，各划了一条半尺长的口子，鲜血如断崖飞瀑般狂泻而出。

齐海东支撑不住，也向前倒下，与越江龙近在咫尺。

越江龙狞笑："这一次，去死吧，去——死……吧……"

他一边叫着一边二次出剑，横削齐海东的喉结，但第二个"死"字刚出口，就感到右腋窝里一凉，右臂顿时失去了知觉，软剑也脱手而飞。

"哦——"腋下剧痛让他无力咆哮，软软地向后倒下。当他艰难地垂下头看时，才发现一把跳刀已经全部刺入了腋窝要害。

当日，齐海东为了证明自己跟古丽华没有暧昧关系，捡起赵大海扔出的跳刀自戳大腿。到医院包扎后，这把刀就一直留在他的身边。每次摸到它，齐海东就会自省，告诫自己要忠于婚姻，绝不越雷池一步。

今日，正是这把刀，灭了越江龙的锐气，在当年死于大海巨浪的走私犯越青面前再次证明——中国人民解放军勇者无敌，任何来犯之敌，最后必将自取死路。

打斗声惊动了医院的保安，他们撞开门闯了进来，但齐海东已经解决了所有问题。

被保安们抬走之前，越江龙垂死叫嚣："齐海东，你的义子唐晓龙现在早就不跟你一条心了，在我来医院之前，他正带着人闯入你的滨海别墅，去抢里面的保险柜。赵大海说过，你把天海集团总资金的百分之十藏在里面，那笔钱是不义之财……哈哈哈哈，你费了二十年的心血，养了两只狼，一只是唐晓龙，一只是赵大海，哈哈哈哈……"

听到这些话，齐海东的心似乎在滴血。

唐晓龙是连长唐光的儿子，是他生死承诺中最重要的部分。今天，他给了唐晓龙财富，却没有将唐晓龙带上光明大道，这是他最大的失败。

至于赵大海，齐海东一直把他当成好兄弟，一直试图替他背任何黑锅，不离不弃，拉着他一道前进。现在，赵大海反而变成了一把直刺自己心窝的尖刀。

"越江龙的确没说错，我齐海东自以为能够做到'达则兼济天下，穷则独善其身'，自以为能够'穿越风雨，东山再起'，但实际上，我并没有做到，今生今世，大概也没有二次改正的机会了……"他胸口一痛，眼前一黑，再也支撑不住，缓缓向前扑倒。

越江龙说的没错，就在他与齐海东在人民医院的单身病房里生死格斗之时，唐晓龙、吴家嵩已经带人闯进了滨海别墅。

在赵大海的诱导下，唐晓龙猜测，齐海东的巨大财富就藏在这里。

他指使吴家嵩等人打昏了保安，逼迫顾小芹打开了紧锁着的后厅。一开灯，他就被眼前的情景惊呆了。

大厅里的桌上摆满了阵亡烈士的灵位，灵位前摆放着各种各样的烈士遗物，唐光的照片摆放在正中，正微笑着看着他。

大厅里的确有一只巨大的保险箱，但他打开保险箱时，那个带血的笔记本就摆在第一层，笔记本的第一页留着唐光亲笔书写的"生死承诺"四个大字，下面则是朴实而感人的一句话——"活着的人要肩负起阵亡战友的一切责任"。这一页的最下面，是他父亲唐光的亲笔签名。

保险柜的下面两层里，没有唐晓龙想象中成捆的钞票和一根根金条，而是一本厚厚的账本和一摞摞邮局收据，这些都是齐海东二十多年来资助数百个烈士遗孤和亲人的见证。

唐晓龙如梦方醒，省悟到自己以前的所作所为真是太混蛋了，任何惩罚都弥补不了他所犯下的过错。他满面羞愧地来到病房，跪倒在了齐海东的床前。

齐海东处于昏迷之中，任由唐晓龙呼唤，都没有睁开眼睛。

周海霞把一封信递给唐晓龙，原来，齐海东早就打算把天海集团交给他，之所以没提前告诉他，是想让他明白一个男人拥有财富、支配财富的真正意义。

齐海东在第二封信中告诉齐天南，他没有给儿子留下一分钱，只留给他那两块弹片，这是他一生中最宝贵的财产，也是一名中华人民共和国军人的荣誉。

齐海东的第三封信是写给幸存五兄弟的，他告诉他们，以前答应过连长要好好照顾他们，但做这件事情太难了，他竭尽全力，仍然不能完成。现在，他要找连长去了，当面向连长检讨。

唐晓龙迷途知返，与古倩儿一起着手，加速推进红星基金会、边境作战纪念馆这两个项目的发展，用实际行动来改过自新。

就在此时，龙腾集团在社会上大规模非法集资的事情败露，投资者非但没有收到承诺的高息，甚至连自己的本金也追讨无门，大伙的钱早就被越江龙转移到境外去了。

古丽华、赵大海化名逃亡，想从广西边境偷渡，但中途被警察抓获，迅速押送回海天市看守所。

在周海霞的悉心照料下，齐海东苏醒了，看着围绕在床前的一张张熟悉的面孔，不禁泪洒胸口。令他欣喜的是，改过自新后的唐晓龙完全担负起了天海集团的工作，把所有工作都处理得井井有条，而且红星基金会、边境作战纪念馆这两个项目也已经基本完成，只等齐海东养好身体，最后竣工验收。

齐海东去了趟看守所，看望古丽华和赵大海，并给他们送去了生活用品。

古丽华再见他时，顿时满面羞愧。

齐海东说："丽华，龙腾公司转移的那笔钱被天海经侦大队与香港警方联手截获，很快就能返回，发还到所有集资者手中。剩下的缺口，晓龙和倩儿会调度资金，一分不少地还给老百姓。这样的话，你和大海就能获得轻判，很快就能出来。不要灰心，一定记住，我们永远是你的战友，大家都盼着你早日出来。"

古丽华被齐海东的大度、宽厚感动，当场掩面痛哭。她因爱生恨，总想着报复齐海东，但最终却是机关算尽太聪明，让自己镣铐加身。

在赵大海那里，齐海东毫无芥蒂地告诉他："出来之后，就回天海集团来，副总的位子一直都给你留着。老四也回来了，咱们五兄弟肯定还能重新聚首，做晓龙、倩儿他们新一代创业者的后盾，把他们扶上马再送一程。"

赵大海简直不敢相信自己的耳朵，他更想不到，齐海东根本没把他的背叛当回事，那一页早就被轻轻翻过去了。

隔着看守所接见室的铁栅栏，他真心真意地叫了一声"大哥"，随即热泪盈眶。

齐海东也去看了看越江龙，不过给对方带去的却是坏消息："经查实，你在越南、香港两地都有案底，尤其是在越南湄公河下游的九龙江三角洲地区，至少背负着五条命案。下个月，越南警方就会派人过来引渡你回去。你自己好好想想，五条命案会换来什么样的审判结果？"

越江龙已经彻底败在齐海东手上，尤其是他在全力以赴的状态下竟然没有杀死久病在床的对手，这是对他在精神、肉体两方面的沉重打击，整个人都变得浑浑噩噩起来。

当然，无论谁都很清楚，五条命案必定会将他送上刑场。

越南警方的特勤人员很快就抵达了海天市，让齐海东想不到的是，越方为表示感谢，竟查找到了唐光的骨灰和一些遗物，并把骨灰坛由越南带了过来，让齐海东确认。

　　齐海东看到熟悉的遗物和唐光的骨灰，感动得不知说什么好，握着对方领队的手，久久不愿分开。

　　唐光遗体失踪这件事是他一直以来重压在心头的巨大遗憾，老天开眼，终于在即将失去希望的时候看见了曙光。

　　战争，让他失去了最敬爱的战友唐光；和平，又将唐光的骨灰平安送回。这也正是代表着，只有和平，才能让中越双方共同发展，军人不是武器，不战而屈人之兵是最高境界。中越两国人民的友谊必能永存，两个一衣带水的邻邦，必将在新世纪的经济大发展中比肩而进。

尾声　红星

2014 年 8 月 1 日，建军节。

边境作战纪念馆正式在滨海别墅落成，所有海天籍的烈士遗像、遗物都被陈列在这里。

齐海东曾经发过誓，要让战友们过上好日子，住上好房子，现在终于达成心愿了。

今天，开馆仪式和红星公益基金签字仪式合并举行，老省长、国家民政部门的领导、部队代表罗红旗师长都参加了这次仪式。

老省长代表地方讲话："齐海东率领的'兵'字头天海集团，为地方建设出了力，流了汗，为很多国有企业、民营企业做出了榜样与表率。这么多年，天海集团为烈士的家属共计付出数千万元，同志们，这是一个多么巨大的数字啊——齐海东，是军人转战商场拼搏的斗士。他曾跟我说过，每一个军人都要牢记'走出军营还是兵'这句话，时刻保持军人的素质，由部队到地方只是战场的转换，而军人的心却永远不变，永远不会沾染商界的铜臭气，始终保持爱党、爱国、爱人民的思想作风。我非常赞同他的话，一个企业在商业经营的过程中，一定要牢记党中央领导提出的关于'两个效益、两种价值'关系的论述，坚持把社会效益放在首位，尽量做到社会效益和经济效益相统一。当两个效益、两种价值发生矛盾时，经济效益要服从于社会效益，市场价值要服从于社会价值。所有的企业经营者都要把目光放长远，自觉自律，遵守法规，同行业之间要形成良性的竞争关系。在这里，我代表全省、代表海天市人民感谢齐海东率领的天海集团，也希望未来有更多企业领导人关注并支持慈善事业，加入到红星公益基金里来，解决部队和战士的后顾之忧，让他们团结一心，构筑中华人民共和国的钢铁长城。"

罗红旗代表部队致辞："从前，齐海东是我最钦佩的好战友、好兄弟；今天，他仍然是我学习的榜样。从前在南疆战场上，他率领尖刀连的战士屡次打出漂亮仗，扬我国威，威震敌胆；今天，他领导天海集团取得了一次又一次胜利，搏击风浪，笑傲商海。从前，他是部队的战斗核心；如今，他又是企业生产的指挥核心。我相信，天海集团一定能在他的带领下再创佳绩。同样，我相信红星公益基金一定能成为全国范围内首屈一指的慈善组织，为全国部队战士解决后顾之忧。而且，我们眼前的这个边境作战纪念馆也有着重大的历史纪录意义、现代教育意义。前事不忘后事之师，我们的下一代将会在这里受到震撼性的教育，牢记今天的和平生活来之不易，必须自强自立，奋斗不息，我们的国家才能屹立于世界强国之林，由简单的'不被欺凌、保持尊严'走向'保护弱小国家、推动世界和平'。我的好战友齐海东所做的一切都告诉我们，一个团队、一个企业最重要的是核心战斗力。今年的部队电视电话工作会议中，党中央领导屡次强调，强军的核心在于强化战斗力，必须把战斗力建设摆在战略位置，从政治和全局高度来认识和推进，大力培育顽强过硬的战斗精神，贯彻落实到军事斗争的全过程各领域，坚持用战斗力这个'指挥棒'牵引带动各项工作建设，以马克思主义战争观和我军职能使命教育为根本，以弘扬爱国主义和革命英雄主义精神为核心，以砥砺实现祖国统一、捍卫国家主权和领土完整的坚强意志为实践要求，以深化革命军人生死观教育为重要切入点，构建综合性立体式常态化培育格局，把'革命理想高于天'的崇高信念、'纸老虎'的科学论断与胜战信心、'一不怕苦、二不怕死'的英雄气概、'为国捐躯、重于泰山，自己死兄弟战友生，个人死国家民族生，肉体死精神永生'的价值情怀融入官兵血脉，锻造部队打胜仗的精气神。同志们，你们虽然已经换下军装，走向社会，但在我罗红旗眼里，你们从前是保家卫国的勇敢战士，如今也是转战商海的智慧战士，无论从前和现在，走出军营还是兵……"

齐海东的讲话则简洁而朴实，他说的，正是唐光留下的笔记本第一页上的那句话："我这样做，就是因为答应过我的好战友——'活着的人要肩负起阵亡战友的一切责任'。今天，我可以问心无愧地当着这些阵亡战友的灵位说，我已经做到了，以后还会做得更好。我的一生，只为了四个字活着，那就是——生死承诺。我们要对得起活着的人，让他们活得更好，我们更要对得起那些为了党和国家的利益牺牲的人们，要让更多人铭记他们的过去，以实际行动告慰他们的在天英灵。任何时候都要牢记，从前，我们曾经是一名光荣的中国人民解放军战士，现在，我们走出军营还是兵……"

　　现场掌声雷动，天海公司退伍军人、军人后代列成方阵，迈着整齐的步伐走向会场，嘹亮的军歌在海天市上空久久回荡。

初稿完成于 2012 年 12 月 1 日

二稿完成于 2013 年 10 月有日

定稿于 2014 年 12 月 25 日

（全文完）

后记：弄斧到班门

2015 年 2 月 6 日，我带着小说《走出军营还是兵》的稿子到江西宜春拜访朱向前教授。

宜春是一座人文丰富、底蕴深厚的宜居城市，而朱教授本人所给予我的第一印象，是一位儒雅谦逊的名师，与宜春的山景城色高度的和谐。

朱教授说话时声调不高，措辞简洁，每一段话里的信息量都很高，让我听得心服口服。

朱教授家里那间古色古香的茶室深深地吸引了我，茶室内外随意摆放着已有数百年历史的石窗、墩台、桌凳，门外曲水池中自在游弋着五色锦鲤，屋后果园里的柚子沉甸甸地挂在枝头……尤其喜欢的是屋内那些或来自明或来自清的大字匾额，铁钩银画里，笔笔都是厚重温润的历史，而在这些匾额的另一边，则是朱教授亲笔手书的《千字文》卷轴，绵密细致，用笔洒脱……

还没来得及向朱教授请教文学，已经被他文学之外的闲雅修养所折服。

朱教授祖籍江西萍乡，1954 年出生于江西宜春，1970 年入伍，1986 年毕业于解放军艺术学院文学系，1994 年获华中师大文艺学硕士学位，现任解放军艺术学院副院长、教授、研究生导师。他是中国作家协会理论批评委员会委员、政府特殊津贴获得者，从 20 世纪 70 年代中期开始发表作品，从事过诗歌、散文、小说创作，后专攻理论批评，多年来于各大报刊发表理论评论近 200 万字，已出版《中国军旅文学 50 年》《军旅文学史论》《毛泽东诗词的另一种解读》等专著 16 种近 500 万字，主编《新中国军事文艺大系·中篇小说》《金戈丛书》等约 1500 万字，并获得鲁迅文学奖、中国人民解放军文艺奖、国家社科基金优秀成果奖等十余种奖项，担任过"鲁迅文学奖""冯牧文学奖""茅盾文学奖""中国人民解放军文艺大奖"等重大奖项评委；目前正承担国家社科基金项目——"中国军旅文学 50 年研究"。近年来，朱教授以《毛泽东诗词的另一种解读》为题，在国防大学、北京大学、清华大学、中央国家机关、中央电视台等讲演一百多场，被誉为"当代解读毛泽东诗词第一人"。

面对这样一位目光敏锐、评点犀利的文学前辈，我感到既荣幸又忐忑。

荣幸的是，下棋找高手，弄斧到班门，能当面聆听朱教授教诲，一定会给我未来的文学之路留下一枚醒目的路标，指引我稳步向前；忐忑的是，我把自己的微末文字呈现在朱教授的大家法眼之下，会获得什么样的批评？

能向这样一位写、批、编全才的导师前辈请教，实在是我的荣幸。

宜春之行，我深深记住了朱教授说的这样几句话：

——"评价一部作品，一定要全面、系统、科学、客观、准确，否则是没有意义的。"

——"搞文学，童子功很重要。我 10 岁左右背诵周振甫先生注释的《毛主席诗词三十七首》，终生难忘，什么时候都能张口就来，这就是所谓的童子功的长处。"

——"正是由于中华文化的深邃和高妙、博大和精致，所以它不为今天的世界真正理解和认识。"

——"网络作家的写作速度足够快，每天一万多字，这会带来很多质量上的缺憾。作家首先要保证质量，其次才是数量。"

宜春之行，在我的人生日历上勾选了浓墨重彩的两天。在朱教授这样的文学大家面前，虽然只有两天的短暂求教，已经让我茅塞顿开，为以后的文学创作奠定了坚实的基础。

当朱教授欣然提笔，饱蘸浓墨题写《走出军营还是兵》的书名时，我的眼眶已经湿润了。

我诚心诚意地举杯，敬祝朱教授身体康健。朋友赶紧举起手中的相机，将这珍贵的一刻永久留存下来。

飞天，2015 年 2 月 6 日
于江西宜春朱向前教授书斋